토털 스노브

Total Snob

최혜실 · 문경연 · 김윤희 · 맹재범 · 안숭범

차민기 · 정은기 · 박사문 · 陳曉慧 · 김우필

박문사

머리말

토털 스노브(Total Snob)

21세기 들어 국문학계를 중심으로 한국 근대 태동기에 대한 연구가 활발해졌다. 매체로서의 인쇄물, 독자, 작가에 대한 연구는 물론이고 영화, 공연예술, 박람회, 운동회, 관광 등에 대한 연구가 많이 쏟아져 나오고 있다.

그 이유는 새로운 시대의 출발점에 변모하는 문화현상 속에서 그 전시대의 의미기 더욱 명확해져 보이기 때문이다. 자동차에 의해 말이 끄는 이륜마차의 의미가 드러나는 것처럼, 정보통신의 발달로 인쇄매체보다 디지털 매체로의 소통이 더 빈번해지는 오늘날이 신문과 책이 국가의 정체성을 대변했던 이전 시대의 의미를 더욱 명확하게 드러나게 한다. 마찬가지로, 삽시간에 지구 반대편의 사람들과 소통할 수 있는 시공간의 압축이 아니라 무화(無化)로 대변되는 이 글로벌 시대의 의미는, 국가 단위로 사유하는 근대의 의미를 새삼스럽게 일깨워주게 된다.[1]

이런 환경에서 21세기의 연구자들은 체험으로서의 관광 시대에

---

1) 최혜실, 「21세기에서 바라본 한국 근대문화의 특성」, 『국어국문학』 제152호, 2009.9.30, p.151.

살면서 새삼스럽게 구경으로서의 근대 관광에 관심을 갖게 된다. 또 <디워>를 가운데 둔 누리꾼들의 승리에 새삼 지식의 생산자로서의 평론가의 위치를 성찰하기도 한다. 근대 인쇄문화의 복제성과 저렴함으로 나타난 화폐의 무특징성, 가치중립성은 전자공간에서 세계화, 돈놀이(money game)화되어버린 이 시대에 더욱 그 의미를 선명하게 드러내고 있다.

이제 대량생산되는 책을 바탕으로 태어난 근대 지식인(먹물)이 또 다른 쌍생아인 근대 부르주아 계급(속물)과의 대립구도에서 만들어낸 문화는 탈근대의 시대를 맞이하여 급속하게 변모하고 있다. 책의 대량생산으로 지식의 소비층은 가능해졌으나 생산층은 일부 지식인으로 한정되었던 시대, 나름의 엄정한 예술이론이 탄생하였고, 이제 지성의 상징으로서의 예술의 순수성은 만인이 즐기는 대중문화의 존재를 통해 그 모순과 이율배반을 다시금 논하게 한다. 즉 근대공간을 살았던 지식인들에게는 마치 공기처럼 당연하여 보이지 않았던 절대가치로서의 예술의 순수성 문제가 상대화되어 조망되는 것이다. 본문은 21세기에 새삼스럽게 재조명되는 근대의 매체, 영상, 공간, 여성, 과학기술의 의미를 21세기의 자의식으로 바라보았다는 점에서 의미가 있다.

대학에서 강의하고 있는 내 지도학생들을 중심으로 하여 박사과정생들의 연구를 두루 담았다. 동일한 주제로 1년 동안 토론하고 발표하여 얻은 결과물이기에 더욱 소중하다. 원고를 정리하고 교정을 맡아준 김윤희 선생에게 감사한다.

2009년 12월
최혜실 씀

목차

토털 스노브(Total Snob)

▌ 머리말 / 03

총론 ▌ 토털 스노브(Total Snob) ▌ 최혜실 ……………………… 9

매체

근대 '취미(趣味)' 개념의 형성과 전유 양상 ▌ 문경연 ……………………… 37
－1900년대 매체를 중심으로
UCC, 원시공동체로의 복귀 ▌ 최혜실 ……………………………………… 71

영상

근대를 보는 두 개의 시선 ▌ 김윤희 ……………………………………… 99
－드라마 <경성스캔들>의 캐릭터를 중심으로

1920～30년대 영화의 대중 인식과 <디워>논쟁 ▌ 맹재범 ……………… 123

근대 경성 배경 영화의 공간구축 ▌ 안숭범 ……………………………… 157
－ 장르별 신화구조와의 적합성을 중심으로

토털 스노브(Total Snob)

공간

'순 소비 계급', 근대와 탈근대를 알린다 ∥ 차민기 ······················· 189
- 모던걸과 된장녀의 사회문화적 고찰
근대 관광에서 나타나는 영상의 맹아와 탈근대적 이행 ∥ 정은기 ······ 229
-구경거리에 대한 시각체험을 중심으로

여성

신여성의 육아 담론과 알파맘·베타맘 담론 ∥ 박사문 ······················· 265
한·중 근대초기 여성 여행기에 나타난 근대성 비교 연구 ∥ 陳曉慧 ·· 305
-나혜석과 선사리(單士厘)의 여성의식을 중심으로

과학
기술

한국의 근대와 탈근대 과학담론 ∥ 김우필 ······················· 339
- 식민지 조선의 과학기술 대중화와 21세기 황우석 사건

∥찾아보기 / 373

총론

토털 스노브
(total Snob)

▌최혜실

토털 스노브 Total Snob

총론

토털 스노브(Total Snob)

최 혜 실

I. 근대의 쌍생아: 먹물과 속물

  '지식인'이란 용어는 19세기 프랑스에서 그 기원을 찾을 수 있다. 인텔렉추얼(intellectual)은 '지식' 혹은 '지적 능력'이란 의미의 지성과 관련된 것이다. 단순 범박하게 생각한다면 지식인이란 지식이 있는 사람이라고 정의될 수 있지만 그것이 단순한 지식 전문가와 차별되는 개념으로 자리 잡은 것은 드레퓌스 사건부터이다.[1)]

  이때부터 지식인은 직업이나 사회적 지위에 한정되지 않고 그 행위, 즉 국가와 관련된 논쟁의 의미가 포함된 정치적 문제에의 참여와 연관된다.[2)] 많은 경우, 지식인은 정치적 인간의 상황에 처한 창

---

1) 이창훈 외, 『지식인의 부활』, Seoul ASEM Institute, 2007, pp.109~111.
2) 파스칼 오리, 장-프랑수아 지리넬리, 현택수 역, 『지식인의 탄생』, 당

조자, 또는 매개자로서의 문화인, 이데올로기 생산자 또는 소비자로 정의되었다.

그런데 공교롭게도 오래전에 존재했던 속물(snob)이란 개념[3] 또한 19세기 후반에 와서 그 의미가 정립되고 본격화된다. 이렇게 된 가장 큰 이유는 1789년에서 1814년에 이르는 혁명으로 인해 왕과 궁정이 힘없는 상징적 존재로 변해버렸기 때문이다. 왕이 일개 평민으로 전락하자 신하들은 오랜 세월 겪어온 상류사회의 풍습과 문화를 유행이라는 다른 방식으로 유지하기 시작했다.[4] 이로 미루어 볼 때, 속물 또한 지식인처럼 근대 시민사회의 성립과 밀접한 관련이 있음을 알 수 있다.

19세기 중반 영국의 작가 대커리(M. W. Thakery)가 풍자 신문에 <속물지>란 신랄한 평론을 발표하기 시작했는데 여기서 주된 공격의 대상이 제후와 대부르주아들에게 아부하는 지조 없는 부르주아라는 점에서 먹물과 속물의 뿌리 깊은 불화의 역사가 발견된다.

지식인이란 누구인가? 계층형성이 생득적으로 이루어지던 전근대와 달리 교육으로 형성된 계층인 근대 시민계층은 부르주아로 상향이동하려는 층과 피지배계급의 편에 서려는 계층의 두 갈래로 나누어지는데, 이는 식민지라는 시대적 모순을 겪은 한국 지식인의 형성 과정을 살펴볼 때, 뚜렷하게 드러난다.

1930년대, 초기 경제 공황은 한국 지식인들의 취업난을 가중시켰

대, 2005, p.11.
3) 1873년 프랑스의 가장 유명한 어휘사전 리트레에서 속물근성을 "저속한 것을 멋없이 음미하는 사람의 상태"로 정의하고 있다.(필립 뒤뿌 드 끌랭샹, 신곽균 역, 『스노비즘』, 탐구당, 1992, p.15.)
4) 앞의 책, pp.53~57.

으며 세계대공황의 타개책으로 파시즘이 등장하자 한국 지식인의
양심, 사상과 환경과의 괴리는 커질 수밖에 없었고 식민지 현실에
서 지식인들은 물질적, 정신적으로 심각한 소외에 처하게 된다. 당
시 이런 상황에 대한 고민과 타개책 모색은 지식인 자신들에 의해
심각하게 논의되었다.

당시 최진원(崔鎭元)은 첫째, 지식인은 부르주아와 프롤레타리아
사이의 존재라는 점, 둘째, 지식인이 생산과잉이라는 점, 셋째, 그럼
에도 아직까지 정신노동을 지향하는 교육을 하고 있다는 점을 문제
점으로 제시하였다.5)

박영희는 여기서 한걸음 더 나아가 당시 한국 지식인의 문제점을
조목조목 지적하고 있다. 첫째, 그들이 지니는 소시민성을 비판하면
서 둘째, 내적 진리와 환경의 부조화가 가장 큰 문제라고 지적하고
있다. 지식인들은 생활 추구자와 진리 추구자가 있는데 후자에게서
내적 진리와 환경이 부조화되어 갈등이 생긴다. 이런 모순으로 지
식인들이 사색, 비판, 탐구도 없이 배금사상의 선구자로 전락한다는
것이다.

당시 일본은 한국인들이 인텔렉추얼(intellectual)이 되는 기회를 제
한하여, 소시민적 지식인, 기술적 지식인을 지향하도록 유도했다.
소수 친일적 지식인에게만 계층 상승의 기회가 독점되었기 때문에
상당수의 지식인들은 '부르주아화(enbourgeoisement)'되는 기회를 찾
기 어려웠다. 조선에 진출한 일인(日人)지주와 소수 친일(親日)지주층
으로 이루어진 당대 부르주아 계층으로의 진입은 실상 지극히 제한
되었으며 이런 상황에서 당대 지식인과 중간 지배층으로의 부르주

5) 최진원, 「인테리겐차論」, 『조선일보』, 1930.1.13~3.8.

아와의 갈등과 괴리는 예견된 것이었다.

당대 지식인들에게 친일 지배계층 내지 그 제도 하에 순응하는 소시민 계층은 현실적인 이익을 추구하면서 모든 생활양식에 있어 다른 사람들과 다르다는 턱없는 자부심을 지닌, 하위집단의 우위모방 심리를 지닌, 자기기만, 과시, 위선, 유행 추종의 집단이 아닐 수 없었다. 요컨대 일제 강점기란 왜곡된 수탈의 근대화 과정에서는 생활의 만족을 추구한다는 것 자체가 오욕이며 잘못된 제도에 동참하는 것이었다. 때문에 현실에 순응하는 생활인의 모습은 '속물' 그 것으로 뚜렷이 점철된다. 아래의 인용문은 1930년대에 지식인의 시선으로 바라본 속물의 전형적인 모습이다.

문득, 한 사나이가 둥글넙적한, 그리고 또 비속한 얼굴에 웃음을 띠고, 구보 앞에 그의 모양 없는 손을 내민다. 그도 벗이라면 벗이었다.........전당포 집의 둘째 아들. 구보는 그러한 사나이와 자리를 같이 하여 차를 마실 생각은 없었다. 그러나 그러한 경우에 한 개의 구실을 지어낸 그 호의를 사절할 수 있도록 구보는 용감하지 못했다.6)

금광으로 돈을 벌어 신사복에 금시계를 차고 거들먹거리며 어리고 예쁜 여자와 놀러가는 그 친구를 바라보는 구보는 착잡하다. 그는 '행복'과 '고독'의 경계선에서 근대화된 경성 거리를 산책하고 있다. 그의 어머니가 원하는 일상적 행복은 필연적으로 현실에 영합하고 비본질적인 것에 집착하며 상류계층을 흉내내는 졸부로의 타락일 것이다. 그러나 현실에 영합하지 못하는 그는 실업자이며 결

---

6) 최혜실 편, 『소설가 구보씨의 일일』, 문학과지성, 1998, p.44.

혼도 못하고 있는 '고독'한 산책자일 뿐이다.

일제하의 근대화란 모순 속에서 지식인의 무력감은 긍지인 동시에 오욕이었다. 아무것도 하지 않는 것은 최소한 친일은 아니다. 도피주의(retreatism)의 지식인이 전향하여 철저히 속물이 된 지식인에게 강한 반발을 가짐으로써 자신의 소극성을 합리화하는 것은 이런 맥락에서이다.[7] 그러나 이런 모습은 그 상황에서도 살아나가는 생활인들의 눈에 '생활에서의 소외'로 규정받는다는 것이다.

생의 어떤 일에도 애착을 보이지 않고 그날그날을 사는 정일은 데릴사위로 들어와 자수성가한 아버지가[8] 돈만 아는 수전노에 속물 그 자체로 보인다. 반면 아버지는 조강지처를 소박하고 현실의 모순을 무위도식으로 저항하고 있는 아들 정일이 못마땅하게 여겨진다. 지식인과 생활인 또는 먹물과 속물의 갈등은 아버지가 투병생활에서 보여준 왕성한 생명력에 의해 지식인의 패배로 끝난다. 이처럼 모순된 현실에서 속물에 대한 지식인의 갈등 양상은 지식인 소설, 전향 소설, 예술가 소설 등 근대 이후 한국 소설의 중요한 계보를 이룬다.

이런 역사를 더듬어보면 좀 모호하다고 할 수 있는 속물의 개념에 몇 가지 가닥이 잡힌다. 돈만 아는 사람, 하위집단의 우위모방 심리, 자기과시욕 등을 종합하면 '속물'은 계층상승욕구와 지배계층에 대한 저항의 의지를 보이는 지식인의 이중적 속성과 긴밀히 맞닿아 있는 것을 알 수 있다. 즉 속물과 먹물은 동전의 양면과 같은

---

7) 최혜실, 「1930년대 한국심리소설연구」, 서울대학교 국어국문학과 석사학위논문, 1986.2, p.94.
8) 최명익, 「무성격자」, 『조광』, 1937.9, p.273.

지식인의 이중성에 다름 아니다. 따라서 속물에 대한 비판은 지식인 스스로의 자아비판이기도 하면서 지식인이 지니는 태생적 모순을 고스란히 반영하고 있는 것이기도 하다. 속물은, 근대와 더불어 탄생한 먹물이 발견한, 되고 싶기도 하지만 되어서는 안 되며 한편 될 수도 없는 존재이자 자신의 타자이며 자신을 비추는 거울이다.

Ⅱ. 10억 만들기 열풍과 속물의 가상놀이인간화

1. 돈과 속물, 혹은 근대 주체의 격상과 돈의 추상화

속물 속에 포함되어 있는 또 하나의 중요한 함의는 속물이 진정성이 없이, 대상의 본질을 들여다보지 않고 외피에 치중한다는 것이다. 이때 그 '외피'의 중요한 척도로 '돈'이 자리 잡는다. 근대는 개인의 의미와 역할이 엄청나게 커져버린 시대이며 그것은 역설적으로 사람과 사물을 대상으로 본다는 이야기이기도 하다. 즉 공동체나 우주의 개념이 사라지고 사회적 차원에서의 가치규범으로서 개인의 자유와 정의가 강조되기 때문에 오히려 초월적 세계관을 지닌 고대인에 비해 타인을 기계적으로 판단하고 재단하는 일에 손쉽게 경도되는 것이다.9) 예를 들어 근대인들이 자기 외의 대상을 돈을 기준으로 파악하는 데 익숙하면서도 자기 자신이 대상이 될 때, 그 모순을 첨예하게 느끼는 이중성을 보이는 것은 이런 이유 때문이다.

---

9) Lucien Goldmann, 송기형, 정과리 역, 『숨은 신』, 인동, 1980, pp.35~36.

근대 이전에는 개인의 판단과 돈은 공동체의 질서에 비하면 미미한 존재에 지나지 않았다. 그러나 근대에 이르면 돈은 모든 것의 가치평가의 척도가 되면서 개인의 가치까지도 넘보는 위력을 획득하게 된다. 반면 개인의 판단이 절대적 힘을 발휘하게 되면서 돈과 인간의 감정 사이에는 넘을 수 없는 모순이 생기게 되었다.

더구나 이 모순을 가중시키는 것은 근대에 이르러 돈이 무특징적이고 무특성적이 되었다는 사실이다.

화폐는 종래 물물교환에서 나타나는 상품 사이의 직접적 관계를 추상화시키며, 화폐 독단이 어떤 가치를 지니는 것이 아니라 일정한 개별적 대상들 사이에 존재하여 그것들 각각에 대해 동등한 관계를 맺고 있기 때문에 가치중립적이 된다.

즉 화폐는 한 개인만의 독특한 개성, 감정 등 자신의 가치체계 내부에서 결코 다른 대상과 대치되지 않는, 절대적이고 개별적인 것의 정반대에 서 있는 바, 이는 근대 이전까지만 해도 금, 보석, 물건, 옷감 등 자체의 가치를 가진 화폐가 근대 이후 지폐, 동전 등의 추상적 상징으로 변화되면서 뚜렷해진 증상이다.[10]

2. 전자공간에서의 '돈놀이(money game)'

그런데 이 화폐의 교환 매체적 성격은 화폐 네트워크의 확대와 디지털 매체의 확산으로 점차 그 특성이 변해간다. 물론 근대에도 수전노는 존재했다. 돈 그 자체를 위한 돈의 소유, 즉 화폐가 그 소유자에게 줄 수 있는 선택의 자유로부터 비롯되는 도취감에 의해

---

10) Georg Gimmel, 안준섭, 장영배, 조희연 역, 『돈의 철학』, 한길사, 1983, p.159.

화폐는 사용되지 않고 축적된다. 이때 화폐는 교환의 기능을 벗어나 권력부여의 성격만 유지되며 이것이 바로 수전노의 존재 근거이다. 이들은 사물의 화폐적 가치나 화폐 너머에 있는 물건들은 거들떠보지도 않는다. 쌓여있는 돈이 나타내는 권력이야말로 그들이 원하는 최종적이고 절대적으로 만족스러운 가치이다. 화폐는 이제 무엇을 위한 수단이 되기를 멈춘다. 화폐는 권력을 갖고 있다는 느낌을 얻기 위한 수단이 될 뿐이다.[11]

그러나 근대의 다분히 편집증적 요소를 지닌 수전노는 예외적인 존재로 여겨졌으며 수적으로도 소수였다. 그들은 선천적으로 획득된 지위와 그에 수반된 물질이 아니라 교육에 의해 계층형성을 이룬 지식인에 의해 격렬한 비판을 받을 수밖에 없었다. 자신의 전문성이 돈과 직접적으로 연결되지 않는다는 알리바이를 지닌 지식인이 '돈'에 대해 혹독한 것은 당연한 일이었다.

그러나 문제는 돈의 네트워크화와 여기에 더불어 나타나는 전자매체를 통한 거래에 있다. 화폐 네트워크의 발달과 더불어 돈을 매개할 수 있는 거래의 범위도 그만큼 확장되었다. 국제적인 전자망에 의해 돈은 시간과 공간의 차이를 넘어 거래될 뿐 아니라 국제금융에 묶여 있는 돈의 양과 거래의 동시성으로 인해 끊임없는 가격변동을 이용해 돈을 벌 수 있는 기회가 증가되었다. 금융체계는 이제 전세계적으로 일찍이 유래가 없는, 생산이라는 실물 부분으로부터 자율성을 확보하게 된 것이다.

이제 시장의 대중매체화는 전세계인의 자본가화, 대중자본주의(popular capitalism)의 도래를 알리고 있다. 이제 웬만한 사람이라면

---

11) 니겔 도드, 이택면 역, 『돈의 사회학』, 일신사, 2002, pp.210~212.

전자공간에서 한번 클릭하는 것으로 예금구좌의 돈을 주식구좌로 옮길 수 있게 되었다. 시장의 대중매체화로 시장은 이제 별 노력을 들이지 않고도 이윤을 획득할 수 있는 곳으로 변모하였다. 그리고 화폐는 전자공간에서 숫자 '놀이'를 하며 사람들에게 기쁨을 선사 하는 놀이기구로 변모하게 되었다.

최근 '부자되기', '10억 만들기' 열풍이 하나의 트렌드로 전 중산 층을 강타하고 있다. 표면적으로는 고령화로 인해 길어진 노년기 준비, IMF 이후 평생직장의 신화가 깨어진 상황에서의 불안 심리 등이 그 요인으로 거론된다. 오래 사는 위험, 심지어 장수 리스크란 섬뜩한 말까지 동원되면서 적립식 펀드, 변액 연금 보험, 장기주택 마련 펀드 등이 불타나게 팔려 1가구 1펀드의 시대가 바야흐로 열 리고 있는 실정이다. "부자되세요."란 너무나 속물적인 문장이 버젓 한 인사로 사람들의 귀를 즐겁게 하고 있는 이 시대는 정말 전 국민 의 속물화가 이루어지고 있는 디스토피아적 세계일까?

근대 초기 수많은 소설들에 나타난 속물들의 모습이 비판적으로 묘사된 것에 반해 오늘날의 속물적 속성이 중산층에게 별다른 자의 식도 없이 받아들여지고 있는 이유는 무엇일까? 그 가장 큰 이유는 돈이 유통되는 방식의 차이에 있는 바, 그 배면에는 화폐 유통의 전 자화가 자리 잡고 있다. 주로 상품이나 부동산 등 실물의 거래를 통 해 돈을 벌 수 있었던 근대 초기에 돈을 번다는 것은 다른 어떤 행 위와도 다른, '돈 버는' 고유한 행위로 특정화된다. 즉 개인이 돈을 벌어야겠다고 마음먹고 공장을 열어 직공을 고용하여 상품을 제작 하거나, 가게를 차려 상품을 판매하는 특정한 행위를 할 때 돈이 들 어온다. 그리고 들어온 돈을 은행에 예금하거나 개인에게 빌려주어

이자를 받는 구체적이고 현실적인 '행위'를 할 때 돈은 축적된다. 그리고 그 돈은 현실공간에서 저택이나 토지라는 구체적인 현물로 바꿔져서 자신의 부를 가늠하게 한다.

　그런데 전자공간에서는 이런 현실의 구체적이고 힘든 노동에 해당하는 과정이 생략된다. 최근 직장인들 사이에 유행처럼 번지고 있는 주식이나 펀드의 열풍을 생각해 보라. 사람들은 증권회사에 가서 CMA와 증권계좌를 개설한다. 자신 있는 사람은 직접 주식거래를 하고 안전을 추구하는 사람은 펀드에 가입한다. 먼저 주식거래의 매뉴얼을 읽으면서 '게임'의 규칙을 배운 후 인터넷에서 주식을 구입한다. 한 달 동안, 일 년 동안의 주식 시세 현황, 상장회사의 신용도, 주식의 저평가 여부, 향후 경제, 정치의 향방 등 온갖 경우의 수를 상정한 후 배팅한다. 그러나 미래의 일을 어떻게 알 수 있을 것인가? 한국 굴지의 기업이 하루 아침에 쓰러지는 모습을 보아온 우리이다. 2008년 올림픽까지는 고도성장을 하리라던 중국에 천재지변이 일어나지 말라는 보장은 어디 있으며 공교롭게도 브릭스로 불리는 이머징 마켓에 경제공항이 닥치지 말라는 법은 어디 있는가? 확실한 것은 아무것도 없다. 이처럼 주식은 확실한 정보 위에 계산을 하는 투자가 아니라 '운(運)'을 즐기는 놀이에 가깝다. 좀 더 나아간다면, 전자공간에서 오르고 내리는 주식을 바라보며 손에 땀을 쥐는 행위는 몇 가지 규칙과 확률을 익힌 후에는 운에 배팅하는 전자게임과도 닮아있는 것이다.

　노후를 안락하게 보내기 위한 자금이라는 10억, 어떻게 그렇게 똑 떨어지게 9억도 아니고 구억 팔천만원은 더더욱 아닌 10억으로 모든 사람이 노후를 편안하게 보낼 수 있다는 말인가? 우리는 100

미터라는 도착점을 똑같이 그어놓고 장애물 경기를 하는 운동선수처럼 게임의 규칙으로서 10억을 상정하는 놀이인간인지 모른다. 대박이 나건 깡통을 차건 내가 소유하고 있는 돈은 단지 가상공간의 숫자로 내 앞에 나타날 뿐이다. 내가 팔면 어떤 다른 사람이 산다. 사고파는 상호작용의 방식에 따라 주식은 오르거나 내리거나 또는 폭락한다. 이 상호작용의 게임 속에서 우리는 돈을 벌거나 혹은 돈을 잃는다.

10년에 10억 만들기 카페, 부자되기 카페의 게시판에는 저마다의 경험들이 진술되어 있다. 개인들의 1억 만들기 비사(秘史), 저축과 부동산, 주식의 포트폴리오 짜기가 저마다의 이야기 형식으로 기술되어 있다. 가난했던 신혼 초의 일화들, 돈을, 그것도 10억을 벌어야겠다는 결심이 서게 된 이유, 그리고 온갖 고난을 극복하고 목적을 달성하는 과정이 감동적으로 '이야기'되어 있는 것이다. 이 과정에서 돈을 요령있게 굴리거나 절세하는 방법, 부동산으로 이익을 보는 방법, 앞으로 유망한 투자 영역들의 정보가 세세히 소개된다. 특히 주식 투자의 경기 과정은 사람들의 손에 땀을 쥐게 한다.

전자공간에서 가능한 투자는 비단 주식이나 펀드만이 아니다. 저축하기도 흥미진진한 놀이이다. 먼저 저축 소개 사이트에 가서 자신의 취향, 처지에 맞는 저축의 유형을 고른다. 그리고 전국 은행의 이율을 조사하고 그중 가장 높은 곳을 고른다. 그 은행의 사이트에 들어가서 통장을 개설하고 그 계좌에 현재 자신의 계좌에 있는 돈을 이동시킨다.

부동산 놀이 또한 흥미진진하다. 관련 사이트의 앞면에는 전국 지도가 그려져 있고 사람들은 원하는 지역으로 들어가 곳곳의 아파

트, 오피스텔, 주택, 토지의 가격을 확인한다. 그 지역의 소상한 정
보들을 읽고 자신에게 가장 적합한 지역을 찾아가 거래를 성사시킨
다. 모바일 폰을 통해 집주인, 혹은 땅주인의 계좌로 자신의 계좌에
있는 돈을 이동시켜 계약금과 잔금을 치른다. 가상의 돈의 이동이
현실의 물자를 획득하게 한다. 가상세계의 정보가 현실화되며 현실
의 정보 이동은 가상의 정보를 변모시킨다. 가히 온·오프라인 연
계 게임을 연상시키는 대목이다.

　마치 전략 시뮬레이션 게임을 하는 느낌이 아닌가? 자원을 모으
고 군사를 길러 원하는 지역을 차지하는 이 게임의 사이트에는 게
시판이 존재하고 이 게시판에서는 게이머들이 저마다의 시뮬레이션
게임 경험을 올리고 서로 대화를 주고받는다. 게임에 대한 정보도
많이 나타난다. 이제 21세기의 속물들은 돈을 벌기 위한 일을 마치
고 가게 뒤의 금고 앞에서 금화와 은화, 지폐를 가득 쌓아놓고 세고
있는 수전노가 아니다. 구체적인 실물 없는 전자공간에서 돈은 실
물이라는 생산 부문에서 자유로워져서 누리꾼들을 기쁘게 하는 게
임의 규칙, 게임의 아이템으로 몸바꾸기를 한다.

Ⅲ. 일상의 미학화와 토탈 키치, 혹은 된장녀

1. 가짜에서 진짜로: 키치와 속물의 역사

　매우 우연한 듯 보이나 당연하게도 '키치(Kitsch)'란 용어가 새로
운 의미를 갖고 사용되기 시작한 것은 1860년 무렵으로 속물, 먹물
의 등장 시기와 일치한다. 키치란 말 속에는 원래 '윤리적으로 부정

함’, ‘진품이 아님’이란 의미가 포함되어 있다. 키치란 조악한 물건
이며 백화점은 키치가 머무는 정거장으로서 대량생산, 복제 기술의
발전으로 가능해진, 모방물, 가짜상품에서 연원했을 가능성이 크다.
한마디로 키치는 근대의 산물이다.[12]

플라스틱으로 만든 대리석을 흉내낸 조각상이라든가 연필 옆에
새겨진 예수 그리스도 상, 관광센터에서 파는 알록달록한 성모마리
아 상 등 키치라는 단어 안에는 진짜를 흉내낸 것이라는 의미가 들
어있다. 이는 하위계층의 상층 모방이라는 점에서 부르주아를 흉내
내는 시민계급의 허위의식과 맞닿아 있다. 또한 진정한 예술과는
반대로 대량생산되는 모조품, 그리고 그것의 상품화와도 연결된다.

근대 예술에 있어 진정성 문제, 작품의 일회성, 예술가의 천재성
강조는 대량생산 시대, 기술복제 시대에 등장한 상품에 대한 저항
으로 나타난다. 도구적으로 소모되며 수만 개씩 획일화되어 나타나
는 상품에 지향하여 사물의 진정성을 드러내는 인간의 중요한 정신
활동의 산물로 예술을 규정하게 된다.

그러나 진정성(眞正性, authenticity)이란 무엇인가? 감추어져 있는
자신의 본연의 모습을 찾는다는 이 개념은[13] 인간이 자기 충족적이
고 경계가 뚜렷한 개인이며 경험과 의지의 중심이라는 근대 단일
주체의 개념에서 나온 것이다. 그러나 실제로 인간은 다 중심적, 유
동적, 정황상의 주관적 존재이며 자율선택 능력이 제한된 자아, 다
양한 관점을 가진 다중적 중심이다. 이는 전자 네트워크상에서 탈
중심화되는 디지털 시대의 다중심적, 유동적, 정황상의 자아 개념과

---

12) 아브라함 몰르, 엄광현 역, 『키치란 무엇인가?』, 시각과 언어, 1995, p.9.
13) 찰스 귀논, 강혜원 역, 『진정성에 대하여』, 동문선, 2004, p.142.

일치한다.

키치는 근대 산업사회, 소비사회에서 상품의 미학화, 일상의 미학화가 가중되면서 종래 순수예술이 가지고 있던 진지함, 진정성과 대비되게 시민의 생활과 편안하게 타협하는 상품 미학이 등장함에 따라 가식, 위선, 허위의식이 복합적으로 드러난 개념으로 자리매김하게 된다. 여기서 재미있는 것은 근대 산업사회에서 필연적으로 탄생된 결과물이자 시대정신을 반영하고 있는 키치가 '속물주의(le snobisme)'와 훌륭한 조화를 이루며 현대 생활 전체로 확장해 나가면서 '경박한' 분위기를 자아낸다고 비판하는[14] 학자들의 태도이다. 어쩌면 근대의 산물인 키치는 산업화, 도시화가 전면화되는 과정에서 문화예술의 전면적인 현상으로 그 세력을 확장할 운명을 지녔는지 모른다. 근대 지식인, 특히 예술가의 키치 비판은 아직 키치 현상이 전면화하지 않은 상황에서 그것의 존재가치의 인정과 부인이라는 양면적 태도에서 말미암은 것이다.

상품의 미학화로서 키치는 일상의 미학화, 19세기 자본주의 대도시의 소비문화 성장에 기원을 둔다. 대도시는 예술적, 지적 대항문화와 보헤미아와 예술적 아방가르드, 새로운 감각의 영역인 다양한 매체에 매료되고 사로잡히게 된 구성원들과 이를 더 많은 관중과 공중에게 퍼트리고, 자극하고, 공식화하는 매개자로서의 역할을 하려는 사람들의 장소가 되고 있다.[15]

한국 근대 모더니즘 문화는 이런 경박성과 진지함의 긴장관계에

---

14) 아브라함 몰르, 앞의 책, p.49.
15) 마이크 페더스톤, 정숙경 역, 『포스트 모더니즘과 소비문화』, 현대미학사, 1999, p.113.

서 발생한 도시의 문화이다. 1934년 조선 시가지 개혁령에 의해 정
비된 경성은 일제 치하에서 엘리트로의 진입 기회가 제한된 엘리트
들의 '산책로'였다. 비록 벼락부자가 된 속물들의 취향을 맞춘 절충
주의 건축이란 비판은 받지만 웅장하고 화려한 위용을 자랑하는 총
독부 건물, 경성역, 화신 백화점, 미쓰비시 백화점, 경성부청 등의
건물과 전차, 자동차, 군중들로 북적이는 경성 공간을 반바지 차림
에 헬멧 모자를 쓴 댄디보이 김기림과 실크햇에 연미복을 입고 스
틱을 젓는 갑바머리의 박태원, 검정 두루마기의 시골 오입쟁이 같
은 김유정, 작소 머리에 검은 양복, 흰 구두를 신은 이상이 걷고 있
다. 시선을 끌 만한 옷차림으로 거리를 걷고 다방에서 재담을 주고
받는 이들의 경박성은 물질문명으로 휘황찬란한 경성과 묘한 긴장
감, 묘한 조화를 이룬다.[16] 속물의 물질성을 비웃으면서도 동시에
그것을 그리워하는 긴장의 여로는 박태원의 『소설가 구보씨의 일일』
의 행복과 고독의 대립구도에서 잘 드러나며 이는 속물성과 먹물성
이 실은 동전의 양면과 같음을 역설적으로 보여주는 구도인 것이다.

　일찍이 속물성에 걸맞는 편안한 미학, 안일한 미학으로 비난받았
던 키치성은 대도시의 스펙타클한 성격에 힘입어 일상 전체로 파고
들어가면서 그 입지를 확보해 간다. 백화점의 윈도우 진열, 시베리
아 횡단의 파노라마와 다중투사기, 스펙타클이 존재하는 박람회장
과 같은 카니발적인 공간의 일상 속에서 그 시대정신으로 태어난
키치를 속물이라며 우리가 어떻게 경멸할 수 있단 말인가?

　왜 이런 조건에서 굳이 그 반대의 고통스러운, '시대정신'에 맞지

---

16) 최혜실, 『<소설가 구보씨의 일일>에 나타나는 '산책자(la flâneur)연구』,
　　『관악어문연구』13집, 1988.12.31, pp.197~198.

않는 순수예술을 해야 하지? 그거야 우리보다 상층 계층이 즐기면
되는 일이고 우리 중산층이야 도시민답게 키치나 즐기면 되는 것
아닌가? 오히려 그것이 상층부를 모방하는 속물 근성에 반하는 건
전한 시민정신이 아닐까? 모든 사람이 믿는 거짓은 진실일 수 있다.

일상의 미학화는 디지털의 탈근대에 이르러 보다 본격적이고 전
면적으로 진행된다. 가상공간의 놀이성이 공간화되고 일터와 놀이
터의 구분이 모호해진 지금, 디지털 매체로 인해 원본과 복사본의
구분이 없어진, 보드리야르식으로 하면 제3열에 해당하는 기술복제
시대에 가짜로서 키치, 혹은 속물의 개념은 무너졌다. 무엇이 진정
성인가? 단일주체가 확고하게 존재하지 않는 상황에서 어떤 진정한
내면을 들여다볼 것인가? 무한복제의 디지털 매체 앞에 일회성은
어디에 존재하는가? 생산자와 소비자가 합작하여 작품을 만들어내
는 상황에서 천재로서의 예술가를 숭상할 여지는 어디에 있는가?

2. 명품, 신여성과 된장녀

명품에 대한 경멸은 상품이 감히 예술의 자리를 넘보는 그 발칙
함에 대한 분노인지 모른다. 조금만 자세히 들여다보면 명품은 키치
에 대한 중산층의 반발에서 시작함을 알 수 있기 때문이다. 원래 키
치란 어떤 물건을 소유한 사회층보다 낮은 사회층이 장인들의 손으
로 만들어진 모조품 내지 대량생산된 모조품을 소유하는 의미를 강
하게 포함하고 있었다. 이런 사람들을 키치 인간(l'Homme Kitsch)이
라 부르며 재물을 소유한 자만이 자신의 삶 형식을 표현할 수 있는
사회의 체계를 형성하는 근본적인 요소인 동시에 토대를 형성하는
초석을 키치라 부르는 것이다.17)

그러나 명품을 여기에 넣어 표현하는 것은 신중하지 못한 발상이다. 명품은 상품의 획일성, 도구성을 거부하는 특징들을 다방면으로 가지고 있다. 예를 들면, 루이비통은 프랑스 파리의 매장에서 외국인에게 하루에 2개의 상품만을 팔며 피아제는 특정 계층을 타깃으로 초고가 상품만을 만든다. 이들이 강조하는 것은 '장인정신'이다. 피아제 시계는 아직도 수작업으로 제작하고 있으며 시슬리 화장품은 300여 명의 식물학자, 화학자들의 연구로 만들어지고 있다. 에르메스와 같은 경우에는 옷 한 벌을 단 한 명의 재단사가 수십 번의 공정을 거쳐 완성한다. 그리고 그 제품이 탄생하게 된 아주 감동적인 이야기도 전해진다. 장인정신과 희소성을 지닌다는 점에서는 예술작품과 일치한다. 다른 점이 있다면 생활에 사용되는 도구적 기능을 지닌다는 것이다.

현대인들은 비싼 대가를 치르고 명품을 소유하려고 하지 모조품인 짝퉁을 원하지 않는다. 굳이 비판한자면 물건을 소유함으로써 그 계급성까지 소유했다고 믿는 환상이 속물스러운 것이라고 할까? 명품의 가장 큰 죄는 상품인 주제에 예술을 닮으려 하고 있다는 점에 있다. 수많은 예술 작품들이 수십 억, 수백 억이 넘는 가격에 거래되고 있는 이 시대에 수백만 원 수천만 원밖에 하지 않는 주제에 '장인정신'을, '희소성'을 논하는 그 건방짐에 있는 것이다.

물론 명품 소비욕은 계급이 없어진, 그리고 과거 농경사회와 달리 인공적으로 재단된 밋밋해져버린 일상에 대한 보상욕구일지 모른다. 명품은 사람들을 황홀하게 한다. 상품이 비싸면 비쌀수록, 이 세상에 몇 개밖에 되지 않으면 않을수록 그것의 가치는 하늘까지

---

17) 아브라함 몰르, 앞의 책, p.97.

올라가며 그에 대한 욕망은 기하급수적으로 높아진다. 우리는 끊임없이 스타를 모방한다. 그 스타가 입은 고가의 옷과 시계를 소비하며 그와 자신을 동일시한다. 현대사회에서 스타는 정치권력이란 위험성이 거세된 이 시대의 귀족이다.

그러나 과연 우리가 그렇게 심각하고 본질적으로 스타를 닮으려하는 것일까? 비싼 값을 치르고 명품을 구하려는 사람들의 과시욕은 물론 비판의 대상일 수 있다. 그러나 명품은 항변한다. 그만한 가치가 있다고, 수백 번의 공정을 거치기 때문에 100년을 써도 변하지 않으며 디자인에 엄청난 시간과 노력을 들인다고…….

인터넷 사이트에는 수많은 스타들의 파파라치 사진이 걸려 있고 그 사진의 옷이나 장신구를 흉내낸 제품이 불티나게 팔리고 있다. 수천 원, 수만 원의 그런 제품들은 패스트 의류로 불리며 한 계절 소비되고는 쓰레기통으로 던져진다. 소비자들은 스타의 모습을 모방하고 순식간에 버린다. 그 과정에 형언할 수 없는 욕망이 들끓고 있다고 누가 말할 수 있는가? 단순히 놀이일 뿐이다. 영화를 보고 그 스타의 역할이 되어 꿈꾸듯이 그녀가 입은 옷을 걸쳐보고 그 꿈을 꾸어본다. 극소수의 마니아들을 빼놓고 우리 모두는 장난처럼 스타를 흉내낸다. 키득키득 웃으며 인터넷의 수천 원짜리 옷인데 누구의 모방이라고 서로 말해주고 알아줘 가면서 그 무료한 일상에 조그만 장난질을 해본다. 우리는 즐겁기 위해 스타를 소비할 뿐 스타를 추종하고 있는 것은 아니다. 그런 것이 속물이고 그런 물건이 키치라면 우리 모두가 속물이다.

얼마 전에 된장녀가 인터넷 사이트에서 화제가 된 적이 있다. 경제력이 없으면서 남자친구나 가족에게 의지해 유명스타가 광고하는 샴 푸로 머리를 감고 명품 브랜드의 화장품과 옷으로 치장한다. 식사는 유명 패밀리 레스토랑에서 하고 스타벅스에서 커피를 마신다. 즉, 된장녀란 신분에 맞지 않게 자기과시를 하는 여자 속물을 비판하는 말이다.

그러나 문제는 남자들도 외제차를 타고 골프를 치는 등 자기과시를 한다는 점에서는 여자 속물과 다를 바가 없다는 것이다. 그런데 유독 20대의 젊은 여성에게만 공격이 이루어졌다는 것은 이 된장녀 비판에는 성적 코드로 인터넷에서 회자되었던 할녀, 광녀처럼 성차별적인 요소가 다분히 포함되어 있음을 증명한다. 이 논쟁은 1920년대 신여성에 대한 비판을 떠올리게 하는 대목이다.

당시 신여성들은 대외활동을 위해 종아리가 보이는 치마를 입고 구두를 신었으며 머리를 단발로 잘랐다. 그녀들의 이런 복장은 당시 세인들의 화젯거리였다. 여성들은 여성해방의 상징으로 복장을 개량했음에도 남성들은 그 의미는 읽어내지 못하고 드러난 종아리, 맵시 있는 구두굽에만 황홀한 시선을 보냈다. 특히 구두나 양장은 서구에서 들어온 박래품(舶來品)이며 가격이 비싸다는 점에서 세인들의 비난을 받았다.[18]

그러나 이 비난에는 이중성이 잠복해 있었다. 신여성의 옷차림이 당대 남성들에게 욕망을 일으키는 상징적 매개물이었음은 기생들이 여학생 흉내를 내었다는 사실에서 잘 드러난다. 이런 '밀가루'(가짜라는 뜻의 당시 은어)들이 인기를 끌었음은 물론이다.[19] 당시 남성들은 이처럼 신여성의 사회활동이 아니라 연애에 초점을 맞추어 그들

---

18) 기자, 『별건곤』, 1927.1.
19) 松雀生·雪熊生, 「변장기자 암야탐사기」, 『별건곤』, 1927.1.

을 스캔들거리로 소비하였을 뿐이었다.[20] 신여성들은 당대의 모순에 저항했으나 남성들의 우려와 비난 속에서 자신감을 잃고 사라져 갔다. 새롭게 등장했던 교육 귀족 계층인 근대 지식인의 시선 앞에 속물성이 여성성과 합쳐지면서 이중으로 타자화하는 과정이 당시 잡지나 신문의 비판적 논조 속에 세세히 드러남을 볼 수 있다.

그러나 신여성과 1세기 후의 된장녀들의 대응양상은 달랐다. 우리 시대의 된장녀들은 세인들의 비난 속에 잠복해 있는 성차별과 욕망의 흔적을 지적하며 날카롭게 응수한다. 지금 인터넷상에서 남성 비판은 지하철에서 다리를 벌리고 앉아있는 무뢰한인 '쩍벌남' 정도밖에 없다. 왜 가상공간에서 여성성이 이런 방식으로 매도되어야 하는가? 된장남이 더 많다. 서구의 박래품에 열광하는 것은 남성이 더하다. 우리는 명품에 열광하고 서구 문화에 도취된 것이 아니라 내게 맞는 좋은 상품을 걸치고 소비하며 인생을 즐길 뿐이다. 명품이나 스타벅스 커피는 기분 전환의 도구로 소비되는 존재에 불과할 뿐이다.

그리하여 인터넷을 잠깐 달구던 된장녀 논쟁은 하나의 에피소드 정도로 스러져버렸다. '된장녀'는 1920년 한국 근대 초기와 2007년 탈근대의 한국 사회가 얼마만큼의 거리에 놓여있는지 잘 말해주는 에피소드이다.

---

20) 최혜실, 『신여성들은 무엇을 꿈꾸었는가』, 생각의나무, 2000, pp.182~193.

IV. 엽기 속물 허경영
: 비판이란 알리바이로서의 웃음

1. 2007년 대선의 쌍생아: 박정희에 대한 추억

"8번 찍으면 팔자 고칩니다"란 문구로 지난 대선 최고의 '스타'로 떠올랐던 허경영의 홈페이지는 경제개발기의 한국에 대한 오마주로 가득 차 있다. 그의 당인 경제공화당의 로고는 무궁화와 황소로 디자인되어 있다. 공화당의 상징이 황소였다는 사실을 알 것이다. 그의 선거 UCC의 배경음악은 '새마을 노래'이다.

> 60세를 넘으면 70만원씩 나오니
> 자식눈치 안보고 노후생활 안정되네
>
> 결혼하면 1억원 출산하면 3천만원
> 가정부터 지켜주니 애국심이 살아나네
>
> 살~기 좋은 우리나라 기호 8번 허경영
>
> 수능시험 없어지고 등록금도 없어지고
> 사교육이 사라지니 교육환경 좋아졌네
>
> 소득세만 납부하면 모든 세금 사라지고
> 공공요금 제공되니 가정살림 좋아지네
> (후략)

'새벽종이 울렸네'로 시작되던 1970년대의 새마을 노래에 맞추어 통일 경제대국이 되며 복지국가가 된다는 허황한 이야기를 전하는 이 노래에 맞추어 등장인물들은 코믹한 표정과 동작으로 춤을 춘다. 노래가 끝나고 화면이 바뀌면 육영수 여사와 박정희 대통령의 사진을 배경으로 허경영 후보가 신용불량자 구제, 대학 무료 교육, 새만금 금융도시, 판문점에 UN 유치 등의 공약을 설명한다. 그는 한때 박근혜 전 대표와의 결혼설을 이야기해서 물의를 일으키기도 하였다.

너무 허황되어 헛웃음이 나오기도 하는 한편 재미있기도 한 순간이 지나면 허경영 후보가 누구와 참으로 닮았다는 느낌이 스치고 지나가게 마련이다. 겉모양은 전혀 닮지 않았지만 구조나 관계에 있어 닮은꼴, MB의 모습이 떠오르지 않는가?

그는 1970년대 개발 시대 샐러리맨의 신화를 이루었고, 개인적으로도 박대통령과 각별한 관계가 있었다. 본인 스스로도 검은 선글라스를 끼고는 박대통령과 닮았음을 자인하기도 한 바 있다. 한반도 대운하에서 경부고속도로를 연상하기란 손쉬운 일이다. 경제 대통령으로서의 능력을 자타가 열망하는 MB의 이번 선거 파트너는 박근혜 전 대표였다.

MB의 성공 사례는 <야망의 계절>이나 <영웅시대> 등의 방송 스토리텔링을 통하여 영웅신화의 주인공으로 자리매김한 바 있다. 어린 시절 끼니를 걱정할 정도의 가난한 집안에서 태어나 고학으로 학업을 마치고 현대건설에 입사해 고속승진하면서 현대의 신화를 만들었던 그는 다시 서울시장 시절 청계천 복개, 지하철 환승 제도 등을 추진하여 성공을 거둔다.

그런데 허경영은 이런 이야기를 더욱 완벽한 영웅신화의 이야기 구조로 완성시키고 있다. 1950년 한국전쟁이 일어나던 해, 다리 밑

움막에서 출생했다고 한다. 전쟁고아로서 농부의 양아들, 스님의 양
아들, 목사의 양아들을 거쳐 이병철 회장의 양아들까지 '역임'한 후
박정희 정책보좌역으로 활약, 한때 바이칼 호수와 캄차카 반도를
사러 다닌 적도 있다고 한다. 천애고아로 환난에 빠진 나라를 구하
여 영웅이 되는 종래 영웅신화를 철저히 구현함으로써 그의 이야기
는 현실성을 잃고 과장된다. 그리고 이 과장, 불균형은 한때 우리의
웃음의 원동력이 되었다.

무시 못할 현실의 성공도 거두었다. 그의 지지율이 0.4%로 이인제
후보의 뒤를 이었다는 사실도 주목하라. 그는 왜 그렇게 철저히 MB를
과장되게 패러디하면서 인기를 독차지했던 것일까? 그가 이런 패러디
를 하지 않았다면 결코 0.4%의 지지율을 얻지 못했을 것이다.

2. 비생존 · 비존엄/생존 · 비존엄/비생존 · 비존엄/?

2002년, 디씨인사이드에서는 MB의 패러디 사진이 끊임없이 올라
오고 있었다. 당시 축구 영웅이었던 히딩크와 아들을 대면시켜 같
이 사진을 찍게 주선한 일이 특권층의 월권 사례로 누리꾼들의 빈
축을 샀던 것이다. 이 징후는 이회창 대통령 후보의 아들 병역 특혜
문제로 연결되면서 그를 대통령 선거에서 패배하게 만든 결정적 요
인으로 작용한다.

그때는 그랬었다. 1950년대 생존의 문제조차 보장받지 못했던 시
절을 지낸 한국의 상황에서 경제성장은 절체절명의 과제였고 1960
년대 경제개발로 가난은 어느 정도 해소되었다. 그러나 개발독재, 빈
부의 격차로 인간 존엄의 문제는 저만치 내팽개쳐졌다. 여성과 노약
자들이 열악한 노동 환경에서 시들어갔고 자유와 진보를 외치던 학

생과 지식인들은 투옥되었다. 존엄에 대한 열망은 커져갔고 1987년 이후 민주화로 이 조건이 어느 정도 이루어진 듯 보였다. 그리하여 2002년, 국민의 선택은 아직 미흡한 인간 존엄의 문제를 해결하고 싶다는 염원에서 비롯되었을 것이다. 그리고 이 염원은 이루어져서 참여정부의 민주적인 측면에 대해 크게 문제를 제기하는 사람은 없다.

그러나 불행히도 참여정부에서 20대 백수 88만원 세대들이 민주적인 환경이 형성된다 해도 생존의 문제가 해결되지 못한다면 존엄의 문제 또한 해결되지 못한다고 생각하게 되었다. 고령화와 실업 문제, 부동산 버블 현상은 세계적인 현상으로 현 정부의 무능 탓만은 아니라고 항변해도, IMF 때의 혼란을 극복한 지 10년밖에 되지 않았다고 변명해도 평균임금 88만원에서 119만원의 20대는[21] 민주화가 생존의 문제에 별로 도움이 되지 못한다고, 한 인간의 존엄성을 유지하는데 별로 도움이 되지 않는다고 굳게 믿게 되었다. 존엄을 찾기 위해 행한 선택이 생존의 위협으로 이어지고 다시 88만원밖에 안 되는 한 달 생활비가 자신의 존엄까지 빼앗아갔다고 생각하게 된 것이다.

그랬다. 5년 만에 자녀교육을 위한 위장전입이나 부동산 투기 의혹, 주식 불법 거래 등에 대한 패러디물은 가상공간에서 별로 맥을 추지 못하였다. 경제만 살리면 되지, 이 상황에서 부패나 권력 남용이 무슨 의미가 있단 말이냐는 식의 허무주의가 세력을 획득하였다. 게시판에 어떤 글이 실려도 신문에 어떤 내용이 나와도 "뭐 어때, 경제만 살리면 되지"란 댓글을 다는 일이 유행인 것도 이 때문이다.

---

21) 우석훈, 「87년 이후 20년, 민중의 시대가 다시 도래하였는가?」, 『사회비평』, 36호, 2007 여름, p.39.

그리고 난데없이 가상공간의 패러디 방식을 그대로 흉내내는 허경영이란 인물이 현실공간으로 뚜벅뚜벅 걸어 나온 것이다. TV나 신문 인터뷰, 선거 유세에서의 그의 태도는 개그맨보다도 더 우스운 것이며 과장된 것이다. 그는 그렇게 어떤 다른 대상의 불균형한 모방과 합성, 과장이라는 인터넷 패러디를 그대로 닮아 있었다.

이 위기의 시대, 경제를 살려야 한다는 지상최대의 과제를 수행해야 할 존재로 현실 공간에서 MB가 엄숙하게 등장하였다. 2002년의 시대상황이라면 누리꾼들은 곧바로 가상공간에서 바로 허경영의 현재 모습으로 MB를 패러디할 것이다. 움막에서 태어나 불교, 기독교의 종교 서적을 섭렵하고 박대통령의 새마을 운동을 지원했으며 바이칼 호수와 캄차카 반도를 사서 우리의 국토를 넓히려 했던 21세기 광개토대왕, 허본좌, 허느님, 헐렐루야!!

그러나 MB는 한국의 현 상황에서 경제발전을 위해 누리꾼이 진지하게 선정한 대통령이다. 우리는 MB에게 현실의 경제난국을 타개할 구세주가 될 것을 진심으로 바라고 있다. 그리하여 우리가 결코, 절대로, 맹세코 그를 패러디할 수는 없는 일이다. 이때 현실공간에 허경영이 등장한다. 왜 가상공간에서 우리 시대의 '속물(snob)' MB를 비판하지 않느냐는 듯 패러디된 MB는 현실공간에서 누리꾼들이 했을 법한 행동을 그대로 재현한다. 우리들은 웃는다. 그 웃음은 우리가 돈 앞에서 어떤 진정성도 어떤 존엄성도 우선은 판단정지하고 괄호 안에 넣어야 한다는 실용주의를 그래도 성찰할 수 있다는 듯 스스로를 위안하는 알리바이이다. 우리의 웃음은 생존을 위해 너무 쉽게 '속물'의 대열로 들어선 것이 아니냐는 은밀한 의구심, 그 죄책감을 배설하는 행위이다.

참고문헌

1. 자료

松雀生・雪熊生, 「변장기자 암야탐사기」, 『별건곤』, 1927.1.

기자, 『별건곤』, 1927.1.

최명익, 「무성격자」, 『조광』, 1937.9.

최진원, 「인테리겐치論」, 『조선일보』, 1930.1.13~3.8.

우석훈, 「87년 이후 20년, 민중의 시대가 다시 도래하였는가?」, 『사회비평』 36
　　　호, 2007 여름.

2. 논저

이창훈 외, 『지식인의 부활』, Seoul ASEM Institute, 2007.

최혜실, 「1930년대 한국심리소설연구」, 서울대학교 국어국문학과 석사학위논
　　　문, 1986.

최혜실, 「<소설가 구보씨의 일일>에 나타나는 '산책자(la flâneur)연구」, 『관악
　　　어문연구』 13집, 1988.

최혜실 편, 『소설가 구보씨의 일일』, 문학과지성, 1998.

최혜실, 『신여성들은 무엇을 꿈꾸었는가』, 생각의나무, 2000.

니겔 도드, 이택면 역, 『돈의 사회학』, 일신사, 2002.

마이크 페더스톤, 정숙경 역, 『포스트 모더니즘과 소비문화』, 현대미학사,
　　　1999.

아브라함 몰르, 엄광현 역, 『키치란 무엇인가?』, 시각과 언어, 1995.

찰스 귀논, 강혜원 역, 『진정성에 대하여』, 동문선, 2004.

파스칼 오리, 장-프랑수아 지리넬리, 현택수 역, 『지식인의 탄생』, 당대, 2005.

필립 듀뿨 드 끌랭샹, 신곽균 역, 『스노비즘』, 탐구당, 1992.

Lucien Goldmann, 송기형, 정과리 역, 『숨은 신』, 인동, 1980.

Georg Gimmel, 안준섭, 장영배, 조희연 역, 『돈의 철학』, 한길사, 1983.

매체

근대 '취미(趣味)' 개념의 형성과 전유 양상

문경연

UCC, 원시공동체로의 복귀

최혜실

토털 스노브 Total Snob

매체

근대 '취미(趣味)' 개념의 형성과 전유 양상
-1900년대 매체를 중심으로

문 경 연

Ⅰ. '취미(趣味)'라는 신조어

20세기에 들어서면서 근대 한국은 전방위적으로 사회의 구조적 변화를 겪었다. 사회 경제적·이념적 변화요인들 사이에 놓인 사람들은 생활영역에서 근대성을 경험하게 되었다. 그것은 근대성을 의식적으로 지향하게 만들었고 문화로 수용되면서 내면화[1]될 수 있었다. 사회의 변화를 가늠할 수 있는 여러 통로들 중의 하나로 담론상 새로운 기표의 등장을 들 수 있다. 낯설고 애매한 기표가 시간이

---

1) 유선영, 「한국대중문화의 근대적 구성과정에 대한 연구-조선후기에서 일제시대까지를 중심으로」, 고려대학교 신문방송학과 박사학위논문, 1993, p.10.

흐르면서 내포하는 의미를 확정하고 하나의 개념으로 정착될 때, 그 개념은 시대성의 지표가 되는 것이다. 근대 계몽기의 조선에서 '문명', '국가', '국민', '개인', '사회' 등의 개념이 근대 국민국가 형성과 근대적 개인을 창출하는 근대적 기획과 연동하면서 어떻게 성립되었는지에 관한 연구들이 상당히 축적되어 있다.[2] 본고는 우선 근대적 언설 가운데 '취미(趣味)'라는 기표가 출현하고 활용되는 새로운 맥락을 밝혀보고자 한다. 이 작업은 필자가 근대 문화의 장에서 '취미'가 하나의 개념과 제도로 정착해가는 과정을 추적함으로써 한국 근대의 새로운 문화적 실천을 조명하고자 하는 이후 연구들의 토대가 될 것이다.

　1900년대에 '국민'이라는 호명 기제를 통해 조선인들이 주체화되는 데는 교양, 개조, 취미, 취향이라는 열쇳말이 전면적으로 활용되었다. 문명이나 지식, 교육 등과 연동하면서 사용되기 시작한 '취미' 개념은 '문명', '교양', '실업' 등과 짝을 이루며 활용되었다. 근대와 더불어 등장한 신조어들은 근대적인 요소를 출현시킨 이 시기의 역사적 변화를 재현하거나, 이런 변화에 대응한 것으로 해석할 수 있다. '취미'는 조선 후기 왕조실록에도 간혹 그 용례가 발견되기는

---

2) 역사학, 사회학 및 국문학 연구자들의 개념 연구가 축적되어 있다.
　박명규, 「한말 '사회'개념의 수용과 그 의미체계」, 『사회와역사』 51호, 한국사회사학회, 2001, pp.51~82.
　박주원, 「근대적 '개인' '사회' 개념의 형성과 변화」, 『역사비평』 67호, 2004, pp.207~238.
　류준필, 「'문명' '문화' 관념의 형성과 '국문학'의 발생」, 『민족문학사연구』 18권, 민족문학사연구소, 2001, pp.6~40.
　김동식, 「1900~1910년 신문 잡지에 등장하는 '문학'의 용례에 대하여」, 『미학예술학연구』 20권, 한국미학예술학회, 2004, pp.49~74.

하지만 극소수였고 그 당시 언설의 장을 장악한 개념은 '취', '벽', '풍치'. '아치'3) 등이었다. 1900년대의 '취미'를 근대적 신조어라고 할 수 있는 것은, 근대에 들어와서 비약적인 활용빈도수를 드러냈을 뿐더러, 기존의 단어였다고 해도 발화 맥락과 의미가 새롭게 전유되었기 때문이다.

오늘날 '취미'개념은 실제로 아주 다양한 대상을 지시하고 다양한 활동적 용어들과 연접되어 사용된다. '취미'는 그것들을 즐길 수 있는 심미적 능력이나 관심이 쏠리는 경향을 의미하는 '취향'과 대체되기도 하고, '기호'나 '흥미'라는 말과 호환되기도 한다. 서구적 'taste'로서의 '취미'는 감각적인 어떤 사물을 대상에 두고 그것의 미적 가치를 쾌, 불쾌의 감정과 관련시켜 받아들이거나 판정할 수 있는 미학적인 능력을 가리킨다. 서양에서는 17세기 후반에 미학상의 용어로 자리를 잡았고, 18세기 들어 임마누엘 칸트에 의해 '취미판단'이라는 확고한 개념으로 정리되었다.4) 지금의 '취미'는 주로 통속적인 의미에서 여기(餘技)나 오락을 뜻하는 경우도 많다. '취미 taste'의 연원에 대해 대략적으로 살펴보기만 해도, 내포된 의미층5)이 간단치 않음을 알 수 있다. 본고는 한국 근대의 '취미'와 취미에

---

3) 조선 후기 '벽(癖)', '치(致)'와 관련된 전통 미의식에 대해서는 정민, 『18세기 조선 지식인의 발견』, 휴머니스트, 2007을 참조하였다.

4) 임마누엘 칸트, 김상현 역, 『판단력 비판』, 책세상, 2005.

5) 논의의 수월한 진행을 위해 현재 우리가 인식하고 있는 '취미(taste)'의 개념을 크게 대별하면 다음과 같다.
  (1) 美的 鑑識眼이나 미적 능력. 아름다운 대상을 감상하고 이해하는 힘.
  (2) 감흥을 느끼게 하고 마음을 끌어당기는 멋. 미적 대상이 소유하고 있는 아름다움.
  (3) 전문적으로 하는 것이 아니라, 여가를 즐기기 위한 오락적 실천 행위들.
  (4) 세속적인 재미나 흥미.

서 파생된 단어들의 용례를 살핌으로써 개념이 형성되고 전유되는 과정을 밝힐 것이다. 시대와 맥락을 초월하여 지속적으로 영향을 끼치는 불변하는 상수(常數)로서의 '취미'가 아니라, 특정한 역사적 맥락에서 어떤 사람이 어떤 의도를 가지고 어떻게 사용하는지 '취미'개념의 이데올로기적 사용과 의미를 개념사[6]적 입장에서 면밀히 추적하는 것이 목적이다.

Ⅱ. 개화기 매체에 등장하는 '취미' 용례

조선시대까지 미적이고 예술적인 취미가 제한된 계층만 향유할 수 있는 고급한 취향 문화였다면, 근대 이후 그것들은 원칙적으로 모든 계층에게 개방되면서 대중적인 문화 양식으로 재구성되었다. 전통적으로 유교 지식인과 상류층이 소유했던 '致', '趣' 혹은 '趣味'는, 근대 계몽기를 맞이하면서 새로운 가능성과 언어상의 존재 이유를 모색했다. 신분제가 무너지고 근대적인 정치·경제 구조로 편입하면서, 문화의 소비양식이 달라졌기 때문이다.

1900년대 전후의 근대 매체 중에서 신문으로는 『황성신문』, 『독립신문』, 『대한매일신보』를, 학회지로는 『대동학회월보』, 『대조선독립협회보』, 『대한자강회월보』, 『대한협회회보』, 『서우』, 『서북학회월보』,

---

6) 나인호, 「레이먼드 윌리엄스의 'keyword' 연구와 개념사」, 『역사학연구』 29호, 호남사학회, 2007, pp.458~459. 언어를 사회적 제도나 문화의 한 부분으로 다루려는 신문화사 연구의 흐름과 동향은 Peter Burk, Roy Porter, The Social History of Language(Cambridge et. al, 1987)와 피터 버크, 조한욱 역, 『문화사란 무엇인가』, 길, 2004.를 통해 살필 수 있다.

『기호흥학회월보』,『태극학보』,『호남학보』등을 텍스트로 삼아 '취미'라는 용어가 사용된 용례를 찾아보았다. 그리고 1908년에 발간된 최초의 근대문학잡지인『소년』을 포함시킴으로써, 계몽기 사회담론과 문학담론에서 사용된 '취미'를 함께 살필 수 있었다. 그 중에서 몇몇 중요한 기사는 전문을 인용하면서 '취미' 개념이 내포한 의미와 그 의미변화의 맥락을 해석하고자 했고, 1900년대 취미가 가진 의미의 여러 층위를 잠정적으로 분류해 도표화하였다. 대상 텍스트 중에서『독립신문』,『대동학회월보』,『대조선독립협회보』,『호남학보』에서는 이렇다 할 '취미'의 용례를 찾을 수 없었다.

1. 1900년대 개화기 신문과 학회지의 '취미' 용례

필자가 확인한 바로, 한국 근대 매체 중에서 가장 이른 시기에 '취미' 용법이 발견된 것은 1899년 7월 7일자『황성신문』제153호 논설이다. 이현진은 "취미란 용어는 원래 조선시대에 존재하지 않았으며, 서구의 taste와 hobby가 일본을 통해 조선으로 전해질 때 유입 및 정착된 것으로 보인다. (중략) 현재 한국의 잡지 자료에서 '취미'라는 용어가 확인되는 것은 1908년 최남선이 발간한 잡지『소년』[7]이라고 밝힌 바 있다. 하지만 그는 한국 근대의 '취미' 개념을 설명함에 있어 일본적 상황에 과도하게 의지하고 있고, '취미'라는 개념어는『소년』보다 10년 정도 이전인 1899년 신문 매체에서부터 발견되기 때문에 재고가 요구된다. 천정환은「근대적 대중문화의 발전과 취미」[8]에서 한국 근대의 '취미' 형성 배경을 조선 후기의 문화적 실

---

7) 이현진,「근대 취미와 한국 근대소설 관련 양상 연구」, 경기대 대학원 박사학위논문, 2005, p.17.

천으로까지 확대했고, 1900년대 이래 1920년대까지의 대중문화를 추적함으로써 '취미'라는 말의 '새로운' 정치·문화적 의미를 구하고자 한 의의가 있다. 다만 근거가 되는 용례를 1~2개 정도만 제시했고, 1910년대에 대한 논의 없이 1920년대의 본격적인 대중문화로 건너뛴 한계가 있다.

국한문혼용체『황성신문』이 창간된 것은 1898년 9월 5일이다.『황성신문』은『대한매일신문』이나『독립신문』과 같은 기존의 신문과는 달리 전통적 지식인을 독자층으로 해서 발간했다.[9] 이 신문은 민중의 시각에서 보수적인 관료층 및 기득권을 비판하겠다는 의지를 분명히 가지고 있었다.[10]

[論説] 大抵 人이 世間에 處함이 生涯를 求함은 賢愚貴賤이 一般이라 故로 士農工商이 各其 職分이 有ᄒᆞ야 其 力으로 食ᄒᆞ며 其 力으로 衣ᄒᆞ니 然則 雖 亭祿 千鐘에 日食萬錢ᄒᆞ던 宰相이라도 其 位를 辭ᄒᆞ면 其 職業이 無한則 반다시 江湖에 處ᄒᆞ던지 山林에 隱ᄒᆞ야 漁利를 取ᄒᆞ며 耕業을 資ᄒᆞ야 生涯의 方을 求ᄒᆞᄂᆞ 것이 國家의 臣民된 任責이오 湖山에 居生한 本分이니라.
世人이 張志和를 謂ᄒᆞ디 桃花流水에 魚를 釣홈이 趣味를 取홈(*필자 강조)이오 生利를 取홈은 아니라ᄒᆞ디 或 曰 人이 衣食이 無ᄒᆞ면 趣味도 不知ᄒᆞᄂᆞ니 張志和ᄂᆞ 江湖의 隱者라 衣食이 自足ᄒᆞ기 不能

---

8) 천정환,「근대적 대중문화의 발전과 취미」,『민족문학사연구』제30호, 민족문학사학회, 2006, pp.227~265.
9) 정선태,「개화기 신문 논설의 서사 수용 양상에 관한 연구 :『독립신문』,『매일신문』,『뎨국신문』,『皇城新聞』을 중심으로」, 서울대학교 대학원 박사학위논문, 1999, pp.90~91.
10) 정선태, 앞의 논문, pp.97~99.

ᄒᆞ야 一日의 釣利가 一日의 生涯를 求ᄒᆞ얏기에 靑笠綠衣로 斜風細
雨에 不須歸ᄒᆞ얏ᄂᆞ니라.
世人이 陶淵明을 위ᄒᆞ되 五柳先生의 豆尤을 耕홈이 世情을 寄홈이
오 生計를 寄홈은 아니라ᄒᆞ되 或 曰 陶淵明은 山中의 處士라 彭澤
의 五斗米를 棄ᄒᆞ고 古里고 歸홈이 田園의 將蕪홈을 歎ᄒᆞ야 南山
西疇에 農人을 伴耕ᄒᆞ얏스니 엇지 生涯를 切求ᄒᆞᆫ 者ㅣ 아니리오

夫 二子者ᄂᆞᆫ 可謂 生涯에 汨沒ᄒᆞᆫ 者이어늘 後人이 此人의 名譽만
虛慕ᄒᆞ고 其 事爲ᄂᆞᆫ 實行치 아니ᄒᆞ야 江湖 山林에 偃然閑臥홈으로
自稱 隱逸이라ᄒᆞ고 生涯를 不求ᄒᆞ니 此 習이 俗尙을 致ᄒᆞ야 我國
의 所謂 儒林이라는 者ㅣ 擧皆資業을 不事홈이 此를 良以홈이니
라.11)

이 논설은 어부로서 강호에 살았던 당나라 은사 장지화와 스스로
를 오류선생이라고 칭했던 도연명을 거론하며, '자업(근대적 실업)'과
'생애를 절구하는 자(살아나갈 방도를 구하려는 자)'될 것을 촉구하고
있다. 이 내용을 논의의 편의상 국역해 가면서 정리해 보면 다음과
같다. 사농공상 빈부귀천 할 것 없이 각기 직분을 가지고 그 힘으로
먹고 산다. 재물이 많았던 재상이라도 그 지위를 내려놓게 되면 직
업이 없어지므로, 반드시 강호와 사림에 은거하면서 고기를 잡거나
밭을 갈아서 생계를 꾸려야 한다. 그것이 국가의 신민된 책임이고
사람이 살아가는 본분이다. 세상 사람들은 장지화가 자연 속에서
고기를 잡는 것이 '취미'를 취한 것이지 먹고 사는 이익을 얻으려는
것이 아니라고 한다. 혹자는 의식을 갖추지 못하면 취미도 구할 수

---

11) 「論說」, 『皇城新聞』, 1899.7.7.

없으므로, 의식이 충분치 않고 하루 구해 하루 사는 장지화의 삶은 자연의 한가한 풍류로 돌아갈 수 없었다고 말한다. 사람들은 도연명이 콩밭을 맨 것은 세상 이치와 세정을 알고자 함이지 생계 때문은 아니라고 한다. 혹자는 도연명이 평택수령으로 녹봉 받는 삶을 버리고 고향에 돌아와서 땅의 거친 풀을 보고 탄식하며 논을 경작했는데 어찌 생계를 구하는 자가 아니겠냐고도 한다. 무릇 이 두 사람은 생계에 골몰한 자들인데, 후세 사람들은 이들의 명예만 헛되이 흠모하고 그들이 행한 바는 실행하지 않는다. 강호산림에 한가로이 누워서 스스로를 은일이라고 하고 생계를 도모하지 않는데, 그 관습이 세속적인 숭상이 되어버렸다. 논자는 소위 조선의 유림 거개가 실업에 종사하지 않는 것은 명예에 대한 세속적 숭상이라고 비판하고 있다. 성리학적 전거를 통해 당시 보수적 관료와 전통적인 지식인을 질타하는 논조인데, 『황성신문』 논설의 전형성을 담지한 글이라고 할 수 있다.

여기서 본 연구자가 주목하는 것은 '취미'라는 기표의 출현과 그것이 사용된 문맥이다. 이 글에 따르자면, '취미'는 직분이나 '살아갈 방도를 구하는 일' '생계를 꾸리는 일'과는 대척점에 놓인다. 그러나 취미와 생애(=생계)는 상관관계를 맺고 있는데, 생계가 해결되지 않으면 취미도 불가능하기 때문이다. 즉 여기서 '취미'는 봉건사회의 미의식이라고 할 만한 '풍류'에 가까운 개념으로 쓰였다. 그런데 기사의 논조는 장지화와 도연명 같은 인물이 고민하고 행했던 것들을 전혀 실행하지 않고 '헛되이 흠모(虛慕)'하고 '세속적으로 숭상(俗尚)'하는 개화기의 유림과 봉건관료를 비난하고 있기 때문에, 풍류정신의 예찬과는 거리가 멀다. '실행', '자업'을 강조하면서 실업중시, 부국강병, 식산흥업을 외치던 개화기 논설과 맥을 같이하고 있는 것이다. '취미' 자체에 대한 직접적인 예찬이나 비난이 문면에 드러나 있지는 않지만, 그것이 개화기의 계몽담론과 대척점에 놓여 있는 것만은 분명하다. 1899년이라는 시점은 아직 노동과 여가라는 근대적인 노동개념이 확립되지 않은 시기이지만, 이 글에서 말하는 '자업'과 '취미'는 근대적 노동 관념이 가까운 시기에 도래할 것임을 보여주고 있다.

그 후 1900년대 중반까지 각종 근대 매체인 신문, 잡지 등에서 '취미' 기표를 찾기가 어렵다. 이것은 '취미' 용법이 단절된 것이라기보다, 1899년『독립신문』이 폐간된 이후 1905년까지 학회지의 발행이 잠복기에 들어갔다가 1906년 이후 다시 나타나기 시작한 매체사적 현상과 관계가 깊다.12) 1906년 이후 '취미'의 용법을 살필 수 있는『대한매일신보』1906년 7월 27일자 논설이다.

[論說 讀朝陽報] 向日本記者ㅣ 各種雜誌發行에 對ᄒᆞ야 一般攢祝之意를 表ᄒᆞ얏거니와 今에 朝陽報 第二號를 接讀흠이 尤覺趣味深長ᄒᆞ야 令人忘倦이라. 此以往으로 以至數十幾 百幾千號에 其言論의 高明과 文字의 精妙를 將次 弟得見이니 豈不可賀哉아 本記者ㅣ 開此報館以來로 惟是大韓人民의 文明進步가 漸臻 美ᄒᆞ야 人權의 自由과 國家의 獨立을 匪久回復ᄒᆞ기로 深切希望ᄒᆞᄂᆞᆫ비인 故로 丁寧

---

12) 1894년 이후부터 1899년에 이르기까지 갑오농민전쟁, 청일전쟁, 갑오개혁 등 역사적 사건들이 발생한 역동적 시기에 여러 근대적 개념들이 활발하게 출현하고 논의되었다. 그러다가 1906년까지 계몽담론이 수면 아래로 가라앉아버린 것은 大韓國國制가 제정되고 광무정권이 유지되는 시기라는 역사적 배경에서 기인한다. 박주원, 「근대적 '개인', '사회' 개념의 형성과 변화」, <역사비평> 67호, 역사문제연구소, 2004, pp.220~222.

勸告가 頗費苦心이나 然이나 人權의 自由와 國家의 獨立을 回復코
져ᄒᆞ면 오즉 人民의 知識發達에 在ᄒᆞ고 人民의 普通知識은 新聞과
雜誌를 由ᄒᆞ야 門를 始得ᄒᆞ나니 所以로 文明ᄒᆞᆫ 國民은 無論 上下
貴賤ᄒᆞ고 報館文字를 不讀ᄒᆞᄂᆞᆫ 者ㅣ 絶無ᄒᆞᆫ지라.(하략)13)

『대한매일신보』의 기자는 이 논설에서 잡지『조양보(朝陽報)』14)의
의의와 중요성을 설파했다. 기자는 당시에 "각종 잡지가 발행되는
것"을 기뻐하면서『조양보』제2호를 읽었는데, "더욱 취미가 심장해
짐을 느꼈고 피로한 줄도 몰랐다(尤覺趣味深長 令人忘倦)"고 한다. 여기
서 잡지의 "취미심장(趣味深長)"함이란 무엇을 말하는가. 다양한 층위
의 의미를 가지고 있는 '취미'개념의 특성상, 구체적인 의미를 추적
하기 위해서는 취미와 관련한 대상이 무엇인지, 혹은 취미를 느끼
는 주체는 어떤 의식과 감각의 과정을 겪으면서 취미를 감지하게
되는지를 살피는 것이 중요할 것이다. 기자는 "이 언론의 고명(高明)
과 문자의 정묘(精妙)를 점차로 볼 수 있었으니 어찌 기쁘지 않겠느
냐"며 "대한인민의 문명진보가 점차 나아지고 인권의 자유와 국가
의 독립을 머지않아 회복하기를 간절히 바란다면 오직 인민이 지식
계발을 해야 한다"고 주장한다. "인민의 보통지식(普通知識)은 신문과
잡지에서 얻을 수 있는데, 그렇기 때문에 문명한 국민은 상하귀천
을 막론하고 보관신문(報館文字)을 읽지 않는 자가 없다"는 것이다.
즉 신문 잡지라는 근대매체의 중요성과 문명국이 되기 위한 지식획
득의 급선무를 전제로 함으로써, 잡지『조양보』의 의의와 활용방안

---

13)『대한매일신보』국한문본, 1906.7.27.
14)『朝陽報』는 심의성(沈宜性)이 1906년 6월에 창간한 대한자치협회 기관
지였다.

을 이끌어 냈다. 대한제국의 인사들 중에서, 대국의 정세와 내외시
사에 관한 중요 신문, 사회와 국가의 관계, 교육의 필요, 실업의 이
익, 가정교육의 중요성 등을 알고자 하는 자는 이 잡지를 읽지 않을
수 없다고 한다. 『조양보』의 실제적 성격과 기능은 별개로 하고 이
문맥에서 읽어내야 할 것은, 한국과 일본의 저명한 학자와 지식인
들이 집필한 개화기 문명담론과 계몽의 주제들을 다양하게 담고 있
는 이 잡지를 통해 시대가 요구하는 지식을 얻고 지식을 발달시키
는 일련의 과정이 "취미를 심장(深長)"시킨다는 논리이다. 이때의 취
미(趣味)는 즐거움을 주는 통속적인 재미거리가 아니고, 한가로운 풍
류도 아니다. 개화기의 '문명', '지식' 담론을 통해 획득할 수 있는
'근대적 앎의 성과'인 것이다.

1906년 9월에 발간된 『태극학보(太極學報)』 제2호에는 「人生의 義
務」[15]라는 편집인 장응진(張膺震)의 논설이 실렸다. 그는 인간이 절
대 고립적으로 살 수 없으므로 "相合相結ᄒ고 相助相依ᄒ야 善美ᄒ
社會를 編成ᄒ 然後에야 可히셔 個人의 生活을 安樂"하게 살아가야
한다고 말한다. 이 시기에 시급하게 구성해 내야만 했던 근대적 개
인관, 국민관, 국가관을 담고 있는 글이다. "국가에서 제정ᄒ 법률에
복종ᄒ며 조세를 納ᄒ고 壯年에 達ᄒ 者면 병역에 복무ᄒ야 국가에
一朝事變이 起ᄒ면 一身을 挺ᄒ야 公務에 供獻ᄒ며 善良ᄒ 國民으
로 國民의 責任을 盡竭ᄒ야 國家로 ᄒ여금 富强發達의 域에 進케
홈은 국가에 對ᄒ 의무며 同類를 서로 사랑ᄒ며 我利만 偏執치 말
고 公德을 尊重ᄒ야 人我의 福利를 共計ᄒ며 社會一分子의 職分을
盡ᄒ야 今日의 不完全ᄒ 社會狀態로 ᄒ여금 漸次 進化ᄒ야 完美의

---

15) 張膺震, 『태극학보』 제2호, 1906.9, pp.19~21.

域에 進케 홈은 社會에 對흔 義務"16)라고 주장한다. 개인적인 이익 (我利)보다 공덕(公德)을 존중하라는 것이다. "社會一分子의 職分을 盡"함으로써 "사회생활의 眞味를 자각"할 수 있게 되는데, 이것이 바로 필자가 말하는 개화기적 "生活의 趣味"이다. 근대 국민국가가 만들어지던 시기에 국민으로서의 개인은 사농공상, 빈부귀천에 관계없이 '직분'과 의무에 충실함으로서 국가의 발전을 도모하는, 사회의 일분자(一分子)로 표상되었다. 그렇기 때문에 개화기의 '생활의 취미'는 이전 시대의 한가하고 여유로운 삶에서 느낄 수 있었던 풍류가 아니다. 재편된 근대적 삶의 양식 안에서 개인들이 느낄 수 있을 것이라고 설명된, 혹은 표준으로 제시되고 강제된 '근대적 취미'인 것이다. 이 맥락의 저변에는 개화기에 학식은 있으나 노동하지 않는 유교적 지식계급에 대한 비판담론, 전통적 계급관과 관련된 의미망이 가로놓여 있다고 하겠다.

『대한유학생회학보』 제1호(1907년 3월호)에 남궁영의 「人格을 養成ㅎㄴ데 敎育의 效果」17)라는 논설이 실렸다.

    교육은 개인의 지식을 발달케 ㅎ며 인격을 양성홈이오 인격은 교육의 함양으로 인ㅎ야 자신의 품위를 고상케 홈이니, 吾人이 此世에 處ㅎ미 웅대흔 인격과 고상흔 지식을 不可不有홀터인즉 學問를 修ㅎ고 훈도를 受홈은 吾人의 일종의무오. 不得不做홀 要件事로고 음악의 진미를 聞覺홈은 이목의 所掌인듯 ㅎㄴ 기실 정신의 作爲니 故로 정신이 점차고상웅대흔즉 知識과 趣味도 쏘흔 고상웅대흔 域

---

16) 장응진, 앞의 글, p.20.
17) 南宮營, 「人格을 養成ㅎㄴ데 敎育 效果」, 『대한유학생회학보』 제1호, 1907.3, pp.27~28.

에 進흘디라.(후략)

이 글은 '취미'가 교육을 통해 고취될 수 있는 '정신적 능력'임을 분명히 드러냈다. 즉, 지식이 교육을 통해 연마되듯, 음악의 참 아름다움(眞美)을 간파하는 능력은 시비와 선악을 판별하는 정신의 작용을 통과한 취미의 고상웅대(高尙雄大)함에 있다. '취미'는 교육을 통해 지속적으로 연마될 수 있는 개인의 정신적, 지적 능력이며, 새 시대가 요구하는 개인의 자질 중의 하나로 제시되었다. 계몽을 "근대적 국가와 계몽된 개인을 동시에 산출하고자 하는 역사적인 기획"[18]이라고 한다면, '취미'가 계몽의 기획으로 포섭된 것이다.

그 외의 다양한 용례들을 보면 다음과 같다. 1907년 『태극학보(太極學報)』 9호에 실린 곽한칠의 「人格修養과 意志鞏固」[19]에서 필자는 "本題는 表面으로 暫觀ᄒᆞ면 平平凡凡ᄒᆞ야 趣味가 一無ᄒᆞᆫ 듯ᄒᆞ나 此를 깁히 싱각ᄒᆞ면 決코 不然ᄒᆞ니 吾儕 靑年學生은 此를 深究치 아니치 못홀 것이라"며, '취미'를 단순한 '흥미'나 '호기심'의 의미로 썼다. 제11호에 실린 「水의 니야기」[20]에서는 "육칠월경 청명ᄒᆞᆫ 늘 태양이 暴洒홀제 滌署次로 淵沼邊에 臨ᄒᆞ여서 쳐음 싱각에ᄂᆞ 태양이 이갓치 暴暑ᄒᆞ니 此 淵水도 必然 寒凉ᄒᆞᆫ 趣味가 無ᄒᆞ리라 自度ᄒᆞ고 아모 싱각업시 投入ᄒᆞ면 表面은 暖ᄒᆞ나 裏面은 寒冷ᄒᆞ"다며, '취미'를 '느낌, 피부로 느끼는 감각'의 의미로 사용하였다. 13호부터 15호까지 연재된 「敎授와 敎科에 對ᄒᆞ야」[21]는 고대 서양 이래

---

18) 김동식, 앞의 논문, p.68.
19) 郭漢七, 「人格修養과 意志鞏固」, 『태극학보』 제9호, 1907.4, pp.6~19.
20) NYK生, 「水의 니야기」, 『태극학보』 제11호, 1907.6, pp.40~45.
21) 張膺震, 「敎授와 敎科에 對ᄒᆞ야」, 『태극학보』 제13호(1907년 9월)~제15

로, 교수 목적과 교과 선정의 방식 등을 서술한 근대적인 교과교육
론이다. 이 글에 따르면 "教授의 목적은 現世人類의 開化를 적당히
이해홀 만흔 필요흔 내용을 傳授흐야 兒童의 知能을 啓發흐는 作
用"[22]에 있다. 그리고 13개의 교과목을 분류해서, 각각의 교과목에
그 의미와 교수 방법, 교육 목표들을 부기하였다.[23] 교과목은 수신
과, 언어과, 수학과, 역사과, 지리과, 이과과, 도화, 창가과, 체조과,
수공과, 농상업과, 법제경제과, 가사재봉과로 나뉘었다. 그 중 도화
과, 창가과, 체조과를 설명하면서 거론된 개념이 바로 '취미'이다.
세 교과는 "교육상 미적 요소"를 양성시켜주는 과목으로 설정되었
다. "唱歌는 아동의 발음, 청음의 기능을 발달흐야 음악의 趣味를
養與하고 高尙 純潔흔 心性을 養成흐야 德性의 涵養을 計흐는 者"
로 소개되었다. 특히 미적 능력과 미감은 심성을 고상하게 하여 덕
성(德性)의 양성으로까지 이어지는 교육 효과를 발휘하기 때문에 영
향력이 아주 큰 것을 강조했다. 체조과의 경우 "游戲를 果흐야 활발
흔 自由의 운동으로써 운동의 趣味를 增進"케 해준다고 한다. 미적
교육의 '취미' 정서와 그로 인한 실천은 '일시적'인 흥미나 재미와
는 다르게 "反復을 통해 養成되고 敎育되는 무엇"이라는 점이 중요
하다. 여기서 '지속성', '반복'이라는 취미의 중요한 '조건'을 추출해
낼 수 있다.

「위생문답(衛生問答)」[24]은 당시 진화론이나 우생학의 관점에서 중
요한 연구대상으로 떠올랐던 뇌의 위생법(건강법)에 대한 질문과 답

호(1907년 11월).
22) 장응진, 앞의 글, p.3.
23) 장응진, 앞의 글, p.7.
24) 金英哉, 「衛生問答」, 『태극학보』 제22호, 1908.6, pp.43~55.

변으로 구성된 학술기사이다. 뇌건강을 위해 뇌의 사용시간과 휴식 시간을 규칙적으로 정해 놓아야 하고, 먹고 자고 운동하는 시간도 정해 놓아서 규칙적인 신체 리듬을 가지라고 충고한다. 이것은 이제 막 한국에 도입되어 당대인들의 삶의 패턴을 규율화시키기 시작했던 근대적 시간 개념과도 관련된 사고방식이다. 이 글이 강조하는 것은 "자기가 좋아하는 職業을 올바로 선택(自己의 嗜好ᄒᆞ는 바 職業을 善히 選擇)"하라는 것이다. 왜냐하면 "자기가 즐겨할 수 있는 직업은 자신도 모르는 사이에 취미를 획득하게 해서 노동의 수고로움을 느끼게 하지 않기(自家의 願爲ᄒᆞ는 職業은 不識不知之間에 趣味를 得進ᄒᆞ야 별반 苦勞를 不積)" 때문이다. 규칙적인 노동, 즐겨할 수 있는 직업이 취미를 가져다준다며 근대적 직업생활과 정신건강에 대해 서술했다. 그런데 휴식으로는 "산책이나 혹은 室內 體操", "稗史小說, 연극장을 관람홈", "夏節에 전지휴양" 등이 좋다고 예를 들었다. 이 기사가 흥미로운 것은 다양한 층위이 취미 용법이 발견된다는 점이다. 노동과 여가(휴식)라는 근대적 노동개념이 자연스럽게 서술되었고, 직업을 통해 취미를 얻을 수 있다며 취미를 근대 노동자 개인의 삶에 결부시켰다. 또 '휴양(休養)'이라는 개념 안에 산책, 체조, 소설책 읽기, 연극 관람, 피서 등을 추천하면서, 오늘날의 여가 개념을 선취하고 있다. 『기호흥학회월보(畿湖興學會月報)』 제1호(1908년 8월)에 실린 논설 「敎育의 目的」25)은 실리주의, 중혼주의, 정치주의, 자연주의, 우미주의, 도덕주의 등 각종 주의가 목적으로 삼는 교육관을 소개했다. "敎育의 目的은 人의 體, 智, 德 三者를 完全發達케ᄒᆞ야 能히 獨立的 人物되게 홈"26)에 있으므로, 국가에 보탬이 되는 국민을 만

---

25) 鄭永澤, 「敎育의 目的」, 『기호흥학회월보』 제1호, 1908.8, pp.29~32.

들어야 한다는 국민양성의 필요성을 설파했다. 특히 우미주의의 입장에서 '고상한 취미'를 언급하고 있어서 주목을 끈다. 우미주의는 영국의 문호 酒若是披霞(주약시피하, 세익스피어)처럼 실리추구를 천하게 여기며 고상한 취미를 위해 "美術 文學 등"으로 교육 목적을 세웠다. '취미'의 하위범주인 '고상한 취미'가 예술과 문학 교육을 통해 가능하다는 것인데, 실제로 1910년대가 되면 취미교육론이 대두한다. 1910년대의 '취미'도 '경직(耕織)'과 같은 실리를 목적으로 하는 직업이나 노동과 양립하면서, 정신적 능력이나 미의식을 표상했다. 그러나 필자인 정영택은 "決코 美術文章 等을 全體排斥흠이 아니"라면서 실업과 취미의 균형을 강조하는 입장에 섰다.

필자는 이상에서 인용한 기사들을 포함해서 1900년대 매체에서 총 44개의 '취미' 용법을 발견하였다. 거의 모든 기사의 '취미' 개념은 위에서 살펴본 맥락과 사례를 공유하고 있다. 그 구체적인 예문과 개별적 의미는 뒤에 <도표>를 통해 첨부해 두었다.

2. 『소년(少年)』과 취미

1908년은 최초의 근대문예잡지인 『소년(少年)』이 창간된 해이다. "活動的 進取的 發明的 大國民을 養成하기 위하야 出來한"[27] 잡지 『소년』은 생물, 화학, 지리, 물리, 생물 등의 학과(學科) 교육독본과 과학 전반을 소개하는 기사 및 논설, 번역소설과 우화, 모험담, 위인 소개, 세계정세와 수신, 처세 관련 기사, 그리고 유머와 좌우명 등의 토막기사들로 구성되었다. 『소년』 1호(1908년 11월호)에 실린 창

---

26) 정영택, 앞의 글, 1908.8, p.31.
27) 『소년』, 제1년 제1호, 1908년 11월.

가집 「경부철도가(京釜鐵道歌)」 광고 문안에 '취미'가 쓰였다. 최남선은 "此書은 아국의 대동맥인 경부 연로의 명승고적을 詠歌하야써 남반부의 지리상 형성과 역사상 사실을 교시코댜 함이니 그 調는 新하고도 雅하며 그 味는 饒하고도 濃한디라. 不久에 출현할 「京義鐵道歌」와 공히 소년 諸子의 사정을 가댱 趣味잇게 輕妙하게 知하랴면 此書를 捨하고는 更無하리라"고 광고하였다. 이런 시가 형식은 근대 지리 관련 지식을 효과적으로 전달하게 하는 계몽주의적 지식보급의 한 형태였다. 김윤식 · 김현은 이런 신체시가 창작되는 조건은 시나 예술의 차원이 아니라 "신지식 수입(新知識 輸入)"의 차원에 속한다고 보았다.[28] 근대 지리적 지식과 창가의 결연을 시도하면서 최남선 역시도 '취미'를 근대문명과 근대지식의 관점에서 사유한 것이다. 최남선의 이런 태도는 1910년대 잡지『청춘』에 실린 「세계일주가(世界一周歌)」에서도 찾아볼 수 있다.『청춘』 창간호의 부록이었던 「세계일주가」[29]는 실제적인 지식정보와 실물사진이 첨부된 일종의 세계지리백과였다. 무려 70여 쪽에 달하는 이 부록의 첫 문장은, "此篇은 趣味로써 세계지리역사상 긴요한 지식을 得하며 아울너 조선의 세계교통상 주요(樞要)한 부분임을 인식케 할 主旨로 排次함."[30]이었다. 최남선에게 '취미'는 근대문명과 근대 지리지식의 관점을 전제한 개념이었다.

그 외의 기사에서도 발간 취지에 걸맞게 창간호부터 전 세계의 유적지와 명승지의 사진, 동서양 위인들의 사진을 실어 당대 독자

---

28) 김윤식 · 김현, 『한국문학사』, 민음사, 1971, pp.110~113.
29) 「세계일주가」, 『청춘』 1호 부록, 1914.10, pp.37~101.
30) 앞의 글, p.37.

들이 상상할 수 있는 공간지리적 스케일을 확장시켰고 기사 내용의 실감도를 높여주었다. 창간호에 실린 「快少年 世界周遊 時報」에서 최남선은 "우리나라 사람이 여행을 시려하난 경향"이 있고 "旅行誠 이 감퇴하야 모험과 경난을 시려하게 된"[31]것을 우려했다. 자신은 "말노만 배호고 귀로만 듯난 것보다 눈으로 보고 마음으로 염량하 난 것을 낫게 아는 성미인 고로" "항상 내 발로 親히 밟고 내눈으로 親히 보기가 願이"[32]었다고 한다. 독자들에게 여행을 통해 지식을 얻으라고 권유하면서, 자신이 여행을 가게 되면 "몸은 비록 혼쟈 이 오나 글월이나마 댜됴 올녀 노난 興趣는 갓히 하"겠다고 약속했다. 여기서 눈에 띠는 것이 '흥취(興趣)'이다. 이 말뜻은 재래적 의미에서 크게 벗어나지 않는데, 산수를 구경하거나 자연기행을 하면서 얻을 수 있었던 전통적인 풍류와 비슷한 의미이다. 하지만 휴양이나 여 가의 의미가 아니라, 살아있는 세계 교과서를 직접 체득하면서 근 대적인 지식을 목적으로 한다는 점에서 일종의 '학습작용'이며 '교 육과정의 연장'으로 보아야 한다.

　　우리는 快壯한 것을 됴와하니 그럼으로 海天을 사랑하며 우리는 領特한 것을 됴와하니 그럼으로 모험적 항해를 딜겨하며 海天을 죠 와하고 航海를 딜겨함으로 표류담, 檢索記的 문학을 耽讀하난디라. 今에 이 性味는 나로하야곰 이 불세출의 奇文子『로빈소 크루서』를 번역하야 우리 사랑하난 少年諸子로 더브러 한가디로 海上生活의 興趣와 航海冒險의 趣味를 맏보게 하도다[33]

31) 「快少年 世界周遊 時報」, 『소년』 제1년 제1호, 1908.11, pp.74~75.
32) 앞의 글, p.77.
33) 최남선, 「로빈손무인절도표류기담」, 『소년』 제2년 제1호, 1909.1, p.42.

1909년도 『소년』에서 발견된 '취미'의 용례는 비교적 이른 시기의 것이라고 하겠다. 최남선의 '취미' 역시 개화기의 다른 용례들과 마찬가지로, 근대적 계몽과 문명을 지향하는 정신작용을 의미했다. 최남선의 해사사상(海事思想)과 해사지식욕(海事知識慾) 강조를 염두할 때, "海上生活의 興趣와 航海冒險"의 '취미'는 유익한 지식과 교육적 흥미라는 계몽 의도를 담지하고 있기 때문이다. 특히 "大洋을 지휘하난 者는 貿易을 지휘하고 세계의 무역을 지휘하난 자는 세계의 財貨를 지휘하나니 세계의 재화를 지휘함은 곳 세계총체를 지휘함이오"라는 '랄늬'의 말을 기사 뒤에 바로 부기하였는데, 해양지식(海洋知識)은 이 시기에 강조되었던 '부국강병'과 '식산흥업'으로 가는 첩경이었다. 즉 해상지식은 교육과 지식의 장에만 한정되는 것이 아니라, 세계 무역과 상업으로 진출하여 '부국강병'이라는 계몽기 최대의 열망을 실현하는데 밑바탕이 된다는 것을 암시적으로 강조하고 있는 것이다. 그러므로 '취미'는 근대적 자장 안에서 획득할 수 있는 자질이며, 지향해야 하는 정신작용과 그 효과인 것이다. 특히 최남선은 '취미'를 근대 지식습득의 매개로 사유했다. 한편 『소년』 제2권 제10호에 실린 「自己의 處地」[34]는 개성과 정체성의 하나로 취미를 든다.

　누구던지 일을 할쌔에는 꼭 自己의 處地에 대햐야 정확한 자각을 가져야 하나니 그러치아니하면 그쌔 자기의 技能과 事情과 趣味와 局勢에 맛지아니함으로 큰 自信이 아니나고 큰 자신이 업슴으로 順境에 서서 잘되여가면 모르되 逆境에 서서 困難의 맛을 볼쌔에는

---

34) 「自己의 處地」, 『소년』 제2권 제10호, 1909.11, pp.9~15.

길히 견대고 굿게 직히지못ᄒ고 今時今時에 실패하는 辱을 당하고
마난 것이라. 무삼일에든지 자기가 자기를 아난것이 먼저니라.[35]

이 때 '취미'는 자신의 처지, 즉 자기가 누구인지 자기를 확인하
는 항목 중의 하나로 설정되어 있다. 내가 어떤 능력을 가졌는지,
나를 둘러싼 사정은 어떠한지, 나의 취미는 무엇이인지, 나의 상황
은 어떠한지를 잘 알고 있어야 한다는 것이다. 여기서 '취미'가 구
체적으로 무엇을 가리키는지는 명료하지 않지만, 중요한 것은 근대
적 개인이 자신을 성찰하고자 할 때 검토해야하는 하는 개인적 특
성 중의 하나로 '취미'가 거론된 점이다. 때문에 논의는 바로 '본색
(本色)'으로 이어진다. "일이나 물건의 本色이란 무엇이뇨? 우리나라
말에 '다운'이란 것이 곳 그것이라. 사람은 어대까지던지 늙은이답
고 어린이는 어대까지던지 어린이다울지어다. 더욱 소년은 어대까
지던지 소년다울지어다. 쏘 더욱 신대한의 소년은 어대까지던지 신
대한의 소년다울지어다".[36] 자신을 드러낼 수 있는 특질, 혹은 자신
의 정체성을 찾아야 하는 조건은 '—답다', '—다운 나'이다. 여기서
요구되는 것은 다소 추상적으로 언급되었지만, '新大韓의 소년다움'
즉 조선인의 국민됨이었다.

3. 일본어 '趣味(しゅみ)'의 영향관계

'취미'라는 개념어를 연구대상으로 함에 있어, 서구어 taste나 일
본어 '趣味'의 영향을 배제할 수 없다. 중국의 근대 계몽사상가 양

---

35) 앞의 글, p.9.
36) 앞의 글, p.15.

계초는 중국 근대의 취미론을 펼치면서, '취미'라는 말이 'taste'의 번역어임을 밝혀놓았다.[37] 일본의 근대문학가 츠보우치 쇼요(坪內逍遙)는 1900년대 초반 일본에서 사용되고 있는 '취미'라는 용어가 칼라일이 말하는 'taste'의 번역어라고 했다.[38] 자연주의 문학운동이 활발하던 시기에 낭만파 시인들을 중심으로 자연의 말을 감지할 수 있는 능력이라는 의미로 사용된 'taste'를 영국 문학의 영향을 받은 일본인이 '취미(趣味)'라고 번역한 것이었다. 일본 학자 진노 유키(神野由紀)는 『趣味の誕生』에서 일본어 '趣味'의 기원과 형성을 연구했다. 일본의 경우 오늘날의 '취미' 개념이 메이지 말기에 획정(劃定)되면서 대중적으로 사용되었다.[39]

서구의 taste와 한중일의 근대 '취미' 개념 간의 영향 관계는 이후 논문에서 계속할 것을 기약하고, 우선 일본의 '취미'라는 개념이 조선에 영향을 주었음을 확인할 수 있는 구체적인 사례를 언급하고자 한다. 1908년 3월 21일자 통감부문서에는 「하어신문발생계획에 관한 건(韓語新聞發行計劃二關スル件 – 諸第四○號)」[40]이 포함되어 있다. 발송인은 블라디보스톡 영사 노무라(在浦潮 領事 野村基信)였다. 내용은 블라디보스톡 재류 한인들이 『해조신문(海潮新聞)』[41]이라는 신문발행을

---

37) "취미교육이라는 이 용어는 내가 창조한 것이 아니라, 근대 구미 교육계에서 일찍 유행하던 말이다. 그들은 취미를 수단으로 삼고 있었지만, 나는 한 걸음 더 나아가서 취미를 목적으로 삼을 생각이다." 「趣味教育與教育趣味」, 『飮氷室文集』38; 이상우, 「양계초의 취미론 – 생활의 예술화를 위하여」, 『미학』 37호, 한국미학회, 2004, p.4.에서 재인용.
38) 坪內逍遙, 「趣味」, 『趣味』 第1卷 第1号, 彩雲閣, 1906.6, p.1.
39) 神野由紀, 『趣味の誕生』, 勁草書房, 2000, p.10, pp.27~29.
40) 국사편찬위원회 편, 『統監府文書 5倦』, 2000.
   국사편찬위원회 홈페이지 http://www.history.go.kr/front/dirservice/dir FrameSet.jsp.

기획하는 상황에 대한 보고이다. 신문발행취지서의 내용과 함께 신문발행 허가를 엄중해 해야 하는 주의점 등을 소상히 밝히고, 이 건(件)을 다시 한 번 탐지해 달라고 요청하는 문건이다. 이 문서에는 별지로 해조신문 발행자 측에서 제출한 발행취지서가 첨부되어 있다.

[韓語新聞發行計劃ニ關スル件—諸第四○號]
當地在留韓人中ニ新聞紙發行ノ企劃ヲ爲シ排日主義ヲ鼓吹セント努メ居ル趣豫テ聞及候ニ付內々探索致居候處頃日別紙趣意書ノ通リ海朝新聞ヲ發行シ一般韓國民ノ智識ヲ增進シ國權ノ恢復ヲ謀リ獨立ノ實ヲ舉クルコト本國及列國ノ狀態ヲ普ク報道スルコト官廳ノ達示・法制・學術・農工商業等ニ關スル新事實ヲ譯拔スルコト, **趣味アル談話ヲ揭載スルコト**等ノ主義方針ヲ發表シ廣ク韓人中ニ購讀者ヲ募集シツゝアリト而シテ一方ニハ新聞社ニ充ツル爲メ家屋ヲ建築シ輪轉機一臺ヲ据付ケ韓人ノ技師一名ヲ雇入レ目下發刊ノ準備中 (중략) 更ニ探知ヲ遂ケ御通知及フヘク候モ右不取敢御參考迄申進候 敬具.

明治四十一年二月二十一日 在浦潮 領事 野村基信

海朝新聞刊行趣旨書(別紙) 츄지서
사람마다 자긔심듕에 싱각ᄒ기를 보고 듯지안이ᄒ야도 사람이면 사람의 직책을 다ᄒᄂᆫ줄로알아도 결단코 그러치 안이ᄒᆯ것이 있으니 보고듯ᄂᆫ것이 업스면 이세상 만물듕에 사람이 가장 귀ᄒ다닐으지못ᄒᆯ지니 (중략) 남과갓치 시세상복을 눌여 남의 문명을 불어워ᄒ지안

---

41) 블라디보스톡에서 1908년 2월 26일 최봉준과 정순만이 주동이 되어 일간으로 창간한 신문. 학문과 지식을 넓히고, 실업의 흥왕을 권장하며, 국민정신을 배양하고 국권회복을 주장하는 것을 창간 취지로 삼았다.

이ᄒ면 본샤도 신문을 설치ᄒ 본의를 일우고 구람ᄒ시ᄂ 첨군자도 효력이 적지안이ᄒ이니 남녀로쇼간에 본신문을 바다보시고 귀를 기울여 날마다 ᄉ소식을 드르시기 간절히 바라ᄂ바이로소이다

  一. 신문일흠은 희죠신문이라함
  一. 일반국민의 보통지식을 발달ᄒ며 국권을 회복ᄒ야 독립을 완전케ᄒ기로 목덕흠
  一. 복국과 열국의 소문을 너리탐지ᄒ야 날마다 발간흠
  一. 정치와 법률과 흑문과 상업과 공업과농업의 ᄉ문ᄌ를 날마다 번역계재흠
  一. 국문과 국어와 자미잇ᄂ 이약이로 알기쉽도록 발간흠
  一. 실업상진보의 기타죠흔ᄉ업에 발달을 위ᄒ야 광고를 청ᄒᄂ 일이 잇스면 상의계재흠

이 문서에서 필자가 주목하는 부분은 취의서를 일본인이 일본어로 번역해서 보고하는 과정에서 '취미'의 번역어를 채택한 대목이다. 조선인 발행지가 "국문과 국어와 자미잇ᄂ 이약이로 알기쉽도록 발간흠"이라고 써 낸 부분을, 일본인 총영사는 "취미있는 이야기를 게재할 것(趣味アル談話ヲ揭載スルコト)"이라고 약간 축약해서 보고했다. '자미'는 당시 매체에서 '滋味'로 표기되던 단어로 지금 현재 우리에게는 '재미'라는 단어로 남았다. 그 '자미'를 일본식 조어 '취미'로 번역했다. 이것은 '재미'와 '취미'가 호환가능한 의미를 가진 단어로 쓰이는 현상의 한 사례이기도 하고, 장래 일본적 개념어로서의 '취미'의 유입을 보여주는 것이기도 하다. 실제로 이 시기에 다수의 서구 근대어를 번역하여 주변 동아시아 국가에 전파한 쪽은 일본이었다.42) 또 1908년부터 경성에서 발간된 일본어 잡지 『朝鮮』를 비롯하여 그 후신인 『조선 및 만주(朝鮮及滿洲)』 등에서 다이쇼 문

화주의를 배경으로 한 일본 근대어 '슈미(趣味)'를 발견하는 것은 어렵지 않다.43) 이런 매체들을 통해 일본어 '취미'의 개념적 영향을 받았을 것임을 추측할 수 있다.

4. '취미(趣味)'와 '취미(臭味)'의 경합

이 시기에 '취미(趣味)'와 거의 동일한 맥락에서 쓰였던 '취미(臭味)'라는 단어가 언론 매체의 기사들에서 발견되어 흥미롭다. 『대한협회회보(大韓協會會報)』제6호에 실린 「政治學과 近世의 政治學」44)에서 필자인 안국선은 고대 희랍부터 최근까지의 서양 정치학을 개괄하였다. 그 안에서 "중세에 至ᄒ야는 일반 학문이 퇴폐ᄒ민 정치학도 共히 萎靡不振ᄒ얏느니 偶或國家 성질에 關ᄒ야 학리적 설명을 試흔 者ㅣ 有ᄒ나 다수는 종교적 臭味에 薰染"45)했다는 표현을 썼다. 여기서 '취미(臭味)'는 '취미(趣味)'와 거의 동일한 어의(語義)로 사용되었는데, 흥미나 관심의 의미로 쓰였다. 같은 호에 실린 「가족교육이 전국민족 단체의 기관」에서는 "학교 교육을 통한 臭味의 相合"이라는 표현이 보이기도 한다.

'취미(臭味)'의 원래 어의를 보자면 일차적으로는 냄새를 맡고 맛본다는 의미로, '감각'적인 의미를 강조해서 조합된 명사이다. '대상을

---

42) 야나부 아키라, 서혜영 역, 『번역어 성립사정』, 일빛, 2003.
43) 時事寸言, 「何ぞ京城を趣味化せざる(어떻게든 경성을 취미화해야한다)」, 『朝鮮及滿洲』53호, 1912.6.
羽水生, 「京城の冬－趣味と京城人(경성의 겨울－취미와 경성사람)」, 『朝鮮及滿洲』66호, 1913.1.
44) 安國善, 「政治學과 近世의 政治學」, 『대한협회회보』제6호, 1908.9, pp.30~32.
45) 안국선, 앞의 글, p.31.

감각한 이후 갖게 되는 기분이나 분위기'로 말뜻을 확대할 수 있을
텐데, 그럴 경우 의미는 취미와 거의 비슷해진다. 그러나 필자가 개
화기에 발간된 신문(독립신문, 황성신문, 대한매일신보)과 잡지 등의 매
체를 통해 발견한 '취미(臭味)'의 용례 발견은 몇 건 되지 않았다.

1909년 8월 12일자 『대한매일신보』에 실린 기서(寄書－투고 기사)[46]
에 "부귀가 能히 淫치 못ᄒ고 빈천이 能히 移치 못ᄒ고 咸武가 能히
屈치 못ᄒᄂ 거시 堂々ᄒ 大丈夫의 志어늘 今에 聲色臭味의 奪志홈
을 味免ᄒ니 是吾輩 可憂의 第二오"에서도 '臭味'의 용법이 발견된
다. '성색취미(聲色臭味)'는 전통적으로 '근골기운(筋骨氣韻)'과 대비적
으로 쓰이는 사자성어로, 정신적인 부분을 의미하는 '근골기운'과
달리, 소리나 색, 냄새나 맛과 같은 감각적인 것을 지칭하는 용어였
다. 위의 기사에서 쓰인 '취미(臭味)' 역시 냄새와 맛이라는 일차적인
의미로 쓰였다.

1909년 12월에 발행된 『대한흥학보(大韓興學報)』에는 몽몽(夢夢－진
학문)의 소설 「요죠오한」[47]이 실렸다. 주인공인 '함영호'와 그의 벗
'채'는 일본 유학 지식인인데, 이들이 괴로워하는 본국 현실에 대한
괴로움과 이상에 대한 갈등, 문학과 예술에 대한 동경 등이 고백적
인 논조로 서술되었다. 그런데 소설의 서술자는 함과 채의 관계를
"偶然한 機會로 얼만큼 갓흔 臭味를 가진 咸을 보고서 서로 本能이
感應하야 오래지 아니한 동안에 슬그면히 我愛爾慕하는 사이가 되
얏더라"고 표현했다. 여기서의 취미(臭味)는 취미(趣味)와 같은 용법으
로 쓰였다고 보아도 무방하다. 관심사와 흥미를 느끼는 부분, 즐겨

---

46) 『대한매일신보』, 1909.8.12.
47) 夢夢, 「요죠오한」, 『대한흥학보』 제8호, 1909.12, pp.23~30.

하는 것을 의미하는데, 소설 안에서 구체적으로 '같은 취미'가 무엇인지는 언급하지는 않았다. 그러나 충분히 그 취미를 짐작할 수 있는 것이, '함'은 학교 결석을 자주하며 학과 공부보다는 '대륙문사의 소설', '시집 역본', '신문예잡지'를 읽고 책상 앞에는 '투우르게네브(투르게네프)의 소조(小照)'를 놓아둔 문학청년이다. '함'보다 한 살 어린 '채'는 "격렬한 時代新潮에" 몸을 던져 본국과 일본을 오가며 "社會의 本狀이니 人生의 眞意니" 하는 "現實과 理想의 交涉과 寫實과 象徵의 形式 等"으로 번민하는 고독한 청년지식인이다. 이런 묘사들을 통해 이들이 가진 취미(臭味)는 문학과 독서이고, 사교와는 거리가 먼 자폐적인 내면 몰두에 침잠한 행위들임을 알 수 있다.

이상에서 발견한 개화기의 '취미(臭味)'는 '臭'와 '味'라는 글자가 환기하는 선명한 감각성으로 인해 의미가 확대되기 어려웠을 것이다. 그리고 무엇보다도 '취미(趣味)'라는 개념과의 경합에서 밀린 것으로 보인다. 1900년대 당시에도 趣味의 쓰임이 臭味보다 현격하게 많았지만, 1910년 이후가 되면 「요죠오한」에서 쓰인 것과 같은 용례는 찾을 수 없다. 넓은 의미에서 기호나 취향의 의미로 드물게 쓰였던 '臭味'가 언설의 수준에서 거의 사라진 것이다.

Ⅲ. 근대 국민의 자질로서의 '취미'

'취미' 개념은 전근대적 맥락과 근대적 가치체계가 혼용된 채로 사용되면서, 개념의 외연이 담을 수 있는 그 내포들 사이에 무수한 충돌이 있었음이 확인되었다. 그 가운데 '고상한 취미'라는 하위 개

념이 동시적으로 쓰인 것은, 하나의 개념이 이제 막 정착되려는 초
기적 시점에 어느 한편에서는 그것이 이미 질적인 분화를 거친 개
념으로 쓰이고 있었음을 보여준다. 이것은 이미 사회적으로 '취미'
에 대한 문제제기가 있었고 '취미'라는 개념과 그 문화적 실천에 대
한 정리가 한번 끝난 일본의 영향을 받은 조선의 식민지적 특수성
으로 볼 수도 있겠다. 또 한 사회에 처음 등장해서 시대정신을 담을
수 있는 개념으로 정착하기까지 그 언어가 순차적으로 발달·보급
되는 것이 아니라, 혼용과 오용 등의 양상을 보이는 다중구조를 만
들어내기 때문이기도 할 것이다.

　개화기에 사용된 '취미'는 전통적인 '치(致)'의 흔적이 남아있는
개념이었다. 하지만 개화기가 요구하는 시대정신과 맞닥뜨리면서
의미론적 맥락과 배치관계가 달라졌고 어의가 확장되었다. 본고는
빈번하게 결합하는 이웃항과 그 결합이 강화되는 맥락을 함께 해석
해감으로써 근대적 '취미' 개념을 도출할 수 있었다. 개화기라는 특
정한 시대적 상황 속에서 진행되는 개별적 언어 행위 속에서 '취미'
가 산출해낸 의미와 기능은, "槪念들의 歷史는 존재할 수 없고 단지
특정 주장 속에서 그것들이 사용된 方式의 歷史만이 존재할 수 있
다"[48]는 것을 보여주었다. 첨부된 <도표>를 통해 다시 확인할 수
있듯이, 서로 다른 기의를 가진 '취미'라는 말들이 동일한 기표 안
에서 조우하고 있다. 그러나 이 시대의 주도적인 이념인 '계몽'의
전권 안에서, '致'와 '興' 같은 전통적인 미적 개념은 배제되거나 부
정되는 경우가 많았다.

　'취미'는 전통적 용법으로 사용되기도 했고, 개화기적 문명관과

---

48) 나인호, 앞의 논문, p.460.

서구어(일본) 번역어의 영향을 받으면서 확장, 전위, 변용되는 역동성을 드러냈다. 또 중요한 것은 근대적 개인이 자신을 성찰하고자 할 때 검토해야 하는 개인의 특성 중의 하나로 '취미'가 거론되기 시작했다는 점이다. 여기서 우리는 의미의 정합성과 엄밀성을 묻기보다 의미의 변화를 중시해야 할 것이다. 왜냐하면 언어가 단순히 현실을 반영하는 지표일 뿐만 아니라 현실을 만들어내는 힘을 가지고 있기 때문이다. 실제로 '취미'는 개화기의 문명, 교육, 실업, 구국 담론과 같은 '실제'들의 지표이면서, 동시에 실제를 구성하는 요소였다. 결론적으로 개화기의 '취미'는 근대 정신의 일반적 상태나 습속과 같은 총체적인 의미를 내포하고 있다고 말할 수 있겠다. 근대 국민으로 호명된 개인이 문명과 신사상을 지향하며 근대적 주체로 살아가는 삶의 태도 전반을 가리키는, '태도'로서의 취미인 것이다. 때문에 개화기의 '취미'는 계몽과 교화의 실현을 위한 일종의 개념적 장치로 쓰였던 셈이다.

[도표] 1900년도 '취미' 용례

출전	날짜	기사제목	용례	의미
황성신문	1899.7.7.	논설	'趣味를 取홈'	전통적 풍류 (↔資業)
대한매일신보	1906.7.27.	논설	'趣味深長'	근대신문을 통한 지식 획득
태극학보	1906.9.	인생의 의무	'生活의 趣味'	근대국가의 개인이 직분을 다함으로써 얻을 수 있는 것
태극학보	1906.9.	수증기의 변화	수증기 연구가 주는 '非常한 趣味'	근대과학연구의 지적 즐거움

대한자강회월보	1906.10.	일본의 자치제도	'趣味가 有한 문제'	근대적 앎에 대한 흥미
대한자강회월보	1906.12.	국가빈약지고	'趣味'	전통적취미 (↔발전)
대한자강회월보	1906.12.	문자쾌락	'漢文趣味'	전통적 '趣' '癖' 의 의미
대한유학생회학보	1907.3.	인격을 양성하는 데 교육의 효과	'知識과 趣味'	취미=인격=정신력
태극학보	1907.4.	인격수양과 의지 공고	'趣味'	단순한 호기심, 흥미
태극학보	1907.6.	水의 니야기	'寒凉한 趣味'	감각을 통한 느낌
태극학보	1907.7.	동몽물리학강담	'공부에 趣味' '趣味잇는 이 야기'	단순한 흥미, 재미
태극학보	1907.9. ─ 1907.11.	교수와 교과에대 하여	'趣味'	예체능교육이 키 워주는 미의식과 교과지식
대한자강회월보	1907.4.	교육학원리	'臭味'	감각
서우	1907.10.	新嘉坡의 植物園 談	'趣味잇는 이 야기'	식물원 관람과 관 련한 재미, 흥미
서우	1907.12.	時事日報記	'각종 趣味'	공중비행과 같은 신기하고 재미있 는 일
태극학보	1908.1.	인생이라는 동물	'趣味의 引出'	지식을 산출하는 인간의 지적능력 (↔동물의 감각)
태극학보	1908.5.	知性의 力	'생활의 趣味'	근대국민으로서 의 공공적인 삶
태극학보	1908.5.	과학의 급무	'趣味를 고취'	과학취미의 고취. 과학=실업
태극학보	1908.5.	소설 해저여행	'쾌활한 趣味'	호방한 기운.
태극학보	1908.6.	위생문답	'직업의 趣味' cf. '전지휴양'	근대적 노동개념 과 직업 cf. 여가의 의미

태극학보	1908.9.	교육자와 종교	'정신상의 무한한 趣味'	고상한 정신적 쾌락
	상동	상동	'사업의 趣味'	직업, 직분이 주는 기쁨
태극학보	1908.9.	뇌와 신경의 건강법	'趣味가 진진무렴한 서적'	흥미나 즐거움과 같은 정신적 효과
통감부문서	1908.3.21.	한어신문 발행계획에 관한 건	'趣味잇는 내용'	조선의 '자미'의 일본어 번역어로서의 '취미'
서북학회월보	1908.12.	사립학교령 설명	'趣味'	단순한 관심사나 흥미
서북학회월보	1909.1.	사립학교령 설명	'趣味'	'흥미'와 '취미'를 동의어로 사용
대한협회회보	1908.9	고대의 정치학과 근세의 정치학	'종교적 臭味'	=趣味, 흥미, 관심
대한협회회보	1908.9.	가족교육이 전국 민조단체의 기관	'臭味의 相合'	=趣味, 교육을 통한 관심과 성향의 일치.
기호흥학회월보	1908.8.	교육의 목적	'고상한 趣味'	정신적이고 관념적인 쾌락(↔노동)
기호흥학회월보	1908.11.	경제학	'행정의 趣味'	근대지식과 관련한 흥미
대한학회월보	1908.3.	한반도 문화개관	'印度 趣味'	각 문명의 특성, 기질
대한학회월보	1908.4.	米土연설	'종교신앙의 趣味'	관심
대한학회월보	1908.11.	米地의 한국교육관	'교육사업에 趣味'	근대적 事業에 대한 관심
대한흥학보	1909.4.	음악의 효능	'정신적 趣味 증가'	근대 국민의 애국심과 사상
기호흥학회월보	1909.5.	법률학	'군주국과 공화국의 趣味'	특징
서북학회월보	1909.8.	체육이 국가에 대효력	'沒趣味'	관심이나 흥미없음

대한흥학보	1909.12.	소설 요조오한	'같은 臭味'	=趣味. 반복적인 관심사. hobby
소년	1909.1.	'로빈손무인졀도 표류기담'	'항해모험의 趣味'	호방한 기운+해상 지식 을 통한 무역과 부국강병
소년	1909.11.	자기의 처지	'자기의 기능 과 사정과 趣 味'	근대적 개인이 자신의 정체성을 변별해내는 항목
대한매일신보	1909.8.12.	寄書	'聲色趣味'	감각
대한흥학보	1910.1.	효의 관념 변천에 대하야	'성리학상 趣味'	정신, 사상
대한흥학보	1910.2.	이상적 인격	'趣味생활'	개인적인 흥취(↔ 公共)
대한흥학보	1910.3.	국민의 과학 적 활동을 요	'沒趣味'	관심이나 흥미없음
대한흥학보	1910.4.	三要論	'遊食遊意로 趣味를 삼은'	조선시대의 풍류 문화

참고문헌

1. 자료

국사편찬위원회 편, 『統監府文書 5卷』, 2000.

신문잡지 : 『少年』, 『朝鮮及滿洲』, 『靑春』.

신문 : 『大韓每日申報』, 『獨立新聞』, 『皇城新聞』.

학술지 : 『畿湖興學會月報』, 『大同學會月報』, 『大朝鮮獨立協會報』, 『大韓自强會
　　　　月報』, 『大韓協會會報』, 『西北學會月報』, 『西友』, 『太極學報』, 『湖南學
　　　　報』.

2. 논저

김동식, 「1900~1910년 신문 잡지에 등장하는 '문학'의 용례에 대하여」, 『미학
　　　　예술학 연구』 제20권, 한국미학예술학회, 2004.

김윤식·김현, 『한국문학사』, 민음사, 1971.

나인호, 「레이먼드 윌리엄스의 'keyword'연구와 개념사」, 『역사학연구』 29호,
　　　　호남사학회, 2007.

류준필, 「'문명' '문화' 관념의 형성과 '국문학'의 발생」, 『민족문학사연구』 제
　　　　18권, 민족문학사연구소, 2001.

박명규, 「한말 '사회' 개념의 수용과 그 의미체계」, 『사회와역사』 51호, 한국사
　　　　회사학회, 2001.

박주원, 「근대적 '개인' '사회' 개념의 형성과 변화」, 『역사비평』 67호, 2004.

유선영, 「한국대중문화의 근대적 구성과정에 대한 연구―조선후기에서 일제시
　　　　대까지를 중심으로」, 고려대학교 신문방송학과 박사학위논문, 1993.

이상우, 「양계초의 취미론―생활의 예술화를 위하여」, 『미학』 37호, 한국미학
　　　　회, 2004.

이현진, 「근대 취미와 한국 근대소설 관련 양상 연구」, 경기대학교 대학원 박사

학위논문, 2005.

정　민, 『18세기 조선 지식인의 발견』, 휴머니스트, 2007.

정선태, 「개화기 신문 논설의 서사 수용 양상에 관한 연구 : <독립신문>, <매일
신문>, <데국신문>, <皇城新聞>을 중심으로」, 서울대학교 대학원 박
사학위논문.

천정환, 「근대적 대중문화의 발전과 취미」, 『민족문학사연구』 제30호, 민족문
학사학회, 2006.

야나부 아키라, 서혜영 역, 『번역어 성립사정』, 일빛, 2003.

임마누엘 칸트, 김상현 역, 『판단력 비판』, 책세상, 2005.

진노 유키, 『趣味の誕生』, 勁草書房, 2000.

피터 버크, 조한욱 역, 『문화사란 무엇인가』, 길, 2004.

츠보우치 쇼요, 「趣味」, <趣味> 第1卷 第1号, 彩雲閣, 1906.

Peter Burk, Roy Porter, The Social History of Language, Cambridge et., 1987.

매체

UCC, 원시공동체로의 복귀

최 혜 실

Ⅰ. 알타미라, 시뮬라크르, 나르시시즘으로의 복귀

동굴의 원시인들은 햇볕이 들지 않는 동굴의 깊숙한 곳에서 등을 땅에 붙이고, 때로는 다른 사람의 어깨 위에서 아주 불편한 자세로 그림을 그렸다. 동굴에서는 돌등잔이 발견되었다. 이끼는 심지로, 동물 비계는 등잔 기름으로 쓰인 것으로 추측된다. 이들의 회화는 주로 동물들이며 놀라우리만큼 정밀하며 아름답다. 흔히 암벽면에 황토와 다른 광석 안료를 써서 색을 낸 것이었다.

여기에는 주술이 깃들여 있다. 예술가는 아무것도 없는 암벽에 그림을 그린다. 벽면에는 어느새 들소 한 마리가 그려진다. 그가 어두운 동굴 속에서 들소 그림을 그리는 그 순간 분명 바깥 초원에는 그의 동료들이 수렵하여 먹잇감이 되는 살아있는 들소가 있었다. 동굴벽에 투

창이 꽂힌 물소가 그려지는 순간 동료들은 들소를 잡게 된다. 올가미에 씌워진 들소가 그려지는 순간 동료들은 들소를 가지게 된다.

그들에게 주술은 일종의 신념이었다. 죽이고 싶은 원수의 밀짚 인형을 만들어 바늘을 꽂으면 그는 죽게 되어 있다. 잡고 싶은 동물을 그려 올가미를 씌우면 그 동물은 나의 것이 된다. 원시인들은 말과 생각의 전지전능함을 믿고 있었다. 그들은 자신의 소망과 정신작용이 대상을 변모시킬 수 있다는 과대망상에 사로잡혀 있었다. 세계를 조작하는 데 주술을 사용하는 것이 그 증거이다.

원시인들에게 에고와 외부세계의 경계는 섞여 있다. 이들의 정신구조는 어린이나 정신질환자의 그것과 흡사하다. 예를 들어 유아는 1차적 나르시시즘의 조건에서 삶을 시작한다. 이 시기의 유아는 정신과정이 분화되지 않았을 뿐 아니라 외부 세계와 상관없이 에고에 단단히 묶여 있다. 물론 정상적인 사람이라면 성장하는 과정에서 이 1차적 나르시시즘에서 빠져나와 만족할 만한 대상을 발견하고는 외부세계와 접촉을 유지한다.

반면 정신적 고통을 겪은 사람들은 타자에 대한 관심을 포기하고 사랑—대상으로부터 리비도를 거둬들이며, 그것을 자기 자신의 에고에 다시 투사한다. 타자로부터 자신을 거두어들이는 나르시시즘적 신경증은 어린이의 자기중심적 행동과 사유, 원시인의 그것과 아주 흡사하다는 것이다. 소를 그림으로써 현실의 소를 쟁취하였다고 믿었던 원시인들의 사고방식이야말로 나르시시즘 그 자체가 아니겠는가?[1]

---

1) 스티븐 컨, 박성관 역, 『시간과 공간의 문화사』, 휴머니스트, 2004, pp.500~503.
지그문트 프로이트, 윤희기 역, 『무의식에 관하여』, 열린책들, 1997, pp.45~57.

그런데 그들이 돌아왔다. 그들은 원시인들이 동굴에 그린 그림을 믿는 것처럼 인터넷을 떠도는 그림들을 믿기 시작한다. 인간의 두뇌의 연상 작용을 본떠서 만들어진 하이퍼텍스트는 놀랍게도 우리의 뇌수를 점점 닮아간다. 웹의 그물구조는 신경조직망인 뉴런처럼 수많은 정보를 수만 가지 경로를 통해 삽시간에 운반하기 시작한다. 인터넷이란 거대한 그물망을 통해 사람들은 어느덧 자신들의 개인적인 지식을 전달하기 시작했는데 물론 그 지식은 우리가 현실 사회에서 볼 수 있는 성격이 아니다. 그것은 놀랍게도 세련된 언어와 행동으로 벼려져서 나오기 전의, 머릿속에, 혼란스럽게 온갖 쓸데없는 연상으로 뒤범벅이 된 혼돈의 그 무엇과 닮아 있다.

인터넷의 익명성과 인터넷과 마주하고 있을 때의 현실공간과의 격리는 사람들로 하여금 타인의 시선에 의해 억제되어 있던 무의식을 작동시킨다. 사람들은 내밀한 자신의 의식이나 폭력성을 인터넷에 유감없이 드러낸다. 인격의 흔적이 거의 보이지 않는 아이디를 통해 상대방과 소통하며 커서를 작동시켜 가상공간으로 나아가는 사람들, 그 과정에서 정보를 파악하기 위한 대리자로서의 커서가 점차 그들의 분신으로 변해 간다.

클릭해 나가는 과정에서 자연스럽게 원하는 정보가 눈앞에 나타난다. 나의 의지에 따라 자연스럽게 헤엄치는 커서, 그 커서를 움직이는 나에게 텍스트는 유연하게 반응한다. 이처럼 감각 정보의 흐름이 양방향으로 작용하기 때문에 화면에 일어나는 변화가 즉각적으로 나에게 충격을 주며 이 과정에서 커서와 나는 일체감을 느끼게 된다. 나의 감각과 화면의 감각이 일치하는 몰입의 순간, 이 순간은 육체와 기계의 합일, 주체와 객체의 합일이라고 보는 것이 옳

을 것이다.[2]

　나와 하이퍼텍스트의 경계가 모호함 즉 나라는 에고와 대상으로서의 컴퓨터 화면의 경계는 무너진다. 나의 에고는 인터넷 전송망으로 확장된다. 이 관계는 에고와 현실의 경계가 혼합되는 나르시스트의 그것과 같은 것이다. 이제 나와 컴퓨터 화면은 연결되며 화면의 정보들은 곧 내 뇌리 속의 정보가 되고, 나의 사적 정보들은 연결된 데이터 속으로 흘러들어가며, 데이터 속의 정보들 또한 나에게로 흘러들어온다. 이제 화면 속의 정보들은 쉽사리 나의 것으로 바뀐다. 나는 여과 없이 화면 속에 쏟아 내려지며 화면 속의 '나'는 다시 현실의 '나'로 전이된다.

　'내가 만드는 콘텐츠', UCC(user created contents)의 소통 구조는 바로 이것이다. 컴퓨터 화면 속의 스토리텔링은 곧 현실의 내가 된다. 게임 속에서 적을 쳐부수는 나의 화신인 캐릭터는 곧 현실의 나의 정체성을 이룬다. 컴퓨터 화면에서 소를 잡은 나는 현실에서 소를 잡은 것과도 같은 희열을 느낀다. 아니 실재로 현실의 소를 잡았다고 생각한다. 내가 만든 스토리텔링은 뉴런을 통해 감상자의 뇌수로 흘러들어간다. 이리하여 나의 뇌수는 타인의 뇌수와 연결된다.

　수많은 사람들이 만드는 정보의 창고에 나의 사적 지식은 여과 없이 수용되며 다른 사람의 사적 지식 또한 여과 없이 나에게로 수용된다. 이 유연한 흐름 속에서 인터넷의 동영상들은 곧 나의 현실이 되어 행동으로 옮겨진다. 인터넷에서 잡은 소는 현실에서 잡을 수 있는 소가 되어 현실화되며 그 광경은 다시 동영상으로 제작되

---

　2) 최혜실, 『모든 견고한 것들은 하이퍼텍스트 속으로 사라진다』, 생각의 나무, 2000, pp.19~20.

어 또 다른 나인 인터넷에 올려진다.

UCC에서 많은 양을 차지하는 것은 패러디물이다.3) 예를 들어 최근 김태희의 CF 패러디물이 꽤 인기를 끌고 있는데 본래 광고에서는 S-oil에서 얼굴에 미소를 가득 담은 그녀가 차를 몰고 가며 "오늘은 왜 이렇게 잘 나가는 걸까……"와 같은 가사의 노래를 부른다. 이 광고의 패러디물에서는 머리에 스카프를 쓴 남성이 장난감 차를 몰고 가며 같은 노래를 부른다. 이는 물론 어처구니없는 상황 설정으로 광고를 흉내내는 자신의 모습을 조롱하는 것이기도 하지만, 한편으로는 광고 자체를 비꼬며 유희하는 것이기도 하다. 그러나 패러디물의 이런 자기조롱이 생산된 미디어물에 대한 우리의 거리두기만은 아니다. 그 기저에는 아직 유저가 제작한 정도로는 많은 물량을 들인 광고를 따라잡을 수 없다는 절망감이 내포되어 있다.

실제로 최근 광고를 소재로 주고 그 광고의 컨셉에 맞는 동영상을 올리게끔 유도히는 시이트도 많다. 다음의 TV팟에서는 <더 페이스샵 내추럴 뷰티 선발대회>를 열어 자신의 자연스러운 아름다움을 동영상으로 올리게 하고, 그중 선발된 여성을 케이블 프로그램에 출연할 수 있는 기회를 주는 이벤트를 진행했었다. 많은 여성들이 광고의 모델과 같은 포즈를 취하며 연기에 몰입하는 동영상을 올렸는데 이는 기존의 광고를 그대로 답습한 것이었다. 그들은 광고모델로의 진출을 꿈꾸며 그동안 매스컴에서 보아왔던 유명 연예인의 모습에 한껏 몰입되어 있었던 것이다. 마치 실제로 모델이 된 것처럼.

---

3) UCC는 텍스트(네이버 iN, 블로그), 이미지(싸이월드의 미니홈피), 동영상(판도라TV)의 종류가 있으나 최근에는 동영상이 주목받고 있다. 하이퍼텍스트의 멀티미디어적인 특성을 가장 많이 담고 있는, 가장 진화된 UCC임에 틀림없다.

여기서 유저가 만든 동영상물은 동영상의 스타성을 자신의 모습으로 치환하는 것인데 이 흉내내기는 가장 말초적이고 본능적인 폭력성, 성성과 맞물리면서 보다 중독적인 양상으로 치닫기도 한다. 최근 전 세계로 번지고 있는 성폭력 동영상물이 그것이다.

수년 전 밀양에서 벌어졌던 성폭행 동영상은 최근 안동에서 다시 그대로 재연되었다. 동성 친구가 평소 잘 만나주지 않는다고 앙심을 품고 한 모텔방으로 유인하여 화장실에서 양손을 묶은 뒤 집단 폭행한 사건, 놀라운 것은 다른 남성 친구에게 자기 친구를 성폭행하고 핸드폰으로 동영상 촬영한 사실이다. 그 동영상은 곧 인터넷에 올려져 수많은 접속자들에게 감상되었다.

더 큰 문제는 몇 년 전부터 한국에서 심심치 않게 일어나고 있는 이런 유형의 범죄가 이제는 세계적인 현상이 되고 있다는 사실이다. 최근 호주 시드니에서는 17세의 여고생을 두 명이 성폭행했으며 다른 세 명은 이를 지켜보고 있었는데 그들 중 한 명이 휴대폰으로 그것을 촬영한 사건이 일어났다. 범인들은 심지어 그 소녀가 다니는 고등학교에 이 동영상을 전송했다는 것이다. 동영상은 휴대폰과 인터넷을 통해 수많은 사람들에게 배포되었다.

인터넷에 떠다니는 무수한 음란 동영상들은 기실 그 성적인 수위보다는 폭력성에 더 문제가 있는 것이 많다. 그런 종류의 스토리텔링에는 두 남녀가 합의하에 서로에게 즐거움을 주는 행위를 하는 것이 중요하지 않다. 그런 종류의 관계의 본질에는 폭력성이 사랑의 행위라는 미명하에 도사리고 있다. 젊고 아름다운 여성이 남성의 힘과 진취성에 순종적으로 복종하고야 마는 과정에서 사람들은 해야 할 일과 하지 말아야 할 일의 경계를 놓쳐버리게 된다.

물렁물렁한 화면, 나의 손을 따라 화면에는 커서의 모양이 손으로 바뀌고 나의 신체에서 확장된 손처럼 움직이는 커서에 따라 하이퍼텍스트는 유연하게 몸을 바꾼다. 화면의 변화가 다시 나의 감각에 반응을 일으키고 그 반응에 따라 화면이 움직이는 상황에서 컴퓨터 화면은 나의 에고와 합쳐진다. 화면의 장면들은 그것이 아무리 선정적이든 말초적이든 큰 부담 없이 나의 의식 속에 흘러들어가 나의 정체성을 이루며 내가 마치 그 화면 가득히 움직이는 사람들이 된 착각에 빠진다.

포르노물은 이 위험한 몰입의 한가운데서 우리의 뇌리를 파고든다. 폭력을 가하는 화면 속의 '나'는 손쉽게 현실의 '나'로 전이된다. 화면 속의 포르노물의 주인공은 이제 내가 되어 그것을 현실에 적용시키려 하게 된다. 그리하여 수많은 동영상 포르노물을 보았음에 틀림없는 밀양, 안동, 그리고 호주 시드니의 청소년들은 그들 속으로 흘러든 성폭력의 스토리텔링을 현실에 적용시키고는 현실의 자신의 행위를 동영상으로 만들어 현실의 주체를 다시 가상화한다. 그리고 가상화된 현실의 스토리텔링은 다시 바이러스처럼 그것을 보는 다른 누리꾼들의 뇌리에 스며든다. 가상과 현실은 서로 넘나들며 그 끔찍한 폭력을 증폭시키고는 아무렇지도 않은 것으로 만들어버리고 만다.

현실에서 있을 수 없는 가상화된 스토리텔링은 내 머릿속으로 흘러들어가 나를 만들고 이미 내 것이 되어버린 그 스토리텔링은 현실에서 거리낌 없이 재현된다. 그리고 그 스토리텔링은 인류의 집단 두뇌인 인터넷상에 저장되어 언제든지 다시 기억 속으로 끄집어내어질 날을 기다린다.

이제 가상은 현실을 대체한다. 청소년들은 어떤 행동을 본뜨는 것이 아니다. 실제로 일어나지 않았던 온갖 폭력적 욕망과 상상력으로 버무려진 있을 수 없는 포르노의 스토리텔링은 이제 현실화되면서 현실을 덮어버린다. 이제 지도가 영토에 선행하고 심지어 영토를 만들어내는 상황이 되어버리는 것이다.

Ⅱ. 미이라와 불멸, 그리고 기억의 기록

베이징 공항에 내려 다시 서안으로 가는 국내선을 탔다. 장안(長安)이라는 이름으로 더 알려져 있는 이 도시는 진시황이 천하를 통일하자 전국의 부호 12만 명을 이주시켜 그 유명한 아방궁을 짓는 등 거대도성으로 축조한 도시이다. 물론 지금의 서안성은 명나라 때 축조된 것이다. 실크로드, 그 서역으로 가는 출발지이기도 한 이곳에 온 관광객이 당연히 찾는 곳, 교외의 진시황릉으로 갔다. 중국의 역사가 사마천은 ≪사기≫ <진시황 본기>에 이렇게 쓰고 있다.

진시황이 처음 즉위해 여산에 치산(治山) 공사를 천하를 통일한 뒤 전국의 도형자(徒刑者)가 70만 명에 이르렀는데 이들을 시켜 지하수를 세 번 지날 만큼 깊이 파고 구리물을 붓고 관을 안치했다. 궁관과 백관, 기기와 진괴들을 운반해 그곳에 가득 채웠다……. 수은으로 온갖 하천과 강, 그리고 바다를 만들고 기계를 이용해 수은이 흐르게 했다. 위로 천문을 갖추고 아래로 지리를 구비했다. 인어의 기름으로 초를 만들어 꺼지지 않도록 했다…….[4]

뒤이은 기록에 의하면, 선제의 후궁 가운데 자식이 없는 이들을 모두 순장케 하고 지하궁의 비밀을 누설할까 염려해 장인들과 노예들을 같이 묻었다고 한다. 지하에 궁궐을 축소한 모형을 만들고 살아생전 자신을 모시던 사람들을 묻었던 황제의 심리는 어떠한 것이었을까?

왕궁은 아직 발굴되지 않았다. 단지 왕을 지키는 병사들을 도자기로 구워 만든 병마갱만이 관람객들에게 허용되어 있을 뿐이다. 발굴된 거대한 용갱에 끝없이 서 있는 도용들을 본 나는 한참을 망연자실 서 있었다. 도용은 8천여 점, 도마는 몇 백 필, 나무전차는 1백여 승, 도용 하나하나의 모습이 다 달라서 특정인을 그대로 본떴을 것이라는 추측이 있다. 생생한 표정과 갑옷, 무기들은 정말 살아있는 사람이라는 생각이 들게 만든다. 당장이라도 나를 향해 달려들 것 같은 그 용사의 인형들을 한참 보고 있었다.

황제는 외로웠을까? 두려웠을까? 아니면 끝없는 탐욕에 미쳐버린 것일까? 불멸을 바라며 조선에까지 불로초를 구하러 선남선녀를 냈다는 전설, 불멸을 논했던 그가 결국 택했던 것은 현실세계를 그대로 모방한 지하궁전이었다. 그는 살아생전의 자기 군사들, 자기 집, 정원, 여인들을 그대로 본떠 인형을 만들고, 궁전을 만들었다.

그는 무엇을 잡고 싶었을까? 마치 살아있는 듯 눈을 부릅뜨고 있는 병사의 모습을 만들면 그가 살아있는 사람으로 생생하게 자신에게 다가올 것이라고 생각했을까? 소를 그려서 소를 잡을 수 있다는 원시인의 단순한 생각을 그는 왜 죽을 때까지 붙잡고 있었던 것일까?

여로의 시작이었다. 서안을 떠나 란주로 가서 병령사 석굴 사원

---

4) 웨난, 유소영 역, 『진시황릉』, 일빛, 2005, p.249.

을 볼 때도 이 의문은 가시지 않았다. 열차를 타고 밤새도록 달려 도착한 가욕관의 성벽에 올라 이 성 밖에서부터 서역이란 말을 들었을 때도 진시황릉은 내 기억 속에서 사라지지 않았다. 어쩌면 성 밖의 모래바람의 막막함만큼이나 피폐했던 마음이었을 것이다.

모래바람 속에 고비사막을 달려 둔황의 고창고성을 들렀다. <신용문객잔>이란 영화를 찍었다는 그곳에서 위그루인들의 저녁식사를 제공받았다. 영화에 나오는 무사와 여인들의 복장을 하고 양고기를 통째로 구워 식탁에 나르는 사람들……. 모래바람이 부는 칠흑 같은 밤이었다. 성 밖에는 가라오케가 설치되고 영화의 영상들이 펼쳐지며 위구르의 민요가 흘러나왔다.

눈물이 났다. 사실 유치한 일이다. 조악한 영화 세트장하며 누린내 나는 양고기, 가짜 냄새가 물씬 나는 무사의 복장들이 소위 삼류 문화관광의 전범으로 비춰질 일인 것이다. 그러나 눈물이 났다. 우리는 왜 이렇게 과거에 집착하는 것일까? 양가휘와 임청하를 주인공으로 한 명나라 때의 이 무협영화 또한 그다지 예술적일 리 만무하다. 그러나 눈물이 났다. 배신과 신의, 사랑이 뒤엉킨 과거의 그 이야기가 관객의 뇌리를 사로잡았을 것인데 그러나 그들은 왜 자신의 기억 속에 들어있는 그 이야기를 다시 현실화하려는 것일까? 이 머나먼 타국까지 와서 굳이 양고기를 굽고 영상을 다시 반추하며 시체처럼 썰렁한 영화세트장을 되살리려 한다.

모닥불이 피워졌다. 음악에 맞추어 일행은 손에 손을 잡고 모닥불 주위를 돌기 시작했다. 모래바람이 이는 현실의 공간은 영상과 스토리텔링, 음악에 의해 가짜 현실로 뒤덮이기 시작했다. 세트장의 구석구석을 돌아보았다. 촬영 뒤에 남은 수레, 초가집들, 항아리들이 모닥불 빛을 받아 생기를 띠기 시작했다. 그들은 다시 살아나 영화에서처럼 수군거리기 시작했다. 이윽고 영화의 장면들이 폐허가 된 모래밭을 뒤덮기 시작했다.

란주에서 둔황까지 탔던 야간열차가 간절하게 생각났다. 투르판 산 포도주를 기울이며 차창 가득히 별빛이 쏟아지는 열차 안에서 노래 부르고 감격에 겨워 울었던 지난밤을 생각해보았다. 문득 영화의 동영상의 발명이 달리는 차창의 흐름과 밀접한 관계를 가진다고 주장했던 요아힘 페이가 생각났다. 그때 나는 영화를 보는 기분이었을까? 달리는 차창 밖으로 쏟아지는 별빛을 활동사진에서 보는 사막의 밤이라고 생각했던 것일까?

다음날 둔황의 막고굴로 갔다. 천불동의 벽화들을 살펴보았다. 한국의 장구가 그려진 149굴의 벽화와 조우관을 쓴 신라 사신이 그려진 237굴의 벽화를 보았다. 천여 년 전, 그때 이곳에 여러 사신들 틈에 끼어있는 신라인의 모습, 사람들은 왜 그렇게 많은 그림을 그렸을까?

61호굴은 막고굴에서 손꼽히는 큰 굴이다. 동, 남, 북 세 면에 강렬한 색채로 한족, 위구르, 호탄 출신의 여성 공양자 52명을 그린 벽화가 있고 굴 중앙 기단 뒤의 서벽에 '오대산 축소도'가 그려져 있다. 현존하는 세계 최대의 실사지도라는 이 그림, 왜 이렇게 힘든 작업을 했을까? 그들은 거대한 지도로 실재 오대산을 덮을 수 있다고 생각했을까? 아니 이렇게 그린 오대산이 부처의 자비로 다시 태어난다고 생각했던 것일까? 정성껏 부처를 그리면 그림이 부처가 된다. 막고굴에 채색된 부처에 절하며 실재 부처보다 더한 리얼리티를 느끼는 나 자신을 발견하였다.

투르판 근방의 아스타나 고분군의 부부합장묘를 찾았다. 건조한 기후 때문에 어떤 조치를 취하지 않았는데도 미이라가 되어버린 부부가 나란히 누워있었다. 오싹하는 감정은 잠시, 문득 목울대까지 치밀어 올라오는 울음이 있었다. 그 순간 고비사막 한가운데 부부가 합장되어 있었으나 이제 빈 무덤만 남아있던 신성위진벽화묘(新城魏晋壁畫墓)의 그림들이 뇌리에 맴돌며 아스타나 고분의 부부 미이라와 합치되는 것이었다.

당시 지방 호족의 것이 틀림없었던 텅 빈 석실의 벽에는 두 남녀의 생활사가 빼곡히 그려져 있었다. 사내는 종을 부리며 농사를 짓고 고기를 잡고 있었다. 무거운 짐을 나르고 있기도 하고 방안에 앉아 쉬고 있기도 하였다. 여인은 물레를 돌리고 요리를 하거나 혹은 집안일을 돌보고 있었다. 작고 보잘 것 없는 그런 그림들을 벽면 가득히 그리며 그들은 무슨 생각을 하고 있었을까?

문득 고비사막에서의 차 사고가 생각났다. 몇 시간을 달리던 고물 버스가 급기야 고장이 난 것이다. 사막 한가운데 차가 수리될 때까지 버려진 우리들은 사막의 그 막막함에 몸서리를 쳤다. 이윽고 사람들은 하나씩 둘씩 로밍된 휴대전화를 꺼내들었다. 그리고 사랑하는 사람들에게 전화를 걸기 시작했다. 천만 리 공간의 격차를 넘어 그렇게 우리는 만날 수 있었다.

죽음이 둘을 갈라놓을 때, 아니 죽음이 둘을 갈라놓을 수 없도록 살아생전의 추억들을 고스란히 둘의 시신 앞에 펼쳐놓고 싶었던 것일까? 이토록 많은 시간이 지난 다음에 그 그림들이 우리에게 전하는 것은 무엇일까? 추억의 복원이었을까? 기억의 영상 속에 남아있는 정보들을 다른 이들에게 전하려는 욕구는 무엇일까? 그것이 영원히 보존되도록, 다시 되풀이되도록 그리하여 불멸이 되도록 그 그림이 그런 마술을 부리기를 간절히 바랐던 것은 아닐까?

1998년 안동에서 문중 묘를 이장하던 중, 이응태의 묘에서 그의 아내 원이 엄마의 애절한 언문편지와 머리카락으로 삼은 미투리가 출토되었다. 편지 구절구절마다 31세에 요절한 남편에 대한 사랑이 가득 담겨 있었다. 편지를 보면 그녀는 임신 중이었다고 한다. 그 아기를 보지도 못하고 갔을 아비는 눈을 감기 힘들었을 것이다. 그런 지아비를 위해서 원이 엄마는 아기의 배냇저고리도 관 속에 넣었다. 빨리 당신 곁으로 데려가 달라는 애걸, 꿈속에서라도 와달라는 간절한 염원, 원형 그대로 450년의 세월을 달려온 그 미투리는 눈물겨웠다. 천만 리 저승길을 헤어지지 않게 가시라던 임의 미투리는 수백 년의 시간을 달려 온전히 우리 앞에 남아 있었다. 안동, 서안, 고비사막, 투르판으로 이어지는 공간이 수백 년, 수천 년으로 이어지는 시간과 만나게 되는 착각에 빠졌다.

인터넷의 UCC 동영상 사이트나 싸이월드의 미니홈피 광장에는 수많은 기념동영상들이 공개되어 있다. 아이의 돌잔치, 재롱떠는 모습, 그러나 그중 공들이면서 의미를 부여하는 것은 기념일 이벤트용 동영상들이다. 연인들이 서로의 기념일을 축하하거나 100일, 1,000일 기념 이벤트 동영상을 만들어 올려놓는 것이다.

한 학생이 강의시간에 바로 그런 종류의 UCC를 소개한 적이 있었다. <갱순이와 갱도의 러브 스토리>라는 이 작품은 남자친구가 자신의 여자친구와의 100일을 기념하기 위해 제작한 것이다. 배경음악과 함께 '저희 보물 1호를 소개하겠습니다.'로 시작한 이 작품은 '사랑해 영원히'란 멘트로 끝을 맺는다. 사진 총 19장을 사용하고 중간에 짧은 문장을 넣어 하나의 스토리로 연결, 그동안 자신들의 사연을 이야기하는 것이다. 추억을 영원히 남기고 싶어하는 것, 먼 훗날 우리가 남이 되더라도 그때 그 순간의 아름다운 기억만은 불멸의 것으로 남기려는 것, 그것이 사랑일까? 꿈속에서라도 다시 보고 싶은 그때의 아름다운 기억을 지금 이 자리에서 생생하게 얼어붙게 만들고 싶은 것, 그것이 사랑일까?

실크 로드를 따라 같은 마음이 흐르고 있었다. 머리카락으로 삼은 미투리를 넣고 불망기를 무덤 속에 써 넣은 원이 엄마나, 땅 위의 모든 것을 지하에 복제하려 했던 진시황이나, 생전의 세세한 사연을 세필로 꼼꼼히 남겼던 중앙아시아의 부부들의 염원은 놀랍도록 같은 것이었다. 그리고 그 마음은 다시 부처를 그려놓고 부처로 절했던 둔황 석굴의 화공들과 닿아 있다. 그렇다면 이 시대 인터넷에 무수한 자신의 추억들을 올려놓는 우리들 또한 그 어리석은 나르시시즘에 사랑의 감정을 의탁하고 있는 것일까? 그들은 시간을 공간 속에 정지시키고 싶었던 것이다. 머릿속에서 형체도 없이 잊혀질 기억을 붙잡고 싶었을 것이다.

Ⅲ. 기록이 기억을 지배한다

프로이트의 사상 중에서 가장 획기적인 것은 모든 기억이 어떤 식으로든지 간직된다는 것이다. 인생의 초년기에 받은 인상들은 대부분이 망각 속에 묻혀버린다 해도 완전히 근절할 수 없는 흔적을 남기는 것이다. 인상들은 전부 보존된다. 처음 각인된 형태로만이 아니라 이후의 발전 과정에서 취한 모든 형태들로도. 이리하여 초기 상태의 모든 기억 내용들은 다시 기억으로도 회복될 수 있다. 설령 기억의 내용의 여러 요소들이 오래 전에 원래의 맥락을 잃고 더 최근의 맥락으로 대체되었을 경우에도 그렇다.

이런 프로이트적인 발상을 가장 열심히 갈고 닦은 철학자는 베르그송이었다. 그의 생각은 기본적으로 모든 것은 반드시 앞선 것에 대한 인식을 포함한다는 것이었다. 만약 그렇지 않다면 우리는 음악의 선율을 들을 수도 없고 자기 정체성을 유지할 수도 없을 것이다. 베르그송은 이런 맥락하에 과거는 발동기 메커니즘으로서 회상으로서 살아남는다고 결론지었다. 신체는 미래와 과거 사이의 늘 전진하는 경계로서 뒤에 남겨진 행위와 앞에 있는 시점들을 통합한다. 과거의 모든 경험들은 아무리 오래전에 일어난 것일지라도 현재와 끊임없이 상호관계를 맺는다.

반면 윌리엄 제임스는 현재의 일부분인 최근의 기억과 현재와 분리되는 것으로 회상되는 먼 기억 사이에는 확실한 구분이 있다고 보았다. 후설은 제임스와 마찬가지로 과거의 경험에는 기억(retention)과 상기(recollection)의 두 가지 종류가 있다고 보았다. 시간이 지나면 기억은 완전히 사위어 들어 더 이상 직접적으로 주어지는 현재의 일부이기를 그친다. 그것을 다시 경험하고 싶으면 기억이 아니라 상기로서 재구성해야 한다. 베르그송의 과거는 현재를 갉아먹고, 제임스의 과거는 현재 속으로 흘러들며 후설의 과거는 현재에 달라붙어 있다.

과거는 현재에 큰 영향을 미치나 그것은 현재에 의해 변용된 과거일 것이다. 그런데 이 망각에 저항하는 것이 기록이었다. 문자의 기록은 과거의 어떤 사실이 단순히 개인의 경험의 변형이나 복원이 아니라 집단 기억으로 '객관화'되게 만들고 고정시킨다. 특히 문자의 기록은 그 특성상 상황을 전면적으로 재현시킬 수 없다. 아무리 많은 장을 할애해도 어떤 장면을 그림처럼 완벽하게 복원할 수는 없는 노릇이다.

그런데 이제 개인들은 자신의 사적인 내밀한 기억을 영상으로 기록한다. 스스로 기억을 선별하여 스토리텔링화(허구화)한다. 100일이 지난 연인들 사이에 어찌 달콤하고 예쁜 일들만 있었겠는가? 미움과 망설임, 밀고 당김의 영악한 싸움은 선별된 기억에 의해 달콤한 스토리텔링으로만 남게 된다. 아이를 기르는 일 년 동안 어찌 사랑과 보살핌만이 있었겠는가? 끊임없는 울음으로 불면의 고통을 받는 밤의 시간들, 걸핏하면 40도 가까이 올라가는 열로 응급실 신세를 지던 나날, 24시간 대기로 아이에 목메어 살아가는 자신에 한심해하는 나날……. 이 모든 것은 돌잔치, 아이의 환한 웃음과 행복해하는 부부의 미소로 정의된다.

그리고 먼 훗날 우리들에게는 세월이 흐려놓은 희미한 기억의 퍼올림이 아니라 당시 선명하게 남아있는 영상이 확고하게 남아있게 된다. 그러나 이것을 다시 뒤집으면 편집된 기록만이 기억으로 남기를 강요받는다는 사실도 된다. 기록의 폭력적 힘은 개인의 실재 체험을 가상화한다. 이제 더 이상 과거는 나의 현실과 체험에 의해 변형된 진실한 나의 그 무엇이 아니다. 현재의 나는 과거 어느 순간에 선별된 스토리텔링에 의해 끊임없이 간섭받고 교정된다. 지울 수 없는 잔여물로 인간의 기관 속에 새겨진 과거의 잔유물은 이제 영원히 남아있을 적나라한 영상과 소리에 의해 규정되어 버린다.

　그 규정에는 수많은 증인들이 있다. 자신의 내밀한 기록들을 퍼블리시하는 이런 동영상들에는 수많은 댓글이 달린다. 참 좋아 보인다거나 나도 그런 애인이 있었으면 좋겠다거나 아이의 건강과 행복을 빈다는 축복의 글에서부터 근거 없는 비방이나 원한의 말들에 이르기까지 수많은 사람들의 증언은 그가 선별적으로 스토리텔링화한 기억을 공적으로 확고하게 만든다.

Ⅳ. 프라이버시의 공론화, 혹은 법과 도덕의 분리에서 일치로

　자신만이 알고 있는 진실, 자신에 의해 내밀화된 진실, 삶의 구체적인 맥락 속에서만이 섬세하게 살아날 수 있는 나의 기억은 선별의 그 순간부터 공적 영역으로 진입해버린다. 아니 어느 순간에 찍힌 동영상은 그 맥락에서 개인을 떼어버리고 개인을 공론의 장에서 처벌받도록 만든다. 탈근대의 순간이다.

　하버마스는 에더, 슐르흐터의 견해를 받아들여, 근대화의 과정은 법과 도덕의 분리 과정과 일치한다고 주장한다. 도덕은 점점 탈제도화 되어서 내면적인 태도를 규제하는 것으로, 단지 인격 체계와 관계가 있으며 법은 외부로부터 부과되는 힘으로 분화된다. 이 과정에서 국가에 의해 만들어진 강제법은 법관의 윤리적 동기와는 무관한, 그리고 법의 추상적 복종에만 의존하는 하나의 제도가 된다.

반면 전근대 사회에서 사적인 부분은 흔히 공동체의 제도적 윤리 속에 체계화되어 있다. 예를 들어 근대 이전의 사랑은 인륜의 형식으로 제도화되어 있었다. 부부유별이나 의리의 차원으로 사랑을 설명하는 것이 그것이다. 전근대 사회에서 도덕적으로 문제가 되는 행위를 저지른 자는 그의 행위가 공동체의 모든 사람에게 해를 입힌 것으로 간주되어 처벌된다. 특히 어떤 개인이 책임져야 하는 규범을 위반한 데 대한 비난이 중점이 되는 것이 아니라 공동체 전체의 정신 상태를 오염시켰다는 측면에 강조점이 두어진다. 신성한 질서를 침해한 데 대한 벌은 속죄의 성격을 띠게 된다.

이제 인터넷 공동체 시대에 개인의 사적 행위가 공론의 장으로 나오게 된 지금 단순히 칭찬 받는 정도나 비난 받는 정도에 그쳤던 개인의 행동들이 여론의 도마에 오르면서 응분의 보상을 받거나 엄혹하게 단죄되고 있다. 거리의 노인에게 목도리를 둘러주고 다정한 말을 해주었던 장면을 찍은 '목도리녀'의 사진은 평범한 여대생에게 학교 장학금, 평생의 취직 보장의 보상을 안겨주었다. 천하 효자라고 소문이 나자 왕이 그를 불러 벼슬을 내리고 논밭을 주어 평생을 유족하게 살게 했다는 조선 시대 기록과 다를 것이 무엇인가? 이제 선행은 공론의 장으로 나오는 순간 단순히 개인적으로 칭찬받는 수준을 넘어서 공동체의 숭고한 정신을 빛낸 우리 모두의 선행으로 보편화된다.

마찬가지로 비난의 방식도 신성한 공동체 질서의 법의 차원에서 공론화한다. 한 인기 탤런트는 술집 접대부에게 사랑을 느꼈고 진실하게 사랑했으나 환경이 여의치 못하여 헤어지게 되었다. 크게 상심한 여성은 자살했고 이 사실이 누리꾼에게 알려지면서 비난의 화살을 한몸에 받게 된다. 홈페이지에 속죄의 글을 올리고 연예 활동을 잠정 중단하기도 하였으나 누리꾼들은 그의 연예 활동 재개에 대해 따가운 시선을 보내고 있는 중이다. 이 정도 수준이면 상당한 기간 동안 활동을 금지하는 벌을 받게 될 것이다. 연예인에게 있어 방송 활동 중단이란 사형선고나 다름없는 일이다.

사랑이 무엇인가? 서로 우연히 만나 열정을 느끼고 환경이 여의치 못하여 헤어지는 과정은 지극히 사적인 범주에 속한다. 그러나 누리꾼들은 그들의 사적 감정을 윤리와 의리의 제도 속에 넣으면서 혹독한 징벌을 가하고 있는 것이다. 사적인 감정의 소통인 사랑은 약속과 계약의 차원으로 변모하고 그는 신성한 질서를 해친 속죄양으로 떠오르고 있다.

정치인에 대한 동영상은 더욱 혹독하다. 2006년 11월 몬타나주에서 재선을 노렸던 콘래드 번스 상원 의원은 농장법안 공청회에서 깜박 졸았던 장면이 동영상으로 제작되어 유튜브(YouTube)에 올랐다. <콘래드 번스의 낮잠>이란 이 동영상은 10만 명가량이 보았는데 그는 불과 1%의 표차로 고배를 마셨다. UCC의 위력이 확인된 사건이었다.

그러나 번스 상원 의원의 낮잠은 따지고 보면 지극히 생리적인 일일 뿐이었다. 선거 유세 기간 중 며칠 동안 잠을 못 잤을 수도 있었고 감기약을 과도하게 먹었을 수도 있었다. 그러나 분노한 농민들은 그를 선거 낙선으로 단죄하였다. 지극히 사적인 한순간의 잠이 공적 영역으로 나옴으로써 공동체 구성원들에게 공적 규제를 받게 한 것이다.

그뿐인가, 조지 앨런 상원의원은 인디언계 비디오 촬영 기사에게 '마카카(원숭이를 뜻하는 인종차별적 발언)'라고 부른 동영상이 유포되어 인종차별자로 낙인찍혀 선거에 패배하고 만다. 그의 무의식, 어쩌다 한번 뱉은 거의 무의식에 해당하는 발언은 누리꾼들이라는 집단 초자아의 혹독한 검열에 걸려들고 말았다. 공인의 무의식은 시시각각으로 감시당하고 통제당한다.

V. 과대망상, 영상중독, 그리고
나르시시즘의 복수

우리의 현실을 덮는 이미지, 우리와 현실의 경계를 무화시키는 이미지에 역설적으로 복수할 수 있는 자는 어쩌면 테러리스트나 정신병자인지 모른다. 그는 이를 악물고 때로는 노려보면서, 심지어 권총으로 '당신'을 겨누면서 '당신'을 향해 외친다. 아니 권총을 든 두 손을 높이 쳐들기도 한다.

당신은 이 상황을 피할 수 있는 방법과 기회가 수없이 많았다. 하지만 당신은 내 피를 쏟기로 결정했다. 당신은 나를 구석으로 몰아넣었고 내게 어떤 선택권도 주지 않았다. 그 결정은 당신의 것이었다. 이제 당신은 절대로 씻어지지 않을 피를 당신의 손에 묻혔다……. 당신은 그저 나를 괴롭히기를 좋아했다. 당신은 내 머릿속에 암을

주입하는 것을 좋아했다. 내 가슴 속에는 공포를, 그리고 지금껏 내 영혼을 찢어놓는 것을 좋아했다……5)

　위의 글은 2007년 우리로 하여금 경악을 금치 못하게 하였던 조승희가 마지막으로 남긴 말이다. 그의 부모는 1990년대 한국에서 미국으로 건너가 중산층의 삶을 이룬 건실한 한국인이다. 누나도 명문대를 나왔으며 그 자신도 버지니아 텍에 재학 중인 학생이었다. 어머니는 유난히 내성적인 아들을 위해 교회에 다갈 정도로 자상한 한국형 어머니였다. 살아가면서 사소한 상처는 있었을 수 있으나 그토록 지속적으로 그를 괴롭히고 고통을 주는 사람은 없었던 것으로 보인다. 그의 가정 사정을 문제 삼는 사람들은 그의 누나를 생각해보기 바란다. 조승희와 정확히 반대편에서 아메리칸 드림을 이룬 그녀를 생각해볼 때 교포 1.5세들의 정체성 문제에 초점을 맞추는 것은 의미가 없어 보인다. 한국에서부터 유난히 말수가 적어 어머니와 할머니의 근심거리였던 그의 성격에 초점을 맞추어 보자.

　결론적으로 그가 말하고 있는 '당신'은 바로 그 자신이다. 이는 전형적인 과대망상적 증상인 바 과대망상은 대상 리비도를 희생한 대가로 생겨난 것이다. 외부 세계에 등을 돌린 리비도는 자아에게로 방향을 돌려 나르시시즘의 태도를 발생하게 한다. 그는 1차 범행 직후 자신을 동영상으로 찍어 방송국으로 보낸다. 곧 인터넷을 통해 유포된 그 동영상은 때로는 이를 악물며 오랜 유폐 기간 동안 자기 자신에게 수없이 되풀이한 그 말을 뱉어낸다. '당신' 대신 '나'를 대입해보라.

---

5) http://news.media.daum.net/foreign/america/200704/19/hani/v16438921.html

나는 이 상황을 피할 수 있는 방법과 기회가 수없이 많았다. 하지
만 나는 내 피를 쏟기로 결정했다. 나 자신은 나를 구석으로 몰아넣
었고 내게 어떤 선택권도 주지 않았다. 그 결정은 나의 것이었다. 이
제 나는 절대로 씻어지지 않을 피를 나의 손에 묻혔다······.
나는 그저 나를 괴롭히기를 좋아했다. 나는 내 머릿속에 암을 주입
하는 것을 좋아했다. 내 가슴 속에는 공포를, 그리고 지금껏 내 영혼
을 찢어놓는 것을 좋아했다······.

철저하게 맞아떨어지지 않는가? 손톱만큼의 어색함도 없이 그대
로 맞아떨어지지 않는가? 그 자폐의 오랜 기간 동안 끊임없이 자기
를 괴롭혀 온 피해망상의 사연들이 손에 잡힐 듯 드러나지 않는가?
물론 그에게 일종의 강박 신경증도 존재한다. 그는 '부자'들을 향해
일갈한다.

단지 당신이 그럴 수 있다는 이유만으로. 당신은 원하는 것은 무
엇이든 가졌다. 당신의 메르세데스(벤츠)로 만족하지 못했다. 이 망나
니들. 당신의 금목걸이들로 만족하지 못했다. 이 속물들아. 당신의
신탁으로 부족했다. 당신의 보드카와 코냑으로도 부족했다. 당신이
가진 그 모든 방탕한 것들으로 만족하지 못했다. 그것들은 당신의
쾌락주의적 욕구를 충족시키기에 부족했다. 당신은 모든 것을 가졌
다. 때가 이르렀을 때 나는 행동했다. 그럴 수밖에 없었다.[6]

사람들은 교묘한 그의 혼동에 일순간 속아버린다. 그의 선언문의
거의 마지막쯤 당신의 정체가 나타난다. 문자 그대로 해석한다면

---

6) http://news.media.daum.net/foreign/america/200704/19/hani/v16438921.html

'당신'은 메르세데스같은 고급차나 코냑같은 고급술에도 만족하지 못하는 속물들이다. 그러나 그는 환자라는 사실을 잊지 말자. 강박 신경증의 환자는 현실적 대상을 자신의 기억 속에서 *끄집어낸* 상상의 대상으로 대체하거나 현실적 대상을 상상의 대상으로 뒤섞어버리는 경향이 있다. 다른 한편 그런 현실적 대상과 관련하여 애초에 지니고 있던 목적을 포기해버리는 경향도 있는 것이다.

그에게 있어 부자, 속물은 조금만 더 노력하면 자신이 앞으로 누릴 중산층의 삶이다. 이제 자리 잡은 유복한 집안의 유일한 아들이 누릴 수 있는 삶이며 그의 가족들이 누리고 있는 삶이기도 하다. 나, 우리 가족, 그리고 당신은 한데 엉키고 서로 대체되며 중첩된다. 그의 혼란은 맨 마지막 말이 "당신은 모든 것을 가졌다. 때가 이르렀을 때 나는 행동했다. 그럴 수밖에 없었다."로 끝나는 데서 발견된다. '당신' 뒤에 그는 다시 '나'라는 인칭을 사용하면서 말을 이어나간다.

그는 인터넷에서 노려본다. 자신과 대상의 어처구니없는 혼동 속에서 그 자폐적 태도 속에서, 졸았다는 사적 행동 하나로 한 정치인을 유권자를 경멸하는 파렴치한 정치인으로 만드는, 사랑의 사적 감정을 쉽게 의리의 제도 속에 넣어 재단하는 수많은 '당신'을 역설적으로 드러내어 보인다. 그렇다. 그는 그런 이상한 우리들을 되비추는 거울이다.

뜬금없이 망치를 든 그의 모습에서 많은 사람들은 <올드보이>의 최민식을 연상했다. 그러나 사실 그 뿐인가? 권총을 겨누고 우리를 노려보는 그 모습은 수많은 서부극이나 액션물에서 보아온 이미지이다. 총을 들고 두 손을 높이 쳐든 모습 또한 얼마나 많은 서부영화의 클리셰인가?

그는 며칠 전에 제작된 것임이 틀림없는 비디오 테이프에서 범행 당시와 똑같은 검은 셔츠와 조끼를 입고 있다. 어깨에는 탄창을 두르고 손가락이 나오는 반장갑에 양손에는 권총을 한 자루씩 들고 있다. 이 복장은 컴퓨터 게임인 <카운터스트라이크>에 나오는 전투원의 기본 복장과 흡사하다.

<카운터스트라이크>는 1990년대 후반부터 인기를 끈 1인칭 슈팅 게임으로 평소 조승희가 즐겨했다고 한다. 게임 참가자는 테러 집단과 반테러 집단으로 나눠 싸우며 기관총, 권총, 라이플, 수류탄, 칼 등을 선택해 싸운다. 이 중에는 그가 범행에 사용했던 권총인 글록도 나온다. 이 게임은 실제와 비슷한 상황 설정에 정교한 삼차원 그래픽이 지원되어 게이머가 가상공간에 직접 들어간 것과 같은 착각을 느끼게 한다.[7]

그는 이처럼 이미지를 차용하고 현실에서 그 이미지를 철저하게 적용하였으며 마침내 성공하였다. 그리고 파생실재의 승리인 대량 학살은 미디어를 통해 다시 전세계 누리꾼들의 뇌수 속으로 흘러들어갔다. 인터넷 포털 게시판에는 다음과 같은 댓글들이 떴다.

> 32킬 1데쓰죠.... 정말 놀라운 실력이군
> 그게 아니라 32킬 29양념 1데쓰죠
> (그의 실력이) 마냥 부럽다는......

여기서 '킬'은 사망자를, '양념'은 부상자를, '데쓰'는 본인의 죽음

---

7) 『중앙일보』, 2007.4.20, 3면.

을 뜻하는 컴퓨터 은어로 <서든어택> 등 인기 일인칭 전투 게임의 사용자들의 대화에 자주 등장한다.[8] 온라인을 통해 게이머들의 육체 속에 체화된 이 기억들은 한 누리꾼(조승희)에 의해 현실로 실천되고 다시 UCC로 가상화되어 인터넷에 올려진다. 수용자들은 현실의 사건을 다시 가상현실로 해석하고 그 과정에서 현실과 가상은 모호해진다. 이제 조승희 동영상은 음험한 기억으로 인류의 공동 두뇌의 깊숙한 곳에 각인되고 시시때때로 회상 속에서 길어 올려져 현실로 나올 것이다.[9]

---

8) 『한겨레』, 2007.4.20, 12면.
9) 최혜실, "UCC, 원시공동체로의 복귀", 사회비평 복간호, 2007. 여름.

참고문헌

최혜실, 『모든 견고한 것들은 하이퍼텍스트 속으로 사라진다』, 생각의나무,
    2000.
최혜실, 「UCC, 원시공동체로의 복귀」, 『사회비평』 복간호, 2007, 여름.
스티븐 컨, 박성관 역, 『시간과 공간의 문화사』, 휴머니스트, 2004.
지그문트 프로이트, 윤희기 역, 『무의식에 관하여』, 열린책들, 1997.
웨난, 유소영 역, 『진시황릉』, 일빛, 2005.
『중앙일보』, 2007.4.20, 3면.
『한겨레』, 2007.4.20, 12면.

http://news.media.daum.net/foreign/america/200704/19/hani/v16438921.html
http://news.media.daum.net/foreign/america/200704/19/hani/v16438921.html

영상

근대를 보는 두 개의 시선

▌ 김윤희

1920~30년대 영화의 대중 인식과 〈D-War〉논쟁

▌ 맹재범

근대 경성 배경 영화의 공간구축

▌ 안승범

토털 스노브 Total Snob

영상

근대를 보는 두 개의 시선
-드라마 〈경성스캔들〉의 캐릭터를 중심으로

김 윤 희

I. 소비된 근대 안의 지금·여기를 찾아서

근대 일상에 대한 연구가 본격적으로 진행되기 시작한 것은 1990년대 말이다[1]. 이때부터 시작된 연구들이 지속되어 그 연구 성과가 폭넓게 축적되어 가고 있는 오늘날 주목할 만한 문화현상 가운데 하나는 근대의 진풍경이라 할 수 있는 경성풍경이 대중매체를 통해 재현되고 있다는 사실이다. 이는 상업적 성과를 무엇보다 제1일의

---

1) 기존에도 근대에 대한 연구는 있어왔다. 그러나 기존의 근대에 대한 연구는 대부분 표현론적 관점에서 하나의 텍스트를 분석하기 위해 작품이 창작된 시대를 되짚어 보는 방식이었다면 1990년대 말부터는 근대의 일상 자체를 텍스트로 삼았다는 점에서 기존의 연구와는 대비된다.

목표로 삼고 있는 영화에 있어 두드러진다. 1941년 경성 최초의 서양식 병원으로 설정된 안생병원을 무대로 한 공포영화 <기담>(2007. 8.1)을 시작으로 <라디오 데이즈>(2008.1.31), <원스 어폰 어 타임>(2008.1.31), <모던보이>(2008.10.2)가 차례로 제작·개봉되었다. 물론 근대 경성 공간은 지금까지 영화를 비롯해 텔레비전 드라마 그리고 연극을 통해 끊임없이 재현되어왔다. 그러나 지금까지 재현된 근대 경성 공간은 역사적 인물을 주서사로 하는 이야기 속에서 단지 그림을 만들어내기 위해 병풍처럼 둘러놓은 것에 불과했다. 하지만 오늘날 재현되고 있는 근대의 풍경 속 근대인들의 일상은 주서사를 뒷받침하는 보조적 역할을 넘어 그것이 주서사를 이루고 있다는 점에서 지금까지의 그것과는 다른 양상을 띤다. 그리고 그러한 시도들 가운데 눈에 띄는 작품 중 하나가 바로 드라마 <경성스캔들>이다.

2001년 발표된 이선미의 소설 『경성애사』를 원작으로 제작된 드라마 <경성스캔들>은 제목에서 알 수 있는 바와 같이 1930년대 경성을 배경으로 벌어지는 네 남녀의 사랑을 주서사로 하고 있다. KBS를 통해 2007년 6월에서 8월까지 16부작으로 방영된 이 드라마는 시청률에 있어서는 큰 성과를 얻지 못했지만 소수의 마니아층을 형성하며 2007년 제작된 웰메이드 드라마[2] 가운데 하나로 손꼽히고 있다.

---

2) 일례로 좀처럼 다른 작가의 작품에 대해 언급을 하지 않는 원로 드라마 작가 김수현은 자신의 홈페이지를 통해 "그놈의 시청률에 신경 쓸 거 없다. '경성 스캔들'은 훌륭한 도전이었고 '멋진 드라마'로 남을 것이다"라고 드라마를 본 소회를 밝히기도 했다.(김수현 인터넷 홈페이지, http://www.kshdrama.com/)

　　텔레비전 드라마는 여타의 대중매체보다도 대중적이다. 빠르게 변화하는 대중의 기호를 따라가지 못해서는 시청자들로부터 바로 외면당하기 십상이다. 그런 이유로 당대 가장 보편적인 시대상을 읽어내는 데 있어 드라마 텍스트만큼 유효한 것은 없다고 사료된다. 그리하여 본고에서는 20세기 초 근대의 일상을 21세기 대중매체를 통해 재현해낸 드라마 <경성스캔들>을 중심으로 근대인에 투영(投影)된 지금 여기를 살아가고 있는 우리들의 모습을 살펴보는 것을 주목적으로 하고자 한다.

　　근대의 일상을 지금 우리가 살펴볼 수 있는 가장 유효한 방법은 근대의 신문과 잡지를 통해서이다. 그런데 이러한 신문과 잡지는 다량 복사를 통해 동일한 정보가 시장을 통해 유통되는 과정에서 근대에 대한 경험을 표준화하고 사회를 판단하는 척도가 되어 버렸다[3]. 그렇게 현재의 우리는 신문과 잡지를 통해 표상된 근대를, 근대의 사람들을 대중문화 속에서 소비하고 있다. 그런데 여기서 우리가 소비하고 있는 근대는 생산 주체에 의해 또 한 번 탈바꿈의 과정을 거친 것들이다. 결국 본고에서 텍스트로 삼고자 하는 드라마 <경성스캔들> 속 근대 역시 몇 차례의 탈바꿈 과정을 거친 이후 완성된 절충된 근대라 할 수 있다. 그리하여 본고에서는 근대 경성을

---

3) 유럽, 그 가운데서도 독일의 매체를 통사적으로 연구한 베르너 파울슈티히는『근대 초기 매체의 역사』(베르너 파울슈티히 저, 황대현 역, 지식의 풍경, 2007)에서 "1400년과 1700년 사이의 매체 문화는 중세와 같이 더 이상 포괄적인 사회 보도 매체적 기능을 갖출 수 없게 되었다. 대신 매체들은 전반적으로 지배와 반란 사이의 긴장 구조 속에서 하나의 체계로서 압도적으로 도구화하면서 무엇보다도 선동적인 기능을 지니게 되었다"고 말한다. 한국의 근대 신문과 잡지 역시 교화적인 글들이 많이 실려 있다.

배경으로 하고 있지만, 그 안에 녹아들어 있는 '지금 여기'를 살아가고 있는 우리들의 모습을 추출(抽出)하기 위해 당시 신문과 잡지 속에 나타난 '그때 거기'를 살았던 사람들의 모습을 동시에 살펴보고자 한다. 오늘날 대표적 매체인 드라마 안에 표상되어 나타나는 인물들과 근대의 대표적 매체인 신문과 잡지에 표상되어 나타나는 인물들의 상동성과 상이성을 찾아내는 과정을 통해 '지금 여기'를 살고 있는 우리들의 삶의 도정(道程)을 추적해 보는 계기를 마련할 수 있을 것이라 생각한다.

Ⅱ. 모던보이, 못된 남자 그리고 나쁜 남자

근대를 살았던 사람들에게 있어 '근대'는 제대로 정의내릴 수 없는 새로운 시대였다. 이처럼 정의내릴 수 없는 시대 속에 탄생한 '모던보이'·'모던걸' 역시 확고히 정의내릴 수 없는 존재들이었다. 간단히 정의를 내린다면 "'모던쏴이'란 近代兒 또는 時體兒로 '모던썰'은 近代處女 또는 時體女兒"[4])이다. 그러나 앞서도 언급했던 것처럼 근대에 대한 정확한 규정 없이 근대아, 근대처녀를 규정한다는 것은 어려운 일이 아닐 수 없다. 당시 새로운 화두로 대두되기 시작한 '모던보이'·'모던걸'에 대한 세간의 관심은 여러 잡지에 나타난 이들과 관련된 논설을 통해 짐작해 볼 만하다. 『별건곤』은 1927년 7월 창간 1주년을 기념하는 호에서 「모-던썰·모-던쏴-이 大評說」을 특집으로 다루고 각계각층 인사들의 견해를 전해주고 있다.

---

4) 유광열, 「모던이란 무엇이냐」, 『별건곤』 제10호, 1927.7, p.112.

　유광열은 「모던이란 무엇이냐」5)라는 논설에서 근대인을 정신과
물질의 두 영역으로 나누어 설명하는데 모던보이는 정신적 요건에
있어서는 "合法則性에 依한 共同主義"를 지니고 있으며 외양적 요소
를 나타내는 물질적 요건에 있어서는 "道袍입고 상투를 튼 것은 過
去이다. 洋服입고 金테안경 쓰고 나만 잘 놀면 고만이라고 하는 패
는 近代思想 중에도 現代(今日)의 主軸이 되는=바에 依存된 사람들"
이지만 그렇다고 양복과 도포로 근대아를 구별할 수 없고 "그 意識
과 方面이 어쩌한 것인 것을 가지고=가장 近代에난 가장 새로운 意
識=가진 사람을 近代兒라고 할 수 밧게 업다"고 말한다. 같은 잡지
에서 박영희는 논설 「所爲 「近代女」・「近代男」의 特徵」6)을 통해 "體
形이 輕快하고 顔色이 女子편쪽으로 變節하는 感이 잇는 듯한 男體
女顔의 사나희를 指稱하는 듯 십다. 물론 그들에게 얼마나한 智識이
잇스며, 얼마나한 社會에 대한 意識과 任務와 責任을 생각하는지는
알 수 업스나, 대개 단이는 곳은 『키페』『劇場』『酒店』의 花柳 욱이
진 그 속에서 그들의 正體를 發見한다"고 말한다. 여기서 한 발 더
나아가 최학송은 「쎄카단의 象徵」7)이라는 제목의 논설에서 철저하
게 자신과 모던보이를 분리하며 그들을 비판한다. "「모던쌘이」를 말
하면 기생ㅅ집이나 극장이나가 싸라나오는 것만은 사실이다. (중략)
「모던쌘이」에게서는 일업시 히야까시나하고 쌘질쌘질 계집의 궁둥
이나 쏘차다니는 엇던 그림자 가태서 건실하고 강직한 늑김은 못 밧
는다. 짠은 「모던썰」「모던쌘이」라는 말을 일본이나 조선서는 「불량

5) 앞의 글, pp.112~113.
6) 박영희, 「所謂 「近代女」・「近代男」의 特徵」, 『별건곤』 제10호, 1927.7,
　　pp.114~116.
7) 최학송, 「쎄카단의 象徵」, 『별건곤』 제10호, 1927.7, pp.118~120.

소녀」,「불량소년」 비슷한 의미로써 쓰는 까닭에 그러케도 늑겨지겟
지만 그 자체가 우리에게 주는 늑김도 현숙하고 건실하다는 늑김이
아닌 것만은 사실이다. (중략) 그러타면 어째 시체ㅅ것을 그러케 조
치 못한 의미로 쓰는지, 심한 이는 「못된썰(모던썰)」,「못된쏜이(모던
쏜이)」라고까지 부르”고 있다고 말한다.

   지금 여기를 살아가고 있는 우리는 그때 거기를 살았던 그들이
어떤 모습으로 어떻게 살아왔는지 알 수 없다. 우리는 그저 신문이
나 잡지 등과 같은 근대 매체 속에 나타난 그들의 모습을 통해 추체
험해 볼 수 있을 뿐이다. 그리하여 오늘날 우리가 가지고 있는 근대
남들의 이미지는 대략 두 가지로 정리해 볼 수 있다. 하나는 시골에
본처를 두고 자유연애를 주창하며 신식여성과 외지에서 동거를 하
고 있는 남자, 다른 하나는 시대적 현실과 이상 사이에서 고뇌하는
지식인 남자이다. 모던걸의 이미지가 너무도 강렬해 <모던보이>라
는 영화의 제작이 알려지기 전까지 모던보이는 모던걸의 그늘에 가
려져 그 존재를 인식할 수 없는 존재들이었다.

드라마 <경성스캔들> 속 선우완(左)과 영화 <모던보이>에서 주인공 이해명 역을
맡았던 박해일이 모델로 삼았던 시인 백석(白石)

멋들어진 중절모에 양복을 차려 입고 한 손에는 근대의 산물인 시가(cigar)나 현미경을 들고 댄스홀과 기방을 전전하는, 드라마 <경성스캔들> 안에서 현대적 모던보이로 재탄생한 선우완은 가십을 양산하는 잡지 『찌라시』의 객원기자로 활동하며 온갖 염문을 뿌리고 다닌다. 어린 시절 어머니를 잃고 지우(知友)의 밀고로 형과 지우를 동시에 잃게 된 고통 속에 형성된 그의 외상은 그를 "조국, 민족, 해방, 계급, 혁명, 자유, 독립, 투쟁, 테러 그딴 건 개나 줘버려"라고 시니컬하게 말하도록 만들었다. 그렇게 세상과 등 돌린 채 선우완은 오늘날의 이효리가 "just ten minutes"를 외치며 십 분 안에 모든 남자들을 유혹할 수 있다고 했던 것처럼 "십 분이면 충분히 온 경성의 여자들을 내 것으로 만들 수 있다"고 말한다. 그리고 평소의 그가 그러했던 것처럼 아무런 의미없이 내뱉었던 그의 말은 그와 함께 있던 동료들에게 빌미를 제공하게 되고, 결국 그는 자동차를 걸고 경성에서 가장 촌스러운 여자를 모던걸로 만드는 내기 제안을 수락하게 된다.

서사보다는 캐릭터에 의존해 극을 진행시켰던 이 드라마는 1부에서 이미 자신들이 가지고 있는 카드를 모두 내던졌다. 물론 반전을 위해 숨겨둔 인물이 있기는 했지만 이 드라마를 선우완과 나여경의 사랑으로 초점화시킨다면 이미 1부에서 이야기는 결말에 가 있었다. 이처럼 드라마 <경성스캔들> 속 선우완이라는 캐릭터는 모던보이의 탈을 쓰고 있지만 지금 여기를 살고 있는 '나쁜 남자', 그 가운데서도 오늘날 여성들이 열광하는 '까칠남─겉은 차가우나 속은 따뜻한'의 이미지를 덧씌운 모습을 하고 있었던 것이다.

오늘날 새롭게 부각되고 있는 남성캐릭터 가운데 하나는 '나쁜 남자'이다. 김기덕의 영화 <나쁜 남자>에서 추악한 방법으로 한 여성의 인생을 유린해 혐오스러운 캐릭터의 전형으로 그려졌던 '나쁜 남자'가 조금씩 미화되어 우리의 대중문화 속으로 침투해 들어온 것이다[8]. 그러나 이러한 '나쁜 남자'는 어느 한 순간 이 세상에 나타나 존재하게 된 것은 아니다. 앞서 살펴보았던 것처럼 20세기 초를 살았던 모던보이들이 못된 남자, 즉 나쁜 남자의 한 전형으로 탈바꿈하여 21세기 문화의 중심에 자리를 잡은 것이다.

인류학자들과 진화 전문가들은 현재의 믿음과는 정반대되게도, 남자들이 자기들이 원하기 때문에 지금의 모습을 띠게 된 것은 아니라면서, 오히려 종(種)의 생존을 보존하기 위해 유전적으로 프로그램되었다는 설명을 제시한다. 결국 '나쁜 남자'는 원래부터 유전적으로 배치되어 있는 남성성을 재발견한 것이라는 것이다[9]. 이와 같이 유전적으로 배치되어 있는 남성성을 재발견한 남성들은 미디어를 통해 또 한 번 자신의 남성성을 프로그램화한다. 『아름다움의 신화』의 저자 나오미 울프는 대중문화가 남성들이 여성의 아름다움을 추구하도록 주입시키고 있는 것에 대해 이는 잡지 광고나 텔레비전 광고에서만 존재하는 환상에 불과하다고 말한다[10]. 그러나 남성들은 이러한 불가능한 신화에 도전하면서 여성을 물화시킨다. 한 가지 흥미로운 사실은 어느 시대에나 내부 속에 조용히 침잠해 있던

---

8) 2008년 하반기에 발표된 비의 노래 <rainism>의 가사에는 끊임없이 나쁜 남자가 되겠다("I'm gonna be a bad boy")고 하는 대목이 나온다. 대중문화 가운데 저급 문화의 하나로 분류되는 대중가사이기는 하지만 그것이 지니고 있는 문화적 파급력으로 인해 현재 대중가사는 당대 현실을 대표하는 하나의 지표로서 기능하고 있다고 해도 과언이 아니다.
9) 조지프 W.락, 배뢰 L.던컨 저, 홍연미 역, 『나쁜 남자12종』, 이채, 2006, p.33.
10) 앞의 책, p.36.

이러한 '나쁜 남자'의 이미지는 남성의 위상이 위축될 때 그 모습을 더욱 곤고히 하여 세상 밖으로 그 모습을 내비친다는 것이다. 언젠가 다시 지금 여기의 '나쁜 남자'들은 그때 거기를 살았던 '모던보이'가 오늘날에 재탄생되어 나타났던 것처럼 또 다른 모습으로 다른 생을 살게 될 것이다.

Ⅲ. 신여성, 여학생 그리고 파워우먼[11]

신여성이라는 용어가 주로 사용되었던 시기는 1920년대였다. 이 시기에는 여학생 자체가 희귀했으므로 교육받은 여학생이 곧 신여성으로 등치되기도 했다. 유학이나 고등교육을 받은 여학생은 전체 인구의 0.58%에 불과했던 시절이었다. 1930년대가 되면 여학생의 숫자가 대폭 승가하면서 신여성이라는 용어가 거의 사라지게 되고 신여성들이 이미지로 소비되는 경향이 있었다[12]. 그때까지도 여성을 신여성과, 신여성과 대별되는 구여성으로 나누는 경향은 여전히 남아 있었다. 그러나 여성의 해방을 외치며 사회 내부로 파고들어오는 신여성들로 인해 남성들은 그들이 지금까지 누려온 권력에 위협을 느끼고 이를 견제해야 할 필요성을 느끼게 되었다. 지금까지 유지되어 온 힘의 균형을 맞추기 위해 그들은 끊임없이 매체를 통

---

11) 여기에서 사용된 파워우먼은 영어 'power'와 'women'을 결합시킨 말로 '에너지가 넘치는 여성'이자 '사회 속에서 목소리를 내는 여성'이라는 의미를 동시에 지니고 있는 말로 통용된다.
12) 임옥희, 「신여성의 범주화를 위한 시론」, 『한국의 식민지 근대와 여성 공간』, 여이연, 2004, p.82.

해 신여성에 대한 부정적 이미지를 양산해낸 것이다. 그리하여 결국 1930년대에 이르면 "여성 공황시대(女性 恐慌時代)"가 오고 만다.

박로아는 『별건곤』 제30호에 실린 논설 「여성공황 시대」[13]를 통해 여성 사회에 획연(劃然)한 두 층으로서 신여성을 중심으로 한 활기 있는 진취적 전위적 여성층과 구여성을 중심으로 의연히 구각(舊殼)을 벗지 못해 고민하는 무기력한 보수적 여성층으로 나눈다. 그러면서 이들 두 층은 내용에 있어서나 사회적 처지에 있어서 분립해 있는데 이는 마치 부르주아 대 프롤레타리아의 대립적 계급을 형성하고 있는 것처럼 보인다고 말한다. 또한 필자는 같은 글을 통해 신여성을 1. 사회운동자－부인운동자[14] 2. 직업부인[15] 3. 무직자－미쓰[16] 4. 신가정 부인[17] 5. 여학생[18]의 다섯 종류로 세분화한다.

---

13) 박로아, 「여성 공황시대」, 『별건곤』 제30호, 1930.7.1.
14) 己未運動을 一劃期로 朝鮮에서 일어난 부인 해방 운동이 일어나고 그 뒤 점차로 진전되어 전국적 여성 운동의 單一黨까지 보게 되였고 그 운동 向路에 잇서서도 초기의 계몽 운동을 버서나 정치운동에까지 나아가서 일반 무산계급 해방운동과 합류하려는 정세에 나섯다 하겟다. 그러나 일반 女性群의 신뢰와 지지를 바더야 할 그들이 도로혀 敬而遠之的 擯斥을 밧고 輕蔑을 바더 여성 대중의 속으로 포용되지 못하고 特殊流離群과 가튼 대우를 밧고 잇는 괴현상을 보게 된다. 그 원인은 여러 가지 잇겠으나 첫재 재래 도덕과 관습에 比準하야 너무나 급진적인 난해한 사상을 성급히 주입하고자 한데서 생기는 몰이해에서 胚胎한 것이나 안일가.
15) 말 그대로 직업을 가지고 있는 여성을 말한다. 자본주의의 생산체계에 의해 가정이 아닌 가정 밖에 형성된 여성의 위치이다. 이들은 남성의 자리까지 위협하기도 하지만 직장을 결혼 조건을 구비한 남성을 맛나 결혼을 하기 위한 수단으로 이용하기도 한다.
16) 중등학교를 졸업한 다름에 아즉 취직하지 안코 잇는 처녀의 一群이다. 그들의 매일 하는 일은 날로 향상되여 가는 사치심을 만족식히는 것과 화장하는 것, 節侯를 따라 遊興處를 차저 단이는 것, 富豪 子弟의 好男兒를 탐색하는 것 등이며 또한 동무의 결혼식을 차저 돌아단이는 성의

그러나 여성의 목소리로 신여성에 대해 말하고 있는 이 글에서도
사회운동가를 제외한 나머지 군의 여성들이 무지에서 비롯한 구여
성의 폐해를 답습하지 않기 위한 수단으로써 신식교육을 이수한 여
성으로 그려지고 있다.

1886년 여성교육기관으로 이화학당이 설립된 이후 선교사나 민
간의 교육기관이 설립되면서 이른바 교육받은 여성으로서 신여성이
등장하고 이들에 의해 여성운동이 바야흐로 시작되었다. 1898년에
는 여학교 설립을 목적으로 발족한 찬양회가 결성되어 1910년까지
계속되고 여성의 지위 향상으로 그 목표가 귀착되었다[19]. 그러나
흔들리는 시대 속에서 안정을 지향하는 것만이 살 길이라고 믿었던

잇는 結婚巡禮者들이다. 그리하야 그들에게는 인물 잘나고 똑똑하고 돈
만흔 사나희에게로 싀집가는 것이 유일한 최고 이상적 취직이요 영광
이며 父母들에게는 공부식힌 보람이 잇다고 칭송을 밧는 길이다.

17) 舊형태의 구속과 학대의 생활을 배반하고 나와 새로운 형태의 구속 생
활을 택한 여성들로 現代性的 체면을 발휘하고 혹은 안해의 미모를 자
랑하기 위한 경세력이 잇는 섊은 남편의 이기석 욕망을 만족시키는 노
구이다. 학교에서 주입한 빈약한 지식으로 간신히 남편의 말동무가 되
며 애욕의 대상이 되는 외에 가정부인으로서 아무런 자각과 노력이 업
다. 針母를 두고 어멈을 두고 유모를 두고 하인을 두어서 모든 家庭事
와 가정 경제를 맛기고 貴夫人然한 籍勢를 하야 아씨마냄으로 떠밧처
올니는 것을 유일한 영예로 알고 잇다. 일상생활의 필수품에 대한 市場
價額을 아는 것은 가정의 賤役에 종사하며 관심한다는 증거가 되어 그
들의 큰 羞恥로 생각하는 바이다.

18) 처음에는 『올흔 사위를 어들여면 딸자식 공부를 식혀야 해!』 하야 딸
공부식히는 것을 구혼의 유일한 방책으로 생각하고 잇는 부형들의 그
릇된 意思에 좃고 나중에는 賢母良妻主義 아래 보수적 溫良性을 띈 교
사들의 訓導에 맹종하야 남자 금단의 수도원과 가튼 여학교에 감금되어
사회와 격리된 생활을 하고 잇는 중산계급 이상의 女息들이다. 그리고
그들은 장차 사회에 나가서 고급 직업 부인이 되고 이상적 新가정 부인
이 될 예비군이요 신여성의 本尊이다.

19) 김진송, 『서울에 댄스홀을 허하라』, 현실문화연구, 1999, p.203.

기존의 봉건적인 가치관과 맞서기에는 이들 여성의 힘은 너무도 미약한 것이었다. 결국 몇몇 진보적 여성만이 진정한 신여성의 자리를 보존하며 남성으로 대변되는 사회적 폭압을 견디며 쓸쓸한 여생을 보내거나 사회로부터 이탈하여 기생이 되거나 하였다[20]. 이와 같이 외롭게 사회와 투쟁한 이들의 선구적 노력이 있었기에 지금 여기를 살고 있는 여성의 사회적 자리가 지금과 같이 위치 지워질 수 있었을 것이다.

늘 하얀색 저고리에 검은색 치마를 두르고 경성 공간을 활보하는 나여경을 사람들은 생경스러운 눈으로 바라보며 '조선의 마지막 여자(조미자)'라 칭한다. 혼자서 하나의 역할도 제대로 수행해낼 수 없었던 시대적 상황과는 다르게 드라마 <경성스캔들> 속 나여경은 1인 다역을 충실히 소화해내고 있는 파워우먼이다. 사회적으로는 해화당(諧和堂)이라는 서점의 주인, 야학 선생님, 지하독립운동조직인 '애물단'의 조직원의 3가지 역할을 담당하고 있고, 개인적으로는 홀어머니와 단 둘뿐인 가정의 가장이자 자신을 제 목숨보다 소중하게 여겨주는 한 남자의 여자이기도 하다. 이렇게 홀로 다섯 가지 이상의 역할을 담당하고 있는 나여경은 늘 밝은 얼굴을 하고 있으며 통성명도 하지 않은 남성에게 가차 없이 주먹을 날리기도 하고 목숨이 경각에 달했을 때는 아녀자의 신분으로 기생집에 자고 있는 남자의 방으로 뛰어들어 그에게 총을 겨눌 수 있을 정도로 에너지가 넘친다. 그녀가 하고 있는 일들은 무지한 민중을 계몽하는 일에서부터 독립운동까지 사회적 지도자로서 사회를 변혁시키는 일들이다.

---

20) 당시 잡지에 실린 논설들 가운데는 신식교육을 마치고 기생이 된 신여성들의 글이 많이 있다.

근대 여학생들(左), 드라마 <경성스캔들> 속 나여경(中), 근대 여학생 사진을 통해 만들어진 여학생 아바타(右)

　　그러나 그녀의 외양을 살펴볼 것 같으면 다소 우스꽝스럽기까지 하다. 그 출발이 어찌되었든 이미 1920~30년대에 이르면 신여성과 모던걸은 당시 대중매체가 조장해 놓은 신여성의 이미지에 현혹되어 소비의 주체로서 자리매김한 부류였다.

　　"아이그 글세 오라비보고 좀 변통해보라고 그러세요. 인제 녀름이 되엿스니 흰 구두 한 커레하고 녀름 우산 하나는 사야 하지요. 삼복이 갓가와오는데 감정 구두를 신고 엇더케 학교에 단님닛가"하고 학교 교사로 다니는 것을 써세로 내여세우닛가 짜님의 말이 모다 시톄(新式)인 줄만 알고 계신 어머님 말슴
　　"에그 그럿쿠말고. 여보 쌀갑은 천천히 갑드래도 그 애 흰 구두하고 녀름 우산은 사야 된다우. 선생님 선생님 하고 그 만흔 학생들에게 써밧치는 몸이 어대 그러케 소홀하답넷가. 다―남의 축에 싸이게 하고 단겨야 월급버리도 하지 안으우."21)

위 인용문에서 볼 수 있는 것과 같이 쌀값은 갚지 못해도 여름용 흰 구두와 우산은 소유해야 하는 시대였다. 결국 드라마 <경성스캔들> 속에서 신여성의 표상으로 등장하고 있는 나여경은 초기 신여성의 '신여성=여학생'이라는 긍정적 이미지 위에 지금 여기 우리가 긍정하고 있는 파워우먼의 이미지[22]를 덧씌운 모습으로 나타난 것이다.

Ⅳ. 모던걸, 기생 그리고 OO테이너

앞서 살펴본 신여성이 1896년부터 생겨난 여학교의 여학생들을 중심으로 신식교육을 받은 여성들을 지칭하는 말로 사용되었다면 모던걸은 주로 1930년대 이후의 여성들을 지칭하는 말로 사용되었다. 즉 '신여성'은 '신식교육을 받은 여성'이라는 명확한 정의 아래 사용되었던 것과 달리 모던걸은 그 외양에 있어 신식으로 치장한 대다수의 여성들을 통칭한다. 그러나 1930년대 이후에는 여학생의 숫자가 증가하게 되면서 둘 사이에 차별이 없이 혼합하여 사용되었다.

---

21) 목성記, 「은파리」, 『신여성』 2권 5호, 1924.7, p.35.
22) 2008년에 제작된 드라마의 특징 가운데 하나는 예년에 비해 여성이 극의 흐름을 주도하는 드라마가 많았다는 것이다. 공중파 3사에서 방영된 <내 인생의 스캔들>, <스포트라이트>, <조강지처클럽>, <천하일색 박정금>, <태양의 여자>, <밤이면 밤마다>, <달콤한 인생>, <온에어>, <달콤한 나의 도시>, <엄마가 뿔났다>, <바람의 화원> 등을 비롯해 케이블에서 자체 제작된 드라마까지 합한다면 그 편수는 어마어마하다. 이들 드라마의 주인공들은 파출부, 기자, 주부, 경찰, 아나운서, 문화재관리국 직원 등 다양한 직업을 가진 여성으로 사회 속에서 당당히 제 목소리를 내는 여성들이었다.

당시 거리에는 수많은 사람들이 지나가는 여자들을 보고 "저것이 「모던 껄」!"이라고 말하면서 모던걸에 대한 정의를 물어보면 제대로 대답할 수 있는 이가 없었다. 그저 그들 나름의 모던걸에 대한 표상이 머리에 각인되어 별다른 기준 없이 한 여성을 평가함에 있어 모던걸이다, 아니다를 판단할 뿐이었다.

> (전략) 내가 듯고 보기에는 제일 먼저 이상한 것은 여자가 洋裝을 하지 안코는 『모던·썰』축에 못 씨는 모양 갓허 보인다. 洋裝이라도 몹시 華奢하고 輕快하여 老싸리아빗 가튼 蠱惑的 色갈의 옷과, 길고 긴ー『씰크·스타ー킹』이 垂直線的으로 올나가다가 올라갈 수 업는 限界에서 그만둔 그 境界線을 警備하기 위함인지 『유래스』의 싯이 그 周圍를 싸고 돌앗스며, 머리는 녯날 藝術家들 모양으로 『컷트』를 하엿다. 黑色 비닭이가 짱으로 기는 듯한 옴푹하고 쏀쭉한 발과 구두. 무엇 한아 갑만치 안은 것이 업서 보인다. 머리를 싹근 사람이니 모자 쓸 것은 그리 新奇로운 發見이 안이지만, 그리지 안어도 타오르는 靑春의 붉은 피가 입술에서 출렁거리는데, 더 붉은 臙脂를 칠해서 무엇이라 形言할 수 업시 그 붉은 빗이 보는 사람의 가슴을 씨르게 한다. 이런 사람을 흔이 내 周圍의 사람들은 名稱하기를 『모던·썰』이란다. 얼굴 생긴 것이야 勿論 갸름하고 동그스름한 것이 만타. 아마 美人形을 말하는 듯십다[23]. (후략)

위에 인용된 박영희의 논설에서 볼 수 있는 바와 같이 모던걸은 외양에 초점화되어 있는 경향이 있다. 그리하여 당시의 모던걸의 이미지는 대개 유녀(遊女)·매음생활녀(賣淫生活女), 즉 카페 여급이나

---

23) 박영희, 앞의 글.

기생 등으로 대표된다. 이들은 "지저붓친머리에 알룩알룩한옷에 뾰
족구두를신고 요염한화장과 야릇한몸짓[24]"으로 남성들의 비난과
동경이라는 이중적 시선을 한 몸에 받게 된다.

> 오직우리는선선한 가을바람에 옷깃을 날리며 저녁散步에서보고
> 늣기는것은 그 女子의 스타킹이 터질드시 미여질드시 알는알는한
> 굴거진 다리들을 구경할쌘(이태준, 「天高女肥」)

> 肉色굽놉흔구두。쎄스코−스실크 스타킹
> 두줄로싸어느린쨟막한뒷머리。
> 뒷통수에밧작올려싼흑공싼리본。
> 암스슴가치 쌍충한두종아리。
> 젓가슴에안은 커다란핸드쌕。
> (중략)
> 朝鮮에서 가장拘束밧지안는自由型의女人들이다 女人流行의支配
> 者들이다 보아라! 이제 그들이 創作한 「에로틔시즘」을! 치마한자락을
> 뒤로활신칙겨올려서아래로바지와 단속것 가랭이가내다보인다 작난순
> 어린아희를잡어넛코오좀을쌀수잇는 넓다란속것가랭이가 너풀 거리는
> 것이 色情의誘感이되리라는論理를 이앙큼한기생아씨들이證明해낸것
> 인가부다. (로 아, 「새로운傾向의女人點景」)[25]

여성들의 모습을 세밀하게 묘사한 남성들의 논설에서 볼 수 있는
바와 같이, 그것이 비난이든 동경이든, 그들의 시선이 향해 있는 곳
의 정체는 알 수 있다. 이는 모던걸과 반대되는 성향을 지닌 여성들

---

24) 윤성상, 「流行에나타난現代女性」, 『女性』 제2권 제1호, 1937.1, p.48.
25) 김안서 외, 「가을거리의男女風景」, 『별건곤』 제10호, 1930.11, pp.90~98.

을 바라보는 시선을 살펴볼 때 좀 더 명확해진다.

> 지금은 딴쓰(舞踏)를 劇場에서만하지안코 假頭에서도한다 엄청나
> 게도 싸른치마에 온 몸을 化粧以上의 化粧을하고 경중경중 웃슥웃
> 슥하며 걸어가는것은 꼭 딴스式거름거리다 만일 유성기나 라듸오에
> 서 마ー취曲調만 나온다면 당장 춤을출氣勢이다.
> 그러나 ○○○○는 古典劇에나오드시 新女性으로엄청나게 긴치
> 마를 발꿈치에 칠드렁 거리며 철저히 가장나는 모던껄이아니라고
> 걸어가는것은 確實히 짧은치마以上으로보기 실타(방춘해, 「服色에
> 가지가지」)[26]

결국 그때 거기를 살았던 남성들은 지금까지 가정 안에서 경험하
지 못했던 육체를 드러낸 새로운 여성들에서 에로틱한 감정을 느끼
고 있었음이 분명하다. 그저 낯선 것에 대한 거부감이 그들로 하여
금 그들 내부에서 일어나는 움직임을 명확하게 읽어내는 것을 방해
하고 양가적 감정을 품게 만들었을 뿐이다. 남성들의 시선에 민감
한 여성들이 그들의 시선이 향해 있던 모던걸의 외양을 소비하며
유행을 만들어낸 것이 이를 또한 증명한다.

이러한 유행의 중심에 있었던 모던걸 가운데 비교적 사회적 이목
으로부터 자유로웠던 기생이나 카페의 여급들은 자신을 공식적으로
세상에 드러내놓게 된다. 이들은 유행가 가수와 영화배우가 되고
다방 마담으로 자리를 바꾸어 앉으면서 지식인들과 문화예술 인사
들과 깊숙한 교분을 맺었다[27]. 인지하고 있는 바와 같이 전문적인

---

26) 위의 글, p.98.
27) 김진송, 앞의 책, p.219.

기생들은 오랜 교육을 바탕으로 춤과 노래를 비롯해 서화를 익힌 여성들이었다. 이들은 단순히 육체를 상품화하기보다는 기예(技藝)를 통해 즐거움을 주는 대상들이었다. 근대의 기생이나 서구의 살롱문화의 유입으로 생겨난 카페 여급 역시 표면적으로 보여지는 것처럼 몸을 파는 여성이라기보다는 전문 기예인에 가깝다고 할 수 있다.

  그때 거기에 기생이나 카페 여급으로 대표되던 모던걸은 지금 여기에 살고 있는 우리들에게도 비슷한 모습을 한 채로 나타난다. 물론 그들이 기생이나 카페 여급의 모습을 하고 있지는 않지만 전문적인 기예를 지니고 있다는 점에 있어서는 유사하다. <라듸오 데이즈>에서 라디오극 배우로 등장하는 두 여성 마리(김사랑)와 명월(황보라)은 각각 재즈가수와 권번 기생이고, <원스 어폰 어 타임>의 춘자(이보영)는 재즈가수이며 <모던보이>의 조난실(김혜수) 역시 댄서이자 얼굴 없는 가수이다. 그러나 이들 캐릭터들은 육체적 아름다움의 지나친 과시로 그들의 기예가 잘 들어나지 않는다는 아쉬움이 있다.

영화 속에 나타난 모던걸 <마리, 명월(라듸오 데이즈)>, <춘자(원스 어폰 어 타임)>, <조난실(모던보이)>

드라마 <경성스캔들>에도 당대 최고의 기생이자 지하독립운동조 직 '애물단'의 핵심멤버인 차송주(한고은)라는 모던걸이 등장한다. 어린 시절 아버지 손에 이끌려 기방에 팔려진 그녀는 한 순간 죽음 을 결심하기도 했지만 한 소년의 도움으로 새로운 인생을 살게 된 다. 기방을 탈출해 소련으로 건너간 그녀는 그곳에서 오랜 훈련 과 정을 거쳐 명사수가 되고 다시 조선으로 돌아와 기생으로 위장한 독립투사로 회생한다. 노래와 춤을 비롯한 다재다능한 재능으로 경 성 최고의 기생이 된 그녀는 각종 매체의 주목을 받으며 경성 곳곳 에 자신의 얼굴을 알리게 된다. 앞서 언급한 영화 속 모던걸에 비해 <경성스캔들>의 차송주는 좀 더 기예적인 측면이나 사상적인 측면 에 있어 한 발 나아간 모던걸의 모습을 보여주기 위해 노력한 흔적들이 역력히 드러난다. 다소 과장된 모습으로 등장했던 나여경과 다르게 차송주는 첫 회부터 화보촬영 장면을 통해 화려하게 등장하더니 매회 노래와 춤 등의 기예 실력을 유감없이 발휘한다. 또한 여기에 의식 있는 모던걸의 이미지를 중첩시키기 위해 그녀의 기예 뒤에 숨겨진 독립투사로서의 역할도 잊지 않고 보여준다.

▍드라마 <경성스캔들> 속 차송주(한고은)의 모습들

이러한 차송주의 모습은 흡사 오늘 여기를 살고 있는 연예인들의 모습을 떠올리게 한다. 특히 최근 들어 새롭게 만들어진 신조어 '아나테이너(아나운서+엔터테이너)', '줌마테이너(아줌마+엔터테이너)', '저씨테이너(아저씨+엔터테이너)', '싱어테이너(싱어+엔터테이너)', '멀티테이너(멀티+엔터테이너)' 등과 같은 어휘들의 근원에 대해 생각하게 한다. 오늘날 방송계의 큰 변화 가운데 하나는 시사·교양의 자리가 점점 축소되고 그 자리를 버라이어티라는 수식어를 단 예능프로그램들이 우후죽순 생겨나 메우고 있다는 것이다. 이러한 상황 속에서 설자리를 잃게 된 아나운서들은 기존의 반듯한 이미지를 깨고 예능으로 뛰어들어 숨겨뒀던 재능을 발휘하고 있다. 그러면서 생겨난 신조어가 바로 아나테이너이다. 그리고 이후 점점 늘어가는 일관된 형식의 버라이어티를 다채롭게 하기 위한 하나의 방편으로 영입된 다양한 분야의 연예인들이 이들 프로그램에 출연하여 두각을 나타내게 되면서 다양한 ○○테이너들이 양산되었다. 특히 ○○테이너들 가운데 눈에 띄는 일군의 연예인들이 신비주의로 위장한 채 자신들의 재능을 감춰두었던 여자연예인이라는 사실은 흥미롭다. 외형적 조건에 맞춰 하나의 이미지로 자신을 고정시켜놓는 안전한 방법을 선택하던 기존의 낡은 방식에서 벗어나 자신의 내부에 잠자고 있던 다양한 모습들을 드러내고 있는 것이다.

Ⅴ. 〈경성스캔들〉, 표준화된 근대가 현대와 절충되어 만나다

　지금까지 드라마 〈경성스캔늘〉에 나타난 인물들을 중심으로 그때 거기를 살았던 근대인들과 지금 여기를 살고 있는 우리들의 모습을 범박하게나마 비교·분석해 보았다. 우리가 갖고 있는 근대인들의 이미지는 대개 '신여성'·'모던보이'·'모던걸'로 압축된다. 그리고 이러한 근대인들의 모습은 드라마 〈경성스캔들〉의 등장인물 나여경·선우완·차송주의 모습 속에 고스란히 녹아들어 있었다. 물론 이들 외에도 〈경성스캔들〉에는 순사부장으로 위장한 '애물단'의 수장 이수현이 주요인물로 등장한다. 그러나 그의 모습은 근대인의 한 유형을 대표한다기보다는 지금 여기를 살아가고 있는 우리들이 타자의 시선으로 바라본 이상적인 근대인에 가깝다. 정체를 알 수 없는 모호한 분위기를 작품 내내 풍기고 있던 그의 존재 이유는 결국 마지막회 자막으로 제시된 드라마의 주제를 통해 밝혀진다. 평생 가슴에 품었던 여자를 제 품에서 떠나보내고도 마음껏 슬퍼할 수 없는 현실을 살아내며 끝가지 투쟁하는 그가 존재하지 않았다면 "먼저 가신 분들이 우리에게 남겨준 이 땅에서 마음껏 연애하고, 마음껏 행복하십시오."라는 말은 가슴으로 전달할 수 없었을 것이다. 그러나 근대인들이 마음껏 연애할 수 없었던 이유는 이처럼 거대한 이유 때문은 아니었다. 결국 드라마 <경성스캔들>의 서사는 근대의 편린들을 모아 지금 여기를 살아가고 있는 우리들에 맞추어 재조합 시켜놓은 절충된 근대의 모습이라 할 수 있다.

보드리야르는 의료분야에서 사용되는 르시클라주(recyclage)라는 개념을 빌어 문화현상을 분석한다. 그에 의하면 자연은 이제 더이상 문화와 상징적 대립관계에 있는 본래적으로 특수한 존재가 전혀 아니라 하나의 시뮬레이션 모델, 즉 유통과정에 재투입된 자연의 기호가 소비된 모습, 간단히 말해 르시클라주된 자연[28]이라 말한다. 이러한 보드리야르의 견해는 오늘날 대중문화에서 근대를 다루고 있는 자세를 설명함직하다. 근대의 가장 큰 영향력을 지닌 대중매체는 신문과 잡지로 이들 매체들은 근대에 대한 경험을 표준화해버렸다. 그리고 지금 여기를 살고 있는 우리는 신문과 잡지를 통해 표상된 근대를, 근대인들을 대중문화 속으로 영입하여 소비하고 있다.

이렇게 오늘날의 대중문화 속으로 유입되어 들어온 르시클라주된 근대인들을 통해 우리는 오늘날 화두로 떠오르고 있는 다양한 인물군상들의 도정을 추적해 볼 수 있다. 언제부턴가 대중문화의 아이콘으로 떠오른 '나쁜 남자', '파워 우먼', 'ㅇㅇ테이너'는 어느

---

28) 장 보드리야르, 이상률 역, 『소비의 사회』, 문예출판사, 2002, p.139 참조.

한 순간 형성된 것이 아니었다. 이들은 오래 전부터 '모던보이', '신여성', '모던걸'이라는 이름으로 존재하다가 시대의 흐름에 잠시 그 존재를 감추고 있었을 뿐이다.

　21세기의 초입에 서 있는 우리는 정보통신의 발달로 인해 새로운 시대를 맞이하고 있다. 이러한 혼란 속에서 근대의 풍경 속 근대인들의 일상에 관한 연구는 여전히 현재진행형이며 혼란이 종식되기 전까지는 멈추지 않으리라 사료된다. 같은 혼란기를 살았던 20세기 초입의 근대인들의 모습은 상당 부분 지금 여기를 살고 있는 우리의 모습과 닮아 있기 때문이다. 그리고 이러한 연구들이 축적되면 될수록 대중문화 콘텐츠 제작에 있어 근대의 풍경 속 근대인들의 일상 재현도 계속될 전망이다. 이 시대에 새로운 인간유형이 태어나는 만큼 회생되어 나타날 근대인들의 모습이 기대된다.

참고문헌

1. 자료

박영희, 「所謂「近代女」·「近代男」의 特徵」, 『별건곤』 제10호, 1927.7.

목성記, 「은파리」, 『신여성』 2권 5호, 1924.7.

유광열, 「모던이란 무엇이냐」, 『별건곤』 제10호, 1927.7.

윤성상, 「流行에나타난現代女性」, 『女性』 제2권 제1호, 1937.1.

최학송, 「쩨카단의 象徵」, 『별건곤』 제10호, 1927.7.

박로아, 「여성 공황시대」, 『별건곤』 제30호, 1930.7.1.

김안서 외, 「가을거리의男女風景」, 『별건곤』 제10호, 1930.11.

2. 논저

김진송, 『서울에 댄스홀을 허하라』, 현실문화연구, 1999.

임옥희, 「신여성의 범주화를 위한 시론」, 『한국의 식민지 근대와 여성공간』, 여
　　　이연, 2004.

장 보드리야르 저, 이상률 역, 『소비의 사회』, 문예출판사, 2002.

조지프 W.락, 배뢰 L.던컨 저, 홍연미 역, 『나쁜 남자12종』, 이채, 2006.

베르너 파울슈티히 저, 황대현 역, 『근대 초기 매체의 역사』, 지식의 풍경,
　　　2007.

영상

1920~30년대 영화의 대중 인식과
〈디워〉논쟁

맹 재 범

I. 대중문화의 생산과 소비,
   정치적으로 사유하기

1920~30년대 식민지시대의 영화는 당시 대중문화의 가장 중요한 구성 요소로서 존재했다. 영화는 기존의 매체들에 비하여 다수의 사람들을 대상으로 상영할 수 있었으며, 또한 대중에게 쉽게 어필할 수 있는 중요한 수단이었던 만큼, 당시의 시대적 상황과 맞물려 많은 관심의 대상이 되었던 것이다. 이는 곧 영화의 대중성과, 그것이 갖는 정치성에 주목했기 때문이라고 할 수 있다. 대중문화가 정치성을 띤다는 것은 그것이 대중들에게 오락의 한 요소로만 작용하는 것이 아니라, 대중들의 인식 변화를 야기할 수 있다는 것을 의미

한다. 이러한 과정을 통해 대중문화는 사회 변화를 이루는 한 원천으로 작용할 수 있으며, 반대로 사회 변화를 가로막는 역할을 할 수도 있다. 1920~30년대의 영화 또한 이러한 대중문화로서의 역할을 수행했다. 대중문화를 생산하고 소비하는 과정은 그 자체로서만 존재하는 것이 아니라, 특정 사회 구성체 안에서 이루어지는 것이라고 할 때, 당시의 영화와 관객, 즉 대중문화와 대중에 대한 각기의 인식 또한 시대상과 다양한 요소 안에서 존재했다고 할 수 있다. 당시의 시대상황 하에서 각 계층들은 그들이 가지고 있는 목적에 따라 대중문화를 적극 활용했으며, 영화는 그들이 활용하는 문화의 중심요소였던 만큼 문화정책과 함께 다양한 영화운동이 전개되었다.

그런데 여기서 중요한 것은 영화를 활용한다는 말 자체에서 이미 어떠한 의도를 가지고 그 대상이 되는 관객, 즉 대중을 타자화할 수 있다는 의미를 찾을 수 있다는 것이다. 사회적 계급관계 혹은 문화적 계급관계 하에서 그 상위에 해당하는 일부에 의해 다수의 대중이 선동될 수 있거나 계몽될 수 있다는 생각에는 다분히 엘리트주의적 사고가 깔려 있다고 할 수 있는 것이다. 대중에 의해 스스로 향유되고 그로 인해 생산성을 가지게 되는 것이 아니라 소수의 엘리트가 다수의 대중을 의도에 따라 움직일 수 있는 것으로서의 문화, 즉 대중이 타자화되는 것으로서의 대중문화는 진보와 합리성이라는 근대의 한 양상을 보이고 있는 것이다.

본고에서는 이러한 논리를 바탕으로 식민지시대 영화인 혹은 영화운동이 영화라는 매체와 대중을 어떻게 인식하였는지를 살펴보고, 이를 바탕으로 현대에 이르러 영화인과 대중간의 관계 형성 양상과 문화 주체의 문제에 대해 살펴보고자 한다.

Ⅱ. 도구로서의 영화

1. 계몽의 도구로서의 영화 - 프로영화운동

프로영화운동은 1920~30년대의 영화운동 중 중요한 맥락을 차지하고 있다. 경향파 곧 카프 영화 운동이 정점을 이룬 것은 1929년을 전후한 시기였다. 사회주의 예술 운동의 일환으로 출발한 카프는 '자본주의적 생산 양식과 착취적인 취득 방식이 갖는 평등한 모순의 해결'이라는 명제 아래, '경제 구조의 부조리를 타파하고 계급의식과 투쟁을 선동'하는 역할을 수행하는 데 목적을 두었다.[1] 그래서 카프의 구호는 자연스럽게 '무기로서의 예술'이라는 구호로 이어진다. 경향파 영화인들은 영화를 사회주의적 선전선동의 무기로 간주하고 그러한 정치적 목적을 달성할 수 있는 조직적인 영화작업을 모색하고 실천하려고 하였다. 이들에게 영화는 부르주아 계급과의 관계에서 주도권을 갖고 프롤레타리아 투쟁을 하기 위한 무기이자, 사회주의적 교화의 수단이 되어야 하는 것이었다. 이러한 의식은 카프 영화 운동의 대표 논객 격인 서광제와 김유영의 글에 잘 나타나고 있다. 서광제는 「영화노동자의 사회적 지위와 임무」(동아일보, 30. 2.24-3.2)에서 영화인이 가져야 할 임무를 이야기하며 자신의 영화관을 밝히고 있다.

映畫 勞動者의 使命은 무엇이냐 이에 對하야는 모든 藝術部門과 가티 가장 强烈한 武器로써 光輝잇는 未來社會의 戰鬪的 役割을 할 것이다. 그러면 映畫를 製作하는 그 사람들의 社會的 地位와 任

---

1) 김종원·정중헌, 『우리 영화 100년』, 현암사, 2001, p.149.

務는 가장 重要視될 것이며 眞摯한 態度로 그 社會 內에서 發生하
는 悽慘한 心理的 葛藤과 社會的 事實 描寫에 힘써야 할 것이다.
　　歷史의 「휘-ㄹ」은 急速한 「템포」로 回轉한다. 過去의 광대視되
는 映畵俳優는 至今에는 푸로레타리아트의 一人으로 意識잇는 社
會的 映畵製作의 硏究를 하며 어쩌게 하면 客觀的 情勢가 容許치
안는 朝鮮에 잇서서 가장 大衆的이며 ○○적인 映畵를 製作할 것인
가에 苦心하고 잇다.2)

　　푸로레타리아의 映畵人의 任務도 푸로레타리아 藝術을 表現시킬
랴면 第一은 푸로레타리아 자신에 의하야 푸로레타리아 生活 中에
서 푸로레타리아의 生活을 表現하고 푸로레타리아의 自身의 藝術을
創造建設하야 푸로레타리아 이데오로기를 確得치 안흐면 아니 된
다.3)

여기서 그가 생각하는 영화에서의 중요한 표현방식은 리얼리즘
적 방식이며, 그것을 통하여 계급운동과 대중의 교화를 이루어야
한다는 영화의 목적을 찾아볼 수 있다. 영화가 단지 감흥을 일으키
는 예술작품으로서가 아니라, 철저한 계급의식을 바탕으로 한 것이
며, 그것을 통해 대중을 교화하는 도구로서 존재해야 한다는 것이
다. 이러한 입장에서 볼 때, 그의 반대급부에 설 수밖에 없는 부르
주아 영화는 봉건적, 퇴폐적, 반동적인 것이 된다. 이러한 영화는 대
중을 분별력 없는 무지한 상태로 내버려두는 상품영화라는 의식을

---

2) 「영화 노동자의 사회적 지위와 임무, 영화인 대중에게 고함」, 『동아일
　　보』, 1930.2.24, 4면.
3) 「영화 노동자의 사회적 지위와 임무, 영화인 대중에게 고함」, 『동아일
　　보』, 1930.3.2, 3면.

가지고 있는 것이다.

> 過去의 封建的 頹廢的 反動的 映畵製作은 푸로레타리아 映畵人
> 의 覺醒에 딸아 漸漸 積極的 行動으로 進出하야 마츰내 映畵人間
> 의 意識的 鬪爭에까지 이르러 一方에서는 商品映畵製作을 僅僅 維
> 持하고 잇스며 一方에서는 가장 可能한 範圍 안에서 無産階級藝術
> 運動의 最大의 收穫을 엇고자 努力하고 잇다.4)

그가 영화를 통해 획득하고자 하는 프롤레타리아 이데올로기는
계급의식이 생겨나지 못하게 막는 역할, 혹은 지배 방식을 은폐하
는 역할로서의 부르주아 이데올로기와 상반된 것이다. 이데올로기
를 설명하는 많은 이론 가운데 전통적 마르크스주의에서 이데올로
기는 일정한 눈가림이나 왜곡, 은폐를 의미한다. 여기에서 이데올로
기는 문화적 텍스트나 문화적 행위들이 어떻게 실제 이미지를 왜곡
시키는지 보여준다. 그것들은 흔히 말하는 허위의식을 만들어낸다.
이러한 왜곡은 약자들의 이익과 상반되는 강자들의 이익을 위하여
봉사한다고 한다.5) 이러한 이데올로기와 계급 중심의 대중문화론은
독점적으로 대중문화의 생산 수단을 지니고 있는 부르주아 계급이
자신들의 이익을 위하여 대중의 의식을 자신들의 원하는 방향으로
이끌 수 있다는 것, 즉 그러한 이데올로기를 퍼뜨릴 수 있다는 논리
를 편다. 물질적으로 사회에서 그 힘을 발휘할 수 있는 부르주아 계
급은 거기에만 머무르지 않고 그들의 권력 독점을 합리화할 수 있

---

4) 「영화 노동자의 사회적 지위와 임무, 영화인 대중에게 고함」, 『동아일
   보』, 1930.2.24, 4면.
5) J. Storey, 박민준 역, 『대중문화와 문화연구』, 경문사, 2002, p.4.

는 지배적인 사상의 생산 수단 또한 갖게 된다. 이는 경제적 입장에서 상위 계층의 계급에게 종속되어 있는 자들은 거기에 그치는 것이 아니라 정신적 생산수단 또한 지닐 수 없게 되며, 이는 곧 경제적인 측면뿐만 아니라 정신적인 면에서도 상위 계급에 종속되는 것을 의미한다. 결국 피지배 계층은 그들의 사상마저 상위 계층에게 종속되어 허위의식을 가지게 된다는 것이다. 사회변동의 주체가 되어야 할 노동 계급이 프롤레타리아 이데올로기를 고취시키고 계급의식을 확장할 수 있는 문화 대신 계급의식을 무화시키는 부르주아 이데올로기의 문화를 접하게 됨으로써 상위 계층의 지배에 경제적으로는 물론 정신적으로까지 종속되게 된다고 본 것이다. 경향파 영화인들이 바라본 부르주아 영화 또한 이러한 의미였으며, 이에 맞서 프롤레타리아 이데올로기를 고취시킬 수 있는 영화만이 진정한 영화라는 생각은 그들의 가장 중요한 영화관이 된다. 이러한 의식은 김유영의 글에서 더욱 잘 나타나고 있다.

映畵가 他藝術에 比하야 훨신 더 大衆層에 支持하여 잇고 앗편을 하는 特殊性을 把握한 藝術인 以上 映畵製作은 어듸까지 內容을 爲主하야 大衆을 指導敎化하여야 할 것이다. 그럼으로 新興映畵製作者는 푸로레타리아 이데오로기에 立脚한 觀點에서 새로운 新作品을 製作하지 안흐면 안 될 것이다.6)

映畵는 觀客에 影響되는 巨大한 힘을 가지고 잇다. 映畵는一携帶에 第一 便利하며 非常히 廉價의 經驗的인 藝術이다. 映畵의 觀客은 最多數이며 其一性質에 잇서서 大衆的이며 데모크라틱한 藝術

---

6) 김유영, 「영화가에 입하야-최신 영화운동의 당면문제를 논함」, 『조선지광』 88, 1929.11.

이다. 映畵는 表示로써 作用한다.

　그리고 文化的 發展에 落伍딘 觀客의 이데오로기를 促進시키며 意識에 影響주는 것이 第一 適當하다.

　形式的으로나 技術的으로나 姿態와 形式 그리고 豊富함에 映畵는 自己의 競爭者가 업슬 것이다.[7]

그는 여기서 대중이 교화되지 않은 관계로 문화적 발전에서 낙오되어 있는 것이며, 그들의 교화를 통해 계급운동의 발전을 이룰 수 있다고 밝히고 있다. 그리고 그에 가장 적당한 매체가 바로 영화이며, 그러한 영화운동을 성공적으로 이뤄내기 위해서는 먼저 유연한 준비이론을 수립하여야 한다고 밝히고 있다.

이상에서 살펴본 바와 같이 서광제와 김유영은 공통적으로 프로 영화를 통하여 대중이 계급의식을 무화시키는 부르주아 이데올로기에 맞서 프롤레타리아 이데올로기를 고취하고 다시 계급의식을 획득, 계급투쟁의 주체가 될 수 있다고 보고 있다. 계급투쟁의 가장 근본이 되며 그러한 에너지를 가지고 있다는 점에서 이들이 인식하는 대중은 곧 민중을 의미한다고 할 수 있다. 그러나 이들이 그에 선행해 진행하고자하는 작업이 대중의 교화라는 점, 즉 교화 이전에는 무지하기 때문에 자신들의 영화를 통한 교화를 통해 계급투쟁의 기반이 되는 민중으로 발전할 수 있다고 본 점[8]에서 그들의 영

---

7) 「'영화가에 입각하야' 금후 '푸로' 영화 운동의 기본방침은 이러케 하자」, 『동아일보』, 1931.2.27, 4면.

8) 최혜실은 대중문화와 민중의 문제에 대하여 '민중'이란 개념이 지니는 이상적 특성 때문에 민중문화를 내세워 대중문화를 저급한 것으로 취급하는 것의 문제점을 밝히고 있다. "민중은 흔히 권력 엘리트로부터 소외된 일반 백성, 서민으로서 승려나 기사 계급에 눌려 문화적 기회와

화작업은 계몽주의의 한 양상을 보이는 것이 된다. 이는 서광제와 김유영 뿐만이 아니라 프로영화인들이 공통적으로 지니고 있는 인식이기도 하다.

영화가 예술적 기능으로서의 다른 모든 예술품보다 특이한 점은 대중적 보편성에 있어서 가장 우월하다는 것을 누가 감히 부인하랴? 이것은 영화가 대중 교화적 능률에 있어서 최고적 지위를 차지하고 있다는 전제조건의 시인이다.(……)"언어, 과학, 기술을 획득하기까지는 인간은 동물이었다." 이것은 프랑스 유물사중에 있는 「데보린」의 단편이다. 물론 인간과 동물과의 분기점을 말한 것이다. 동시에 진화론의 전개는 교화에 있다는 것을 의미하고 있다. 인간과 동물과의 구획선은 교화에서부터라는 것이다.9)

계몽주의는 근대적 산물로, 그 기본 특성은 진보에 있다. 영화를 통해 대중을 교화해야 한다는 것은 정치적 계몽주의이다. 여기서 간과하고 있는 것은 영화가 지녀야 할 대중예술로서의 독자적인 미학인데, 교화를 목적으로 하는 만큼 그 내용에만 치중한 나머지 영

감수성이 억압된 계층이다. 이들은 하향적 수용성에도 불구하고 인간다운 삶의 조건들을 억압하는 세력에 저항의 힘을 배양함으로써 승리를 쟁취했다. 그러나 이것도 잠깐, 서구 자본주의는 자유와 평등의 이념 아래 불평등과 질곡의 비인간적 상황이 도래했는데 이에 새로운 자기각성을 꾀하는 계층으로서 민중이 등장했다는 것이다. 그러나 실재로 오늘날의 민중은 대중이다. 이들이 일부 지식인이 원했던 혁명성을 지니지 않았고 도시화에 의해 개개의 인자로서 고립화한 군중일지라도 현재 여기, 실재 존재하는 대중이기 때문에 현실성이 있다."
최혜실, 『문학과 대중문화』, 경희대학교출판국, 2005, p.12.
9) 「영화교화문제」, 『조선일보』, 1930.2.15, 정재형 편, 『한국초창기의 영화이론』, 집문당, 1997, p.83. 재인용.

화의 재미에 대해서는 관심을 갖지 않게 된다는 것이다. 재미 또한 근대화되고 사회화한다. 그리고 사회적 취미판단의 양식이 근대적 계급·계층의 분화와 문화자본의 분배체계 발전에 의해 구조화된 다.10) 이때 대중적이면서 통속적인 것은 저급하고, 예술적이고 본격적인 것은 고급하다는 이미지를 얻는다. 프롤레타리아 사상성을 고취시키는 영화만이 진정한 예술이라는 이들의 생각은 대중을 타자화하고 그들의 재미를 저급한 것으로 취급하게 되는 것이다. 타자를 자신들이 가진 사상으로 교화시키기 위한 도구로서의 영화는 대중들 속에 속하는 것이 아니라 자신들의 사상에만 머물러 있게 되며, 그것은 다시 필연적으로 대중들의 외면을 받을 수밖에 없는 것이다. 스스로의 영화에 대한 확고한 이론에도 불구하고 그들이 실제 제작한 영화들이 실패할 수밖에 없었던 이유는 여기에 있다. 대중적 쾌락은 아래에서 위로 향하고 있으므로 이를 규제하고 통제하려는 권력이 대립할 수밖에 없다.11) 사회적 계급관계에서 그것을 극복하고자 하는 의식으로서의 프롤레타리아 이데올로기를 주입하려 한 그들의 태도는 역으로 문화적 계급관계에서 그들의 위치를 권위적인 권력의 자리로 옮겨 놓았으며, 이에 대한 반감은 그들의 영화가 실패할 수밖에 없는 중요한 이유가 된다. 이러한 점은 그들이 신문이나 잡지에 싣고 있는 글의 교조적인 태도와 일맥상통하는 것이다.

---

10) 천정환, 「계몽주의 문학과 재미의 근대화」, 『역사비평』 66호, 역사비평사, 2004, p.347.
11) J. Fiske, 앞의 책, p.68.

2. 통치 합리화 도구로서의 영화 – 일제의 영화 활용

조선의 1920년대는 3·1운동의 여파로 인한 일제의 지배전략 변화와 함께 시작한다. 1910년대와는 달리 교화의 대상인 조선 민중의 고유문화와 구관(舊慣)에 대한 신중론이 제기되기 시작하였고, 3·1운동을 거치면서 기존 지배방식에 대한 조선민중의 저항과 반감이 만만치 않음을 알게 된 일제 역시 이를 형식적으로나마 정책에 반영하지 않을 수 없게 되었던 것이다. 민중교화의 핵심이 '정신의 문제'였기 때문에 '시세의 진전에 순응하는 민생역풍을 계발하여 문명적 정치의 확립'을 위해서는 민중의 의식구조와 내면성 등 '민정'을 고려하는 것이 가장 중요하였다. 그리하여 문화정치의 실시와 함께 조선의 민도를 고려하여 "가능한 한 조선의 문화와 구관을 존중한다"는 방침이 정해졌다.[12]

이에 따라 1920년대로 접어들면서 조선에 대한 일제의 통치방식은 이른바 문화통치를 표방하기 시작한다. 문화통치는 말 그대로 문화를 통해 대중의 의식을 조작함으로써 일제의 지배를 합리화시키고 그에 반하는 대중의 저항의식을 무화시키고자 하는 것, 즉 '조선인의 사상과 성격을 형성시킨 문화를 이용하여 민중교화를 실현하겠다는 방침의 표현'[13]이었다. 총독부는 시정홍보 책자 『朝鮮における新施政』에서 문화정치의 시정방침을 구체화하고 있는데 이 시정방침의 핵심은 다음과 같다. 첫째, 조선인·일본인의 차별 철폐, 형식주의 타파를 골자로 하는 '일시동인(一視同仁)'과, 둘째, 민의

---

12) 이지원, 「1920~30년대 일제의 조선문화 지배정책」, 『역사교육』75호, 역사교육연구회, 2000, p.69.
13) 이지원, 앞의 글, pp.64~65.

창달, 민풍함양·민력작흥 등으로 표현된 '문명적(문화적) 정치'가
바로 그것이다.14) 이러한 동화를 위한 조선 문화의 이데올로기적
활용은 양면적으로 전개되었다. 하나는 문명개화적 관점의 동화였
고 다른 하나는 일선동조론적 관점의 동화였다. 총독부는 전자의
관점에서 일본에 비해 문명적으로 낙후한 조선문화의 차별성, 저급
성을 강조하여 문명적 동화를 정당화하였고, 후자의 관점에서 일본
과 조선의 문화적 근친성을 강조하여 조선 민족의 융합, 흡수를 합
리화할 수 있었다.

총독부가 조선의 사회 문화에 대한 조사를 추진하고 민중교화의
이데올로기를 활용하는 데 있어서 중점을 둔 것은 무엇보다도 문명
개화적 동화의 논리였다. 즉 조선의 고유한 문화와 민족성의 특징은
문명의 세례를 받아야 할 정도로 낙후되었으며, 따라서 조선은 민족
성이나 역사성 등에 비추어볼 때 절대로 독립할 수 없다는 조선독립
불가론을 준비하는 것이었다.15) 이러한 과정에서 대중에 대한 전파
력이 강한 영화는 이데올로기 주입의 주요한 수단으로 이해되었다.

이러한 일제 문화정책에서의 대중문화와 대중에 대한 인식은 그
것이 특수한 목적성을 가지고 있는 만큼 복합적인 양상을 보이고
있다. 우선 조선의 문화를 저급한 것으로 본다는 의미에서는 대중
사회론의 입장과 일맥상통한다. 조선의 문화를 생득적이고 필연적
으로 낮은 수준의 문화라고 인식시킨 후, 좀 더 높은 수준의 문화를
가지고 있는 일본이 그 저급한 문화를 단속하고 규제하는 것이 아

---

14) 배병욱, 「1920년대 전반 조선총독부의 선전영화 제작과 상영」, 역사문
    화학회, 『지방사와 지방문화』 9권, 2006, pp.187~189. 재인용.
15) 이지원, 앞의 글, pp.77~78.

니라 자신의 것과 같은 수준으로 끌어올리려는 노력하는 하는 것처럼 교묘히 조선 대중들의 의식을 조작하는 것은, 조선인들이 처해 있는 상황과 일제 식민정치의 불합리성을 객관적으로 바라보고 비판할 수 있는 의식을 무화시킨다. 이러한 방식은 식민통치의 정당성을 확보하는 것뿐만 아니라 조선 대중들을 조작된 문화 안에 침잠시키고 그것에 만족하게 함으로써 이후 조선 대중들이 가질 수 있는 비판의식의 가능성까지 지워버리는 역할을 하게 된다.

콘하우저는 사회유형을 네 가지로 분류한다. 그 중의 하나가 전체주의적 사회인데, 이는 비엘리트의 영향을 쉽게 받지 않는 엘리트와 엘리트에 의해 쉽게 동원되는 비엘리트로 조직되어 있는 사회체계이다. 엘리트가 설득과 강제수단을 독점하고 있어서 비엘리트의 영향을 쉽게 받지 않으며 다른 한편으로 엘리트에 대항할 수 있는 독자적인 사회기반을 비엘리트가 구축하고 있지 않으므로 엘리트의 통제하에 있는 다양한 조직망을 통해 비엘리트는 쉽게 동원된다고 한다.[16] 검열 등의 도구로 조선 대중의 자발적인 문화 생산을 통제하고 식민지 합리화라는 목적에 따라 대중을 규제할 수 있었던 당시의 상황은 이러한 전체주의적 사회의 모습과 일맥상통한다.

비록 그 사회적 입지는 다르지만, 경향파 영화인들이 이데올로기를 대중에게 선전선동하는 유력한 매체로서 영화에 주목한 것과 마찬가지로, 일제의 영화정책 또한 대중의 의식에 체제의 정당성을 주입하려는 목적으로 매체를 적극적으로 활용했다. 이때에도 영화는 그 자체의 대중예술로서의 미학이 아니라, 체제를 정당화하려는 지도의 수단이 된다. 이때에 일제가 인식한 대중이라는 것은 그들

---

16) 박영신, 『현대사회의 구조와 이론』, 일지사, 1978, p.44.

스스로의 의식과 취향을 통해 문화를 선택하고 누릴 수 있는 주체
적인 집단이 아니라 일부 상위계층의 의도에 따라 조작될 수 있다
는 측면에서 무지한 다수의 사람들이란 의미가 강하다. 이때의 대
중과 대중문화, 곧 관객과 영화의 관계는 주체와 그 주체가 선택하
고 누리는 문화가 아니라, 지배계층의 이데올로기에 의해 타자화되
는 양상을 보이게 되는 것이다. 이 또한 그 근본적 의도에서는 상이
하지만 대중을 주체로 바라보지 않았다는 점에서 경향파 영화인들
의 대중인식과 흡사한 면모를 보이는 것이라 할 수 있다.

Ⅲ. 동화(同化)로서의 영화

1. 재미로의 동화 – 신파영화

그 의도가 어떻든 간에 엘리트적 입장에서 영화를 통해 대중의
의식을 계몽, 혹은 조작하려고 했던 경향파 영화인들과 일제 영화
운동은 대중을 문화의 주체로 보지 않고 타자화했다. 이때 대중이
영화를 통해 얻고자 하는 재미라는 것은 저급한 것으로 인식되거나
혹은 그것을 통해 오히려 대중의 의식을 조작할 수 있는 기제가 되
기도 한다. 즉 영화를 스스로의 오락 문화로 향유할 수 있는 가능성
은 무시되고, 일부 계층의 의도에 따른 내용 위주의 영화만이 제작
되는 양상으로 이어지게 된다. 이러한 상황 하에서 만들어진 영화
들은 곧 대중에게 외면받는 결과를 가져오게 된다.

이러한 일부 계층의 영화와 대중인식과는 달리 근대화 과정에서
형성된 시민대중은 그들의 수준과 취미에 걸맞으며 그것을 통해 재

미를 얻을 수 있는 대중문화를 필요로 했고, 이러한 것은 영화에 신파라는 양식을 불러오게 하는 중요한 요인이 되었다. 진보적 지식인들에 의해 사회변혁의 일환으로 전개되었던 프로영화운동이나 일제의 영화운동이 엘리트주의적인 편향에 묶여 있었던 데 비해, 신파영화는 체제순응적 저급문화의 양산이라는 혐의에도 불구하고 당대 대중과 영화를 통해 호흡해 왔던 것이 사실이다. 신파영화가 대중적 친화력을 지니고 있었다 함은 일면 대중의 취미에 영합하는 부정적 측면을 지니지만, 다른 한편으로는 당대 대중의식의 표출통로로 기능하고 있음을 의미하는 것이기도 하다. 또한 저급하다는 판단 자체가 문화를 수용하는 대중의 입장에서가 아니라 문화적 기득권을 가지고 있는 엘리트적 입장에서 바라보는 시각에서 존재하는 것이라 할 때, 이러한 신파영화에 대한 인식은 다시 한 번 생각해 볼 필요성을 가지게 된다. 엘리트적 입장을 취한 경향파 영화인들과 대부분의 지식인들은 대중이 원하는 재미라는 것에 대해 부정적인 인식을 보였다.

『한국영화전사』에서 이영일은 신파를 특정한 역사적 시기에 존재했던 양식으로 다루고 있다. 이영일이 신파로 설명하는 세 가지 영화양식은, 첫째 운명비극의 형태, 즉 식민지 시대, 신파극단 또는 신파극인에 의해 신파극의 레퍼토리를 영화화한 작품들, 둘째, 1950년대 말경에 집단적으로 등장한 일련의 영화들, 셋째, 1960년대 후반에 볼 수 있는 윤리적 비극의 유형, 즉 '모성의 멜로드라마들'이다.17) 덧붙여 그는 신파예술은 서민대중들의 예술형식이며, 한국의 신파영화는 중간 계층 이하 서민 대중들의 정서의 배설구였고 그

17) 이영일, 『한국영화전사』, 소도, 2004, p.267.

욕구불만과 억압과 원망의 단순무지한 과장에 의하여 이성을 도외
시한 대상행위를 달성하는 수단[18]이 되어왔다고 밝힌다. 또한 이효
인은 식민지 시대의 영화사를 재구성하면서 민족현실의 비참함을
외면하는, 부정적 경향성을 대표하는 장르로 신파영화를 언급한다.
그에 따르면 신파성과 근대성은 겹치면서도 상치하는 개념이다. 신
파성과 근대성이 서로 겹치는 것은 신파성 또한 한국의 근대에 유
입된 것이고 영화 자체가 서구의 근대적 산물이기 때문이다. 반면
신파성은 암묵적으로 전근대의 개념으로 사용되고 있기 때문에 한
국영화의 근대성 문제는 신파성의 극복이라는 명제와 동의어처럼
쓰이게 되었으므로 신파성과 근대성은 상치하는 개념이 된다.[19] 신
파가 근대성과 겹치는 부분이 있다고 하지만 그것은 다만 영화라는
형식에 국한된 것이고, 그 내용에 있어서는 전근대적인 것이라 평
하고 있는 만큼, 이효인의 신파에 대한 평가 또한 부정적인 것임을
알 수 있다. 그러나 이러한 평가와 달리 신파는 대중들에게 큰 호응
을 받았다.

　이러한 신파영화는 일제시대 극영화의 대부분을 차지하였으며,
자연히 주요한 소재는 가정, 여성, 사랑이었다.[20] 신파영화가 대중
들에게 친화력을 얻어야 하는 것이며 영화에서 얻는 재미를 바탕으
로 상업적인 성공을 이뤄내야 한다는 점에서 가정, 여성, 사랑은 그
것의 이상적이 소재가 된다. 이러한 주제들은 대중의 취미에 가장

---

18) 이영일, 위의 책, p.269.
19) 이순진, 「한국영화사 연구의 현단계」, 『대중서사연구』 12호, 대중서사
　　학회, 2004, p.212. 재인용.
20) 김소희, 「일제시대 영화의 수용과 전개 양상」, 『한국학보』 75, 1994, pp.
　　256~257.

쉽게 들어맞는 주제일 뿐만 아니라 그 이면에는 전통사회와 새로운 문화의 충돌이 가장 첨예하게 충돌하는 영역으로서의 의미 또한 지니고 있다. 전통사회의 지배체제를 유지하는 주요 수단으로서의 가부장적 의식은 이러한 새로운 문화적 충격으로 인하여 그 견고함에 위협을 받게 된다. 신파극에 대한 문화적 엘리트의 비난은 그들이 가지고 있던 사회적 윤리의 보존이라는 측면에서 볼 때 당연한 것이다.

　형제가 녀성 하나를 가운대에 두고 사랑의 쟁탈전을 닐으킨 한정화이다 그들 생활이 하층계급에 잇는 것만큼 유린의 관념에 맹목적인지도 알 수 업스나 그들의 행동은 넘우나 자긔비탄이 업섯다 인습의 탈을 벗겨 노코 것침새업는 한 인간의 심리덕으로 해부하면 애욕의 극단이 행동으로 발표할 쌔에 참혹 이상의 참혹과 추잡 이상의 추잡이 발로되겟지마는 사랑으로 인하야 취한 바 그들의 행동은 넘우나 추잡하고 참혹하얐다[21]

이러한 엘리트 계층의 입장에서 볼 때 신파영화는 저급한 문화일 뿐이다. 그러나 재미로서 대중의 지지를 얻은 신파영화는 영화를 수용하는 주체로서의 대중에게 단순히 재미로서만 작용하지는 않았다. 신파영화가 대중에게 어떠한 인식을 불러일으키기 위한 의도를 지니고 있지는 않았지만, 그것이 다루고 있는 주제들이 대중에게 스스로 사회적 현실과 그에 대한 새로운 인식을 가질 수 있게 하는 매개가 된 것이다. 한 예로 신파영화가 불러온 여성에 대한 자각을

---

21) 「옥녀의 시사를 보고」, 『동아일보』, 1928.1.29, 3면.

들 수 있다. 신파에 집중한 대중의 층위는 대부분 여성관객이었다. 여성이라는 특수한 계급적 지위는 불평등을 생산하는 전통적인 윤리체제와 가부장적인 규범이 거듭하여 여성지위에 대한 악순환이 지속되었다. 그나마 개화기 이후 여성들의 바깥출입에 대한 기회와 인식이 보편화되고 대중예술에 관여하면서 문화적 욕구가 증가하여, 그간 억압과 모순 속에서 살아왔던 삶에 대한 보상과 위안심리로 신파에 동화하게 된다. 이러한 동화는 단순히 현실을 인정하는 수동적인 측면에만 머무르지 않고 그 현실의 모순을 인식하게 되는 기제로 작용하게 되는 것이다. 결론적으로 신파영화는 봉건적 가치관을 해체하고 개화사상과 근대적 가치관을 확산시키는 데 기여했으며, 여타의 엘리트주의적인 경향과는 달리 당대 대중과 밀접하게 호흡하고 대중의식을 표출하는 통로였다고 할 수 있다.

2. 민족으로의 동화 – 민족주의 영화

1926년에는 을사보호조약 체결에 앞장섰던 이완용이 죽고, 조선왕조의 마지막 왕 순종 황제가 승하했다. 순종의 장례일은 6 · 10 만세운동의 불씨가 되었다. 이날 청년 학생들에 의해 "일본 제국주의의 타파" 등 격문이 담긴 전단이 살포되고, 8개 처에서 집단적인 시위가 이루어졌다.[22] 이런 과정에서 영화계에는 민족주의영화가 등장하였다. 1920년대 이러한 민족주의영화의 중심이 되는 인물이 바로 나운규이다. 나운규가 원작 · 각색 · 감독 및 주연을 한 「아리랑」은 공전의 대흥행을 기록한다.

---

22) 김종원, 정중헌, 앞의 책, pp.112~113.

800여 명의 엑스트라를 동원하여 3개월 만에 만들어진 「아리랑」
이 개봉되자 관객은 장사진을 이루었다. 이 영화는 이후 전국 방방
곡곡에서 상영되었다. 이 영화는 비유와 암시를 통해 일본과 조선
의 관계를 상징화했다. 즉 '개와 고양이'라는 자막은 서로 앙숙인
개와 고양이를 내세워 영진과 지주의 앞잡이 오기호를 상징화하고,
지배자인 일본제국과 피지배자인 조선을 연상하게 하였다. 그리고
주인공은 누구에게인지 "아 배고파 목이 말라 죽겠다 물을 물……"
하며 갈증을 호소하는가 하면 "진시황도 죽었다" 등의 대사를 중얼
거린다. 이런 표현은 빼앗긴 나라의 비애와 독립에 대한 열망을 시
사하고 일제의 패망을 암시한다.[23] 당시 「아리랑」에 대한 평가는
호의적이고 긍정적이었다.

金東煥(本社主幹)— 조선 영화 가운데서 가장 잘된 명작 세 편을
골누자면 무엇 무엇을 골느겟서요—과거 10여년 전부터 오늘까지
무성(無聲)이든 토키이든 모두 통떠러서요.
(…)
李明雨. 나는 이러케 취천하고 십허요.
이라랑(羅雲奎作品, 羅雲奎, 申一仙主演, 羅雲奎原作監督)
春風(高麗映畫社作品, 文藝峯主演, 朴基采監督, 安夕影原作)
먼동이 틀 때
누구나 그랫겟지만 「아리랑」가치 감명을 준 작품이 업섯서요. 스
켈이 크고 향토미(鄕土味)가 넘처 흐르고 출연배우의 기량(技倆)이 우
수한 것으로요.
(…)

---

23) 구견서, 「일본식민지 영화와 시대성」, 『일본학보』 65호, 2005, p.625.

卜惠淑. 나는 조선 영화치고 내 자신이 출연햇든 작품도 꽤 만엇고 남의 작품을 별로 빼어노치 안코 거개 보아 왓지만 다만 토ー키 이후의 작품은 그리 만히 보지 못햇서요. 그러기에 내 머리에 남은 「남버ー원」을 골는다면

「아리랑」<84>

이여오. 라운규씨 가튼 선이 굵고 정열적(情熱的) 성격적(性格的) 배우에다가 신일선(申一仙)이 가치 연연작작 마치 백합화(百合花) 가튼 아름답고도 부드럽고 선이 가는 녀우를 타이업시킨 것이 성공의 첫 조건이며 그리고 춘사(春史)의 원작이 스토리로서 또한 펵으나 우수햇서요

(…)

金幽影. 「스탄벅」씨를 안내하여 단성사에서 상영한 「장화홍련전」을 보고 나는 놀낫서요. 「춘향전」이나 그박게 경성촬영소로부터 나왓다는 토키를 본 것이 별로업서 몰낫다가 이 「장화홍연전」에 와서는 그 촬영기술 악쎈트의 명낭 주역배우의 열연(熱演)에 감탄햇서요. 그리고는 억시 라운규군의 작품인 「아리랑」과 「임자업는 나룻배」가 조왓서요. 「아리랑」의 인상은 5, 6년 후인 오늘까지 뚜렷하고 관중의 가슴에 「폭풍우」와 가튼 고동(鼓動)과 감명을 준 명작이엇지요. 대체로 「춘향전」 가튼 것은 그 시대의 인물 그 시대의 사회상(社會相)을 끄집어내어 가지고 감독이 적이 안배하는 편이가 잇지만 「아리랑」의 작품에 이르러는 전혀 「스토리」부터 독창미 잇는 것이 조왓서요. 「임자업는 나룻배」에서는 눈물겨운 우리의 현실을 가장 극명(克明)하게 바덧섯지요. 이런 점에서 나는 이러케 「뻬스트ー트리」를 천하려 합니다.[24]

---

24) 김유영 외, 「명배우, 명감독이 모여 조선영화를 말함」, 『삼천리』 11호, 1936.

이러한 「아리랑」이 거둔 예술적 성과를 꼽는다면 첫째, 일제의 지배 아래 잃어버린 자주성을 회복하고 민족의식을 깨우치고자 한 점, 둘째, 소재 선택에 제약을 받는 악조건 속에서도 독창적인 표현 방식을 빌어 슬기롭게 주제를 형상화한 점, 셋째, 민족 고유의 풍속 과 정서를 화면에 녹여 냈을 뿐 아니라 전래의 민요인 아리랑을 주 제가로 내세워 새롭게 활용함으로써 민족 음악으로 확산시키는 데 기였다는 점을 들 수 있다.25) 이러한 성과 외에도 그의 영화가 영화 관계자 뿐만 아니라 일반 관객들에게도 선풍적인 인기와 관심을 얻 을 수 있었던 것은 어떤 교조적인 입장도, 드러난 목적성도 보이지 않고 민족이라는 공통된 입장 안에서 함께 공유할 수 있는 문제를 다루고 있기 때문이다. 문화주의론에서 대중은 능동적이고 저항적 인 잠재력을 지닌 민중으로 파악된다. 이 경우 대중은 단순히 지배 계급의 문화 전략의 대상이 되는 것이 아니라, 능동적인 문화적 생 산자로 설명된다.26) 곧 대중문화란 위에서 주어진 문화가 아닌 민 중의 손으로 만든 아래로부터의 문화인 것이다. 나운규가 어떤 교 조적 입장이 아니라 일제에 의해 식민통치를 받고 있는 훼손된 조 국의 나약한 개인이라는 입장에서, 즉 관객과 동일한 입장에서 공 통의 상처에 대해 그것을 은유적으로 벗어나려고 했다는 측면은 영 화를 수용하는 관객들의 입장에서도 그것이 누군가 만들어 놓고 수 용해야만 하는 것이 아니라 그것을 통해 자신이 당하고 있는 억압 에 대한 능동적인 반응을 일으킬 수 있는 계기가 되는 것이다. 물론 대중이란 하나의 고정된 사회학적 범주가 아니다. 대중 혹은 대중

---

25) 김종원 · 정중헌, 앞의 책, p.125.
26) 원용진, 『대중문화의 패러다임』, 한나래, 1996, p.56.

의 세력이란 일련의 가변적 충성이며, 이는 모든 사회적 범주를 가로지르고 있다. 개인들은 각양각색이며, 그들이 속한 대중의 유형은 시시때때로 달라진다.[27] 다만 여기서 중요한 것은 당시의 영화 관객과 나운규 또한 시대적 상황과 맞물려 민족이라는 공통된 색깔로 묶여 있었기 때문에 이러한 반응이 가능했던 것이다. 이러한 측면에서는 이때의 영화, 대중문화를 헤게모니론의 대중문화론으로 볼 수 있다. 헤게모니는 지배 계급에 의한 일방적이고 완벽한 지배라는 모습을 수정하기 위해 등장한 개념이다. 헤게모니는 피지배 계급의 동의를 바탕으로 한다.[28] 그러나 대중문화라는 실천을 통해서 헤게모니의 바탕이 되는 동의가 생길 수도, 혹은 그렇지 않을 수도 있으므로 대중문화는 헤게모니와 밀접한 관계를 맺게 된다. 당시의 지배 계급을 일제라고 볼 때, 일제는 여러 문화 정책 등을 통한 헤게모니 획득을 시도했다고 할 수 있다. 그러나 거기에 동의를 실어줄 수 없는 상황이 됐을 때, 대중문화는 그 반대의 힘을 획득하게 된다. 여기서 대중문화란 대중에게 일방적으로 주어지는 것이 아니다. 또한 민중들의 손에 의해서 자발적으로 생기는 것도 아니다. 그 둘의 변증법적 작용, 즉 위로부터의 문화 전략과 그에 대항하려는 피지배 계급의 노력의 결과로 생산되는 것이다. 이는 곧 민족이라는 공통의 문제로 대중을 묶을 수 있는 계기는 일제 식민통치의 부당함이라는 외부적 충격으로 그 힘을 더한 것이며 이는 다시 그것을 극복하고자 하는 반작용으로 진행될 수 있는 것이다. 곧 대중을 선동하고자 하는 뚜렷한 목적성에서 시작한 것은 아니지만 당시 대

---

27) J. Fiske, 박만준 역, 『대중문화의 이해』, 경문사, 2002, p.30.
28) J. Fiske, 앞의 책, p.58.

중이 보편적으로 가지고 있던 모순된 현실에서의 고통을 민족이라는 공통분모를 통해 표출하고자 한 점은 대중에게 큰 호응을 불러일으키게 되며, 대중은 그를 통해 카타르시스를 느끼고 또한 현실의 모순에 대한 저항의식을 갖게 되는 것이다. 이러한 민족주의 영화가 가지고 있는 대중 인식은 대중을 엘리트적 입장에서 지도할 수 있는 집단이 아닌 영화인과 같은 입장, 즉 민족적 동질성을 가지고 있는 다수의 사람들로 인식한 것이라 할 수 있다. 이러한 대중인식과 그에 따른 영화는 위로부터의 문화가 아닌 대중이 주체로서 향유할 수 있는 문화의 한 양상이라고 할 수 있을 것이다.

Ⅳ. 현대의 영화와 대중의 관계

1. 대상에서 주체로 이동하는 대중

영화를 도구로 대중들을 교화 혹은 선동할 수 있다는 계몽주의적 사고는 영화인과 대중의 관계를 엘리트와 비엘리트의 관계로 연결시켰다. 이러한 양상은 엘리트 계층이 만들어낸 영화에 대한 비엘리트 계층의 거부로 이어지게 된다. 이와는 달리 신파, 민족주의 영화 등 대중과의 동화를 이루는 영화들은 대중의 호응을 얻으며 나름의 성과를 얻게 된다. 물론 이러한 영화들이 내용의 빈약성이나 현실 도피적 양상 등의 약점을 가지고 있기는 하지만, 당시의 시대와 연결시켜 볼 때, 변화하는 대중의 의미 하에서 그 연결지점을 적절히 포착한 경우라 할 수 있다.

우리 사회는 1960년대 도시화와 산업화라는 두 축을 토대로 대중

사회의 기틀을 잡아갔다. 이러한 과정에서 대중은 세계를 이해하고 판단하는 데 요구되는 규범 및 가치 체계를 집합적으로 형성시켜 갔다.29) 즉, 서로 알지도 못하고 직장도 다르며 취향도 다르지만, 당대의 사회적 삶을 함께 공유하고 이해하면서 필요에 따라 실천으로 동기화하는 공유된 생활 감각을 형성해 갔던 것이다. 그런 의미에서 대중은 기존의 엘리트주의에서 바라보던 양상과는 다른 의미를 지닌다. 소수의 권력이 대중을 선동, 교화, 조작할 수 있다는 측면에서 기존의 엘리트주의에서 바라보는 대중의 의미는 군중에 가까웠다. 이러한 입장에서 군중은 비합리적이고 감정적이며 분위기나 여론에 쉽게 영향 받는 집단으로 규정되었다. 하지만 카우치의 지적과 같이 군중은 자신들의 견해나 욕망에 반할 경우 거부 의사를 분명히 할 뿐만 아니라, 행위 목표에 대한 인지와 합리적 수단의 동원을 적극적으로 이루어 낸다는 점에서 기존의 군중관을 무색케 만들었다.30) 이러한 점은 식민지 시대의 영화의 다양한 진행 양상과 영화와 대중간의 관계뿐만 아니라, 현재의 영화를 바라보는 대중의 양상과도 연결시킬 수 있다. 식민지 시대 계몽적 영화운동이 대중의 외면을 받았던 것과 마찬가지로, 대중문화에서 주체로서의 입지를 위협받는 대중은 그에 반하는 행동을 결집하여 보여준다.

기존의 대중문화는 대개 이미 만들어진 것들을 대중이 수용하는 차원의 것들이었다. 문화생산계층이 이를 향수하는 계층과 다를 때 물론 향수하는 계층의 취향에 따라 여러 가지 취향문화를 생산해

---

29) 김성일, 『대중의 형성과 문화적 실천의 고원들』, 로크미디어, 2007, p.20~21.
30) 임희섭, 『집합행동과 사회운동의 이론』, 고려대학교출판부, 1999, pp.6~7. 재인용.

내겠지만, 그러나 자신의 이익에 반대되는 문화를 생산해서 제공하지는 않는다. 따라서 대중문화가 대중의 취향에 맞는다 하여도 그것은 대중문화생산 계층이 스스로의 이익에 위배되지 않는 한에서의 것이지 대중의 진정한 취향에 맞는 것은 아니란 점에서 대중이 문화생산의 주체가 되어야 한다는 점은 가장 중요한 관건이라고 할 수 있다. 물론 다양한 문화생산물 중 대중이 그 취향에 따라 선택할 수 있다는 점에서 이때의 대중을 객체로만은 볼 수 없다. 대중의 선택을 받지 못한 생산물들은 자연스럽게 소멸되고 대중의 취향에 맞는 생산물들은 계속해서 이어질 것이기 때문이다. 이때의 대중이 가지고 있는 선택권은 그 폭이 좁다는 한계를 지니고 있다. 그러나 현대의 대중은 매체의 발달을 통해 단지 선택과 배제를 통한 소극적 문화주체에서 벗어나 적극적인 문화주체로 서게 되었다. 엘빈 토플러는 개인 또는 집단이 스스로 생산하면서 동시에 소비하는 행위를 지칭하는 '프로슈밍(prosuming)'이라는 신조어를 만들어 냈다.31) 이제 대중은 스스로 생산하고 소비하며 자신들의 문화를 구성해 나가게 된 것이다. 그러나 이러한 것들이 긍정적으로만 작용하는 것은 아니다. 소수의 엘리트층이 가지고 있던 문화권력에서 벗어나고자 하는 대중들의 움직임을 통해 문화민주주의에 한 발 다가서게 된 것은 사실이지만, 역으로 이러한 대중의 움직임이 소수의 의견을 공격하게 됨으로써, 새로운 문화권력으로 작용하는 경우도 발생하게 된 것이다. 이러한 양상은 영화 「디워」 논쟁을 통해 살펴볼 수 있다.

---

31) A. toffler, 김중웅 역, 『부의 미래』, 청림출판, 2006, p.226.

2. 주체로서의 대중과 대중의 권력
– 영화 〈디워〉 논쟁을 중심으로

영화 <디워>를 중심으로 펼쳐진 대중과 평론가간의 논쟁은 문화 객체에서 문화주체로 나아가고자 하는 대중의 변화 양상과, 그것이 새로 불러일으키는 문화 권력의 이동을 살펴볼 수 있는 중요한 계기가 된다. 국내에서 영화 <디워>가 처음으로 공개됐던 2007년 8월 초 상당수의 국내 언론은 이 영화가 정말 영화가 맞느냐는 문제에 초점을 맞췄다. 특히 일부 전문저널과 평론가들은 <디워>에 대해 다소 극단적인 용어를 동원하며 '쓰레기' 혹은 절대로 성공해선 안 될 영화라고 입을 모았다. 이 논쟁의 중심이 된 이송희일 감독의 경우 <디워>를 혹평하는 글을 홈페이지에 올렸다.

막 개봉한 <디워>를 둘러싼 요란한 논쟁을 지켜보면서 최종적으로 느낀 것은 막가파식으로 심형래를 옹호하는 분들에게 <디워>는 영화가 아니라 70년대 청계천에서 마침내 조립에 성공한 미국 토스터기 모방품에 가깝다는 점이다. '헐리우드적 CG의 발전', '미국 대규모 개봉' 등 영화 개봉 전부터 <디워>를 옹호하는 근거의 핵심축으로 등장한 이런 담론들과 박정희 시대에 수출 역군에 관한 자화자찬식 뉴스와 아무런 차이가 없다. 여기는 여전히 1970년대식 막가파 산업화 시대이고, 우리의 일부 착한 시민들은 종종 미국이란 나라를 발전 모델로 삼은 신식민지 반쪽 나라의 훌륭한 경제적 동물처럼 보일 뿐이다. 이야기는 엉망인데 현란한 CG면 족하다고 우리의 게임 시대 아이들은 영화와 게임을 혼동하며 애국심을 불태운다. 더 이상 '영화'는 없다.[32]

---

32) http://gondola21.com/

또한 <디워>논쟁의 또 다른 중심에 서있던 진중권의 경우, MBC <100분 토론>에 출연해 <디워>에 대하여 "애국코드, 민족주의 코드, 컴퓨터그래픽(CG)기술 코드, 그리고 인생극장 같은 심형래의 자전적 에필로그 코드까지 네 가지로 영화를 집약할 수 있지만 영화에 대한 내용은 하나도 없었다."[33]고 혹평했다. 이 두 발언은 대중들의 큰 반발을 가져왔으며, 그 역작용으로 영화 <디워>의 관객수는 오히려 크게 늘어났다. <디워>의 작품성에 대해서는 다양한 의견이 나올 수 있지만, 이 두 발언이 대중의 반발을 산 것의 중심에는 엘리트적인 입장에서 대중에게 영화의 작품성을 강요하는 교조적 발언의 태도에서 나왔다고 할 수 있다. 영화라는 것이 일정한 수준을 갖춰야만 올바른 것이라는 가치판단을 기준으로 그것을 향유하는 대중들을 수준 낮은 군중으로 비하하는 것은 대중문화의 향유에 있어서 주체로 서고자 하는 대중의 심리를 건드리게 된 것이다. 이러한 이송희일과 진중권의 발언에 대해 네티즌들은 각자의 논리를 들어 반론을 제기하는데, 그 반론 중 대다수에서 공통적으로 발견되는 것은 이들이 대중을 무시했다는 것에 대한 반발이다. 대중을 대중문화의 주체로 인정하지 않는 엘리트주의적 태도는 대중들에게 거부감을 일으켰고, 그 역작용으로 영화 <디워>는 흥행에 성공하게 된다. 앞서 살펴보았듯이 대중문화가 대중들에 의해 향유되는 것이며, 선택에 있어서도 자유로울 뿐만 아니라 자신들의 견해나 욕망에 반할 경우 거부 의사를 분명히 할 수 있다는 점에서 교조적 입장을 가진 평론가들의 발언은 대중의 반발을 살 수밖에 없는 것이었다. 물론 <디워>의 흥행에는 진중권의 말대로 애국심 코드,

---

33) 한국일보(2007.8.10) 기사에서 재인용.

민족주의 코드 등 부정적인 측면이 흥행에 영향을 끼친 점도 있지만, 현대 대중사회에서는 더 이상 엘리트적인 계몽주의의 태도는 대중들에게 받아들여질 수 없는 것이며, 이는 대중이 대중문화의 주체로 서고자 하는 의지가 표면으로 드러난 한 양상이라고 할 수 있다.

미디어의 발달로 인한 다중의 출현은 위로부터 내려온 문화가 아닌 대중이 주체가 되어 스스로 만들어내는 문화라는 긍정적인 측면을 불러왔다. 대중은 더 이상 위에서 주입한 의미로서 자신의 모습을 구성하지 않게 되었다. 즉, 이전에 국민, 혹은 민족이라는 이름으로 대중의 의미를 규정하려는 태도는 대중 스스로에 의해 거부되었으며, 대중은 스스로 자신들의 의미를 만들어내게 된 것이다. 이러한 상황에서 대중들은 자신들에게 권력으로 작용하는 것들에 대해 저항하게 되며, 이는 사라졌던 광장 문화의 부활이라는 긍정적 의미를 불러왔다. 정보적 소통 문화를 통해 의미를 공유하고 직접 행동으로 나서는 다중의 실천은 엘리트적 입장을 취하는 기존의 문화권력에 대한 저항으로 나타나며, <디워> 논쟁에서 일부의 비평가들을 비판한 대중의 모습도 이러한 맥락에 있다는 것을 알 수 있다. 그러나 여기서 중요한 것은 대중의 실천이 이러한 긍정적인 양상만을 가진 것이 아니라, 자신의 의견에 반하는 소수의 의견을 맹목적으로 비판하는 모습 또한 보이고 있다는 점이다.

신자유주의 세계화가 야기한 사회 양극화로 인해 이분화된 사회가 촉진되고 있다. 이로부터 무한 경쟁에서 밀린 무산자들은 자신과 비슷한 처지에 있는 사람에게는 맹목적 찬사를, 그렇지 않은 사람들에게는 집단적 린치를 가하고 있다. 이들 역시 다중일 수 있는 이유는 이러한 집단행동을 의미화하는 과정을 스스로 수행한다는 점이다.[34] 방송에 출연해 영화를 제작하는 과정에서 겪은 어려움, 즉 미국이라는 거대 자본의 나라에서 대한민국 국민으로서 받았던 무시와 그를 극복하고 결국 영화를 제작해 냈다는 것과, 순수 영화 감독으로서가 아닌 개그맨 출신이라는 점에서 다수의 영화인들에게 받은 무시 등을 이야기한 심형래 감독의 발언은 사회적 약자의 입장을 지닌 대다수의 대중들에게 동질감을 얻게 했다. 대중들은 심형래 감독에 대한 비판을 스스로에 대한 비판으로 받아들이게 되며, 그러한 비판에 대한 대중의 반응은 흥분과 분노의 감정으로 표출될 수밖에 없었던 것이다. 앞서 살펴본 대로 비평가들이 대중의 의견을 무시했다는 점을 들며 논리적으로 비평가들을 비판한 글들도 있었지만, 또한 인신공격의 차원에 머문 비판들도 상당수를 차지한다는 점은 이러한 비판이 흥분과 분노의 감정에서 비롯됐다는 것을 의미한다고 할 수 있다.

엘리트적 입장을 취했다 하더라도 대중들이 평론가들을 무차별적으로 공격한 것은 또 다른 권력의 폭력이라고 할 수 있다. 즉 다수의 대중이 그들의 의견에 반하는 소수의 의견을 다수의 동질성이라는 명목으로 공격한 것이다. 논쟁의 중심에 있던 진중권은 이러한 대중의 모습을 대중독재라는 말로 표현하였다.

대중을 능동적 주체로 만든 것은 미디어의 기술이 가져다 준 역사적 성취다. 모든 테크놀로지가 그렇듯이, 미디어 기술 속에서도 해방의 잠재성은 억압의 위험성과 한 몸으로 붙어 있다. 대중이 문화적

---

34) 김성일, 앞의 책, p.147.

발언의 주체로 나서는 것 자체는 진보적이나, 대중이 그 힘을 소수의 견해를 억압하는 데에 사용하는 것은 반동적이다. 황우석 사태는 사이버 공간에서 대중독재의 순수한 형태를 보여주었다. 방송사 하나를 날릴 뻔 했던 그 가공할 파괴력에 비하면, 심형래 사태(?)는 하나의 에피소드에 불과하다.

　네트워크로 연결된 대중은 엘리아스 카네티가 말한 '군중'이 될 수도 있고, 네그리가 말하는 '다중'이 될 수도 있다. 역사적 텔로스를 상실한 대중은 더 이상 민중이 될 수 없기에, 이제 파시스트적 군중이나 자율주의적 다중이 되어야 한다. 자율적 개인으로 흩어져 지성의 연대를 구축할 때, 대중은 다중이 된다. 하지만 네트워크를 통해 감정의 에너지를 모아 폭력적으로 분출할 기회를 찾아 배회할 때, 대중은 군중이 된다. 이번 사태에서 대중이 보여준 양태는 과연 어디에 가까울까?[35]

　다수의 대중이 문화를 향유하고 생산함에 있어 주체가 된다는 것은 응당 다양성의 인정을 담보로 해야 한다. 매체의 발달로 인한 문화 생산의 용이성과 그를 통한 문화 주체로서의 대중의 출현은 소수의 권력에 의해 이루어지는 문화가 아닌 문화의 민주화라는 측면에서 분명 긍정적인 의미를 지니고 있다. 그러나 이러한 대중의 문화가 또 다른 권력으로 작용하는 것은 민주화의 가장 중요한 요소 중 하나인 다양성의 훼손을 불러와서는 안 될 것이다. 물론 이러한 현상은 그동안 역사적 굴곡으로 인해 타자화되었던 대중들의 억압된 심리의 발현에서 나타난 것이라고도 볼 수 있다. 대중이 순차적으로 그 능력의 긍정적 견고함을 다져나가는 과정을 거치기보다는 식민지

---

35) http://www−nozzang.seoprise.com/board/view.php?table=forum4&uid=5169

경험과 전쟁, 분단과 독재라는 과정을 지나며 위에서 아래로의 문화 정책에 의해 억압받을 수밖에 없었던 점들을 생각해 보면, 아직 대중 문화의 성숙이 이루어질 수 있는 기반이 부족하다고 할 수도 있는 것 이다. 그러나 시간적 흐름으로서의 근대와 탈근대가 아니라, 극복이 라는 의미에서의 근대와 탈근대를 지향한다고 할 때, 과거의 모순은 그대로 답습해야 할 것이 아니라 극복해야 할 과제가 될 것이다. 이 러한 점에서 <디워> 논쟁은 향후 대중과 대중문화의 긍정적 관계와 양상을 생각해 봄에 있어 중요한 문제가 될 것이다.

V. 〈디워〉 논쟁, 근대 극복의 계기로 삼기.

지금까지 근대화 초기, 즉 식민지 시대의 영화인 혹은 영화운동 이 영화라는 매체와 대중을 어떻게 인식하였는지를 살펴보고, 이를 바탕으로 현대에 이르러 영화인과 대중간의 관계 형성 양상과 문화 주체의 문제에 대해 살펴보았다.

진보라는 중심논제를 지닌 계몽주의의 측면에서, 엘리트층에게 대 중은 자신의 이데올로기에 따라 교화되거나 선동될 수 있는 군중의 의미에 가까웠다. 이러한 인식은 식민지 시대 프로영화인들이 가지 고 있던 영화 인식과 일맥상통하는 것으로, 그들에게 영화는 프롤 레타리아 이데올로기의 교화를 위한 도구였으며, 대중은 그 교화를 받아야 하는 타자로 인식되었다. 이러한 프로영화인들의 영화운동 은 대중의 외면을 받게 되는 결과로 이어진다. 사회적 입장은 다르 지만 일제의 영화정책도 대중을 조작할 수 있다고 생각한 점에서 프로영화인들의 대중인식 또한 계몽주의적 성격을 지니고 있었다고 할 수 있다. 이와는 달리 신파영화와 민족주의 영화는 대중과의 동화를 통해 대중의 즐거움을 유발하는 동시에, 그들 스스로 현실 상황에 대해 판단할 수 있는 여지를 남겨주었다는 점에서 긍정적인 의미를 지니고 있었다고 할 수 있다.

이러한 영화운동의 각기 다른 양상은 또한 시대적 상황과 그에 따른 대중의 유형을 적절히 포착했을 때야 그를 대상으로 혹은 그들에 의해 향유되는 대중문화로서의 영화의 성공을 이뤄낼 수 있다는 점을 의미하기도 한다. 이는 현재의 상황으로도 이어져, <디워> 논쟁으로 대표되는 대중문화의 주체로서의 대중의 문제를 풀어가는 동시에 향후 대중문화와 대중의 관계를 바라보는 데 있어서도 주요한 논제가 될 것이다.

참고문헌

1. 자료

심형래, <디워>, 영구아트, 2007.

2. 논저

강현두 외, 『현대 대중문화의 형성』, 서울대학교출판부, 1998.

구견서, 「일본식민지 영화와 시대성」, 『일본학보』 65호, 경상대학교 일본문화
　　　연구소, 2005.

김대호, 「일제하 영화운동의 전개와 영화운동론」, 『창비』 57호, 창작과비평사,
　　　1985.

김동호 외, 『한국영화 정책사』, 나남출판, 2005.

김성일, 『대중의 형성과 문화적 실천의 고원들』, 로크미디어, 2007.

김소희, 「일제시대 영화의 수용과 전개 양상」, 『한국학보』 75, 1994.

김종원·정중헌, 『우리 영화 100년』, 현암사, 2001.

노지승, 「1920년대 초반 조선 영화에서의 민족의 의미」, 『현대소설연구』 36호,
　　　한국현대소설학회, 2007.

문관규, 「일제강점기의 영화논쟁 고찰」, 『영화연구』 34호, 한국영화연구, 2007.

박영신, 「현대사회의 구조와 이론」, 일지사, 1978.

배병욱, 「1920년대 전반 조선총독부의 선전영화 제작과 상영」, 『지방사와 지방
　　　문화』 9권, 역사문화학회, 2006.

복환모, 「1920년대 초 조선총독부 활동사진반의 역할에 관한 연구」, 『영화연구
　　　』 24호, 한국영화연구, 2004.

원용진, 『대중문화의 패러다임』, 한나래, 1996.

이순진, 「한국영화사 연구의 현단계」, 『대중서사연구』 12호, 대중서사학회,
　　　2004.

이영일, 『한국영화전사』, 소도, 2004.

이지원, 「1920-30년대 일제의 조선문화 지배정책」, 《역사교육》 75호, 역사
　　　교육연구회, 2000.

임희섭, 『집합행동과 사회운동의 이론』, 고려대학교출판부, 1999.

정재형 편, 『한국초창기의 영화이론』, 집문당, 1997.

조　흡, 『영화가 정치다』, 인물과사상사, 2008.

천정환, 「계몽주의 문학과 재미의 근대화」, 『역사비평』 66호, 역사비평사,
　　　2004.

최성희, 「대중영화와 문화적 구별-왜, 어떻게 대중영화인가?」, 『문학과영상학
　　　회 학술대회 봄 발표논문집』, 문학과영상학회, 2004.

최혜실, 『문학과 대중문화』, 경희대학교출판국, 2005.

함충범, 『일제말기 한국영화사』, 국학자료원, 2008.

호현찬, 『한국영화 100년』, 문학사상사, 2003.

3. 외국서

A. toffler, 김중웅 역, 『부의 미래』, 청림출판, 2006.

J. Fiske, 박만준 역, 『대중문화의 이해』, 경문사, 2002.

J. Storey, 박민준 역, 『대중문화와 문화연구』, 경문사, 2002.

영상

근대 경성 배경 영화의 공간구축
-장르별 신화구조와의 적합성을 중심으로

안 숭 범

I. 경성복원의 장르영화, 장르영화의 공간구축

이 글은 1930~40년대 경성 배경 영화들[1]을 장르별 특징과 관련지어 분석하는 것에 일차적 관심이 놓인다. 이 시기의 경성이 영화 소재 차원에서 관심을 끌게 된 것은 2000년대 들어 본격화된 인문학적 조명[2]과 긴밀하게 연관된다. 그 전까지, 민족주의사관에서 비

---

1) 2007년 여름 이후 개봉한 작품만하더라도 <기담>, <라듸오 데이즈>, <원스 어폰 어 타임>, <모던보이>(개봉일자 순)에 이른다. 본고는 <기담>, <라듸오 데이즈>, <모던보이>를 논의의 대상으로 삼았으며, <원스 어폰 어 타임>은 <라듸오 데이즈>와 장르가 겹치는 이유(코미디 장르)로 논의의 집중도를 높이기 위해 분석대상에서 제외하였다. 본고에서는 1930~40년대 경성을 편의상 '근대 경성'이라 칭하기로 하겠다.
2) 『서울에 딴스홀을 허하라』(김진송, 현실문화연구, 1999), 『모던보이, 경

롯된 거시담론은 식민지 조선의 상황에 대한 학술적 조명을 동일한 논리궤적으로 수렴했다. 그러나 문화연구에 관한 미시적 관점이 유입되고 포스트식민주의에 대한 이해가 보편화되면서 식민지 조선에 관한 연구풍토에도 변화조짐이 일었다. 특히 근대 도시문화의 제현상이 집약적으로 나타나던 경성에 대한 관심은 다양한 논점을 포용하고 있었다. 경성에 거주하던 개인들의 정체성과 사적인 생활사에 대한 연구의 경우, 일제말의 제도와 문화, 풍속을 도식적으로 환원할 수 없다는 결론을 보여주었다. 이에 따라 식민지 조선의 수도 경성은 일제 식민통치의 실상을 집약적으로 보여주는 공간에서 전근대와 근대가 공존하며 문화적 충격이 전시되는 공간으로 탈바꿈되었다. 그 공간을 활보하던 '모던보이'·'모던걸'에 대한 관심 역시 다양한 시각으로 전개되었다. 최근에 집중적으로 제작되고 있는 근대 경성 배경 영화는 그와 같은 공간에 대한 인식의 변화를 확연하게 보여준다.

그러나 이 글은 근대 경성의 문화를 미시적으로 살피는 작업에 집중하지 않는다. 근대 경성 배경 영화를 장르적으로 구분한 후, 개별 영화의 공간이 장르별 신화구조에 기여하는 방식을 살피는 데 초점을 둔다. 이러한 관심을 구체화하자면, 필연적으로 봉착하게 되는 고민이 있다. 그것은 장르영화를 둘러싼 담론 중에서 도구적 분석틀로 활용할 이론 선택의 문제다. 일반적으로 장르는 크게 두 가지 관점에서 변별적 지표를 마련한다. 먼저는 서사맥락을 토대로

성을 거닐다』(신명직, 현실문화연구, 2003), 『모던의 유혹, 모던의 눈물』(노형석, 생각의나무, 2004), 『모던걸, 여우 목도리를 버려라』(김주리, 살림, 2005) 등 다수의 저작이 쏟아졌다.

검출되는 내러티브 체계이고, 그 다음으로는 매체적 특성을 표면화하는 영상 구성 방식이다. 이를 토대로 개별 영화는 내용과 형식을 얻게 되며, 일정한 범주로의 분류 가능성을 얻게 된다. 따라서 장르구분은 패턴화된 공식에 의해 영화를 어떻게 유형화할 것인가의 문제와 직접적으로 관련된다. 이에 대해서는 일찍이 서구에서 유의미한 결과물을 집적해 왔다.[3] 대개의 연구는 장르를 분류하는 보편적인 기준에 의거해 개별 영화의 '반복' 혹은 '차이'를 논하거나, 개별 작품들의 보편적 특징을 묶어 장르의 성격을 강화하는 특징을 보인다. 또 다른 방식으로는 이데올로기적·정치적·윤리적 관점에서 제작부터 소비에 이르는 영화산업의 상황들을 점검하는 방식이다. 이러한 일련의 논의들은 본고의 방향에 비춰볼 때, 참고의 여지를 남길 뿐, 유력한 도구적 이론이 되지 못한다. 한국영화가 표면화하는 지역성의 문제를 극복하기엔 내용이 너무 이질적이기 때문이다. 따라서 본고에 유용한 도구적 이론은 영화라는 매체적 특징과 한국이라는 지역적 특징을 모두 만족시킬만한 보편적 서사체계를 설명할 수 있어야 한다.

---

3) 국내에서도 장르영화에 관한 연구가 점차 확대되고 있지만, 아직은 질과 양 모두 만족할만한 성과를 내지 못하고 있다. 본 연구자가 검토한 논문은 첫째, 장르에 관한 담론과 장르의 속성에 관해 연구, 둘째, 장르 내 관습과 변형에 관한 연구(대개는 멜로 영화), 셋째, 산업적 관점에서 장르영화를 다룬 연구로 나눌 수 있었다. 구체적으로 명기하면 다음과 같다. (오영숙, 「장르연구의 양상과 전망에 대한 소고: 멜로드라마 연구를 중심으로」, 『현대영화연구』4호(2007), pp.113~130, 박승현·이윤진, 「장르의 속성에 대한 고찰」, 『언론과학연구』7권1호(2007), pp.78~107, 전범수·이상길, 「영화 장르의 사회적 소비 구조」, 『한국방송학보』18권3호(2004), pp.554~597, 김훈순·김은정, 「한국 멜로영화의 장르연구: 관습의 반복과 변형」, 『한국방송학보』, 14권1호(2000), pp.114~154.)

그와 같은 관점을 기초로 삼으면, 기존의 담론을 선도하였던 몇몇 이론들이 배제된다. 먼저는 전통적 설화학(narratology)의 유력한 흐름들이다. 블라디미르 프롭이나 츠베탕 토도로프, 롤랑 바르트, 제라르 쥬네트, 시모어 채트먼 등은 일반적인 서사물을 구조주의적으로 유형화하는 데 설득력있는 근거를 제시해 왔다. 그러나 그들이 천착한 서술자의 역할과 위치 문제, 담화구조와 문법 문제, 수사적 표현관계와 내용 배치 문제, 이야기 단위의 구분 문제 등은 영화라는 매체에 적합하지 않거나 영화의 장르 구분을 보편화하는 데에 실질적인 도움을 주지 못한다. 또한 할리우드 장르 문법에 관한 토마스 샤츠의 개괄적 연구도 한국영화의 지역성을 섭렵할 수 있는 보편화의 근거가 부족하다고 판단된다. 이 때문에 시공을 초월하여 인간의 삶을 시적·은유적으로 설명하는 신화구조로 영화 장르를 구분한 이론이 최종적으로 검토되었다. 그 중 조셉 캠벨의 비교신화학적 유산을 바탕으로 영화만이 가지는 스토리텔링의 조건들을 적용시킨 스튜어트 보이틸라의 이론은 본고의 취지에 적확한 근거를 제시하고 있었다. 보이틸라의 이론 전개 방식은 실제 장르 영화를 예로 들어가며, 신화구조가 서사 속에 어떻게 적용되었는지를 밝힌다. 이때 장르별로 영화 공간을 어떻게 구축해야 하는지의 문제와 장르별 서사에 부합하는 형식미학은 간접적으로 유추된다.

영화의 장르는 기획단계에서부터 상품성을 획득하기 위한 전략으로 추구된다. 제작자는 관객의 장르 선택 메커니즘을 분석하고, 상당수의 영화는 이를 바탕으로 제작된다. 특히 일반 할리우드 영화는 상업적 이익을 염두에 둔 장르 관련 담론을 확산해 왔다. 그러나 비서구 사회의 지역성에도 부합하는 서사를 조형하기 위해서는

다른 차원의 고려사항이 동반된다. 이 때문에 우선적으로는 한국
영화의 지역적·내용적·형식적 특성을 고려한 한국적 장르이론이
시급하다. 그렇지만 아직 그와 같은 체계가 합의된 수준에 이르지
못한 점을 전제할 때, 학술적 관심과 경제적 가치창출에 대한 관심
까지 포함할 수 있는 보편적 체계를 찾을 필요가 있다. 다행히도 보
이틸라의 이론은 그와 같은 고민에 대해서도 현재로서는 최선의 답
안을 제시하고 있는 것으로 보인다.[4)]

　따라서 이 글은 이론검토와 영화검토를 개별적으로 진행한 후,
그 결과물을 비교하는 형태로 기술되었다. 이론검토는 보이틸라가
제시한 장르별 신화구조를 분석한 후, 그에 부합하는 장르별 공간
구축 방식과 형식미학을 찾는 작업에 해당한다. 반면 영화검토는
근대 경성을 배경으로 한 영화들의 공간이 서사적·형식적으로 어
떻게 구축되었는지를 살피는 것이다. '공간'에 주안점을 두고 진행
된 이 작업들을 한 데 모아 최종 결과물을 도출하는 과정에서도 주
의를 기울이지 않으면 안 되었다. 장르적 안정성이 곧 영화 성패를
가른다는, 일종의 도그마를 상정하는 논리를 경계해야 하기 때문이
다.[5)] 그래서 본고는 연구대상으로 삼은 세 영화의 경성공간이 해당

---

4) 그는 작가이며, 대본 감수자이고, 연기와 시나리오 구성에서부터 영화
　미학에 이르기까지 폭넓은 강의를 하고 있다. 영화제작사에서 쌓은 실
　무경험 덕분에 그의 이론은 영화제작 현장에 적용 가능한 형태로 전개
　된다.
5) 그레엄 터너도 장르영화 안에 혁신과 독창성이 존재한단 사실을 인정
　한다. 그에 따르면, 좋은 장르영화는 친숙함과 독창성, 반복과 혁신, 예
　측가능성과 불가측성 사이의 복잡하고도 미묘한 균형을 성취한 영화라
　할 수 있다.(그레엄 터너, 임재철 외 역, 『대중 영화의 이해』, 한나래,
　2004, p.129 참고)

장르의 신화구조에서 유추한 공간구축 방식에 들어맞는지의 문제에 집중하지 않는다. 영화 속에 구축된 공간이 이론과 '차이'를 가질지라도, 창조적 개성이 자리할 수 있다는 사실을 인정한다. 덧붙일 것은, 이 글은 성격상 시나리오 창작에서부터 촬영장소 물색, 세트구성, 카메라의 기술적 접근 등에 대한 본격적인 논의가 될 순 없다. 그러나 논의 과정 중에 로맨스, 코미디, 공포 영화 제작 시, 참고할 만한 현실적 고려사항도 드러날 것이다. 그러했을 때, 이 글은 개별 영화를 해당 장르와의 연관성 속에서 성찰하는, 새로운 경로 탐색 작업이 될 수 있을 것이다.

Ⅱ. 영화의 신화구조와 공간구축 방식
: 로맨스, 코미디, 공포영화 장르를 중심으로

앞서 언급한 대로, 영화 장르는 내러티브 체계와 매체적 특성에 의해 특정화된다. 내러티브 체계가 영화를 포함한 모든 서사물에 적용 가능한 것이라면, 매체적 특성은 영화만의 형식미학과 관련된다. 굳이 덧붙이자면, 보이틸라의 이론은 전자의 문제에 치중된 경향이 있다. 그가 설명하는 신화적 유형은 기존 내러티브 체계의 창조적 각색에 해당하기 때문이다. 그러나 그는 신화적 유형을 선별하는 과정에서 매체에 대한 감각을 대입한다. 따라서 그가 장르 영화로 이론을 실증하는 순간에는, 신화적 유형이 표면화된 방식, 인물의 심리를 표출하는 형태, 공간의 이동과 재현의 문제 등이 복합적으로 설명된다.

　그의 이론을 큰 틀에서 요약하면, 영화의 서사가 '영웅의 여정'이라는 일반 형식으로 맥락화된다. '영웅의 여정'은 다시 열 두 장면으로 요약되는데, 이러한 분절의 과정에서 그는 영화만의 스토리텔링을 고려했다고 밝힌다.6) 장르의 분화는 개별 장면들의 조합과 그것의 활용에 의한 결과로서 온다. 그는 로맨스나 누아르, 코미디, 드라마 등의 장르는 '영웅의 여정'을 찾아내는 데 좀 더 많은 인내와 상상력을 요한다고 본다. 시험, 조언자, 관문, 묘약 등 그의 주요 개념어들이 은유적으로 표현되어 사물이나 사람의 형태로 시각화되지 않을 수 있기 때문이다.7) 이로 인해 영화 프레임 안에 물리적으로 등장하는 서사요소들로만 기계적인 분석을 가하는 것은 옳지 않다. '영웅의 여정'을 이루는 각 장면들 역시 때로는 서사의 배면에 자리한 관념적 흐름으로 대체되는 것을 살펴야 한다.

　보이틸라는 분명한 차이를 두고 존재하는 영화장르를 10가지 형태로 제시한다. 그의 논의방식은 10가지 영화 장르의 보편적 특징을 '영웅의 여정'이라는 신화구조에 비추어 일별하는 것에서 출발한다. 그 후, 각 장르의 특징을 분명하게 드러내는 영화들을 다섯 편씩 예로 들어, 직접적인 해석을 덧붙인다. 그가 선택한 장르는 다음과 같다.

장르 구분	액션 어드벤처/서부영화/공포/스릴러/전쟁영화/드라마/로맨스/로맨틱 코미디/코미디/공상과학 및 판타지

<도표1 – 영화의 장르구분>8)

---

6) 스튜어트 보이틸라, 김경식 역, 『영화와 신화』, 을유문화사, 2006, p.9.
7) 위의 책, p.13.
8) 스튜어트 보이틸라, 앞의 책, p.21.

이들 장르는 모두 공통된 극적 요소로서의 '장면'들로 구성되고 이는 신화가 가지는 이야기 원형(archetype)9)에서 선택된 것이다. 보이틀라의 설명을 근거로, 영화에 내재한 주요 장면 12가지를 분류해 보면, 다음과 같이 압축하여 제시할 수 있다. 보이틀라는 이 도표의 내용이 장르를 초월하여 영화의 스토리텔링에 보편 적용될 수 있다는 견해를 밝힌다.10)

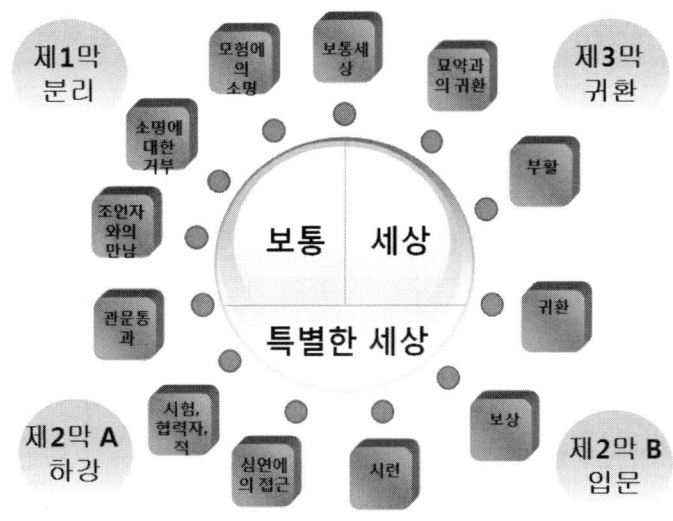

<도표2 - '영웅의 여정' 전형>11)

---

9) 단순한 패턴(pattern)의 개념 아니다. N.프라이나 C.G.융, 그리고 여러 문화인류학자들이 말하는 '원형(archetype)' 개념은 인종과 민족을 초월하여 반복되는 경험 속에 축적된 정신적 반응과 상관된다. 즉, 특유의 집단적・무의식적 경향이 정신적 반응으로 나타나는데, 그것을 구체화한 형태가 '원형(archetype)'인 셈이다.
10) 장면에 관한 설명 부분은 보이틀라의 앞의 책 p.46까지의 글을 참조하여 작성한 것이다.
11) 위의 책, p.27.

관객은 '영웅'에 동일시되어 '여정'을 함께 출발한다. '영웅'은 혼란에 빠진 '보통 세상'을 바로잡기 위해, '특별한 세상'으로 들어가야만 한다. '영웅'은 '특별한 세상'을 거치는 동안 위험한 고비를 넘기면서 성장과 성숙을 경험한다. '특별한 세상'에서 찾은 '묘약'은 '보통 세상'의 치명적인 문제점에 대한 해결책이다. '영웅'은 그것을 '보통 세상'으로 나오기까지 무사히 간수해내고, '보통 세상'은 비로소 안정을 되찾는다. 이 과정은 서사적 흐름과 갈등의 등락을 함께 보여주는 표면화된 이야기형식이다. 이야기의 갈등을 증폭시키는 인물군에는 봉사와 희생을 떠안는 '영웅' 말고도 '조언자', '관문수호자', '전령', '변신자재자', '그림자', '트릭스터' 등이 있다. 이들의 관계에 따라 '장면'은 극적 요소를 배가하게 되고, '영웅'의 내적 심리변화도 뚜렷한 궤적을 보인다. 12가지 장면을 '영웅'의 심리양상과 연결하면 다음과 같은 표로 요약할 수 있다.

장면	'영웅'의 심리궤적
보통세상	제한된 인식
모험에의 소명	인식의 확대
소명에 대한 거부	변화에 대한 저항
조언자와의 만남	거부감 극복
관문통과	변화천명
시험,협력자, 적	최초의 변화 경험
심연에의 접근	커다란 변화 준비
시련	커다란 변화 시도
보상	귀결(진전과 차질)
귀환	변화를 위한 재차 전력투구

부활	결정적인 변화를 위한 최종시도
묘약과의 귀환	문제의 극복

<도표3 - 12장면과 '영웅'의 심리궤적>[12]

장르 문법에 충실한 영화일지라도, 여타 장르의 특징들이 혼입되기도 하는 바, 본고가 대상으로 삼은 영화들 역시 특정 장르 문법의 완벽한 '반복'은 아니다. 그러나 <모던보이>, <기담>, <라듸오 데이즈>의 중심 서사는 정도의 차이를 두고 장르 혼용의 흔적이 엿보이지만, 큰 흐름에 있어서는 각각 로맨스, 공포, 코미디영화의 성격을 분명히 한다. 따라서 세 장르의 신화구조에 부합하는 보편적 공간 구축 방식을 찾아내는 작업은 개별 영화의 공간을 분석하는 작업에 선행해야 한다. 영화에서 공간을 구축하는 과정은 크게 두 가지 방식으로 진행된다. 첫째는 영화의 물리적 배경으로서의 공간을 개별 씬의 함축적인 의미에 맞게 조형하는 것이다. 이는 미장센의 문제, 특히 영화 세트와 미술 등으로 외연화 된다. 둘째는 카메라 기술과 편집을 통해, 공간을 의도적으로 프레이밍(framing)하는 것을 들 수 있다. 결국 이 두 가지 방식은 화면을 어떻게 구성할 것인가의 문제와 더불어 무엇을 담아낼 것인가, 어떻게 잡아낼 것인가의 문제를 모두 포함한다고 할 수 있다.

일반적으로 로맨스 영화는 주인공들의 세밀한 정서적 교류를 밀착하여 보여주는 것에 주목한다. 그러나 사랑이라는 주제를 다루는 과정에서, 서브 플롯으로 다양한 서사라인을 구축할 수 있다. 따라서 보이틸라는 "로맨스는 모든 장르를 초월한다."[13]라는 선언으로

---

12) 스튜어트 보이틸라, 앞의 책, p.30 참고.

해당 장르론을 풀어나간다. 기본적인 서사의 골격은 '모험에의 소명'에서 출발하여, 사랑의 장애, 곧 '시련'의 여러 형태들이 등장한다. 그 과정에서 영웅은 계급과 문화, 윤리적 금기, 경쟁자와의 대면 등 다양한 상황들을 헤쳐 나간다. 예컨대, 계급과 문화에 관한 격절감이 다뤄지는 영화로는 <타이타닉>(1997), <약속>(1998) 등 수없이 많은 사례가 존재하며, 동서고금을 막론한 보편적 서사형식에 해당한다. 윤리적 결계를 두고 '시련'을 겪는 로맨스 영화 역시 고전에 해당하는 <카사블랑카>(1942)에서부터 헤아릴 수 없이 많다. 그러한 '시련'을 경험한 후, 성장과 성숙을 경험한 '영웅'은 훼손되지 않을 사랑의 가치를 깨달은 후, 고귀한 희생에 투신한다. 주인공들 중 한 명 이상은 변신자재자로 나오며, 뚜렷한 경쟁자가 제시되기도 한다. <모던보이>는 경쟁자가 '애국심'이라고 볼 수 있는데, 이와 같은 구도는 <카사블랑카>에서도 등장했던 것이다. 경쟁자가 관념적인 대의명분이었을 때, '영웅'은 대의명분과 사랑 사이에서 택일해야 하는 위치에 놓인다. 이에 따라 서사라인도 '애정의 여정'과 '대의명분의 여정'으로 크게 구분된다. 갈등의 등락은 그 두 여정이 엮이면서 상호작용하는 순간에 크게 나타난다. 그럴 경우, '영웅'과 사랑을 나누게 될 상대방은 변신자재자가 되어 '대의명분'과 '사랑'의 문제를 밀도있게 교란시킬 수도 있다.

이를 종합해 볼 때, 로맨스 영화는 일상의 공간과는 정서적·물리적으로 구별되는 공간을 지녀야 한다. 연인으로서 두 사람만이 기억하는 훼손되지 않을 사랑의 공간이 그것이다. 또한 경쟁자의 매력 정도에 따라 서사의 긴장이 증폭되는 만큼, 경쟁자의 공간이

_____

13) 위의 책, p.331.

매혹적으로 다뤄져야 할 필요가 있다. 뿐만 아니라, 영웅에게 혼란을 야기시키는 '변신자재자'는 이성의 인물(대개 '팜므파탈'적 이미지)이 될 수 있기에, 그의 매력이 표출되는 특징적인 공간들도 요구된다. 영웅의 '귀환' 과정에는 대의명분과 사랑 중에 하나를 완전히 포기해야 하는 순간이 존재한다. 따라서 양자를 은유하는 공간을 각자의 성격에 맞는 상징적 장치로 꾸밈으로써, '영웅'이 치러야 할 기회비용의 크기를 증폭시켜야 한다. 또한 '영웅'의 내부에 잠복해 있는 '그림자', 곧 솔직하게 받아들이거나 완전히 제거해야 버려야 할 것이 존재한다면, 이를 드러낼 공간이 필요하다. 그 공간은 주인공의 심리와 연결되어야 하기에 카메라 기술의 적절한 도움도 요청된다. 마지막으로 로맨스 영화에서 혼란을 일으키는 트릭스터는 조언자인 경우가 많다. 이 때문에 그러한 인물이 삽입되는 순간을 다중적으로 조명할 수 있도록 공간의 다변화가 요청된다.

공포영화의 신화구조는 공간의 의미가 더욱 중요하게 작용한다. 공포영화의 '특별한 세상'은 안전한 일상의 풍경에서는 마주할 수 없는 두려움의 요소를 간직하고 있다. 이는 '모험에의 소명'이 주저되는 이유가 된다. 보이틸라도 공포영화에서만큼은 반복적인 소명이 나타나는 경우가 많다[14]는 사실을 언급한다. 관객의 입장에서 볼 때, 공포의 실체가 밝혀지지 않고 지연되는 경우도 있지만, 관객이 '영웅'보다 한걸음 앞서 공포의 실체를 알게 됨으로써 '영웅'의 행보에 긴장을 가질 수도 있다. 중요한 것은, 관객의 잠재의식 속에 박혀있는 근원적인 공포는 상식적인 공간에서 조성될 수 있다는 사실이다. 본고에서 다루고자 하는 <기담> 역시, 1940년대 식민지 조

---

14) 스튜어트 보이틸라, 앞의 책, p.32.

선을 제유하는 병원이라는 공간을 내세우고 있으며, 그 중에서도
'시체실'을 중심으로 이야기가 전개된다. 이때 <기담>과 마찬가지
로 상당수의 영화는 공포의 실체가 출몰하는 밀폐된 공간에 '영웅'
이 무력하게 갇히는 씬을 반드시 삽입하기도 한다. 보이틀라에 의
하면, 공포감의 뿌리가 곧 무력함[15]이라는 점에서, 그러한 상황 조
성은 긴요하게 요청된다. 알 수 없는 공포의 실체는 인간이거나 괴
물일 수 있으며, 또는 현실의 결계를 초월한 대상이거나, 파악할 수
없는 '그림자'일 수도 있다. 예측가능한 긴장으로 공포감을 서서히
끌어올리는 영화의 경우, 이들이 등장하는 장소를 일관되게 가져가
기도 한다. 공포를 조성하는 과정에서는 음향, 음악 등 다양한 기술
적 형식이 개입되기 마련인데, 카메라의 형식적 보조도 반드시 필
요하다. 예컨대, 주인공의 은밀한 '그림자'를 드러내는 심리적인 숏
이나 느리게 움직이며 공포의 실체에 다가가는 숏, 완벽하게 고립
된 채 공포를 기다리는 '영웅'을 제3자의 시선으로 잡아내는 숏 등
은 공포를 조성하는 카메라의 미학에 해당한다. 촬영방식의 변화로
공포감이 깃든 공간을 조형하며 영화의 실감을 높일 수 있는 셈이
다. '영웅의 여정'과 관련해서는 '영웅'이 모험을 감행할수록, 탈출
구가 사라지는[16] 방향으로 공간을 제약해야 한다. 그러했을 때, '영
웅'은 공포의 실체와 대면할 수밖에 없는 상황으로 치닫는다.

　코미디 영화는 "극단적으로 개인적인 여정"[17]에 속한다. '영웅'이
경험하는 에피소드들이 대의명분이나 거대한 소명에 의한 것이라기

---

15) 위의 책, p.147.
16) 위의 책, p.150.
17) 스튜어트 보이틀라, 앞의 책, p.423.

보다는 대개 스스로 초래한 사적인 문제에 기인한다. '영웅'은 자발
적으로 여정에 오른 것이 아니다. 어쩔 수 없이 떠밀린 그는 피할
수 없어 난처한 국면으로 계속 빠져든다. 코미디 영화의 '웃음'은
관객의 기대심리와 약간의 의외적 요소가 결합하는 순간에 증폭된
다. 이때 서사라인의 출발점에서 사전에 해결해야 하는 것은 '영웅'
의 구별되는 성격이다. 그는 여타의 장르와 달리, 정상성의 수준에
서 부족한 부분을 갖는 경우가 많다. 초월적 힘을 지녔다 하더라도
물리적·환경적·지적인 요인에 의해, 그것을 발휘하지 못하는 수
도 있다. 따라서 '보통세상' 장면에서 '영웅'이 성격화되고 나면, 그
가 특정 상황에 대응하는 모습들을 이채롭게 구성하는 일이 수월해
진다. 일반적인 코미디 영화가 개연성과 핍진성의 문제에 덜 구속
받는다는 점을 감안하면, 공간의 이동도 자유롭고 활발하게 일어날
수 있다. 따라서 코미디 영화의 공간은 '보통세상'에서 성격화된 영
웅이 풀어내기 힘든 상황들을 안고 있는 장소로 기능해야 한다. 한
편, 등장하는 인물들의 역할과 성격이 정형화되어 있을 때, 자연스
러운 웃음이 유도된다는 것을 생각할 필요가 있다. 그렇게 보면, 코
미디 영화에서 공간이 특별한 의미로 부각되는 것은 오히려 장르의
목적에 부합하지 않을 수 있다. 따라서 코미디 영화는 공포영화나
로맨스 영화에 비해 공간 자체가 가지는 의미가 크지 않다고 할 수
있다. 다만 영웅과 다른 인물, 영웅과 개별 사건이 부닥치는 상황을
빠르게 요약해주는 배경으로서의 공간이 필요하다 할 것이다.

Ⅲ. 근대 경성 배경 영화의 공간구축 양상

1. 로맨스영화 〈모던보이〉의 공간과 신화구조와의 적합성

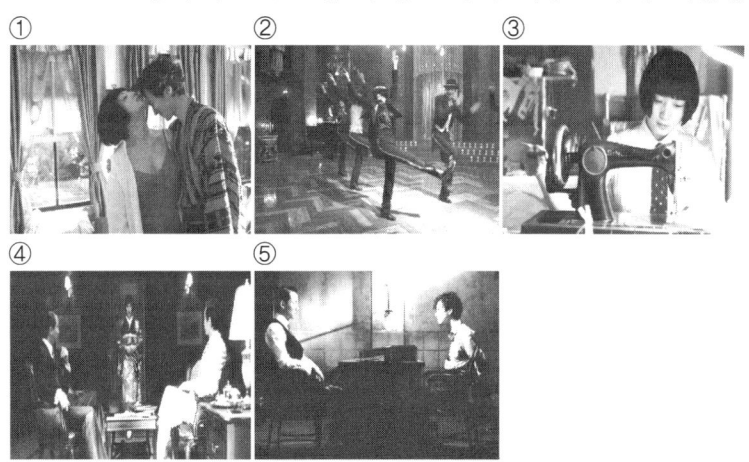

이 글에서 주목하는 것은, 로맨스영화의 신화구조가 요구하는 특징적인 공간이 영화 속에 어떠한 형태로 재현되있느냐는 것이다. 앞서 밝힌 대로, 로맨스영화는 몇 가지 전형적인 공간을 요구하고, 그것이 서사맥락에 자연스럽게 부합하는가의 여부는 매우 중요하다. 먼저 두 주인공의 감정적 교류가 완전한 사랑의 형태로 합일되는 공간을 살펴보자. ①은 화려한 색상의 커튼과 아기자기한 소품들로 꾸며진 두 사람의 밀애 공간이다. 시각적으로 선명한 기억을 남기는 이 공간은 두 주인공의 완전한 사랑을 시각적으로 보조한다. 이 공간은 조난실(김혜수 분)의 실체가 완벽하게 드러나지 않은 가운데 제시된다는 점에서, 위험을 감수한 모험, 곧 '특별한 세상'으로의 진입이 이루어지기 전 단계에서 제시된다. 아쉬운 것은, ①의 장면이 두 사람의 사랑에 대해 관객의 극적 공감을 충분히 끌어내지

못한 채 제시된다는 점이다. 구체적으로 부연하면, ①의 공간은 이해명(박해일 분)에게 주어진 '모험에의 소명'을 1차 충족시킨 지점에 구축됐지만, 조난실의 이해명에 대한 연민이 충분하게 설명되지 못한 가운데 등장했다. 그러한 정황은 이해명의 조난실에 대한 사랑과 상대적으로 비교했을 때 여실히 드러난다. 결과적으로 ①이 표면화한 화려하고 아름다운 사랑의 공간은 개연성의 측면에서 다소 과잉으로 여겨진다.

<모던보이>의 중요한 공간은 '변신자재자'인 조난실의 다양한 캐릭터를 조명하기 위해 구축된다. 그 공간들은 이해명이 감당하는 '영웅의 여정'에서 극복해야 할 장애 혹은 뿌리쳐야 할 유혹을 담아낸다. 이해명의 심리적 변화가 헌신적인 사랑 쪽으로 기울어가는 과정도 그러한 공간들을 거치면서 나타난다. 조난실은 '테러 박의 아내'이면서, '비밀 구락부의 가수이자 댄서 로라'이고, '양장점의 재단사'이면서, 스스로 '독립군'이며, '삼양목장의 나타샤'이고, '일본 엔카 여가수의 목소리 대역'이다. 그의 정체성은 '변신자재자'의 전형을 드러내면서, 한편으론 서사의 극적 긴장 긴장을 존재 자체로 견인하는 팜므파탈(femme fatale)을 상기시킨다. ②와 ③은 조난실의 다양한 면모를 보여주는 일부 장면이다. 영화 후반부에 그녀는 폭탄을 장착한 연미복을 만드는데, 그것은 그녀의 다양한 캐릭터가 대의명분을 위한 위장의 다른 형태임을 분명히 한다. 그녀의 공간들은 이해명이 '특별한 세상'으로 진입한 후, 사랑의 대상으로서의 '진짜' 조난실을 찾아가는 모험을 담아낸다. 그러나 그 공간은 이해명과 관객의 기대심리가 환상으로 구축한 관념적 공간이기도 하다. 그 곳이 대의명분에 충실한 조난실에게 적용하면 즉시 사라

져 버리는 공간이기에 그러하다. 따라서 그 곳은 라깡의 용어로 '실
재계의 구멍'을 환기시킨다. 이해명이 찾는 사랑의 대상으로서의 조
난실이 '부재'의 형태로 통보되는 자리이기에 그러하다. 그 공간에
당도한 조난실과 이해명을 함께 잡는 카메라는 편심초점(shallow
focus)[18]으로 일관한다. 조난실의 특정한 성격을 반영한 공간이 탈
초점화된다는 것은 이해명의 환상이 어긋난 공간에 도착했다는 것
을 암시하며, 아직 거쳐야 할 '시련'을 예고한다.

　한편, <모던보이>는 로맨스영화에서 중요한 역할을 담당하는 '트
릭스터'가 존재한다. 그는 영화 초반 그의 절친한 친구로 설명된 신
스케(김남길 분)이다. ④와 ⑤ 장면은 이해명에게 그가 '트릭스터'
로서 어떠한 역할을 감당했는가를 명확히 보여준다. ④는 신스케의
검사실이며, 이해명과 신스케 사이로 조난실이 위치한다. 외관상 우
정이 안전하게 유지되는 ④와 신스케의 대의명분이 강조되면서 우
정이 깨진 ⑤의 차이는 조난실의 존재 유무로 시각화 된다. 결국
'트릭스터' 신스케의 존재는 이해명이 조난실의 사랑을 얻기 위해
견뎌야 할 '시련' 중 하나를 명확히 보여준다. 따라서 취조실을 담
아낸 ⑤는 자유연애에 몰입하며 살던 '모던보이' 이해명이 한 여자
를 위한 삶으로 나아가기 위해 견딘 '시련'을 설득력있게 제시한다.

　그런데 로맨스영화의 일반적 공간 유형 중, 영웅의 내적 '그림자'
를 드러내는 공간과 사랑을 두고 경쟁하는 인물의 공간은 <모던보
이>에 없다. 이 영화는 이해명의 내적 '그림자'를 드러내는 공간을
구축하지 않은 대신, 화려하게 재현해 놓은 경성의 풍경을 빈번하

---

18) 쉘로 뎁스(shallow depth)라고도 하며, 일반적으로 특정한 해독을 유도
　하기 위해 통용된다.

게 원경으로 잡을 뿐이다. 그것은 '보통 세상'에서 당대 최상류층 '모던보이'로서 살아가던 이해명을 성격화하는 데 기여한다. 반면에 '특별한 세상'에 진입한 '모던보이'가 사랑을 얻기 위해 자신을 버리는 행위, 곧 자유연애와 무분별한 소비, 속물적 특권의식을 거절하는 과정이 생략된다. 경쟁하는 인물의 공간이 없는 것은 '테러 박'이 일종의 맥거핀으로 기능하기에 그러하다. 엄밀하게 보면, '테러 박'은 '국가'이고 '민족'이다. 곧 조난실이 스스로 '변신자재자'에 투신하게 된 이유이며, 이해명이 얻고자 하는 '사랑'을 조난실이 받아들일 수 없는 이유가 된다. 결과적으로 경쟁자의 공간이 부재하다는 것, 곧 '테러 박'의 공간이 없다는 것은 단지 물리적으로 시각화되지 않는다는 설명일 뿐이다. 실제로는 테러 박의 공간이 '대의명분'이라는 성격으로, 두 주인공의 내면에 존재한다.

마지막으로 영화 서사의 절정부에 이르러 조난실이 택한 자기희생은 서사적 욕심을 표출한다. 피상적으로 보면, 영웅(이해명)이 치러야 할 '고귀한 희생'을 조난실이 대신한 것으로 볼 수 있다. 그러나 '대의명분'과 '사랑'을 모두 놓치지 않으려는 서사의 강박으로 인해, '사랑의 성취'라는 로맨스영화의 카타르시스는 반감된다. 이해명이 조난실을 진심으로 사랑했기에, '국가'와 '민족'에 연연해 않던, 모던보이 생활을 청산하고 독립군이 된다는 에필로그도 억지스럽다. 여기엔 이해명이 조난실의 실제 남편, 즉 '테러 박'의 공간으로 진입했다는 설명이 가능하다. 따라서 사랑을 얻기 위해 물리쳐야 할 '경쟁자'의 공간으로 진입하며 끝난 '영웅의 여정'은 아쉬움으로 남는다.

결과적으로 <모던보이>는 로맨스영화의 신화구조가 상정하는 공간 중에서, 완전한 사랑의 공간, '변신자재자'의 매혹적인 공간, '트릭스터'의 공간 등을 선택적으로 구축한다. 그런데 그 공간들은 '영웅'의 심리 변화를 시각적으로 전달하며 긴장의 등락을 보여주지만, 영화의 진행에 자연스럽게 자리한 것만은 아니다. 화려한 CG(Computer Graphic)로 재현된 경성의 공간들이 서사흐름에 '과잉'으로 여겨지는 경우도 있었다. 완전한 사랑의 공간과 결말부 귀환한 영웅의 공간은 그 예가 되며, 서로 다른 의미에서 서사적 '과잉'이라 할 수 있겠다.

2. 공포영화 〈기담〉의 공간과 신화구조와의 적합성

<기담>은 1942년 어느 겨울, 안생병원에서 일어난 세 가지 이야기를 옴니버스식으로 전달한다. 겹치는 인물과 공간으로 인해, 나흘간에 걸쳐 벌어진 각각의 이야기는 같은 시공 속에서 미묘하게 연결된다. 서사 전체를 박정남(진구 분)이란 영웅을 중심으로 풀어내

면, 박정남이 회상을 통해 1942년 겨울을 떠올린 그 순간, 서사는 '특별한 세상'으로 진입한 것이라 볼 수 있다. 박정남의 기억과 회고가 곧 '영웅의 여정'의 본격적 출발인 셈이다. 따라서 1979년의 시점에 강의실에서 상영된 1940년대의 수술실 풍경 ①은 아직 혼란이 야기되지 않은 '보통 세상'의 모습을 보여준다. ①의 공간은 오늘날 DI(Digital Intermediate)가 통용되는 상황에서, 일반적인 디지털 색보정 작업도 거부하고 필름에 스크래치를 주면서 살려낸 것이다. 이는 옛날 영상의 질감으로 최대한 건조하게 수술실 공간을 담으려는 전략의 일환이라 할 수 있다. 따라서 ①은 관객에게 다큐멘터리를 보는 듯한 느낌을 주며 '보통 세상'의 모습을 공간화하는 데 성공한다.

한편, 공포영화는 영웅에게 반복적 소명이 주어진다. 일반적인 신화구조에 기인하면, 영웅은 '보통 세상'의 혼란을 떠안지 않고자 노력하지만, 결국 자신이 나서야 한다는 사실을 자인하게 된다. 초래된 혼란이 워낙 치명적이고 때론 초현실적인 것이어서, 영웅이 그 상황을 평정하기엔 상대적으로 나약하다. 이것은 영화 서사 전반에 걸쳐 공포감을 조성하는 근본적인 조건이 된다. ②는 영웅에 해당하는 박정남이 37년 전을 회상하는 공간을 담아낸다. 어두운 방 안에서 노년의 박정남이 죽음을 예감하며 외롭게 앉아있다. 이때 박정남의 보이스 오버(voice-over)가 화면을 채운다. 37년 전(1942년), 자신은 이미 죽은 것이라는 알 수 없는 선언이 바로 그것이다. 1979년 현재, 두 번째 아내마저 죽어버렸는데, 그것은 단순한 죽음이 아니고, 37년 전 귀신과 결혼한 자신 때문에 초래된 일이라는 것이다. ②의 상황에서는 아직 박정남의 회고가 무슨 뜻인지 밝혀지지 않는다. 따라서 관객은 긴장과 호기심을 안고 플래시 백(flash back)하는 영상에 주의를 기울이게 된다. 결과적으로, ②의 공간은 혼란이 초래된 보통세상에서 반복된 소명(아내의 잇따른 죽음)을 받아들이는 고독의 순간을 특징적으로 살려냈다고 볼 수 있다.

　앞서 공포영화가 자아내는 공포의 뿌리는 영웅이 느끼는 무력감에 기인한다는 사실을 밝힌 바 있다. <기담>은 잔혹한 장면이나, 갑작스런 장면전환, 청각적 충격을 인위적으로 삽입하지 않는다. 공포영화의 신화구조가 상정하는 무력한 영웅을 완벽하게 살려내면서, 공포감의 크기를 극대화한다. 무력한 영웅의 모습은 세 가지 차원의 공간화에서 비롯된다. 먼저 ③은 시체실 안에서 시체와 함께 선 영웅의 모습을 부감숏으로 잡아낸다. 영웅을 감시하는 전지전능한 시선은, 그것의 주체로서 초월적 존재를 추측케 하며 공포감을 강화한다. ③에는 이 공간이 초월적 존재가 장악한 공간이라는 심리적 전언이 담긴 셈이다. ①는 승려의 등 너머로 사라지는 영웅이 모습을 몽환적으로 잡아내고 있다. 영웅은 시체실에 있던 한 여자 시체와 주술의 힘에 의해 영혼결혼식을 올리게 되는데, ④는 그 모든 상황을 암시하는 숏이라 할 수 있다. 복도 끝에 드리운 밝은 빛은 그 너머가 이승의 결계를 벗어난 지점임을 은유적으로 상기시킨다. 요컨대, 이 공간은 영웅의 불행한 미래를 암시하는 복선이면서 영웅이 경험하고 있는 공포의 내용을 집약한다. ⑤는 시체실 전경이다. 영화 속에서 영웅은 일주일간 시체실 관리를 명령 받았고, <기담>의 세 이야기는 그 중 나흘에 걸쳐 일어난다. ⑤의 공간은 주인공이 무력하게 감금된 시체실이며, 시체실 벽면엔 시체들이 안치된 시체보관함이 보인다. '밀폐된 시체'와 '감금된 영웅'은 서로를 은

유하며, 이러한 전략은 신화구조상 공포를 조장하는 방식에 부합한다. 따라서 ③, ④, ⑤는 <기담>의 물리적 공간구성과 그것을 다루는 카메라의 기획이 '영웅의 무력감'을 담아내는 데 기여하고 있음을 확인시킨다.

<기담>이 담아 낸 세 이야기는 '영웅의 여정' 속에서 탈출구가 사라지는 상황이 연쇄적으로 나타난다. 이 영화 서사 전체의 영웅은 박정남이지만, 플래시 백 이후에 자리한 세 가지 이야기가 옴니버스식으로 구성되어 있다고 봤을 때, '특별한 세상' 속 여정은 박정남에게 촛점화되지 않는다. 첫 번째 이야기는 박정남 자신이 전면화 된 여정이지만, 두 번째 이야기는 아사코(고주연 분), 세 번째 이야기는 김인영(김보경 분)이라는 인물이 서사를 추동한다. 이들은 공포의 실체, 곧 죽은 자들과 교류하는 초현실적 경험을 거듭한다. 그것은 그들이 사랑한 대상인 미모의 여고생, 새 아빠, 남편이 더 이상 이승에 존재하지 않기 때문이다. 그 대가로 그들이 이승에서 살아남을 수 있는 방식으로서의 탈출구는 봉쇄되어 간다. 내용의 일관성을 고려하여 박정남의 여정에 한정해서 살필 때, ⑥은 탈출구가 완전히 봉쇄된 상황을 드러낸다. 박정남은 주술의 힘에 의해, 죽은 여고생과 영혼결혼식을 올린 후, 함께 긴 세월을 보낸다. 카메라는 고정되어 있지만, 같은 공간에 각각 사계절을 상징하는 배경이 지나가면서 긴 시간이 지속되었다는 사실이 객관적 정보로 주어진다. 이 장면은 영웅에게 주어진 반복적 소명의 진의를 비로소 전한다.

요컨대, <기담>은 공포영화의 신화구조가 상정하는 공간들을 서사적·형식적으로 모두 수용한다. 분량 면에서 짧게 다루어졌지만,

혼란이 초래되기 전 '보통 세상'의 공간과 혼란이 초래된 이후, 영웅이 반복되는 소명을 받아들이는 공간은 적절한 순간 삽입된다. 이 장면들은 영화 초반, '특별한 여정'에 투신하는 영웅에게 관객이 자기 동일시하는 데, 보조적인 역할을 수행한다. 또한 <기담>은 물리적·서사적·매체 형식적으로 '영웅의 무력감'을 담아내는 공간을 빼어나게 조형한다. 이는 박정남과 관련된 시퀀스에서뿐만 아니라, <기담>의 세 이야기 모두에 공통되는 것으로, 각 이야기의 주동인물이 이승에서 탈출구를 잃어가는 상황으로 이어진다. 그러한 상황 역시, 각 이야기의 서사에 맞게 은유적으로 공간화 되고, 전략적 목표를 달성한다. 따라서 <기담>은 보이틸라가 제시한 공포영화의 신화구조에 주목할 때 내용적·미학적 성취를 이룬 사례라 할 만하다.

3) 코미디영화 〈라듸오 데이즈〉의 공간과 신화구조와의 적합성

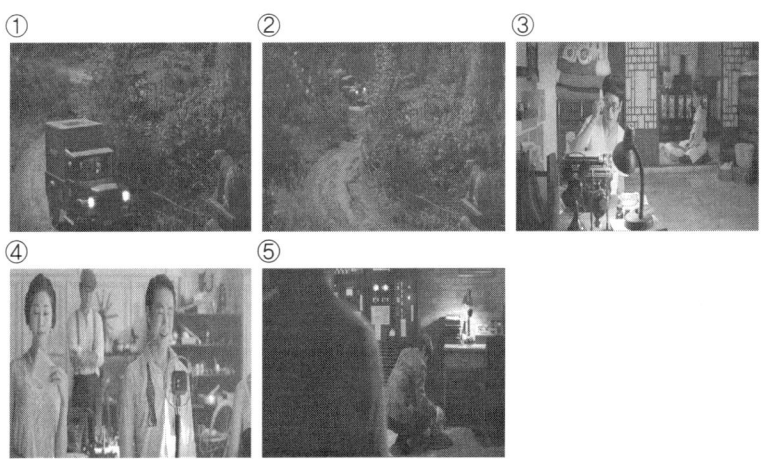

앞서 밝힌 대로 코미디 영화는, 영웅이 특정한 웃음 코드를 유발할 수 있도록 성격화되는 공간이 '보통 세상'에 구축되기 마련이다. 또한 정형화된 주변인물들의 개성적인 공간들이 순차적으로 등장하는 것이 일반적이다. 그런데 <라디오 데이즈>는 전자의 공간이 생략된다. '한량 PD'로 등장하는 로이드(류승범 분)는 이 영화의 영웅이지만, 웃음을 유발하는 역할을 직접적으로 수행하지 않는다. 그는 거의 방송국 공간에서만 등장하며, 그 곳에서 펼쳐지는 예측불가의 상황을 조율하는 입장에 선다. 오히려 웃음을 자아내는 장면은 생방송으로 진행되는 라디오극 도중, 개성적인 주변인물들이 서로 애드립을 펼치는 순간에 드러난다. 눈여겨 볼 것은, 개성적인 주변인물들도 복장과 헤어스타일[19]로 성격이 대변되며 그들만의 공간이 따로 설정되지 않는다는 점이다. 이에 따라 '영웅의 여정'은 물리적 동선이 거의 없이, 방송국 내 에피소드들로만 채워진다. 스튜디오 촬영방식 자체가 서사구성면에서 의도된 셈이다.

①은 영화초반부, 태극당원들이 독립운동 목적으로 우편물을 탈취하는 씬의 한 장면이다. 여기서 독립운동을 한다는 태극당원들은 '어리숙함'을 보여주며 희화화된다. ②는 영화의 에필로그에 등장한 장면으로, 이미 개성적으로 성격화된 태극당원들의 이미지를 통해 익숙한 웃음을 전달한다. 카메라를 같은 위치에 놓고, 같은 방식으로 공간을 프레이밍하며 관객의 기대심리에 부응하는 웃음을 전한다.

③은 정형화된 주변 인물 중, 색다른 웃음을 주는 작가 노봉알의

---

19) 예컨대, 재즈가수 마리는 신식 원피스에 모던걸의 전형에 해당하는 헤어스타일로 차별화된 자존심을 드러낸다. 기생 명월은 한복에 부채를 들고, 쪽머리를 한 채 등장한다.

집이다. 이 공간은 그가 처해있는 상황을 구체화하면서, 그의 과거 행적을 드러내는 역할을 한다. 등 뒤에서 따가운 눈총을 보내는 아내의 모습이 뚜렷하게 잡히는 이 숏은 그의 남편으로서의 무능력이 강조된다. 그는 경제력을 상실한 남편이면서, 만담과 소설을 쓰다가도 마무리를 못해서 잘린 경력이 허다하다. 이 때문에 영화 막판, 그가 마지막 방송분 대본을 전달하는 장면은 관객의 정서에 호소한다. 보이틸라는, '조언자'가 마법의 선물을 영웅에게 전하면서, 영웅이 도전에 응하도록 돕는다고 밝힌 바 있다.[20] 따라서 노봉알은 영화 막바지에 이르러 '조언자'로서의 역할을 명확히 드러낸다고 할 수 있다.

　<라듸오 데이즈>에서 가장 효과적으로 설정된 공간이 있다면, '트릭스터'의 공간이다. 영화 속 K(이종혁 분)는 태극당원 리더로 독립운동을 진두지휘하는 인물이다. 그러나 그는 평소 방송국에서 음향담당 기사로 일한다. ㄱ가 방송국에서 일하는 이유는 적당한 때에 전국으로 나가는 전파를 장악해서 독립운동을 펼치기 위함이다. ④의 장면은 방송 녹음이 이뤄지는 공간에서 그의 위치를 상징적으로 보여준다. 그는 녹음실 공간 내에서 늘 인물들 뒤에 위치한다. 모두를 볼 수 있으나, 누구에게도 쉽사리 들키지 않는 자리에 있어야 하기 때문이다. ⑤의 장면은 지하실 몰래 잠입해 전파를 훔치는 K의 모습을 담는다. 그런데 이 공간에서는 상황이 역전되어 있다. K가 태극당원이라는 사실이 밝혀지는 이 장면에서 로이드는 그의 행동을 지켜볼 수 있는 위치에 서 있다. '트릭스터'의 다양한 면모가 표출되는 양상에 따라 그 공간의 내용과 그것을 잡는 카메

---

20) 스튜어트 보이틸라, 앞의 책, p.44.

라의 시선이 달라지고 있는 셈이다.

한편, <라듸오 데이즈>에서는 '특별한 세상'의 여정 중 '시련'의 형태로 다가오는 사건들의 개별 공간이 크게 부각되지 않는다. 라디오 방송이라는 새로운 매체를 이해하지 못해 웃음을 유발하는 주변 인물들은 모두 방송 녹음실 내에 머문다. ⑤의 지하실도 '시련'으로 다가오는 개별 공간의 성격을 갖지만, 더 적합하게는 '트릭스터'의 공간이라고 보는 것이 타당하다.

결론적으로, <라듸오 데이즈>는 코미디영화의 신화구조가 제시하는 공간 중 상당부분이 생략되어 있다. 웃음을 위해 개성적으로 성격화된 인물들은 같은 공간 내에서 비슷한 방식으로 등장한다. 이처럼 개별 인물들의 공간화와 개별 사건들의 공간화가 효과적으로 구축되지 않으면서 이야기는 지루한 형태로 지속된다. 무엇보다 로이드에게 주어진 '소명'이 불분명하고, 그가 뚜렷하게 성격화되지 않으면서, <라듸오 데이즈>는 의도했던 바를 충분히 달성하지 못한 것으로 보인다.

IV. 다른 '영웅의 여정'을 위하여

일제 말 경성에 관한 연구는 여전히 진행 중이다. 최근 미시사적 입장에서 다양한 문화연구 결과물이 쏟아졌고, 이에 따라 일제 말의 제도, 문화, 풍속에 대한 새로운 접근이 가능해졌다. 그러면서 당대 경성인의 정체성과 사적인 생활사는, 일제 강점기를 고통 속에 살았던 피식민지인의 전형에서 점차 자유로워지게 되었다. 아직까지도, 전근대와 근대가 혼재했던 일제 말 경성은 흥미로운 논점을 끌어안고 있는 것이 사실이다. 문화연구의 영역에서 근대와 탈근대가 함께 논의되는 오늘날, 일제 말 경성에는 유의미한 비교·검토 가능성이 내재해 있기 때문이라 할 것이다.

본고는 그와 같은 관심사에서 출발했지만, 통시적으로 오늘날의 서울과 1930-40년대 경성을 문화적으로 비교하는 데에 초점을 두지 않았다. 대중매체로서 영화 속에 근대 경성이 다양하게 다뤄지고 있다는 점에 착안하여, 그것이 장르적 문법 속에서 어떻게 구현되어야 하는지에 대해 주목했다. 이는 매체로서 영화와, 신화구조의 변별적 차용으로서 영화 장르에 대한 관심으로 나타났다. 우선 영화는 제작 환경을 고려했을 때, 개인 창작의 형태로 탄생하는 여타의 예술작품과 큰 차이를 가진다. 따라서 상업적인 이익을 낳을 수 있는 장르에 대한 시장의 압력이 존재할 수 있다. 때로는 동일한 장르 내에서 비슷한 모티프를 지닌 영화들이 반복되기도 하고, 성공한 영화의 속편이 같은 장르로 양산되기도 한다. 관객의 입장에서 보면, 관람 대상 영화를 물색할 때, 장르적 기준이 큰 영향력을 행사하기도 한다. 이는 장르에 대한 연구가 변별되는 주체에 의해 여러 가지 목적으로 진행될 수 있음을 의미한다.

그 중에서 이 글은 근대 경성 배경 영화를 보이틸라의 장르별 신화구조 이론에 비추어 살펴보았다. 특히 주목한 것은 '공간구축'의 문제다. 우선은 세 편의 영화를 '영웅의 여정'이라는 신화구조로 분석하면서, 그 안에 신화를 형성하는 12장면들과 갈등을 조장하는 인물들이 어떻게 부딪치는지 구별하였다. 그리고 그 결과가 해당 장르의 본래적인 목적과 영화의 전략적 의도에 부합하는지를 살펴보았다. <모던보이>의 경우, 로맨스 영화의 신화구조를 선택적으로 수용하고 있었다. 신화구조에 기반한 공간구축의 문제에 있어서도, '반복'과 '차이'의 지점이 뚜렷하게 나타났다. 그런데 '변신자재자', '트릭스터'의 공간은 서사적·형식적으로 빼어나게 구축되었지만, 훼손되지 않은 사랑의 공간을 제시하는 부분은 개연성이 다소 떨어졌다. 가장 미흡했다고 판단되는 부분은, '영웅의 여정'이 '경쟁자'의 공간을 차지하며 끝났다는 사실이다.

<기담>은 본고에서 살펴 본 영화 중 장르별 신화구조를 가장 정확하게 수용한 사례라고 판단된다. 아직 혼란이 발생하지 않은 '보통 세상'의 공간과 '반복적인 소명'이 등장하는 공간은 영화 초반부에 영웅이 느끼는 심리적 압박감을 강화했다. 또한 영웅의 무력감을 부각시키는 공간은 물리적·서사적·매체적으로 밀도있게 조형되었다. 이로 인해, '특별한 세상'의 여정은 긴장감을 유지할 수 있었다. 액자식 구조 속에 자리한 세 이야기가 균형을 이룰 수 있었던 것은, 세 명의 주동인물 모두 탈출구가 사라져가는 공간 속에 처해 있었기 때문이다.

<라듸오 데이즈>는 장르별 신화구조가 상정하는 공간구축의 일반 형태와 가장 큰 차이를 보였다. 그러한 차이가 유의미한 개성으로 나타나지 못한 것은 아쉬움으로 남는다. 영웅은 개성적으로 성격화되지 못하였고, 그에게 주어진 '소명' 역시 효과적으로 각인되지 못했다. 영웅의 주변인물들은 나름의 웃음코드를 가지지만, 공간적으로 구별되지 않음으로써, '영웅의 여정' 속에서 예기치 않은 재미를 촉발시키지 못했다. 따라서 <라듸오 데이즈>는 코미디영화의 신화구조를 벗어나는 방향으로 서사가 진행됐지만, 그것이 성공적

이지 못한 결과로 나타난 영화라 할 수 있겠다.

종합해 보면, 장르영화를 제작할 때 해당 장르의 기본적인 신화구조 내에서 안정성을 고려하되, 서사적·형식적 완결성을 담보할 수 있는 공간화 작업이 필수적이라 하겠다. <기담>은 이 원칙을 증명하는 적절한 예가 될 수 있다. 더 중요한 것은 특정 장르 영화가 그 장르의 신화구조를 벗어날 때, 유의미한 개성이 될 수 있는 공간화 작업이 뒤따라야 한다는 사실이다. 그와 관련해서는 <모던보이>가 긍정과 부정의 측면을 함께 지니는 반면, <라듸오 데이즈>는 감독의 의도와 달리, 실패한 부분이 두드러져 보인다.

본고의 논의는 같은 시대, 동일한 공간을 다뤘지만, 서로 다른 장르로 일별되는 세 영화를 대상으로 삼았다. 신화구조에 기반할 때, 그들 영화의 공간은 장르문법과의 '반복'과 '차이' 속에 독자적인 의미를 지니고 있었다. 본고는 이러한 의미영역에 대한 분석을 통해, 장르영화의 공간을 서사적·형식적으로 구축할 때, 고려해야 할 사안들을 밝히고자 하였다. 그런데 장르영화의 제작에 더 실질적으로 영향을 미치기 위해서는, 우선 한국 장르영화의 공간구축 문제에 더 구체적으로 적용 가능한 개념적 도구나 이론적 틀의 확립이 필요해 보인다. 그러했을 때, 보이틸라의 장르별 신화구조 이론이 지니는 장점이자 한계인 보편성의 문제를 넘어설 수 있을 것이다.

참고문헌

1. 자료

정지우, <모던보이>, KnJ엔터테인먼트, 2008.

정식·정범식, <기담>, 케이디미디어, 2007.

하기오, <라디오 데이즈>, 프리미어엔터테인먼트, 2008.

2. 논저

그레엄 터너, 임재철 외 역, 『대중 영화의 이해』, 한나래, 2004.

김훈순·김은정, 「한국 멜로영화의 장르연구: 관습의 반복과 변형」, 『한국방송 학보』, 14권1호, 2000.

박승현·이윤진, 「장르의 속성에 대한 고찰」, 『언론과학연구』 7권1호, 2007.

스튜어트 보이틸라, 김경식 역, 『영화와 신화』, 을유문화사, 2006.

오영숙, 「장르연구의 양상과 전망에 대한 소고: 멜로드라마 연구를 중심으로」, 『현대영화연구』 4호, 2007.

전범수·이상길, 「영화 장르의 사회적 소비 구조」, 『한국방송학보』 18권3호, 2004.

공간

'순 소비 계급', 근대와 탈근대를 알린다
┃차민기

근대 관광에서 나타나는 영상의 맹아와
탈근대적 이행
┃정은기

토털 스노브 Total Snob

공간

= =   =   =   =   =   =   =   =   =   =   =   =
= =   =   =   =   =   =   =   =   =   =   =   =
= =   =   =   =   =   =   =   =   =   =   =   =

'순 소비 계급', 근대와 탈근대를 알린다
-모던걸과 된장녀의 사회문화적 고찰

차 민 기

Ⅰ. 들어가는 말

마르크스는 일찍이 '생산'과 '소비'의 상관관계를 들어 인류발달사를 설명한 바 있다. 마르크시즘에 의하면 전근대적 사회구조에서의 생산과 소비 주체는 엄격하게 구분된다. 즉, 피지배 계급은 주로 '생산'에 종속되는 반면, 상층 지배 계급은 피지배 계급에 대한 '착취'를 통해 '소비'의 주체로 존재한다. '근대'는 바로 이러한 경제 구조의 모순에 대한 저항기로 설정된다. 즉 산업혁명은 '생산'과 '소비'로 금 그어진 계급 간의 간극을 좁히는 계기가 되었고, '시민혁명'은 지배와 피지배로 굳어진 계급간의 층위 의식을 허무는 계기가 되었다. 그러나 엄밀히 말해 '근대'는, 생산과 소비 주체로 구분되었던 '지배/피지배' 계급 사이에, '시민계급'이라는 새로운 계급을 생성했을 뿐이지, 생산 주체가 곧바로 소비 주체로 전환될 수 있었던 것은 아니었다. 다시 말해 '근대'는 계급의 세분화가 일어난 시기이지, 계급의 평등이 실현된 시기는 아니라는 것이다.

이 글은, 오늘날 급격하게 변화하고 있는 인류의 여러 생활양식 가운데 '소비의 일상'을 논의 대상으로 삼았다. 이는 '소비'가 근대기 삶의 중요한 의미체로 기능하는 것에 눈길을 둔 것이다. 이 논의의 구체적 전개를 위해, 오늘날 '소비의 꽃'이라 불리는 '백화점'이 우리의 근대 형성기와 더불어 이 땅에 세워지고 번성했다는 사실을 본보기로 삼았다. 나아가 이러한 논의를 통해 근대기 민중의 일상적 소비는 주체적이었나를 되짚어보고, 그 눈길을 오늘에까지 옮겨와 현대사회의 소비행태에 담긴 속뜻을 헤집어 보고자 한다. 이 모든 논의의 바탕에 마르크시즘 역사관[1]을 설정한 것은, 이러한 논의가 제멋대로 흐트러지지 않고 올곧게 근대기의 백화점을 드나들 수 있도록 하기 위함이다.

이 글의 본문은 모두 세 개의 장으로 이루어졌다.

첫 번째 장은 '백화점'이 갖는 사회문화사적 의미를 드러내는 데 초점을 두었다. 그러기 위해 우선 백화점의 역사를 짚어보고, 그 과정에서 '계급'과 '소비'의 관계가 어떻게 드러나고 있는지를 살피고자 하였다.

두 번째 장은 우리의 근대기에 만들어진 국내 백화점의 역사를

---

1) 이 글의 뒷장에선 막스 베버와 프랑크 파킨의 견해를 따르기도 했지만, 베버나 파킨의 견해 또한 마르크시즘의 연장선상에 놓인다는 점을 고려할 때, 이 글 전체의 논지는 마르크시즘의 중심축 위에 놓여 있다 하겠다.

간략히 다루고, 당시 백화점에서 벌어진 몇 가지의 풍속도를 소개
한다. 특히 1920~30년대 들어 급격히 늘어난 매체들을 통해 '광고'
가 어떻게 소비를 부추겼으며, 이러한 소비를 통해 조선민들의 생
활양식은 어떻게 변모해 갔는지를 구체적으로 살펴볼 것이다.

끝으로 세 번째 장에서는 탈근대기의 소비 양상을 새로운 매체
환경에 맞춰 살피고자 하였다. 특히, 매체의 변화가 어떻게 소비 계
급을 분화시켰으며, 소비 주체들은 그들 스스로 어떻게 계급과 계
급을 분리하고 있는가에 주목하였다.

풍요로운 소비의 시대2)에 근대 형성기의 백화점을 답사하는 일
이 단순히 과거에 대한 아련한 추억을 되새기는 데 그치는 것이 아
니라, 보다 나은 탈근대의 시대를 전망하기 위한 작업이라는 것에
이 글의 목적을 두었다. 아울러 탈근대기에 목격되는 구체적 소비
행태들을 세세히 다 옮겨 살피지 못한 것은 아쉬운 점이다. 이에 대
한 논의는 따로 떼어 이 글의 후속 작업으로 넘겨도 될 만한 분량인
만큼 다음의 과제로 남겨두고자 한다.

---

2) 우리 스스로 필요한 만큼 소비한다고 믿어야 우리는 행복하다고 느낄
수 있다. 그렇기 때문에 우리는 철마다 새로 옷을 사고, 주말마다 가족
들과 나들이를 계획하고, 휴가철마다 멋진 바캉스를 꿈꾼다. 대다수 중
산층에게 있어 소비는 질적 차원이 아니라, 양적 차원으로서 계량화된
다. 즉 "남들처럼만 사는 게 행복이다"는 명제 안에는 현대사회의 소비
속성이 잘 감추어져 있다.

Ⅱ. 근대 도시의 꽃, '백화점'에 들다.

1. 도시, 소비를 위해 재구성되다.

백화점은 도시의 상징이다. 피터 드러커(Peter F. Drucker)는 『단절의 시대』에서 백화점을 '19세기 대도시의 발명품 가운데 하나'로 꼽았다.[3] 그만큼 백화점은 근대의 산물이면서 대도시의 상징이었다. 1852년 최초의 백화점인 봉마르셰가 프랑스 파리에 문을 연 이후, 1863년엔 휘틀리사가 런던에 백화점을 열었고, 이어 세계 최고의 백화점으로 꼽히는 헤롯이 그 뒤를 이었다. 대도시와 백화점의 상관관계는 미국의 경우도 마찬가지다. 1870년 워너메이커, 메이시, 마샬 필드 등이 19세기 미국의 도시 계획과 어울린 백화점들이었다. 그밖에도 이탈리아, 독일, 덴마크, 벨기에, 네덜란드, 스위스 등에도 1890년대 들어 백화점들이 성업을 이루었다.[4]

이처럼 이 시기 백화점들이 번성하게 된 첫 번째 배경은 경제구조의 변화이다. 이 시기는 산업혁명으로 인해 전 세계가 사회 전반에 급격한 변화를 겪어야 했던 시기였다. 농경사회에서 공업화 사회로 변모하는 과정에서 자급자족의 경제구조는 '생산자'와 '소비자'를 분리시켰고, 그들 사이를 '자본'이 매개하였다. 귀족 계급을 위한 생산에 종속되었던 전근대기의 계급들 가운데 일부는, 근대에 와서 자본의 힘을 바탕으로 새로운 소비자로 변모하였고, 산업혁명

---

3) Peter. F. Drucker, 단절의 시대, 『The Age of Discontinuity』, 이재규 역, 한국경제신문사, 2003, p.78.
4) 김인호, 『백화점의 문화사』, 살림, 2006, pp.8~10.
김병도 · 주영혁, 『한국 백화점 역사』, 서울대학교출판부, 2006, pp.16~21.

은 증가한 소비자의 수요에 맞추기 위해 대량생산 체제에 몰입했다. 전문화, 분업화를 위한 작업 공간의 배치와 추상적 단위의 시간을 물리적 장치로 관리하기 시작한 것도 결국엔 대량생산을 위한 노동력의 가동에 목적을 둔 것이었다. 이러한 생산구조의 확대는 소비계급의 확산을 불러왔고, 대도시들은 증가한 생산물과 소비계급을 위해 새로운 소비 공간을 필요로 했던 것이다.

한편, 전통적 경제 활동(농업)에서 이탈해 새로운 도시 계급으로의 편입을 꿈꾸었던 근대인들의 도시 이주도 도시를 점점 비대하게 만드는 요인이었다. 보다 쾌적한 생활환경과 보다 효율적인 생산 공간을 위해 도시는 계획에 의해 설계되고 변형되었다.

근대기 서양에서의 이러한 구조 변화는 같은 시기 조선에서도 찾아진다. 당시의 조선이 비록 서양처럼 기계화된 산업사회로 탈바꿈하지는 못했지만, 당시의 사회경제적 구조 안에선 근대사회의 주체적 면모가 분명하게 찾아진다.

임진왜란과 병자호란의 뼈아픈 경험을 바탕으로 조선은 새로운 사회를 모색하기에 이른다. 두 개의 커다란 전쟁은 민중들로 하여금 새로운 외래문화를 경험하게 하였고, 민중들은 농경이 더 이상 천하의 근본이 아니라는 것을 피 흘리며 경험했다. 병자호란 이후, 외국과의 교역이 더욱 성행하였다는 사실이나, 공적 교역보다 사적 교역이 확대되었다는 것은 이러한 민중의 자각을 보여주는 사례라 할 것이다. 자본의 축적을 목적으로 하는 대규모 지역 상단(商團)에 의해 물물 유통이 활발해졌다는 점과, 그로 인해 소비층이 확대되었던 점들도 조선후기 근대상을 보여주는 본보기들이다. 서양이 산업혁명을 바탕으로 공업화의 길로 치달았다면, 조선은 실학을 바탕으로 한 근대적 상업화의 길을 내달린 셈이다. 문제는 하부로부터의 이러한 근대적 자각에도 불구하고 상층 지배 계급에서는 여전히 '農者天下之大本'이 고수되었다는 점이다. 이는 '생산자'와 '소비자'에 대한 엄격한 이분법적 사고를 반영하는 가치관이다. 하층 계급이 생산자의 역할을 충실히 수행할 때 상층 계급의 존재가 보전되고, 그들의 소비는 안정적으로 이루어질 수 있다. 따라서 조선후기에는 이러한 이분법적 계급에 대한 민중계급의 저항이 흔하게 목격된다. 이 시기를 배경으로 하는 박지원의 「허생전」, 「양반전」이나, 「봉산탈춤」들은 조선후기의 이러한 면모를 낱낱이 보여주고 있다는 점에서 주목 받아온 작품들이다.

조선후기의 내부적 근대성은 또 다른 측면에서도 찾아진다. 전쟁으로 인한 삶터의 상실과 무능한 지배 계급에 대한 반발은 민중들로 하여금 현실도피나 체제 저항의 선택을 요구했다. 결국 전쟁 이후 민중들은 나날이 피폐해져 가는 생활을 견디다 못해 화전민으로 전락하거나 화적패로 전락했다. 그들에게 왕(王)은 더 이상 절대 신념이 아니었다. 민중에게 무엇보다 절실했던 것은 생존이었다. 그러나 이런 생존권 주장은 곧 체제에 대한 저항으로 다루어졌으며, 지배층의 강압 앞에서 민중계급은 생존을 위한 치열한 자의식을 발동시켜야했다. 홍명희의 『임꺽정』이나 황석영의 『장길산』 등이 단순히 화적패에 대한 상상력이 아니라, 거대 권력에 맞서 생존권을 지키고자 했던 이 땅의 민중계급에 대한 증언으로 읽히는 것은 이 때문이다.

이즈음, 서구 열강을 비롯한 일제의 조선 침탈은 근대기로의 주체적 변모를 주춤거리게 만들었다. 우리보다 앞선 근대 체험을 바탕으로 일제는 치밀하게 조선을 그들의 식민지로 전락시켰다. 우리의 근대가 온전한 모양을 갖추지 못한 채 뒤틀리고 빛을 바래게 된 것은 이 때문이다. 뒤틀린 근대의 면모는 무엇보다 도시 공간의 형성 과정에서 잘 드러난다.5) 조선왕조의 상징적 공간이었던 '서울'이 일제에 의해 '경성부'라는 단순한 행정지명으로 뒤틀려버린 것이나, 조선왕조의 건국이념을 고스란히 반영하고 있는 성곽문의 이름들이 한낱 '대문'으로 격하된 것이나6), 임금이 나고 자란 궁궐(창경궁)이 동물원, 식물원으로 전락7)하고 만 것들이 그러한 예들이다.

---

5) 이 논의에 도움 삼을 만한 글로는 홍성태와 권기봉의 글을 들 수 있다. 홍성태는 백악(흰 바위라는 뜻으로 광화문 뒤쪽에 자리잡은 산을 가리킨다)에서 한강으로 이어지는 세종로, 태평로, 남대문로, 한강로 등의 길을 '식민지 근대화'라는 관점에서 샅샅이 헤집고 있다. 그의 안내를 따라 걷다보면 근대기 서울이라는 공간이 어떻게 일제에 의해 훼손되고, 조작되었는가를 구체적으로 확인할 수 있다.
 ─홍성태, 「식민지 근대화의 길─백악에서 한강까지」, 토마스 라마르, 강내희 역, 『근대성의 충격들』, 문화과학사, 2008, pp.149~168.
  권기봉의 글은 철저하게 장소 중심의 서술이다. 그는 서울의 공간을 크게 '일상적 공간'과 '문화적 공간', 그리고 '역사적 공간'과 '사회사적 공간'으로 나누어 살피고 있다. 또한 구체 장소에 대한 옛 사진을 곁들여 논의를 한결 구체적으로 전개시키고 있다.
 ─권기봉, 『서울을 거닐며 사라져가는 역사를 만나다』, 알마, 2008.
6) 조선은 '인의예지신(仁義禮智信)'의 유교적 가치 덕목을 높이 새겼다. 이에 따라 '興仁之門(동)─敦義門(서)─崇禮門(남)─弘智門(북)'의 네 곳 성문을 세웠고, 그 가운데 '普信閣'을 앉혔다.
7) 사적 제123호. 이 궁궐에서 장조(莊祖)·정조(正祖)·순조(純祖)·헌종(憲宗) 등 여러 왕들이 태어났다. 조선시대 5대 궁궐 가운데 다른 궁궐은 모두 남향하고 있으나 이 궁궐만은 풍수지리설에 의해 동향하여 있다. 본래 태종이 아들 세종에게 임금 자리를 물려주면서 자신이 거처할 궁궐로 지은 수강궁(壽康宮)에서 시작되었다.
 ─신영훈, 「서울의 궁궐」, 『월간조선』, 1997년 9월호, '별책부록', 조선일보사, 1997, pp.46~48.

일제의 도시 계획은 이에 그치지 않았다. 서울 중심길을 직선으로 내어 거기에 철도역을 잇대었으며, 남산 북쪽의 조선총독부를 옮겨와 경복궁과 근정전 사이를 가로막았다. 이 모든 도시계획은 1919년 '경성시구 개정' 계획에 의해 이루어진 '식민지 근대화' 작업의 일환이었다.

2. 대도시, '백화점'을 발명하다.

19세기 프랑스는 산업혁명의 한가운데 놓여 있었다. 대량생산된 저가의 의류와 각종 장식품들이 시장을 뒤덮었다. 대량생산된 물건들은 시시각각으로 소비되어야 할 공간을 필요로 했고, 인파가 북적대는 도시의 도로를 따라 소형 상점들이 늘어서기 시작하였다. 또한 비나 눈이 오는 날에도 소비가 원활하게 이루어지기 위해 소형 상점들의 지붕과 지붕 사이는 유리 천장으로 덮였다. 파리의 이런 상점거리를 '아케이드'라 불렀다. 파리 시민들은 한낮이면 유리 천장 아래로 따뜻한 햇볕을 즐기며 목적 없이도 어슬렁거리는 재미를 누리게 되었고, 눈과 비가 오는 날에는 우산 없이도 자유롭게 쇼핑을 즐길 수 있게 되었다. 아케이드의 형성은 '윈도우 쇼핑'이라는 새로운 간접소비 행태를 우리들 일상 속에 만들어 놓은 계기가 되었다.[8]

이렇게 증폭된 근대 도시인의 소비욕망을 충족시키기 위해 도시는 '백화점'을 발명했다. 아케이드 안의 파샤쥬(아케이드를 형성하는 작은 상점)들을 거닐며 여유롭게 횡보하던 도시인들은, 19세기 후

---

8) 김인호, 앞의 책, pp.8~9.

반에 들어 '백화점'의 층계를 오르내리거나, 엘리베이터를 타고 수
직 공간을 오르내리며 '윈도우 쇼핑'을 즐기게 되었다. '백화점(百貨
店)'이라는 용어 자체의 의미처럼 엘리베이터를 타고 오르내리는 이
다층 공간은 인간의 모든 욕망이 실현될 수 있는 '만물천지'로 여겨
졌다. 아케이드가 단순히 상점들의 횡적 나열이었다면, 백화점은 소
비 공간의 다층 구조이다. 아케이드는 작은 상점 하나하나가 출입
구를 지니고 있어, 사람들은 필요한 물품, 혹은 맘에 드는 물품의
상점만을 드나들 뿐이다. 이에 반해 백화점은 한 번 들어서면 1층부
터 최고층까지를 다 둘러보는 구조로 동선이 마련된다. 거대한 쇼
핑공간에 드나들 수 있는 출입구는 1층에만 위치해 있다. 때문에 백
화점에는 아케이드보다 더 많은 상점들이 존재하지만, 사람들은 오
직 하나의 상점을 드나든다고 생각한다. 백화점에 머무는 시간은
상품 구매 욕구와 비례한다. 근대기 백화점이 다층 구조를 선호한
까닭이 여기에 있다.

그렇다면 이러한 백화점은 어디서 착안한 것이었을까?

이에 대한 해답을 우리는 19세기 사회문화사에서 찾을 수 있다.
중세 이후의 서양문화사는 공간을 중심으로 했을 때 크게 세 시기
로 나눌 수 있는데, '대궁전 시대'인 17세기, '대극장 시대'인 18세
기, '대박람회 시대'인 19세기가 그것들이다. 각 시기마다 공간의
차이성은 있지만 이들의 공통점은 대규모 인파의 결집에 목적을 두
고 있다는 것이다. 특히 19세기 박람회의 유행은 백화점의 형성과
발전에 직접적 영향을 주었다.

나폴레옹은 제2제정기인 1855년과 1867년에 두 차례에 걸쳐 '파
리 만국박람회'를 개최하였다. 이 때 파리 만국박람회가 표방한 것

은 이 세상에 존재하는 모든 사물을 철골과 유리로 만든 파빌리온 안에 전시하여, 이들 사물의 힘으로 민중을 계몽하는 것이었다. 이는 곧 일상 생활 공간과는 동떨어진 거대 공간 안에 모든 물건들을 옮겨놓고 그 물건들을 통해 교육을 행하려는 의도였다. 이른바 '사물교육'의 장으로 기능한 것이 파리 만국박람회였다. 백화점은 만국박람회가 지닌 1차적 기능의 이면에서 '자본의 가능성'을 읽어낸 결과물이었다. 이런 점에서 만국박람회에 대한 발터 벤야민(Walter Benjamin)의 시선은 날카롭다.

> 만국박람회는 상품의 교환가치를 신성화한다. 그것이 설치된 파빌리온 안에서 상품의 사용가치는 뒤로 후퇴하고 만다. 박람회가 전개하는 상황도 아름다운 환상으로 복잡하게 얽혀 있어 인간은 그저 기분전환밖에 바랄 게 없다.[9]

원래 만국박람회는 전 세계의 만물을 한자리에 모아놓고 그것으로 민중계급을 계몽하는 데 목적을 둔 행사였다. 그러나 만국박람회에 참석한 사람들은 갖가지 진귀한 물건들을 대하는 순간, 그 사물에 대한 소비 욕망을 품게 되었다. 소비 욕망이 높으면 높을수록 그 충족을 위한 노동의 시간은 길어져야 했다. 결국, 근대기 만국박람회는 '계몽'이 아닌 '광고'로 기능하였던 셈이다. 근대적 재화에 대한 도시인들의 소비 욕망을 재빨리 파악한 부시코는 파리 만국박람회와 백화점을 연결하여 그의 상업적 역량을 과시했다.

---

9) 발터 벤야민, 「파리, 19세기의 수도―<1939년>의 개요」, 『세계의 문학』, 2002년 봄호, pp.74~75.

봉마르셰 백화점의 설계를 맡은 이는 에펠이었다. 에펠은 철골과 유리를 사용해 봉마르셰 내부에 크리스탈 홀을 꾸몄다.[10] 높은 천장을 덮은 넓은 유리에서 잔잔하게 뿌려지는 양광(陽光)은 점내에 진열되어 있는 각종 상품 위에 흩어져 그 자체로 상품의 포장이 되었다. 이러한 상품들을 눈으로 즐기며 사람들은 엘리베이터를 타고 허공을 오르내렸다. 봉마르셰의 크리스탈 홀은 그 자체로 파리 시민들로 하여금 유토피아를 경험케 했다. 사람들은 백화점이 풀어놓은 '박리다매'의 상품들을 저렴한 '정찰가격'으로 구입할 수 있었고, 맘에 들지 않을 때엔 '자유롭게 반품'할 수 있는 소비자 특권도 경험할 수 있었다. 간혹 그조차도 살 만한 능력이 안 되거나 마땅히 살 게 없을 때엔, 백화점 내부의 도서실이나 미술관, 휴게실에서 여유를 부리는 것만으로도 소비계급의 특권을 경험할 수 있었다.

이처럼 근대의 백화점은 외형적으로 소비자 중심의 공간으로 기능했고, 그 안에서는 누구나 평등한 시민으로 대접받을 수 있었다. 그때껏 잔존했던 봉건적 신분 질서의 부스러기들은 근대 소비 공간인 백화점 안에서만큼은 철저하게 금기시되었다. 백화점 안에서의 계급은 '소비 욕망을 실현하는 자'와 '소비 욕망에 그치는 자'로만 나뉘었다.

---

10) 김인호, 앞의 책, p.6.

Ⅲ. 1930년대 '경성', 소비도시로 치장되다.

1. 백화점이 바꾸어 놓은 경성풍경

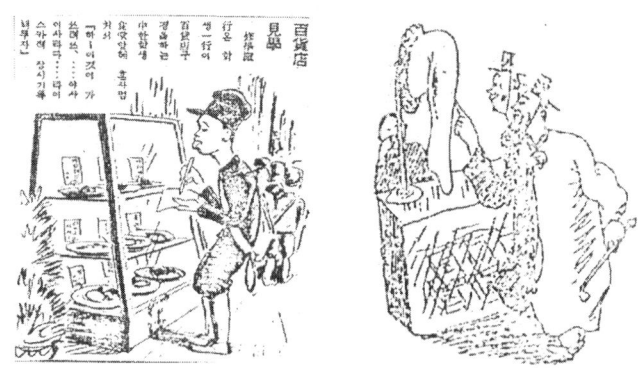

[그림 1] ① 수학여행 '백화점 견학' ② 시골양반 상경기 '마네킹의 각선미'

위의 [그림1]은 1932년 『별건곤』(11월호)에 실린 삽화들이다(제목은 글쓴이 임의로 삽입). ①은 수학여행 온 학생이 백화점 견학 시간에 식당 앞에서 메뉴를 기록하고 있는 것을 그림으로 옮긴 것이다. 오늘날의 문화적 사고로는 우습기 짝이 없는 풍경이지만, 당시 학생들에게 '가쓰레쓰', '야사이사라다', '라이스카레'와 같은 이국 이름의 음식들은 신문명 그 자체였다. 이는 오늘날 청소년들이 패밀리 레스토랑에서의 한 끼를 소망하는 것과 다르지 않다. ②는 전통 복장의 시골 노인들이 진열대 위의 마네킹 다리를 신기한 듯 구경하고 있는 장면이다. 한 손에 곰방대를 들고 다른 한 손으로 마네킹의 다리를 '찔러보고' 있다. 여기서 '찔러보기'는 가상과 실재의 혼돈을 극복하기 위한 행위로 읽힌다. 즉 '사실적인 너무나 사실적인' 근대의 판타지는 전근대적 가치관으로 해석할 수 없는 것이었다.

지각을 통해 체득되는 실재, 그리고 그러한 경험의 반복이 전제되어야만 그것은 우리의 일상물이 될 수 있다.

이렇게 볼 때, 근대기 모던의 유행은 변모하는 외부 세계의 근대성을 일상으로 살아야 하는 도시민들이 마땅히 치러야만 했던 현실 적응 과정이었던 셈이다. 그리고 백화점은 그러한 근대적 일상으로의 변모를 위한 소품 창고였던 것이다.

일제시대 경성은 크게 두 개의 공간으로 나뉜다. 청계천을 경계로 나뉜 남촌과 북촌이 그것들이다. 주로 일본인 상권이 형성되었던 남촌은 청계천 이남에 자리잡고 있었는데, 명치정(명동), 본정(충무로) 등이 여기에 속한다.[11] 때문에 남촌지역 상가는 연일 근대적 상품의 전람회를 방불케 했고, 휘황찬란한 네온으로 뒤덮인 야경은 근대 도시의 밤을 치장했다.[12] 특히 미쓰코시 백화점이나 조지야 백화점[13]이 우뚝하니 선 본정의 거리는 그 자체로 하나의 이국적 풍경이었기에, 경성을 구경히러 상경한 사람들이 제일 먼저 들르는 곳이었고, 경성을 떠나는 사람들이 제일 나중까지 머무는 곳이었다. 당시의 신문에 묘사된 남촌 거리의 한 장면은 근대 소비 도시로서의 경성의 면모가 어떠했는가를 가늠케 한다.

　　일본 「마네킹껄」이 서울에 출현하야 경성부 구텅사(舊廳舍) 압헤는 낫이나 밤이나 신사숙녀 모던－걸 모던－보이들이 그 너른 길에 우둑히 서서 「마네킹껄」의 승거운 광고극을 보고 잇스니……[14]

---

11) 신명직, 『모던쌘이, 京城을 거닐다』, 현실문화연구, 2003, p.122.
12) 김광균은 이를 두고 그의 시 <와사등>(1938)에서 "찬란한 야경 무성한 잡초인 양 헝클어"졌다고 묘사했다.
13) 1920년에 설립된 조지야백화점은 현재 미도파백화점의 전신이다.

이 시기 경성의 상업과 정치가 집중되었던 곳은 명치정(지금의 명동)이었다. 또한 명치정에서 본정(지금의 충무로)으로 이어지는 거리는 모던풍의 유행이 처음 일어난 곳이기도 했기 때문에, 가는 곳마다 양품점, 양화점, 시계포, 카페 등이 즐비했다.[15] 1906년에 미쓰코시 오복점은 처음 본정에 미쓰코시 출장소를 개설했다. 그러나 이 시기 경성의 미쓰코시는 근대적 백화점의 꼴을 갖추기 전이었다. 미쓰코시가 백화점으로서의 근대적 면모를 갖춘 것은 1930년 10월 24일의 일이었다.[16]

이에 비해 조선인 상가가 형성된 북촌의 상가들은 크고 작은 잡화점에 지나지 않았다. 1916년에 백화점이라는 이름을 내건 '김윤 백화점'(종로2가)이 있긴 했지만 여기서 취급하는 물품은 극히 제한적이었다. 유재선이 설립한 계림상회(종로) 또한 백화점식 경영을 표방하면서 비교적 다양한 물품을 다루었지만, 이 또한 근대 백화점의 면모를 온전히 갖추진 못하였다. 우리나라 백화점 경영의 원조는 1916년 종로2가에 설립된 '덕원상점'을 꼽는다. 덕원상점은 양품·잡화·문방구·학용품 등을 취급했으며, 종로에 2개의 지점을 열 정도로 큰 규모였다. 덕원상점의 설립자 최남은 당시 여성 전용 백화점이었던 '동아부인상회'를 인수해, 3층으로 증축하고, 1929년

---

14) 「어느게 마네킹인지?」, 『조선일보』, 1929.9.8.
15) 김병도·주영혁, 앞의 책, p.42.
16) 일본 본토의 미쓰코시 백화점은 1914년에 에스컬레이터를 설치하였다. 그러나 1916년 르네상스식 3층 건물로 시작한 미쓰코시 경성점은 1930년에 지금의 신세계 백화점 자리에 지하 1층, 지상 4층의 대규모 신관을 건립함으로써 비로소 근대적 백화점의 진면목을 갖출 수 있었다.
 -김태수, 『꽃가치 피어 매혹케 하라』, 현실문화연구, 2005, p.246.
 -신명직, 앞의 책, p.288.

까지 9개의 지점을 설립할 정도로 경영 능력이 뛰어난 인물이었다. 여기선 주로 양품·잡화·금은 세공·시계·안경·부인 수예품 등을 판매하였다. 그러나 이 또한 규모나 시설 면에서 근대적 백화점으로서의 면모[17]를 갖춘 것이라 할 수 없다.

한국계 자본으로 설립된 백화점이 문을 연 것은 미쓰코시가 설립된 이듬해인 1931년의 일이었다. 덕원상점의 경영자 최남은 종로2가에 4층짜리 건물을 지어 올려 '동아백화점'이라는 간판을 내걸었다. 뒤이어 같은 해에 박흥식은 종로 네거리에 화신백화점을 개설하고 그 이듬해 동아백화점을 매수, 합병했다. 당시의 화신백화점은 금전등록기를 설치해 매상을 당일 처리하는가 하면, '상품권 증정 사은 대매출' 등의 파격적인 마케팅 전략을 내세웠다. 민족자본을 바탕으로 한 최초의 근대식 백화점으로 '화신백화점'을 꼽는 이유가 여기에 있다.

화신백화전은 1935년에 불탔다가 불과 6일 만에 임시영업소를 열어 상품 판매를 재개했으며, 1935년과 1936년에 각각 건물 일부를 증개축하여 1937년엔 지하 1층, 지상 6층의 거대한 백화점(연면적 2,000평)으로 그 위용을 드러내었다. 각 층마다 엘리베이터와 에스컬레이터가 설치되었고, 최고층에는 서울 시내를 조망하면서 식사를 할 수 있는 음식점이 갖춰졌다. 이로써 당시 남촌 최대의 백화점이었던 미쓰코시백화점과, 미나카이, 조지아, 히라타 등의 일본계 백화점을 누르고 국내 최대의 백화점이 되었다.[18] 당시 조선인들은

---

17) 여기서 말하는 근대적 백화점은 휘황찬란한 조명기기와 수직 공간을 오르내리는 엘리베이터가 기본 시설로 갖춰져 있고, 마케팅 전략으로서의 상품 공간 배치와 세일 전략 등이 갖추어진 곳을 일컫는다.
18) 김병도·주영혁, 앞의 책, p.65.

일요일에 가족과 함께 화신백화점 엘리베이터를 타고 6층에 올라가 비빔밥을 먹고 돌아오는 일을 최고의 나들이로 여겼고, 서울 인구의 80%가 이 건물을 구경했다고 할 정도다.[19]

‘화신 본점’의 오층루 상에는 높이 ‘화신’의 표를 그린 붉은 깃대가 창천에 높이 훨훨 휘날리고 잇고 신관전면으로는 울긋불긋한 커다란 꽃다발 두 개가 달여 잇서 이른 아츰부터 말숙하게 차리고 거리로 흘너단이는 수만흔 사람들의 시선을 한군데로 집중식히고 잇다. 문압헤 몰여드는 인파에 휩싸여 나도 그 속에 끼워드러섯다. 문안을 썩 들어서니 문밖에만 사람들이 밀니는 것이 안이고 점내는 더욱 사람들로 꽉 채워져 있다. 대개는 가정에서 통터러 나온 모양이다.[20]

이상에서 본 바와 같이 당시 ‘경성’은 그 자체가 하나의 전람회였다. 때문에 이 시기 경성 거리에 늘어선 근대적 속성의 면면은 여러 예술 갈래, 특히 문학에 있어선 더없이 좋은 배경으로 옮겨졌다.[21]

마정미는 『광고로 읽는 한국 사회문화사』(개마고원, 2004)에서 화신백화점의 화재를 1934년으로 쓰고 있고, 다시 문을 연 날을 1935년으로 쓰고 있다(p.102). 그러나 김병도·주영혁의 책에 기록된 해는 이와 다르다. 김병도·주영혁의 책에선 화재일과 화재 시간(1월 27일 오후 7시 35분)까지 기록하고 있어, 보다 정확한 것으로 생각된다.

19) <건축진경> http://cafe.daum.net/sideofyoungchoo/

20) 일기자, 「화신백화점구경기」, 『삼천리』, 1935.10.
 ―마정미, 『광고로 읽는 한국 사회문화사』, 개마고원, 2004, p.102, 재인용.

21) 1930년대의 경성을 배경으로 삼은 여러 작품들 가운데 근대적 속성을 가장 잘 그려내 보인 것으로는 박태원의 「소설가 구보씨의 일일」을 들 수 있다. 최혜실은 1930년대의 모더니즘 양상을 이 시기 소설 속에서 낱낱이 들추어냈는데, 특히 ‘소설가 구보씨의 산책’에 동행하는 듯한 서술을 통해 1930년대의 경성 거리를 사실감 있게 재현해 냈다.

2. 근대, '순 소비 계급'이 나타나다.

1920년대 일제자본의 백화점들이 남촌의 풍경을 근대화하고, 1930년대에 와선 그에 맞선 북촌의 화신 백화점이 거대 규모로 성장함에 따라, 경성은 통째로 하나의 소비 공간으로 변모하였다. 광고와 쇼윈도, 휘황찬란한 네온 불빛, 그리고 근대의 산물을 계몽하는 각종 매체들은 도시인들의 소비 욕망을 자극하기에 충분했고, 거기에 총독부의 지침으로 전개된 '생활개량사업'은 근대적 일상으로의 전환을 부추기는 꼴이 되었다. 도시의 거리에는 '모던-뽀이', '모던-걸'들의 또각거리는 구두굽 소리가 요란했고, 열린 창틈으로는 진한 커피 향내가 네온과 더불어 모던한 아침과 밤을 번갈아 채웠다.

……백화점 아래층에서 커피의 알을 찧어 가지고는 그대로 가방 속에 넣어 가지고, 전차 속에서 진한 향기를 맡으면서 집으로 돌아온다. 그러는 내 모양을 어린애답다고 생각하면서, 그 생각을 또 즐기면서 이것이 생활이라고 느끼는 것이다. 싸늘한 넓은 방에서 차를 마시면서, 그제까지 생각하는 것이 생활의 생각이다. 벌써 쓸모 적어진 침대에는 더운 물통을 여러 개 넣을 궁리를 하고, 방구석에는 올 겨울에도 또 크리스마스 트리를 세우고 색전등으로 장식할 것을 생각하고, 눈이 오면 스키를 시작해 볼까 하고 계획도 해보곤 한다……

―박태원, 『소설가 구보씨의 일일』, 문장사, 1938.
―최혜실, 『1930년대 한국 모더니즘 소설 연구』, 민지사, 1992.
―최혜실, 『방송통신 융합시대의 문화콘텐츠』, 나남, 2008, pp.92~98.
일본인들이 쓴 소설들 가운데에도 이 시기의 경성을 배경으로 삼은 작품들이 눈에 띈다.
―아쿠타가와 류노스케 외, 최관·유재진 역, 『식민지 조선의 풍경』, 고려대출판부, 2007.

이효석이 1938년 12월 『조선문학독본(朝鮮文學讀本)』에 발표한 글 「낙엽을 태우면서」의 일부이다. 「메밀꽃 필 무렵」으로 잘 알려진 이 효석의 글이라기엔 고개가 갸웃거려질 정도로 도회지적 면모를 읽 을 수 있다. 그러나 이효석의 학창 시절이나 그의 생애를 찬찬히 헤 집어보면 이효석의 이런 모습은 생뚱맞은 것이 아님을 알 수 있다. 그는 경성제대에서 영문학을 전공한 서구지향적 모더니스트였다. "빵과 버터, 커피, 모차르트와 쇼팽의 피아노곡 연주나, 프랑스 영화 감상을 즐겼고 서양 화초가 가득한 붉은 벽돌집에서 생활하며 유럽 여행을 꿈꿨던" 이가 이효석이었다.[22]

그런데 이 시기 모던 지향의 일상이 문제가 되는 것은, 그것이 주 체적인 소비 행태로 이루어지는 게 아니라, 보이지 않는 손에 의해 권장되고 조장된 결과라는 점이다. 1930년대 경성 전체를 모던의 소용돌이 속에 몰아넣은 것은 '만국박람회', '매체 광고', 그리고 그 것들을 활용한 '백화점 마케팅'이었다.

아래의 삽화에서 우리는 근대기 도시 남성의 일상을 엿볼 수 있 다. 의식주뿐 아니라 일상생활 모든 것이 모던풍이다. 이는 몇 년 전, '이영애'를 모델로 한 TV광고('이영애의 하루'편)와 대비를 이룬다. 이영애의 기상부터 취침까지의 하루를 파노라마식으로 나열한 '이 영애의 하루'는, 그때껏 이영애가 광고한 제품들을 끈으로 하여 우 리들의 일상을 얽어매었다. TV매체가 가진 일방성과 '이영애'라는 아이콘이 지닌 상징성이 어우러져 이 광고는 이후 많은 이영애식 소비문화를 조장하였다. 현대의 소비 요건은 이제 더 이상 제품의

---

22) <이효석문학관> http://www.hyoseok.org/gallery/gall_03.asp, [access date. 2008. 10. 27.]

기능이나 수명이 아니다. 모델을 내세운 상징의 소비. 그러나 이는 최근의 일이 아니라 이미 근대기에 활용된 제품 판매의 유용한 판촉 수단이었다.

[그림2] '현대 신사의 일상'[23)]

---

23) 「어느 신사의 일상」, 『매일신보』, 1922.5.25.
　　ㅡ신인섭·김병희, 『한국 근대 광고 걸작선100 : 1876~1945』, 커뮤니케
　　이션북스, 2007, p.208, 재인용.

① 만국박람회가 조장한 소비 풍조

만국박람회가 어떻게 백화점의 설립과 관계되는 지는 앞의 장에서 간략하게 밝힌 바 있다. 프랑스에서처럼 한국의 근대기에도 만국박람회는 전국적인 볼거리였고, 도시민뿐 아니라 시골 촌부에게까지도 꼭 한 번 가보아야 할 '판타지의 세계'였다. 교통과 통신 시설이 원활하지 못했던 시절이었음에도, 단번에 사람들을 불러모으는 데는 박람회보다 효과적인 이벤트는 없었다. 서구의 근대적 문물을 한자리에 진열해놓고 '물화(物化)된 근대성'으로 사람들의 소비 욕망을 부추기는 이러한 근대적 이벤트는 전국의 조선민들을 잠정적 소비자로 변모시키는 계기가 되었다.

　……가자! 가자! 서울로! 박람회로! ……
이러케 시골 서울 할것 업시 박람회만 열이면 무슨 큰 수나 날 것 가티 뒤범벅이 되어 펄쩍 떠든다. 집파라 논파라 딸파라!……24)

[그림3]할 일 업는 사람들,
　<조선일보>(1929. 8. 25)

당시의 박람회가 얼마만큼 대단한 규모였던가는 그 준비 과정에서 분명히 드러난다. 식민지 기간에 개최된 박람회는 모두 세 차례였다.25) 주최 측에서는 개최 3개월 전부터 경성 전역에 포스터를

---

24) 「박람회광(博覽會狂)」, 『만문만화(漫文漫畵)－도회풍경』, 『조선일보』, 1929. 6. 8.
　－신명직, 앞의 책, p.290, 재인용.

붙이고, 한 달 전부터는 '박람회 아치'를 세워 대규모 인파를 맞이
할 만반의 준비를 하는 데 여념이 없었다. 당시 박람회장에서 사람
들의 눈길을 가장 끈 것은 '마네킹'이었다고 한다. 다음의 인용문은
마네킹에 대한 사람들의 반응이 어느 정도였는지를 짐작케 한다.

　　일본 「마네킹껄」이 서울에 출현하야 경성부 구청사(舊廳舍) 압헤는
낫이나 밤이나 신사숙녀 모던-껄 모던-뽀이들이 그 너른 길에 우
둑히 서서 「마네킹껄」의 승거운 광고극을 보고 잇스니 눈동자나 몸
짓이 「마네킹껄」이나 관중이나 똑 가태서 어떤게 정말 「마네킹」인지
알 수 업다……26)

(밑줄 : 인용자)

　　인용된 글에서 알 수 있는 것처럼 박람회장에서의 '마네킹'은 단
순한 볼거리가 아니었다. 박람회에 참석한 사람들은 늘씬한 몸매의
서구적 체형과 사신을 동일시하면서 '모넌 뽀이', '모넌설'에 대한
상상력을 펼쳤고, 그 상상력의 이면에는 마네킹을 치장한 모던풍의
차림새에 대한 소비 욕망이 함께 자라고 있었다.

　　조선 박람회의 개장식은 개장한 당일인 구월 십이일에 거행 하얏
스나 개회식은 아즉 거행치 안 핫든 바 십월 일일 오전 열시에 경복

---

25) 첫 번째 박람회는 1915년(9.11~10.31)에 경복궁 뒤터에서 개최된 '조선
　　물산공진회'였다. 그로부터 14년 뒤인 1929년(9.12~10.31)에 역시 경복
　　궁 뒤터 10만평의 부지에 두 번째 '조선박람회'가 열렸다. 세 번째는
　　1940년에 청량리역 앞에서 열린 '시정(施政) 30주년 기념 박람회'였다.
　　ー손정목, 『일제강점기, 도시사회상 연구』, 일지사, 1996, pp.202~211.
26) 「일요만화ー어는게 마네킹인지?」, 『조선일보』, 1929.9.8.
　　ー신명직, 앞의 책, p.290, 재인용.

궁 근정뎐(勤政殿)에서 성대히 거행케 되엿는데…(이하 줄임)…27)

一. 全 白人種을 號令하고 歐洲天地를 席捲하든 『나폴레옹』 一世時에 鑑賞된 博覽會는 그 後 各開에서 學術, 技藝, 産業을 ○○ 發達케하는 意味로 機會잇슬 째마다 各所에서 開催하야 온 만큼 그의 人文啓發에 對한 貢獻의 만큼 否認함은 아니다. 그러나 窮塞한 조선 경제에서 <u>三百萬 圓이라는 莫大한 直接消費</u>를 한 朝鮮 博覽會가 開會 期 五十日 間 經濟的으로 된 犧牲을 代價할 만한 貢獻을 우리 民衆의 學術, 技藝, 産業上에 뵈어 주엇는가를 우리는 朝博이 大盛況으로 終幕을 나리게 되엇다 하는 今日에 알고자 한다. 同時에 今後의 미치는 朝博의 影響이 어써할 것을 살펴야할 것이다.28)

(밑줄 : 인용자)

② 근대적 마케팅 ─ 세일, 사은행사, 모델, 광고

근대화된 일본계 백화점에 맞서 1930년대 한국계 자본을 바탕으로 한 소비 공간은 크게 둘로 나뉜다. 동아부인상회가 그 하나고, 화신상회가 다른 하나다. 이 두 상점은 모두 종로 2가에 나란히 위치하고 있어 은근한 경쟁관계에 있었다. 1930년대에 들어서 경쟁이 본격화되자, 동아부인상회는 1932년에 지하 1층, 지상 4층 규모의 건물을 세우고 이름을 '동아백화점'으로 바꾸었다. 그리고 '제비뽑기' 등의 다양한 이벤트를 통해 구매자들의 기대 심리를 부추기는 마케팅 전략을 내세웠다.

이에 맞서 화신상회 또한 '박흥식'이라는 젊은 사업가의 역량을

---

27) 「博覽會 開會式 근정뎐에서 성대히 거행 閑院宮 殿下 今夜 着御」, 『동아일보』, 1929.10.1.
28) 「朝博의 影響」, 『동아일보』, 1929.11.1.

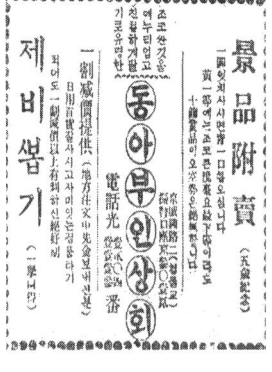

[그림4]<동아부인상회>
경품 광고

내세워 본격적인 근대백화점으로의 탈바꿈을 시도했다. 이들의 경쟁 관계는 결국 화신백화점의 승리로 끝났는데, 그 결정적 계기가 된 것이 바로 '할인행사'와 '경품'이었다. 이 때 내걸린 경품은 당시 도시민들의 꿈이라 불리던 '문화주택 한 채'였다. 사람들은 너도나도 경품에 대한 기대심리로 필요 이상의 소비를 했고, 결국 백화점은 고객의 요구로 행사 기간을 닷새 더 연장한다는 광고를 내야만 했다. 아울러 이 경품 행사만을 위해 미모의 여직원을 뽑은 것도 화신이 고심한 근대적 마케팅 전략이었다. 이제 여성은 상품의 소비자이면서 동시에 광고 그 자체로 기능하게 된 것이다.

당시 화신백화점의 광고([그림5])29)를 보면 근대적 백화점으로서의 마케팅 전략을 곳곳에서 읽을 수 있다. 화신백화점 개점 초기인 1932년에는 주요한과 조벽암이 광고 업무를 맡아 보았다고 한다. 당대 정상급의 시인과 소설가에게 백화점 광고 업무를 맡긴 것은 그만큼 광고의 기능이 중요하다는 것을 이미 경영자가 깨닫고 있었다는 뜻이다. 그래서인지 이후 화신백화점의 광고에는 파격적인 문구가 종종 눈에 띈다.

---

29) 신인섭·김병희, 앞의 책, pp.348~349.

  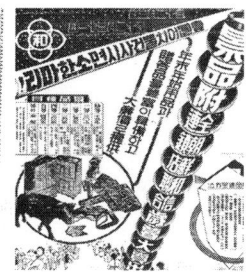

① '신춘백화대매출'   ② '전점하물대매출'   ③ '일만 어치만 물건
<조선일보>(1935. 3. 22)   <매일신보>(1938. 6.1)   사면 소한마리가 공짜'
   [그림5]   <매일신보>1937.12.1

[그림5]의 ①과 ②는 각각 '봄맞이 바겐세일'과 '여름상품 특가 판
매'를 알리는 신문광고[30])이다. 근대적 소비 상징이었던 백화점이
철마다 쏟아내는 특가 상품들은 도시민뿐 아니라, 돈 있는 시골 유
지들에게도 모던한 상품을 구매할 수 있는 절호의 기회였다. 맘속
으로 벼르고 벼르던 백화점 상품을 저렴한 가격에 구매할 수 있다
는 충동은 때때로 필요 이상의 과소비를 부추기기도 했던가보다.

---

30) 지금처럼 다양한 매체가 없었던 이 시절에 신문은 중요한 광고 수단이
   었다. 일제는 1920년에 들어 '문화정치'를 표방했는데, 『조선일보』(1920.
   3.5)나 『동아일보』(1920.4.1)가 발간된 것이 이때의 일이었다. 그러나 일
   제의 의도와는 달리 이들 신문은 조선민의 민족적 입장을 대변하는 역
   할이 더 컸다. 1930년대 들어 일제가 언론탄압을 본격화 한 것은 이런
   이유에서이다. 1930년 이후 이들 신문들은 더 이상 민중의 요구를 수렴
   하지 못한 채, 단순 영리를 목적으로 하는 기업의 성향으로 바뀌게 되
   었다. 광고수입은 예나 지금이나 신문사의 주요 수입원이었고, 민족적
   성향이 짙었던 신문들마저 일본 상품 광고를 유치하기 위한 치열한 경
   쟁을 벌였다. 이 시기 신문들에 상업적 광고들이 범람하게 된 것은 이
   때문이었다. 또, 이때 신문구독을 정기적으로 할 정도면 일정 수준 이상
   의 수입이 있는 제한된 계층에 속했다. 이는 곧 광고가 그대로 소비로
   이어질 수 있음을 말해주는 것이다.
   ―유선영 외, 『한국의 미디어 사회문화사』, 나남, 2007, p.182.

③의 광고에 보이는 '일만 어치만 물건 사면 소 한 마리가 공짜'라는 문구는 파격적이기까지 하다. '박리다매'의 근대적 마케팅을 장점으로 지녔던 백화점이기에 가능했던 일이었다.

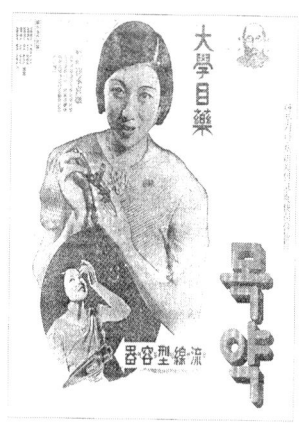
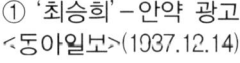
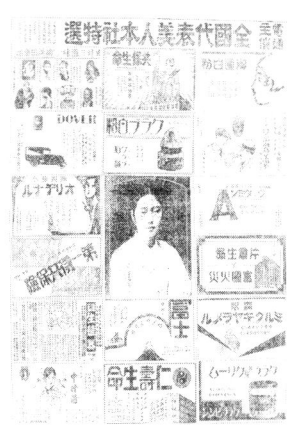

① '최승희' – 안약 광고	② 미인선발대회
<동아일보>(1937.12.14)	<조선일보>(1929.10.26)

[그림6]

백화점 광고는 아니지만 이 시기 상품 광고에서 눈에 띄는 점은 실제 인물을 광고 모델로 내세우고 있다는 점이다. 대중적으로 인기 있으면서, 모던걸의 전형이 될 만한 여성은 당시 최고의 광고 모델로 평가 받았다. 이런 점에서 '최승희'[31]([그림6]–①)는 당시 광

---

31) 최승희(1911~1969)는 우리나라 최초로 서구식 현대 무용을 창작하고 공연한 무용가이다. 당시 170cm에 이르는 키에 현대적 리듬을 몸으로 연출해내는 그녀는 그 자체로 하나의 광고판이었다. 학용품, 화장품 등의 광고에 출연했고, 영화에도 출연해 큰 인기를 누렸다.
　－신인섭·김병희, 앞의 책,

고계 최고의 아이콘이 될 만했다.

[그림6-②]는 어느 전기회사가 주최한 '미인선발대회' 특선 알림 광고이다. 사진의 한가운데 여인이 당시 미인선발대회에서 특선으로 뽑힌 여성이다. 대개는 기생일 경우가 많았지만, 경우에 따라 이런 미인대회에는 신여성이 출전해 입상하는 경우도 종종 있었다. 미인대회에서 뽑힌 여성들은 지금처럼 여러 제품의 광고모델로 활동할 수 있었다. 여성의 외모가 상품 구매의 요건으로 기능했음을 보여주는 사례이다.

Ⅳ. 탈근대기, 새로운 소비 전략을 짜다.

1. 탈근대기 '순 소비 계급', 매체로 무장하다.

우리는 산업혁명 이후, '정보혁명'이라는 또 하나의 혁명을 경험하고 있다. 각종 정보·통신 기기와 교통수단의 발달은, 오늘날 우리들 일상에 총체적 변화를 가져왔다. 그 가운데 가장 눈길을 끄는 것은, 근대기의 산물인 물리적 시·공간 개념32)의 붕괴이다. 이러한

---

32) 산업혁명을 거치면서 자본가들은 노동자들의 노동력을 착취하기 위해 여러 가지 기계 장치들을 고안해냈다. 전통사회에서 관념적으로 존재했던 시간이, '시·분·초' 단위로 쪼개어져 노동자들의 자발적 고용(실제로는 '시계'에 의해 조장됨)을 조장했고, '철도'와 같은 새로운 교통 수단은 값싼 노동력 시장을 시외곽으로까지 확장시켰다. 이에 대한 보다 세세한 사례와 분석들은 다음의 책들에서 찾아볼 수 있다.
－김진균·정근식 엮음,『근대주체와 식민지 규율권력』, 문화과학사, 1997.
－이진경,『근대적 시공간의 탄생』, 푸른숲, 2002.
－박천홍,『매혹의 질주, 근대의 횡단』, 산처럼, 2003.

물리적 시·공간의 붕괴는 탈근대기의 소비 행태를 어떻게 변화시켰을까?

앞서 살핀 대로 근대기 소비 양상은 지면 광고에 의해 조장되는 경향이 두드러졌다. '백화점'은 그렇게 조장된 소비자들의 소비욕구가 원활하게 해소될 수 있도록 광고에서부터, 마케팅, 심지어 층별 매장 배치에 이르기까지 전 방위적인 소비 전략을 기획했다. 그러나 근대적 소비는 소비자가 백화점까지 이동해야 하는 번거로움이 전제될 때만 실현된다. 게다가 백화점이 없는 중소도시나 시외곽 지역의 주민들은 백화점의 대상 소비층에서 제외될 수밖에 없었다. 근대적 소비에서는, 소비하기까지 걸리는 시간 또한 계획적이고 비일상적인 것으로 간주된다. 근대의 물리적 시·공간성은 백화점 소비층을 형성하는 주요 요인으로 작용했다. 이러한 요인들을 바탕으로 자연스레 소비계층의 분화가 이루어졌고, 이러한 분화는 소득과 지출이 경제 능력과 맞물려 계층 분화를 더욱 심화, 고착시켰다.

탈근대기의 소비는 여러 면에서 근대적 소비 양상과 다른 면모들을 보이는데, 그 가운데 가장 큰 영향을 미친 것으로 새로운 매체의 발달과 그에 따른 매체 환경의 다양화를 꼽을 수 있다. 매체는 사람들 사이의 상호작용과 의사소통을 위해 이용되는 물리적이고 기술적인 도구[33]인 까닭에, 기술적 속성과 사회적 속성을 동시에 아우르고 있다. 탈근대기 소비 양상을 살피는 데 있어 '매체의 변화'에 주목하는 것은 이 때문이다.

---

33) 매체를 통한 인간 상호간의 의사소통 욕구는 인류의 오래된 속성 가운데 하나이다. '그림→문자→봉화→전서구→나팔→인쇄미디어→전신→전파' 등과 같은 매체의 발달은 인류의 의사소통 욕망을 위한 매체물들이었다.

레지스 드브레(Regis Debray)는 인류 삶의 변화 계기를 크게 셋으로 나누어 설명한다. 매체 차원에서 인쇄술을 중심으로 하는 활자 혁명, 영화와 텔레비전을 중심으로 하는 전파혁명, 그리고 컴퓨터와 인터넷 매체를 중심으로 하는 디지털 혁명이 그것들이다.[34]

기억, 구전		구어 중심 세계(logosphere)	지표적 우상의 시대
인쇄술	활자혁명	문자 중심 세계(graphosphere)	도상적 예술의 시대
영화, TV	전파혁명	비디오 중심 세계(videosphere)	상징적 버추얼 이미지 시대
컴퓨터, 인터넷	디지털혁명		

위의 표에서처럼 디지털 혁명이 야기한 '상징적 버추얼 이미지 시대'는 가상의 이미지들이 실제 세계를 구성하는 시대이다. 이러한 가상 이미지의 창조와 조작에 가장 큰 기여를 한 것은 텔레비전이다. 우리나라의 경우엔 1960년대부터 텔레비전이 보급되기 시작했고, 1980년대 와서는 컬러텔레비전의 등장으로 전파매체의 위력이 절정에 이르게 되었다. 광고에 있어서도 텔레비전을 이용한 마케팅이 가장 효과적인 광고 전략으로 자리 잡았다. 텔레비전의 발전은 이에 그치지 않고, 이후 디지털 방송(2001)을 거쳐, 최근 'HDTV'[35]

---

34) 한국언론정보학회 엮음, 『현대사회와 매스커뮤니케이션』, 한울아카데미, 2006, p.460.
35) 'HDTV'는 텔레비전의 수직해상도를 2배 정도로 늘림으로써 사진이나 영화를 보는 것 같은 정도의 선명한 화질을 제공할 수 있도록 개발되었다. 또한 화면의 종횡비에 있어서도 기존 텔레비전의 경우 3 : 4인데 비해, 고화질 텔레비전은 극장의 영화 필름과 같은 9 : 16의 비율을 채택하고 있다. 이처럼 화질이나 화면비율면에서 기존의 영화와 별 차이가 없어짐에 따라 시청자들은 이전보다 더욱 선명하고 현장감 있는 방송을 시청할 수 있게 되었다.

의 상용화에 이르렀다. 특히 ‘HDTV’의 경우 기존 텔레비전보다 2배 이상의 선명도를 실현해 냄으로써 가상을 실재처럼 재현해 냈다.[36] 뿐만 아니라, 위성통신 기술은 물론 CATV, 비디오텍스, 영상회의 시스템의 보급을 통해 종합정보통신망(ISDN)을 이용한 홈쇼핑·홈뱅킹의 일상화까지도 점차 실현해 가고 있다.

이러한 매체의 발달에 따라 소비는 이제 일상 속에서 즉각적으로 실현되고 있다. 번거롭게 차려입고 외출을 하지 않고도, 안방에 앉아서 드라마 속 여배우가 입은 코트와 똑같은 제품의 옷을 똑같은 백화점이나 의류매장에 주문할 수 있다.

소비에 필요한 물리적 시·공간의 붕괴는 무엇보다 1990년대 들어 확산되기 시작한 컴퓨터매체에 의해 가속화되었다. 특히 인터넷은 전파매체인 라디오나 텔레비전과는 비교할 수도 없을 만큼 우리 일상에 총체적 변화를 가져왔다. 그 가운데 소비 행태의 변화는 단연 도드라진다.

근대기의 소비는 주로 생산에 참여하는 계급에 의해 이루어졌다. 물론 ‘모던보이’, ‘모던걸’과 같이 생산에 참여하지 않으면서 소비하는 ‘순 소비 계급’이 존재하긴 했지만, 이들의 소비는 단순한 개인적 욕망 실현을 넘어, 소비 자체가 근대적 존재로서의 자아형성

－최정호 외, 『정보화사회와 우리』, 소화, 1996, p.98.

36) 보드리야드는 실재가 아닌 것이 실재처럼 파생되는 과정을 ‘시뮬라시옹(Simulation)’이라 명명하고, 그렇게 만들어진 실재를 ‘시뮬라르크(Simulacra)’라고 명명했다. 그리하여 현대사회는 원본 대신에 실재 같은 시뮬라르크들이 지배하는 ‘하이퍼리얼리티’의 세계라고 비판했다. 이 글의 앞장에서는 근대기의 시뮬라르크를 확인하는 방법으로써 ‘찔러보기’의 예를 든 바 있다. 그러나 현대사회에서의 시뮬라르크는 인간의 감각적 경험까지도 완벽에 가깝게 재현해낸다.

을 위한 사회화 과정으로 이해될 수 있다.

그러나 탈근대기의 소비 계층은 생산 참여의 유무에 의해 구분되지 않는다. 특히 요즘의 10대들은 중요한 소비계급으로 자리잡았다. 마케팅 전략의 1차적 기능을 담당하는 전파매체의 황금시간대 프로그램들이 10대 취향에 맞춰져 있다는 것은 이를 반증하는 것이라 할 수 있다.

이와 같이 생산에 참여하지 않는 '순 소비 계급'37)의 출현은 무엇보다 상품의 저렴한 가격이 가져다 준 결과이다. 새로운 매체의 발달은 상품 구매에 필요한 물리적 시·공간을 제거했고, 동시에 그에 따르는 유통 비용이 상품 가격에서 제거되었다. 똑같은 매장 제품이라도, 인터넷을 통하면 훨씬 싼 가격으로 구매할 수 있게 되었고, 상품에 대한 소비자의 불만족은 즉각적인 반품으로 해소된다.38) 게다가 소비자들은 '공동구매'의 소비 전략을 통해 제품의 가격을 더욱 낮출 수 있고, 여기에 판매자들은 각종 이벤트와 사이버 쿠폰 등을 통해 소비자들의 기대 심리보다 더 낮은 가격을 제시하고 있다.

인터넷 판매 상품의 가격이 저렴한 또 하나의 이유는, 전문 모델을 내세우지 않음으로써 그에 따르는 비용을 제거할 수 있기 때문이다. 인터넷은 텔레비전 광고처럼 전문적이고 고급스런 모델들을

---

37) 여기서의 '순 소비 계급'은 생산에 참여하지 않은 채, 소비만 하는 집단을 따로 묶은 개념이다. 예를 들어, 미취업 10대들의 경우엔 용돈과 같이, 생산 활동을 하지 않고 주어지는 수입을 통해 소비를 한다. 이때 이들의 용돈은 부모의 지출에 의한 것이므로 소비된 재화가 재소비 되는 것이라 하겠다.

38) 간혹, 상품에 따라 반품시 택배료가 부과되긴 하지만, 그렇게 하더라도 상품 자체의 가격이 싸기 때문에 소비자는 결과적으로는 싼 값으로 소비할 수 있다.

활용하지 않고도, 이미지 조작을 통해 실제보다 훨씬 더 훌륭한 모델들을 창조해 낼 수 있고, 그러한 모델들을 통해 상품이미지를 부각시킬 수 있다. 이렇게 하나의 상품에 겹겹으로 포개졌던 상품 외 가격들이 제거되고 나면, 상품 가격은 소득이 없는 청소년층들이 조금만 아껴 쓴 용돈으로도 충분히 구매할 수 있을 정도가 된다.

중세봉건사회에서 근대사회로의 이행 과정에서 '시민계급'이라는 새로운 소비계층이 형성되었던 것처럼, 근대기에서 탈근대기로의 이행 과정에서도 '순 소비 계급'이라는 또 다른 소비계층이 형성되었다. 이러한 순 소비 계급의 출현은 새로운 매체의 발달에 따른 결과이다. 이러한 매체의 발달이 우리 삶의 총체적 변화를 유도하고 있다는 점에서 우리는 분명 근대와 다른 사회에 속해 있음을 실감하게 된다.

2. '배제'와 '획득'의 소비 기호, '된장녀' 출현하다.

미르크시즘이 말하는 계급이 '객관적으로 주이진 경제적 조건에 의해 결정되는 것'이라면, 이 밖에도 계급을 구성하는 여러 가지 다양한 경제적 요소들을 더 찾아낸 이는 베버이다. 베버는 소유와는 직접적인 관계가 없는 경제적 차이들에 의해서도 계급이 발생할 수 있다고 보았다. 즉, 관리직이나 전문직 종사자들이 육체노동자들보다 더 많은 수입을 얻으며, 더 좋은 환경에서 일한다는 것이 그 예이다.

최근 들어 이러한 베버의 논의를 더욱 발전시킨 이로는 '프랭크 파킨(Frank Parkin)'을 들 수 있다. 파킨은 현대사회에서의 '소유'를, 특정한 소수에 의해 독점되는 여러 가지 '사회적 닫힘(social closure)'들 가운데 하나라고 주장한다. 이 때 '사회적 닫힘'이란 '어떤 자원에 대해 자신들만이 접근하고 다른 사람들은 접근하지 못하게 하려는 과정'이라고 풀어 설명할 수 있다. 파킨은 이러한 '사회적 닫힘'이 '배제(exclusion)'와 '획득(usurpation)'에 의해 실현된다고 주장한다.[39)]

'배제'란, '외부인들로 하여금 가치 있는 자원에 접근하지 못하도록 하기 위해 집단이 채택하는 전략'을 말한다. 최근 급속도로 번지고 있는 '남성 전용', '여성 전용'이라는 조건의 서비스 업종들은 '성(性)'을 집단적 전략으로 삼은 '배제'의 본보기라 할 수 있다.[40)] 반면 '획득'이란, '특권을 누리지 못하는 사람들이 타인들이 독점하고 있는 자원을 획득하려는 시도'를 뜻한다.

사회적 닫힘이 실현되는 이 두 개의 과정은 서로 상반된 것처럼 보이지만, 현대사회에서 이 두 개의 과정은 동시에 일어나는 경우가 많다. 최근 노동현장에서 벌어지는 일들 가운데, 정규직 노동자와 비정규직 노동자들 간의 갈등은 그 대표적 본보기이다. 정규직 노동자 계급은 자본가 계급에 맞서 더 많은 분배를 위해 '획득' 전략(파업)을 펼치는 반면, 비정규직 노동자들이 정규직으로 전환될 때 발생할 수 있는 분배의 손실을 우려해 비정규직에 대해선 '배제'의 전략을 펼친다.

사회적 닫힘의 과정에 보이는 이 '배제'와 '획득' 전략은 현대 소비 사회에서도 찾아볼 수 있다. 몇 년 전, 우리 사회를 떠들썩하게 만들었던 '된장녀 신드롬'은 그 좋은 본보기가 될 수 있다.

---

39) 안소니 기든스, 김미숙 역, 『현대사회학』, 을유문화사, 1995, p.230.
40) 이러한 배제는 서비스업에서 두드러진다. '7080'과 '30대 이상'의 조건을 배제 원칙으로 삼는 유흥점이 그 예들이다.

오늘 내 전용 은행
데리고 놀려고
까르르르 수다 수다

최근 인터넷에서 인기를 끌고 있는 '된장
녀 키우기 2.0' 게임 시작화면의 된장녀
모습. 된장녀의 하루의 그 행태를 소재로
한 게임이다.

'된장녀와 사귈 때 해야 되는 9가지' 라는
제목의 인터넷 만화. 된장녀 여자친구를 둔
남자의 어려움을 담았다. '전용은행' 온 원
할 때마다 선물과 식사를 사주는 남자친구를
빗댄 표현이다

인터넷 '된장녀의 하루' 에
나오는 된장녀는

- 비싼 향수와 화장품을 진하게 바르며,
- 고급 원피스와 핸드백을 애용하며,
- 대학 구내식당에서 밥 먹기를 혐오하고
  선배들에게 사달라고 조르며,
- 백화점에서 윈도쇼핑을 즐기며,
- 비싼 저녁을 먹으면 음식 사진을 찍어
  개인 홈페이지에 남기며,
- '섹스&시티' 같은 외국 시트콤을 즐겨
  보면서 스스로 '뉴요커(NewYorker)'
  가 된 착각에 빠진다.

된장녀 논란이 불거지며 나타난 현상들

- 된장녀 만화 · 게임 생겨나고, 된장아줌마 · 고추장남 등
  파생개념도 유행
- 일부 여성 연예인을 '된장녀' 로 근거 없이 비난
- 자신의 홈페이지에 음식 사진을 찍어 올리는 된장녀의 행태 때문에
  일반인도 유사한 행동에 부담

「중앙일보」(2006.8.16)

당시의 '된장녀 논란'은 명품이나 고급 제품에 대한 무분별한 소비에 대한 비판이었다.[41] 이 논란의 중심에 선 된장녀는 명품 가방과 명품 구두, 그리고 고가의 악세서리로 치장한 채 브랜드 커피를 들고 도심지 한복판을 활보하는 여성이었다. 이런 여성에겐 발달된 매체를 통한 물리적 시·공간의 뛰어넘기는 관심 밖의 일이다. 오히려 이들은, 새로 나온 명품을 소비하기 위해서 기꺼이 발품을 팔며, 소비를 위한 물리적 공간으로의 이동조차도 철저하게 '티내기 전략'에 의해 연출된다. 중산층이나 분화된 순수 소비 계급이 인터넷을 통해 저렴한 가격의 상품을 소비하는 동안, 이들은 평범한 소비 계급이 감히 엄두를 내지 못할 정도의 가격대 상품을 '획득'함으로써, 상층 계급 집단에서 순수 소비 계급을 '배제'시킨다. 상품 생산과 판매자는 이러한 소비 심리를 활용해 같은 제품이라 하더라도 가격대를 월등히 높임으로써, 가격 자체에 아우라를 부여한다.[42] 그리하여 상층 소비 계급은 고가의 제품에 대한 신뢰를 확보하고, 기꺼이 소비 욕구를 충족시키기에 이른다. 중·하층의 소비 계급과의

---

41) 그러나 '된장녀'에 대한 비판의 또 다른 이유로는, 오래도록 우리 사회를 지배해 온 '여성에 대한 남성적 폭력'을 꼽을 수 있다. 항상 '○○남'이 아니라, '××녀' 만이 문제된 것이 그에 대한 반증이다.

42) 토스타인 베블런은 『유한 계급론』에서 "아름답지 않은 아름다운 물건은 아름답지 않다"라고 말했다. 이는 부유한 사람들이 사치품에 집착하는 이유를 단적으로 표현한 말이다. 베블런은, "인간은 생존하기 위해 활동하지만 이것이 충족되면서 다음 단계로 자신의 능력, 신분을 과시하기 위한 과시 소비를 행하기에 이른다"라고 현대 사회의 소비 행태를 꼬집었다. 베블런의 이러한 지적은 최근 '귀족 마케팅'이라 이름 붙여진 고급화 전략을 설명하는 바탕이 된다. '성공한 사람들이 타는 차'(BMW 자동차), '렉서스를 타는 이는 모두 VIP다'(렉서스 자동차), '대한민국 1%가 타는 차'(렉스턴) 등은 모두 베블런 효과의 예들이다.

소비 격차를 현저히 벌이는 것으로써, 그들 스스로의 정체성을 획득하는 셈이다.

결국, 현대 사회의 상층 소비 계급은 '획득'을 통한 '티내기'와 '배제'를 통한 '차별화'의 실현에 의해 자아 정체성을 확립해 간다.[43] 이 과정에서 디지털 매체는 상품의 이미지를 실재보다 더 고급스럽고 우아하게 조작함으로써 끊임없이 '획득'의 목표를 수정하게 하고 있다.

한편, 중·하층의 소비 계급들은, 고가의 상품 소비를 실현하는 상층 계급을 '획득'의 모델로 삼는다. 그러나 현실적으로 명품 획득을 실현할 수 없는 중·하층 계급은 스스로 정체성의 불안을 경험한다. 그리하여 계급 구성원들끼리 '명품계'를 조직하여 순차적으로 획득을 경험하든지, 너무나 실재같은 '짝퉁'을 소비함으로써 일시적으로나마 배제의 불안에서 벗어난다.

V. 맺는 말

지금까지 일제시대 백화점에 의해 조장된 근대기 소비 양상과 탈근대기의 소비 양상을 견주어 보았다. 이를 보다 구체적으로 드러내 보이기 위해 근대기 백화점의 설립 양상을 우선 살폈고, 그 과정

---

43) 'L-제너레이션(Luxury-generation)'은 이러한 사회현상을 뚜렷하게 보여주는 본보기다. 'L-제너레이션'이란 원래 미국에서 명품 소비를 통해 귀족과 부유층의 소비 행태를 모방하는 고소득 여피족들을 일컫는 말이었지만, 우리나라에서는 명품 소비의 새로운 주체로 떠오르고 있는 20대 초중반의 대학생들을 일컫는 말로 정착하였다.

에서 백화점이 기존의 상점들과 여러 면에서 다른 마케팅 전략을 활용하고 있음을 알 수 있었다. 건축양식, 지면 광고, 모델 광고, 박리다매의 판매 전략, 경품 전략 등이 그것들이다. 그러나 이러한 판매 전략보다 앞서 근대기 '모던- 뽀이', '모던걸' 들의 소비 심리를 자극했던 것은, '만국박람회'를 통한 근대문물에 대한 호기심 부추기기였다. 만국박람회는 전통적 일상에 익숙해 있었던 당시의 평민계층들에게 새로운 문물에 대한 판타지를 제공했고, 사람들은 그러한 판타지의 실현을 위해 '모던풍의 일상'을 지향했다.

결국, 근대기에 백화점이 내세운 신문물에 대한 홍보와 마케팅은, 봉건적 신분 질서의 붕괴와 맞물려 새로운 계층 분화의 계기가 되었다. 즉 '소비하는 자'와 '소비하지 못하는 자'가 새로운 사회 계층의 양축으로 갈리게 된 것이다. 소비 실현의 가부에 따른 계층 분화는 현대사회로 올 수록 점점 더 세분화되고, 이는 소비의 대표적 매커니즘인 매체에 의해 더욱 가속화된다.

그리하여 오늘날 우리 사회는 부르디외가 지적하는 것처럼 '취향'에 따른 '구별짓기'의 문제와 맞닥뜨리게 되었다. 신분세습이 아닌, '취향'의 세습. 이것이 오늘날 현대사회에 존재하는 불평등의 한 측면이다.

최근 들어 급속도로 발달하고 있는 영상매체는 고도의 세련된 기법으로 우리의 소비 욕구를 자극하고 있다. 이에 맞서 주체적 소비 행태를 몸소 실천할 수 있다면, 우리는 '소비'를 통한 민주화의 실현까지도 감히 내다볼 수 있으리라 여긴다.

이 글의 목적은, 단순히 과거의 일상을 되돌아보는 데 있는 것이 아니라, '돌아보기'를 통해 더 나은 미래를 '내다보기' 위한 데 있다.

이를 위해 이 글의 본문을 크게 세 개의 장으로 나누어, 근대와 탈근대의 소비 양상을 견주어 보았다. 이를 통해 근대기부터의 일상적 소비는 외부의 요인(매체 광고)에 의해 조장되는 것임을 알 수 있었다. 그리고 현대의 다양화된 매체들은 우리의 일상적 소비를 더욱 세련된 방법으로 부추기고 있음을 알 수 있었다. 더 나아가 소비능력의 유무와 더불어, 소비하는 재화의 가치 격차 또한 소비계급을 분화시키는 요인이 될 수 있음을 확인하였다.

오늘날, 소비가 인간 스스로의 정체성을 확인하는 방법이 될 수 있다는 것은 부정할 수 없을 것 같다. 문제는 그러한 정체성이 내부로부터의 각성에 의한 것이 아니라, 외부의 보이지 않는 강압에 의해 조장된다는 것에 있다. 이런 환경일수록 우리는 소비에 대한 좀더 분명한 자의식을 지녀야 한다. '참된 소비', '필요 소비'만으로도 행복해지는 사회. 이것이야말로 탈근대기에 내다보는 우리의 미래상일 것이다.

참고문헌

1. 자료

<건축진경> http://cafe.daum.net/sideofyoungchoo/

<이효석문학관> http://www.hyoseok.org/

2. 논저

권기봉, 『서울을 거닐며 사라져가는 역사를 만나다』; 알마, 2008.

김병도・주영혁, 『한국 백화점 역사』; 서울대학교출판부, 2006.

김인호, 『백화점의 문화사』; 살림, 2006.

김진균・정근식 엮음, 『근대주체와 식민지 규율권력』; 문화과학사, 1997.

김태수, 『꼿가치 피어 매혹케 하라』; 현실문화연구, 2005.

마정미, 『광고로 읽는 한국 사회문화사』; 개마고원, 2004.

박은숙, 『시장의 역사』, 역사비평사, 2008.

박천홍, 『매혹의 질주, 근대의 횡단』; 산처럼, 2003.

손정목, 『일제강점기, 도시사회상 연구』; 일지사, 1996.

신명직, 『모던쌘이, 京城을 거닐다』; 현실문화연구, 2003.

신영훈, 『월간조선 1997년 9월호 별책부록－서울의 궁궐』; 조선일보사, 1997.

신인섭・김병희, 『한국 근대 광고 걸작선100 : 1876~1945』; 커뮤니케이션북스,
        2007.

유선영 외, 『한국의 미디어 사회문화사』; 한국언론재단, 2007.

이진경, 『근대적 시공간의 탄생』; 푸른숲, 2002.

최정호 외, 『정보화사회와 우리』; 소화, 1996.

최혜실, 『1930년대 한국 모더니즘 소설 연구』; 민지사, 1992.

_____, 『방송통신 융합시대의 문화콘텐츠』; 나남, 2008.

현택수 외, 『문화와 권력』; 나남, 1998.

발터 벤야민, 「파리, 19세기의 수도-<1939년>의 개요」, 『세계의 문학』; 2002
　　　년 봄호.

아쿠타가와 류노스케 외, 최관·유재진 옮김, 『식민지 조선의 풍경』, 고려대출
　　　판부, 2007.

안소니 기든스, 김미숙 외 역, 『현대 사회학』; 을유문화사, 1992.

토마스 라마르·강내희 엮음, 『근대성의 충격들』; 문화과학사, 2008.

장 보드리야르, 이상률 역, 『소비의 사회』; 문예출판사, 2002.

피터 드러커, 이재규 역, 『자본주의 이후의 사회, Post-Capitalist Society』; 한국
　　　경제신문사, 1993.

_____, 이재규 역, 『단절의 시대, The Age of Discontinuity』; 한국경제신
　　　문사, 2003.

공간

근대 관광에서 나타나는 영상의 맹아와
탈근대적 이행
- 구경거리에 대한 시각체험을 중심으로

정 은 기

I. 근대적 여행과 탈근대의 영상성

　한국사회에서 여행은 일제 식민지하에서 제도적으로 정착되었다. 특히 근대적 여행의 성립과 직접적으로 관련을 맺고 있는 교통, 통신 및 기타 부대시설 등의 제반 사항들이 제국의 주도하에 형성되면서 여행의 정착은 가속화되었다. 이는 여행이 근대성을 형성하는 과정에서 제국에 의해 강제되었다는 사실을 의미한다. 한편 여행이 일상에서의 여가문화라는 사실을 감안한다면 식민지 조선사회의 정체성 형성에 일말의 영향력을 행세했음도 전제할 수 있다. 때문에 일제에 의해 강제된 조선의 근대화는 이중적 의미를 지닐 수밖에

없으며 여행 역시 근대화의 이중적 구조에서 자유로울 수 없다. 실
례로 일본이 한일병합 이전부터 조선의 철도경영권을 독점[1]한 사
실이나 합방 직후 주력한 '경성부 시구개수 사업[2]은 식민지 경영의
효율성을 위해 우선적으로 해결해야 할 것들이었다. 이러한 작업들
은 식민지 통치를 위한 제국의 정책이 효율적으로 반영될 수 있도
록 식민지 조선의 시·공간을 재편하는 정책들이었다.

시·공간이 압축적으로 재편되면서 조선인들의 지각체계 역시 변
화를 겪게 된다. 시가지가 정비되고 번화가가 형성되면서 거리를
통해 향유할 수 있는 시각적 볼거리가 폭발적으로 증가한다.[3] 기차

---

1) 한국최초의 철도인 경인철도의 부설권은 미국인 J.R.모스가 획득하였으
   나 자금난으로 일본에 넘어갔다. 이에 일본은 1897년 경인철도주식회사
   를 설립, 1899년 경인선(노량진~제물포, 33.2Km)을 완공한다. 이어 러
   일전쟁에서 승리한 일본은 1905년 을사보호조약을 체결함으로써 통감부
   내의 철도관리국을 신설하고 경인, 경부, 경의, 마산선을 장악한다. 다시
   1910년 한일병합이 강제된 가운데 조선총독부산하 철도국을 설치하여
   식민지의 수탈을 위한 철도경영을 본격화한다.(박천홍, 「매혹의 질주, 근
   대의 횡단-철도로 돌아본 근대의 풍경」, 산처럼, 2003, p.85. 참조)
2) 1896년 9월 말 대한제국 선포즈음하여 공포된 내부령 제9호 「한성 내
   도로의 폭을 규정하는 건」등 자체적인 시가지정비계획이 있었지만 한
   일병합 이후, 1912년 일제에 의한 경성부 시구개수 사업과 1934년 경성
   시가지 계획 사업으로 식민지의 통치를 목적으로 재편된다. 특히 전자
   는 총독부의 정치적·군사적 목적과 재경성 일본인들의 사회적·경제
   적 목적을 위한 전통의 파괴와 남촌 편중의 도시인프라 구축의 사업으
   로 정리되었고, 후자는 시가지 확장과 '도시 정화'를 빌미로 토막민들의
   최소한의 생존권마저 박탈하는 폭력적인 구획정리사업으로 특징지우진
   다.(김백영, 「식민지 도시계획을 둘러싼 식민 권력의 균열과 갈등」, 『사
   회와역사』 제67권, 한국사회사학회, 2005, p.87. 참조)
3) 바네사 R. 스와르츠는 시각적 볼거리로 충만한 파리의 도시문화가 나
   폴레옹 3세와 조르주 오스망 남작의 일명 '오스망화'로부터 시작되었음
   을 밝히고 있다. 대로가 정비되면서 대로를 중심으로 볼만한 것, 즉 구
   경거리들이 생겨나기 시작했다고 보는 것이다. 그 대표적인 것이 카페

또는 전차의 차창 밖으로 빠르게 지나가는 풍경들은 시지각체계에
스펙터클한 요소를 가미해주었다.4) '강호가도'나 '귀거래'류의 조선
조 시조에서 보여지는 것처럼 선험적으로 합일의 세계를 이루던 자
연5)이 구경거리의 대상으로 분리되는 경험을 수반하게 되는 것이
다. 이를 통해 사람들은 구경거리를 중심으로 모이고, 구경거리를
중심으로 형성된 특정 공간에서 동일한 감흥을 체험하게 된다.6)

이며 카페 손님들에게 신문 잡지 등의 읽을거리가 제공되기 시작했다
고 본다. 또한 일상을 선정적인 것으로 만들기 시작한 모르그(시체공시
소)를 예로 들어 파리시민들의 구경에 대한 욕구를 충족시키는 과정을
살피고 있다. 후에 모르그의 역할은 그레뱅 박물관의 밀납전시로 이어
지는데, 여기에서는 구경꾼들의 욕구를 충족시키는 방식으로 신문에서
소개된 사건·사고등을 재연하는 방식을 채택한다. 또한 파노라마와 디
오라마 등의 장치를 활용하는데, 이러한 과정을 통해 파리에서 최초의
영화가 상영될 수 있었다고 보고 있다. 본고에서는 이러한 논의를 바탕
으로 하여 여행을 구경거리를 향유하는 과정으로 보고 새로운 구경거
리를 찾아 움직이는 전반적인 양상으로 다루게 될 것이다.(바네사 R. 슈
와르츠, 노명우·박성일 역, 『구경꾼의 탄생』, 마티, 2006)
 4) 이에 대한 저서로 볼프강 쉬벨부시의 『철도의 역사-철도는 시공간을
어떻게 변화시켰는가?』(궁리, 1999)가 있으며, 여기서 논의되고 있는 논
리적 토대를 한국의 근대 초기에 적용하여, 우리의 근대 풍경을 구체적
으로 살펴보고 있는 연구로 박천홍의 『매혹의 질주, 근대의 횡단-철도
로 돌아본 근대의 풍경』(산처럼, 2003)이 있다. 또한 주은우도 『시각과
현대성』(한나래, 2003)에서 '시공간의 경험과 철도 여행의 시각경험'이
라는 장을 두고 철도에 의한 시각체계의 변동 양상과 시공간의 압축이
라는 시공간 감각의 혼란을 소개하고 있다. 그밖에 이와 관련된 소논문
으로 다음의 것들이 있다. 우신정, 「視角場의 변화와 근대적 心象 空間
-근대 초기 기행문을 중심으로」, 『어문연구』, 제32권 제4호, 2004; 김
동식, 「철도의 근대성」이 있다.
 5) 엄경희·유정선, 「자연시의 전통과 세계관의 변모」, 성기옥 외, 『한국시
의 미학적 패러다임과 시학적 전통』, 소명출판사, 2004, pp.305~312.
 6) 문경연, 「한국 근대초기 공연문화의 취미(趣味)담론 연구」, 경희대대학
원, 2008, p.1.

이러한 이유로 한국사회에서 근대성을 형성하는 과정에서의 여행은 '신문물'로 등장하는 구경거리를 향유하는 과정으로 요약될 수 있다. 『청춘』에서 화보형식으로 꾸며진 「세계일주가」와 이를 통해 소개되고 있는 세계 각국의 명소 및 풍물들은 구경에 대한 욕망을 자극하고 대중들을 여행으로 추동하기에 충분했다. 또한 『개벽』은 1923년 4월부터 1925년 12월까지 '조선 문화의 근본 조사'라는 기획 하에 전국을 도별로 나눈 뒤 각 호마다 주요 지역을 직접 답사한 뒤 그에 대한 인문·역사·지리 탐방기를 싣는다.[7] 초기의 유학, 명승고적 답사, 일본 및 서구의 선진문물 시찰 등의 목적으로 행해지던 여행은 극히 제한된 형태이긴 하지만 외부의 타자들을 경험하는 계기가 되었으며, 이는 역으로 우리 '국토'의 지리학적 심상을 내면화하는 역할을 하기도 했다. 이를 통해 물리적 영토개념으로서의 민족국가 이전에 정신적 영역에서 상상의 공동체를 형성하게 된다.

이렇듯 근대는 시각적 체험으로 충만된 시기였고 외부세계에 대한 인식의 방법으로서 시각체험은 다른 어떤 감각체험보다 우위에 놓이게 된다. 특히 시각적 경험은 직접적이고 보편적인 것이라기보다는 우리가 알고 있는 것과 믿고 있는 것에 의해 매개됨을 알 수 있다. 눈을 통해 감지된 시각 신호만으로는 아무런 의미가 없으며, 뉴런으로 연결되어 좌뇌에서 종합되고 우뇌의 공간지각과 함께 인지[8]되어야 의미를 형성하여 감각주체에게 신호를 보낸다. 때문에 이러한 시각적 경험은 타자들과의 관계 속에서 이루어지는 사회

---

7) 우미영, 「근대 여행의 의미 변이와 식민지/제국의 자기 구성논리」, 『동방학지』, 2004, p.322.
8) 최유찬, 『문학과 게임의 상상력』, 서정시학, 2008, p.378.

적·역사적인 것이라고 할 수밖에 없다. 이러한 관점에서 '본다'는 것은 사회·문화적으로 매개된다는 점에서 주체를 구성하는 사회적 과정과 결부되어 있다. 개인이 세계를 보는 방식은 보여지는 대상들과의 사회·문화적으로 관계를 맺는 방식으로 형성되기 때문이다. 이때 주체가 위치하는 자리를 '시점(point of view)'으로 정의할 수 있는데,[9] 감각주체는 저마다의 시점을 가지고 있으며, 역으로 보여지는 대상, 구경거리의 위치에 놓이기도 한다.

특히 한국사회에서의 근대적 의미의 여행은 제국의 주도하에서 진행되면서 주체와 타자의 위치가 명확하게 분리되어 나타나고 있으며, 이는 타자를 향한 주체의 시선이 다양한 역학구도를 형성하는 전제가 된다. 시점의 위치를 어떻게 나누어 갖느냐에 따라서 제국과 식민지와의 관계설정이 가능하게 되며 이 부분에 대한 연구는 자연스럽게 탈식민주의적 경향을 띨 수밖에 없다. 이에 본고는 한국사회의 근대성 형성과정에서 여행이 어떠한 양상으로 나타나고 있는지 살펴보는 것을 목적으로 할 것이다. 이때 '여행'의 개념은 근대적 체계 속에서 산업으로서의 기능이 부각되는 '관광'의 개념으로 변모되는 것이 사실이지만 본고는 여행과 관광 모두 구경거리에 대한 향유의 방식이라는 점을 감안해 별도의 구분을 두지 않고 논의를 전개할 것이다. 그리고 이를 토대로 하여 탈근대적 이행으로서 매체가 가지고 있는 영상성에 주목하여 탈근대적 여행의 양상을 살필 것이다. 그런데 단순히 수탈론의 오류를 반복하기 보다는 일상사적 측면에 초점을 둠으로써 식민지 근대성이라는 이중적인 측면을 고려할 것이다.

---

9) 주은우, 『시각의 현대성』, 한나래, 2003, p.21.

Ⅱ. 식민지 조선에서의 여행의 양상과 구경거리의 향유 방식

20세기 초 조선에는 비교적 많은 외국인들이 출입하고 있었다.[10] 그 이전에 비숍[11]여사의 기행문이 조선을 유럽에 소개하고 있는데, 제국의 시선에 포착된 조선의 인상은 구경거리가 되기에 충분했다. 반면 조선인들의 여행은 제한적이었다. 유학, 시찰단, 명승고적 답사, 유원지 관광 등의 형태로 나타나고 있긴 하지만 제국의 식민지 정책 하에 있었기 때문에 자발적인 주체의 의지로 여행이 이루어졌다고 단정하기에는 무리가 따른다. 때문에 한국사회에서의 근대초기의 여행은 일본의 기획으로 시작된다는 시각[12]이 타당성을 얻는다.

일본은 조선의 철도경영권을 획득한 후, 철도국을 중심으로 일본 여행협회의 경성지부를 설립한다. 또한 철도와 역사를 중심으로 온천장, 숙박업소 등이 활성화되면서 각종 편의시설들이 들어서기 시작했다. 그리고 철도교통 체계를 중심으로 관광단이 조직되었다. 당시 경성은 일본에 의해 근대적 면모를 갖추기 시작한 식민지의 수도였는데, 조선을 찾는 외국인 관광객들에게는 제국 일본의 위상을 과시할 수 있는 공간이며, 지방에서 올라오는 관광단들에게는 일본의 발달한 선진문물을 전시하는 응집된 공간으로서 테마파크와 같은 역할을 한다. 근대화된 문명을 견학함으로써 일본의 통치를 정

---

10) 황성신문, 「관광외인 증가」, 1909년 11월 16일.
11) 이사벨라 버드 비숍, 이인화 역, 『한국과 그 이웃나라들』, 살림, 2008.
12) 곽승미, 「식민지 시대 여행 문화의 향유 실태와 서사적 수용 양상」, 강영심 외, 『일제 시기 근대적 일상과 식민지 문화』, 이화여자대학교출판부, 2008, p.20.

당화하게 하는 규율권력으로 활용될 수 있었기 때문이다. 때문에 당시 경성을 시찰하는 성격의 관광단이 지방의 행정조직이나 총독부의 후원을 받고 있는 경성관광협회의 주도아래 행해졌음은 주목할 만한 사실이다.

당시 신문기사에는 경성에 들어오는 일본 내지인들을 비롯한 외국인 관광단의 일정, 조선인들의 출입국 현황, 일본에서 열리는 박람회 견학 관광단, 일본 및 서구의 선진문물 시찰단, 지방에서 올라오는(수학여행) 관광단 등의 일정13)이 거의 매일 등장한다. 때문에 근대 초기의 관광 양상을 살피는 것은 여행 주체들이 구경거리에 대해 '시점'을 나누어 갖는 양상과 그 의미를 파악하는 데 있어서 반드시 선행되어야 할 과제라 할 것이다.

1. 시선의 정치로서 박람회

1789년 파리에서 최초이 산업바람회가 개치된 이래 바람희는 제국주의의 위용 과시와 자본주의의 상품 선전이 집약적으로 결합된 형태라 인식되어 왔다. 이러한 역사적 맥락에서 제1세계로 분류되는 유럽의 제국주의 국가들에 있어서 박람회는 자본주의 이데올로기 장치로서 박물관과 식물원, 동물원 등에서 발전해 온 '시각의 제도'를 산업기술의 발달과 함께 장대한 스펙터클 형식 속에 종합14)

---

13) 당시 신문기사에서는 경성을 경유하는 여행자들의 일정이 신문기사거리로 안내되고 있음을 쉽게 발견할 수 있다. 본고에서 수학여행과 관련된 기사는 조선일보의 기사를 중심으로 논의하였는데, 일례로 수학여행만 보다라도 「철도성 중교생 수학여행」, 1921.5.13; 「선천 보성여교 수학여행」, 1927.5.19; 「해주고보 수학여행」, 1925.5.13 등 다수의 기사를 확인할 수 있다.

14) 요시미 순야, 이태문 역, 『박람회-근대의 시선』, 논형, 2004, p.38.

해 온 것이 사실이다. 때문에 구경거리가 되는 '신문물'들은 진보된
문명의 산물로 예찬의 대상으로 받아들여졌으며, 호기심을 자극하
는 구경거리로서의 역할을 충분히 수행할 수 있었다. 하지만 식민
지 체제를 경험한 제3세계의 국가들은 신문물과의 접촉과정이 제국
의 시선을 경유하거나 강제 주입된 형태로 전해지는 것이 대부분이
다. 같은 논리로 근대 초기의 관비유학생들이나 일본 시찰단 등의
신문물 접촉의 형태는 단순한 구경거리에 대한 시각적 호기심 외에
거대한 타자 앞에서 공포심을 느끼는 주체의 수동적 수용이 보편적
이라 할 수 있다.

사실 1906년 부산에서 열린 조일박람회[15]를 시작으로 크고 작은
형태의 박람회가 조선에서 개최되었다. 일본에서 개최된 박람회에
동원된 형태까지 감안한다면 박람회는 식민지 조선인들이 경험할
수 있는 구경거리의 대표적 유형의 하나라고 할 수 있다. 물론 피지
배인으로서 조선인들의 경험은 탈식민주의적인 경향을 가질 수밖에
없다. 때문에 이 시기에 개최된 박람회에 관련된 연구는 제국과 식
민지 사이에서 교차되는 이분법적 시선에 대한 연구가 주류[16]를 이

---

15) 조일박람회는 300여 명의 참가인원이 400점정도 출품한 소규모이기는
    하지만 통감부의 일본인 간부들과 대한제국의 관부대신들이 개관신에
    참여할 정도로 당시 박람회에 대한 지대한 관심을 보여주었다. (남기웅,
    「1929년 조선박람회와 '식민지 근대성'」, 『한국학논집 제43호』, 2008,
    p.158. 재인용)
16) 신주백, 「박람회-과시·선전·계몽·소비의 체험공간」, 『역사비평 제
    67호』, 역사비평사, 2004, 여름호.
    하세봉, 「식민지 이미지의 형성과 멘탈리티」, 『역사학보 제186집』,
    2005.
    이상현, 「일제강점기 '무대화된 민속'의 등장 배경과 특징」, 『비교민속
    학 35집』, 2007

루고 있으며, 또한 타당성을 얻고 있다. 당시 일본에 의해 기획된 박람회가 어떠한 형식으로 구성되었는지, 동아일보의 다음 사설을 통해 확인할 수 있다.

소위 조선관이라는 것을 먼저 소개하면 첫재 그 제작이 박람회 안에 있는 모든 진열관 중에 데일 추악한 것이다. 외모는 면각 모양으로 지엇스나 기둥은 속이 부이게 박송조각으로 들러싸고 그 외의 구조가 엇더케 연약하든지 이층이라는 곳에는 일반 관광인을 올리지 못하고 초대권 가진 사람만 올나오게 하는데 그것도 열 사람 이상을 올니면 집이 문허질 위험이 있다하며 소위 단청이라는 것은 조회에 박혀서 바른 것이 비에 저저서 떠러저 나오는 것이라든지 양 옆 조각으로 욱으려 덥흔 개와 모양이라든지 조선 사람의 눈으로는 차마 볼 수가 업는데 면각 이층의 장식으로는 사가의 부엌 우에 부치는 한 장에 오륙 전자리의 계견사○를 부처 노흔 데는 긔가 막혀서 말이 나오지 아니 한다. 그러면 그 속에 진열한 것은 엇더한가 집안에 드러 서서 제일 먼저 눈에 뜨이는 정면에는 험상한 조선 농군의 인형을 아모조록 보기 실토록 만드러서 세여노앗다. 외국 사람이 처음 이것을 보고 조선 사람은 야만이라고 생각할 만큼 인형을 만드러서 데일먼저 눈에 뜨이는 곳에 세워 노흔 것도 긔괴 하거니와
중류 이상 가뎡의 모형이라는 것도 말할 수가 업시 추악하고 조선의 공업이 아모리 유치하기로 그다시 진열할 것이 업는지 수수비 바구미 종류가 진렬한 물품의 중요한 것이며 조선쌀은 무엇에 쓰랴고 그러케 만히 가저 왔는지 큰 병에 몃 말식 담아 여러 가지를 벌려 노앗는데 이것도 종류의 선택을 잘못하고 돌이 석긴 것처럼 썩지 아니

김영희, 「조선박람회와 식민지 근대」, 『동방학지』, 2003.
이재봉, 「문명의 욕망과 왜곡된 근대」, 『지역과 역사 20호』, 2007.

할 약을 너혼 까닭에 조선쌀은 조치 아니한 것이라는 광고를 홀용히 한 질긔가 되얏스며 총독부의 원조로 시작하얏다는 조선관 압 조선 음식 파는 곳에는 조선 료리와 갓지도 아니한 음식을 파는데 더욱이 조선 사람의 입에는 구역이 나도록 괴악망측한 것이라 엇더한 것인지 모르고 드러갓든 사람은 내외국인을 물론하고 조선 요리라는 것은 참 괴악한 것이라는 생각을 가지게 한다. 그리하야 평화박람회 안에 있는 조선총독부의 설비라는 것은 범백이 조선을 ○하게 조치 안케 야만 가치 보이랴고 한 것인가 의심할 만큼 추악하게 되얏다. 조선 사람된 자 엇지 이에 대하야 공분이 업스리오. 류학생계가 중심이 되야 불평의 소리가 사방에 이러나매 총독부 당국자는 무슨 사고이나 생길가 겁이 나서 밤에는 다수한 순사가 조선관을 옹위하고 밤이 새도록 경계를 하야 총독부의 하는 일은 어듸를 가든지 순사가 아니면 부지를 하지 못하는 추태를 밤마다 진열하얏다.17)

위의 사설은 1922년 3월 20일부터 동경의 우에노 공원에서 열린 평화박람회에서 조선관이 어떠한 형태로 구성되어 있는지 실증적으로 보여주고 있는 글에 해당된다. 다소 감정적인 양상을 보이고 있는데, 제국에 의해 타자로 규정되어 주체성을 훼손당한 당시 조선인의 관점에서 본다면 당시 조선인들의 심정을 이해할 수 있을 것이다. "박람회가 제국과 식민지의 이분법적 공간배치를 무대화하여 보여줌으로써 제국의 지배담론을 선전하는 장으로서 기능한다"18) 라고 할 때, 사설의 내용에서처럼 "조선을 ○하게 조치 안케 야만 가치 보이랴고 한 것인가 의심할 만큼 추악"하게 구성한 제국의 의

17) 『동아일보』, 「詛呪하라! 平和博覽會」, 1922.5.4.
18) 이상현, 앞의 글, p.578.

도를 쉽게 짐작할 수 있다.

특히 "공분의 적, 조선관"이라는 소제목으로 시작하는 위 사설에 의하면 박람회 당시 조선관은 박람회의 진열관중 제일 추악한 곳으로 "기가 막혀서 말이 나오지 아니"할 정도이며, "험상한 조선 농군의 인형"을 문앞에 세워두어 "외국사람이 처음 이것을 보고 조선사람은 야만이라고 생각할 만큼" 기괴한 형상의 인형이라고 분개하고 있다. 또한 '수수비'와 '바구니' 종류가 가장 중요한 조선의 물산으로 진열되어 있으며, 조선쌀은 "썩지 아니할 약을 너흔 까닭에" 돌이 섞인 것처럼 보였다고 논평한다. 뿐만아니라 조선관 앞 조선음식을 파는 곳에서는 "구역이 나도록 괴악망측한" 음식을 팔고 있다고 묘사한다. 이를 통해 매일 사오만 명의 내외국인 다녀간다는 박람회는 조선을 야만으로 타자화시키는 장치19)로 기능하게 되는데, 조선 유학생들의 항의가 이어지자 '순사'들까지 배치하여 조선관을

---

19) 사실 일본이 조선인을 야만으로 타자화하는 방법은 서구의 근대화를 표절한 것에 불과하다. 1867년 파리박람회에 파견된 도쿠가와 막부의 사절단은 일본이라는 나라의 인종표본으로서 프랑스 학자들의 사진모델이 되어 서구인이 작성한 위계적인 인종분류법에 의거 인종 자료실에 보관되었다. (박천홍, 앞의 책, p.257. 참조) 이를 배워온 일본은 1903년 제5회 내국권업박람회에서 조선인을 포함하여 홋카이도 아이누인, 타이완인, 오키나와인, 지나인, 인도인 등 총 32명의 남녀를 전시했다. (이태문, 「박람회를 둘러싼 다양한 견해들」, 『한국 근대문학과 일본』, 소명출판사, 2003, p.75. 참조) 그리고 이것이 국내에서 문제가 된 것은 1907년 도쿄권업박람회에 부산출신의 남자와 대구출신의 여자가 일반 전시물로 공개되면서부터였다. (이재봉, 「문명의 욕망과 왜곡된 근대」, 『지역과 역사』제20호, 2007, p.229. 참조) 이와 같이 인종 표본을 전시하거나 밀랍 인형형태로 전시하는 방식은 파리의 모르그(시체공시소)나 그레뱅 박물관의 밀랍인형 전시와 같이 일상을 선정적으로 부각시켜 구경거리로 만드는 방식과 유사하다.

경계하고 있다고 지적하고 있다.

박람회를 둘러싸고 있는 이중적 시선은 조선에서 개최된 박람회에서도 크게 다르지 않다는 것이 일반적인 견해이다. 특히 대부분의 연구에서 시정20주년을 기념하여 1929년 9월 12일부터 10월 31일까지 경복궁에서 열린 조선박람회를 다루고 있으며, 전시장의 이분법적 공간배치를 통해 식민지 조선을 야만으로 타자화하고 이를 바탕으로 일본의 식민통치를 정당화하고 있음이 동일한 방식으로 지적된다.

그러나 이러한 연구성과처럼 박람회가 식민지의 규율권력으로 작용하고 있지만, 당시 대중들은 박람회를 통해서 획득되는 시각적 경험[20], 이미지의 유혹을 쉽게 뿌리치지 못했던 것으로 판단된다. 1929년 당시는 경성을 중심으로 근대적 소비문화가 확산되어 가던 시기[21]였고, 진고개의 일본인 상점을 찾는 조선인들이 점진적으로 증가하고 있었으며, 명동을 중심으로 한 남촌에서는 상점가와 유흥업소, 백화점 등으로 내지보다 더 내지에 가까운 분위기를 형성하고 있었다. 이렇게 볼 때, 1백만 명이 넘는 참관인원을 일본의 강제동원만으로 설명할 수는 없을 것으로 판단된다. 특히 박람회를 통해 파생되는 경제적 효과에 대한 기대[22]가 경성 시내 상인들을 통

---

20) 최석영은 조선박람회를 식민지의 현실에서 한국 박람회 역사상 처음으로 일제가 기획한 전국적인 규모의 '시각적인 지'(知, visual knowledge) 라고 평가하고 있으며(「조선박람회와 일제의 문화적 지배」, 『역사와 역사교육 3·4호』, 웅진사학회, 1999. 참조), 이태문은 '눈을 통한 계몽'인 박람회의 '시각적 효과'에 주목하고 있다.(『박람회를 둘러싼 다양한 견해들-식민지 조선과 박람회』, 소명출판사, 2003, p.34. 참조)
21) 김백영, 「제국의 스펙터클 효과와 식민지 대중의 도시경험」, 『사회와역사』, 한국사회사학회, 2007, pp.82~90.

해 보여지기도 하는데, 박람회 특수를 기대하며 박람회 기간 동안 경품을 내거는 등의 행보는 제국주의의 규율권력에 대한 뚜렷한 인지의 결과라기보다는 자본주의적 생리에 치우친 경우라고 판단되기 때문이다.

그러나 박람회에서와 같이 단순하게 나열된 물품 구경을 통해 욕구를 충족시키는 방식은 1회적이라는 특징을 지닌다. 한번 경험한 것에 대해 재반응하기란 쉬운 일이 아니다. 때문에 계속해서 선정적으로 포장하거나 새로운 구경거리를 만들어 낼 수밖에 없다. 관객 편의 시설로서 매점과, 연예관, 영화관 등의 여흥시설이나, 기생들의 공연이 곳곳에서 기획되었다는 사실23), 야구, 육상, 정구 경기 등 각종 부대행사들이 조선의 각 협회에 의해 기획24)되면서 박람회 관객들의 유인책으로 활용되었다. 구경거리에 대한 호기심은 생리적인 것이며 또한 심리적인 것이어서 이에 대한 대중의 시선은 일원화되기 가능하다. 때문에 총독부에서 의도하고 있는 전략들의 위험성을 감안한다고 하더라도 구경거리에 대한 향유의 욕구는 쉽게 제거하지 못했다.

---

22) 『조선일보』, 「박람회관객 압에 노코 남북촌이 상업전」, 1929.5.29.
23) 정순영·정창원, 「근대기 한국 박람회의 건축 및 도시적 성격에 관한 고찰」, 『대한건축학회 창립60주년 학술발표대회논문집』, 대한건축학회, 2005, p.168.
24) 당시 전시관 중에는 수족관, 파노라마관 등 당시 조선인들에게 흥미있는 시각적 구경거리가 편성되어 있었으며, 부대행사로는 야구, 정구, 육상, 사격 등의 체육대회와 조선여관업조합대회, 전국교육대회 등, 40여 개의 가까운 각종 협회들의 모임이 기획되어 있었다.(신주백, 앞의 글, p.391.)

2. 구경거리로서의 일본 시찰 관광단

구경거리에 대한 시각체험을 통해 주체와 타자를 구분 짓는 방식은 박람회라는 집약된 공간 밖에서도 일어나고 있었다. 일본에서 개최되는 박람회에 동원되는 조선이나 선진문물 시찰을 위해 조직된 일본시찰단이 그것이다. 특히 3·1운동 이후 무단정치에서 문화정치로 식민지 정책이 전환되면서 관광단 조직에 대한 일본의 정책은 강화되는 양상을 지닌다.

재작년이래로 조선인교원을 일본에 파견하야 학사급농상공업등에 관한 각종시설상황을 시찰케한바 기효과가 현저함으로 금차에는 관공립학교조선인교원 일본시찰단을 총독부주최로 조직하고 단장 이하 이십구인(교원27명)은 래오월팔일 오후 8시 30분에 부산을 출바할터이라더라[25]

위 기사는 "각종시설현황을 시찰케한바 기효과가 현저"하기 때문에 이번에는 "관공립학교조선인교원 일본시찰단을 총독부의 주최로 조직"했다는 총독부의 입장을 보여주고 있다. 당시 일본시찰단은 도주최 혹은 군주최로 광범위하게 조직되고 있었다.[26] 특히 학교 교육의 수직적 전달 체계를 감안했을 때, 교원들의 일본시찰이 갖는 의미는 크다고 할 수 있다. 진보된 문명 시찰을 통해서 조선의 근대화에 이바지한다는 목적을 표방하고 있지만 의도는 따로 있었다. 일본은 "일한합병이래로 총독부당국자는 조선인의 일본내지관

---

25) 『동아일보』, 「조선인교원 일본시찰」, 1920.5.21.
26) 『동아일보』, 「근래유행의 일본관광」, 1921.5.20.

광을 권장하야 기회가 유할시마다 관광단을 조직케"27) 했으며, 이
에 대해 조선인의 일본 시찰을 통해 일선융화를 촉진하는 것이 중
요한 방책이라고 내세우고 있다. 이를 위해 관광단은 지방관리들을
통해 조직되었으며, 그 실적에 따라 지방행정에 대한 지원책이 마
련되기까지 했다. 또한 관광단의 여행비를 지방세를 통해 보조하기
도 했는데, 여비 200원 중 지방비로 80원, 면경비로 50원을 보조하
기도 했다. 하지만 당시 중견 사원의 월급이 150원이라는 점을 감안
할 때, 개인부담금 70원은 그리 적은 액수가 아니었다.

　또한 선진문물 시찰을 통해 조선의 발전을 도모하려는 목적으로
조직된 관광단이지만 실제 일본에서의 활동은 이에 미치지 못하고
있음을 알 수 있다. 당시 문명 시찰에 참여한 사람들은 대부분 지역
의 유지들이었는데, 이들은 관광의 목적에 부합될 만큼 전문성을
지닌 사람들이 아니었다. 이러한 관광단의 모습은 오히려 내지인들
에게 "손가락질하며 조롱하는 재료"가 되어 진부한 문명과 대비되
는 '야만'으로 타자화되어 나타난다.

　　고국에 있는 동포는 도져히 생각하지 못할 만큼 동경의 가로에서
　보는 조선 관광단의 모양은 참혹하야 동경에 잇는 조선 사람들은 뜨
　거운 눈물이 흐를 디경이다. 요사이 의복은 대개 흰 것이오 풀 긔운
　으로 입는 것인데 행장을 만히 가지고 다니지 못하게 한 까닭에 의
　복은 대개 입고 온 것뿐이다. 의복 한 벌을 가지고 수십 일을 객지로
　끌녀다니노라니 그 모양이 과연 엇더할가. 더욱이 일본은 비가 만히
　오고 루습한 곳이라 더럽고 저진 옷에다가 인도고 신짝을 끌고 우산

27)『동아일보』,「관광단정책, 득불보실」, 1922.5.12.

에다가 물통이나 을럼이고 떼를 지어 령솔자의게 몰녀 다니며 고루 거각이나 치어도 보고 입을 딱 버리는 모양을 볼 때에는 무엇이라고 형용할 수 업시 압흐고 쓰리다. 아! 이러한 관광단을 조직하야 조선 사람의 치욕을 동경에까지 가저다가 광고를 하는 자는 과연 누구인 가. '조선 단톄'라는 일홈은 요사이 동경에서 구접스러운 것을 형용 할 때에 쓰는 한 별명이 되얏다. 엇지 조선 사람이 진실로 분하며 마음이 압흐지 아니 하리오.28)

위에서처럼 내지에서 비춰지는 조선인들의 이미지는 제국의 문명과 대조적으로 나타난다. "참 壯하데"나 "참 훌융하데", "엇더케 그렇게 發達이 되얏는지 놀낼일이데"29)라며 구경하는 시선은 그 자체가 구경거리가 되어 나타난다. 이 과정에서 조선의 부정적 이미지는 강화되고 일본은 지배 국가로서의 정당성을 얻게 된다. 이때 조선인은 야만의 조선을 지배하는 제국문명을 동경하게 되며 식민 지체제에 수긍하게 되는 것이다. 이러한 수긍은 열등감을 넘어 공포심으로 표출되기까지 한다. 일본은 "일선융화의 촉진책으로 관광단을 장려"하고, "조선관광단은 일본문명의 피상적 광명에 심취하야 일본의 문명에 감탄하고 일본의 위엄에 탄복"하여 일본에 대항할 생각을 스스로 차단해 버리게 되는 것이다. 다음의 글은 당시 일본에 유학하고 있는 조선유학생들의 눈에 비치는 조선인 시찰단의 모습으로 글쓴이의 우려를 잘 보여주고 있다.

---

28) 『동아일보』, 「詛呪하라! 平和博覽會」, 1922.5.4.
29) 『동아일보』, 「근래유행의 일본관광」, 1921.5.20.

관광하시고 관광한 대로 우리의 것을 만들지언정 결코 무서워 마시고 낙심 마르시기 간절히 원합니다. 또 한 가지 더 바라는 것은 외국의 풍물을 보시려거든 될 수 잇는 대로 단체적 관광에 참가치 마르십시오. 물론 단체에 참가함이 편리한 점도 잇스나 불편한 것이 더 만습니다. 즉 부자유하고 불완전합니다. 路費가 얼마 상관되지 안습니다. 아못조록 개인으로 오셔서 자유로 마음대로 충분히 세밀히 보시도록 하십시오. 이곳에도 우리의 형제가 근 2천 명이나 잇스니까 고국의 父老께서 오시면 의례로 인도 잘 해들일 것이외다. 아못조록 단체적 관광으로 개인적 관광을 圖하시기 바라나이다.30)

이 글은 조선인의 '구경'하는 시선이 오히려 '구경거리'로 전락했음을 보여주고 있다. 이 글의 필자는 일본에서 유학하고 있는 조선인으로 일본에서의 경험이 공포심으로 내면화될 것을 우려하고 있다. 앞서 사설에서와 달리 비교적 냉철한 시선으로 일본 시찰단의 양상을 살피고 있는데, 일본 시찰시 유의해야 할 사항이나 바람직한 문명시찰의 형태를 제시하고 있다. 이는 시각체험이 근대성을 형성하는 데 있어서 타자와의 관계라는 맥락 속에서 작동하고 있음을 반증하는 사례라 할 것이다.

3. 수학여행의 대안으로서 영상매체의 가능성

총독부 및 지방 행정체계에 의해 주도적으로 조직된 관광단과 달리 일제시대 주목할 만한 단체 여행형태로 각 학교에서 실시한 수학여행을 거론할 수 있다. 당시 신문기사에는 경성시내 학교들의

---

30) 『개벽』, 「여쭐 말슴잇습니다」, 1921.6.1.

수학여행 일정이 1단형태의 짧은 소개 기사로 실리는 것이 일반적
이었다. 대중의 교화방식으로서 단체여행을 통해 형성되는 특정 공
간이 교육적인 수단으로 활용되는 것은 그리 놀랄만한 것이 아니다.
여행지 역시 다양하게 나타나고 있는데, 경주, 부여, 단군유적지 등
의 명승고적 탐방을 비롯해서, 금강산 여행, 만주 및 일본으로서의
여행 등 다양한 유형으로 나타나고 있다. 그러나 1930년을 전후해
서 주목되는 현상은 신문잡지 등의 당시 주요 언론매체를 통해서
수학여행의 폐단이 지적되며 사회적으로 이슈화[31]되고 있다는 것
이다.

특히 수학여행이 세계적 경제 공황에 따른 불경기로 여파로 어려
운 가계 경제를 더욱 위축시키고 있음이 큰 폐단으로 지적되고 있
다[32]. 보통 수학여행을 하게 되면, 100여 원의 경비가 필요한데, 이
는 경성시내 일반 가정의 한 달 생활비와 비교했을 때, 어마어마한
액수로 산정된다.[33] 특히, 시골에서 유학을 올라온 학생들은 경제적
여건으로 수학여행을 갈 수 없는 형편이었다. 이러한 이유로 몇몇
학교에서는 적금 형식으로 여행경비를 모아 시행하기도 했다. 하지
만 경제적 어려움은 마찬가지였다. 뿐만아니라 일부학생들이 수학
여행단을 이탈하여 현지 주민들과 패싸움[34]을 벌이거나 숙소를 빠
져나와 길을 잃은 사건[35], 수학여행단의 수학여행 중의 참사[36] 등

31) 『별건곤』, 「수학려행 문제 론의」, 제20호, 1929.4.1.
　　주요섭, 「수학여행시비, 과연 소득이 잇느냐 업느냐」, 『별건곤』제45호
　　1931.11.1.
32) 『조선일보』, 「여행은 어려우나 지출키 어려운 비용」, 1930.5.4.
33) 『별건곤』, 「수학려행 문제 론의」, 제20호, 1929.4.1.
34) 『조선일보』, 「수학여행중 양교생 난투」, 1926.5.21.
　　『조선일보』, 「사설 : 수학여행」, 1932.5.12.

수학여행과 관련된 잡음이 끊이지 않자, 수학여행의 교육적 목적에 대한 회의론이 사회적으로 대두되기 시작했다. 이러한 여러 가지 문제로 인해서 수학여행을 폐지하는 학교가 늘기 시작했으며 총독부에서는 내지로의 여행이나 오락목적의 여행을 금지하는 정책을 시행하기도 했다. 이에 대해 학생들의 불만은 대단했으며, 동맹휴업을 시도하는 등의 집단행동으로까지 나타난다.

　이러한 사회적인 분위기 속에서 각 언론 매체들은 바람직한 수학여행에 대한 특집 기사를 싣는다. 특히 당시 종합문화잡지의 성격을 가지고 있는『별건곤』20호와 45호에서는 수학여행의 문제점에 대한 각 학교 교장 및 교육계 인사들의 의견을 제시하고 있다. 주목할 만한 것은 주요섭의 의견인데, 다음과 같다.

　　이런 활동사진식 구경이 과연 10원어치 가치가 나간다고는 아모리 해도 시인할 수 업다. 그만 구경을 식히려면 각 학교에서 연합을 해가지고 활동사진을 몃 권 찍어다 두어 두멋스면 두고두고 해마다 써 먹을 수 잇슬 것이 아닌가? 사실 현금 수학여행이라는 것은 활동사진 실사구경 만도 못한 것임을 부인할 수 업슬 것이다. 명산 고적과 일본 만주 각도시를 활동사진을 찍어가지고 1년에 한 번씩 생도들에게 구경시킨다면 그 소득이 수학여행보다 못하지 아늘 것이다. 아니 도로혀 세세한 설명을 가하면 수학여행 이상으로 만히 배우는 것이 잇슬 것이다. 그럼으로 나는 주장하기를 수학여행은 폐지하고 각 교가 연락을 지어 활동사진 필림 몃 권을 공동으로 사두기를 권한다.[37].

---

35)『조선일보』,「길잃은 수학여행 아동」, 1926.3.7.
36)『조선일보』,「수학여행중 참사」, 1937.10.22.
37) 주요섭, 앞의 글.

주요섭은 당시 이루어지던 수학여행이 교육적 가치에 비해 사용되는 비용이 너무 커, 비경제적임을 강조하고 있다. 당시 전세계적 경기침체로 내지여행이 중지되고, 오락여행이 폐지되는 등의 사회적 분위기를 감안한다면 그리 특별한 의견이 아니다. 하지만 주목할 만한 사실은 그 대안으로 활동사진을 제시하고 있다는 점이다. 활자가 주요 매체로 통용되던 시기에 여행의 대체물로 오늘날의 영화에 해당하는 활동사진을 제시한 것은 앞으로 구경거리의 향유 방식이 변화할 방향을 단적으로 보여주는 예라고 할 수 있을 것이다.

사실 1895년 프랑스에서 처음 영화가 상영된 이후, 한국에 영화가 소개되기 까지는 그리 많은 시간이 걸리지 않았다.38) 이때 상영된 활동사진들이 구미 각국의 도시 및 유명관광지 등을 소개하고 있다는 사실이나, 1907년 5월 17일 일본에서 소개된『한국풍속(韓國風俗)』,『통감부 원유회(統監府園遊會)』등 초기의 활동사진들이 통감부의 정책이나 외국의 신문물을 소개39)하는 홍보의 도구로 사용되고 있다는 점은 영상매체가 가지고 있는 대리체험에 대한 주목이라 할 수 있다. 특히, 영상매체가 인쇄매체를 대체하게 된 오늘날, TV를 통한 가상체험 또는 대리체험이 보편화된 상황에서 살펴본다면 주요섭의 주장이나 앞서 언급한 근대초 한국사회에서 영상매체의 역할은 시사하는 바가 크다 할 것이다.

---

38) 이에 대해서는 다양한 견해들이 제시되고 있다. 1903년 6월 23일자 <황성신문>에는 동대문 쪽의 전기회사에서 활동사진을 상연한다는 광고가 있는데, 이를 근거로 한국에서 최초로 영화가 상영된 시점을 1903년 6월 이전으로 보는 것이 일반적이다.

39) 복환모,「한국영화사 초기에 있어서 이토히로부미(伊藤博文)의 영화이용에 관한 연구」,『영화연구』, 한국영화학회, 2006, p.256.

Ⅲ. 탈근대적 여행으로의 이행
: 영상매체를 중심으로

1. 영상매체와 재연 프로그램에 나타난 선정성

근대 형성기의 대표적 여행의 형태는 앞서 살펴본 봐와 같이 패키지 여행의 형태로 나타나는 단체관광단 대표적이다. 그런데 이러한 여행은 여행지에서 심각한 환경오염을 가져오거나, 원주민들에게 자문화에 대한 성찰없이 피상적으로 학습한 여행자들의 문화를 이식하는 형국으로 진행되어 많은 문제점을 노출하고 있다. 이에 관광 사회학에서는 이러한 근대적 형태의 여행의 대안으로 탈근대적 유형의 여행에 대해 고민하고, 대안관광, 반관광, 녹색관광 등에 대해 주목하고 있다.[40] 특히 영상매체를 통한 대리체험이나 가상현실을 활용한 체험 등을 효과적 대안으로 제시한다. 이때 주목되는 것은 이러한 여행이 시 · 공간을 점유한 형태로 계몽적 속성을 지닌 형태에서 오락이나 유희적 성격이 강해지고 장소적 특성이 소멸되는 장소이탈성[41]을 지닌다는 것이다.

---

[40] 김사헌, 「현대관광의 새로운 조류: 탈근대 관광, 신관광, 반관광의 시대의 도래인가?」, 『관광학연구』제30권 제1호, 2006, pp.423~424.
[41] 김희영과 김사헌은 「탈근대성 시대의 고유성과 존재론적 고유성 – 관광현상과의 관계를 중심으로」(『관광학연구』제30권 제1호, 2006, p.18.)에서 근대관광객과 탈근대관광객을 비교하여 표로 정리하고 있다.

구분	근대관광객	탈근대관광객
고유성추구	관광대상의 고유성	관광경험의 고유성
주류관광	제도화된 관광객 (대량관광객)	비제도화된 관광객 (소규모, 개별관광객)
장소성	장소지향성(placement)	장소이탈성(de–placement)
관광상품	표준화 · 획일화	융통성, 맞춤형, 개별화

이러한 맥락에서 탈근대로 이행하고 있는 현시점에서 구경거리에 대한 시각체험으로서의 여행은 영상매체에 집중되고 있다. 영상매체가 인쇄매체를 대신하고 기술공학적 차원에서 구현이 가능해짐에 따라 구경거리에 대한 호기심은 영상매체를 통한 이미지의 소비를 통해 가능하게 되었다. 특히 해외여행의 자유화가 이루어지고, 방송·통신 시설의 확장 및 전지구적 네트워크에 기반한 컴퓨터의 사용이 일반화됨으로써 구경거리를 지향하는 인간의 호기심은 새로운 형태의 여행으로 나타날 수밖에 없다. 앞서 주요섭이 대안으로 제시했던 '활동사진을 통한 수학여행의 대체'는 실제로 유사한 유형의 TV프로그램으로 편성되어 TV를 통한 대리체험으로 실현됐다.42) 이러한 주장은 구경거리에 대한 호기심 충족으로서의 여행이 영상매체를 통해 대체 가능함을 시사해주는 것인 동시에, 새로운 구경거리로서 영상매체의 가능성에 대해 주목하게 하는 부분이다.

환경	환경파괴적	환경친화적
인공대상물	가짜이벤트, 무대화된 고유성	시간이 지남에 따라 고유성 획득
관광경험	신성한 여정, 신기성, 일탈성	일시적 즐거움, 게임, 오락

42) 2005년 10월 30일 종영된 KBS2 TV의 <도전지구탐험대>는 유명스타들의 해외 오지탐험, 외국의 풍물 체험 등을 소재로 기획된 대표적인 프로그램 중의 하나다. 이 프로그램은 홈페이지(http://www.kbs.co.kr/end _program/2tv/sisa/giguex/)에서 "여러 가지 제약으로 인해 세계 각국 미지의 세상을 가보고 싶은 꿈이 현실화되는 것에는 많은 어려움이 있다. 그런 욕구와 호기심을 만족시켜주기 위해 도전!지구탐험대가 탄생했다"고 기획의도를 밝히고 있다. 하지만 "자민족 중심주의에 입장에서 제국주의적 관음주의와 식민지적 역사성을 재생산하고 있다"고 지적 받아 왔다.(김영훈, 「체험을 통한 타자의 재생산-<도전지구탐험대>연구」, 『한국문화인류학』, 한국문화인류학회, 2004, p.216.) 이와 같이 해외여행을 통해, 세계 각국의 문화를 소개하고 있는 현재 방영중인 프로그램으로 <TV특종 놀라운 세상>(MBC), <요리보고세계보고>(MBC), <세상은 넓다>(KBS1), <걸어서 세계 속으로 토 오전>(KBS1) 등이 있다.

특히, 외국의 여행지 또는 풍물을 소개하는 프로그램 등의 대리체험 프로그램이 시청자들에게 꾸준히 인기를 얻고 있음은 주목할 만한 현상이다.

실례로 1956년 첫 TV 전파가 발사되고, 1977년 컬러TV가 보급되면서 대중들은 영상매체로부터 자유로울 수 없었다. 2012년 아날로그 방송이 체계가 모두 디지털로 전환될 시점에 온 만큼 방송 통신 등의 매체가 사회에서 구성원들의 인식구조에 미치는 영향력은 직·간접적으로 입증되었다 할 수 있다.

이보다 먼저 19세기 파리 모르그(시체공시소)의 시체전시나 그레뱅 박물관의 밀랍인형 전시에는 한 가지 공통점이 발견된다. 두 가지 전시형태 모두에서 구경꾼들의 호기심을 충족시키고 보다 자극적인 내용 전시를 통해 관람객 수를 늘리기 위해 일상을 선정적인 구경거리로 변형시키고 있다는 점이다. 그리고 이를 위해 당시 주요 언론매체였던 신문지면의 사건·사고 등을 재연하는 방식을 취하고 있다는 것이다. 잔인한 살인사건이 보도된 다음 날 이 두 전시관을 찾는 사람들이 폭발적으로 증가하고 있음은 이를 반증한다. 세느강에서 익명의 여자 혹은 아이의 시체가 발견됐다는 기사[43]가 실리는 날에는 모르그를 찾는 방문객의 수가 증가했으며, 의문의 살인사건[44]이 발생했을 때에는 살인사건에 대한 기대와 우려 등으로 모종의 내막을 추리하기까지 하여 밀랍인형으로 사건을 재구성했던 것이다.

이러한 방식은 근래의 TV방송에서 '재연'을 주된 방식으로 사용

---

43) 바네사 R. 슈와르츠, 앞의 책, pp.142~145.
44) 바네사 R. 슈와르츠, 앞의 책, pp.182~183.

하고 있는 프로그램들이 증가하고 있는 이유를 간접적으로 설명할 수 있다. 특히, 한국 최초의 재연에 기반한 리얼리티 프로그램으로 인정받고 있는 <경찰청 사람들이> 범죄의 재발방지와 예방에 대한 경각심을 고취시키고자 하는 취지에서 시작되었지만 살인사건, 성범죄 등 선정적인 소재에 초점을 맞추어 왔다는 지적[45]을 피하지 못했다. 이후 <TV는 사랑을 싣고>, <솔로몬의 선택>, <신비한 TV 서프라이즈>에 이르기까지 재연은 TV방송에 있어서 주도적인 장르로 자리하고 있다.

이는 재연에 기반한 리얼리티 프로그램이 텔레비전의 경제적 생산방식이라는 측면도 있겠지만 현실을 가장 밀착해서 다룰 수 있다는 매체의 우위성에 근거한다고 보는 편이 타당하다. 특히, 방송장비의 첨단화로 CCTV 등 소형의 관찰카메라나 ENG 촬영기법등이 활용되면서 현실 밀착성을 통한 현실의 재연은 보다 수월해졌다. 이를 통해 TV에서 방송하고 있는 재연된 현실을 보다 그럴듯하게 가공할 수 있게 되었다. 오히려 현실을 극적으로 연출하여 선정성을 부각시킴으로써 스펙터클을 더욱 현실적인 요소로 인지하게 만들었다.

사실 TV재연 프로그램은 전지적 시점의 서스펜스 영화와 같이 희생자와 동일시된 일체감을 느끼며 전율하게 만들지 못한다. 다만 어떻게 그 사건이 일어났는지 모르는 위치에 놓일 뿐이다.[46] 그리고 이를 통해 재연된 내용은 우리 일상에서 흔히 일어날 수 있는 일이라는 사실에 주목하게 된다. 오히려 시청자들은 그것이 실재가

---

45) 이재현, 「리얼리티 프로그램의 현황과 쟁점」, 『언론과 정보』 제2권, 부산대학교 언론정보연구소, p.46.
46) 홍석경, 「텔레비전 장치와 재연의 재현양식」, 『한국언론학보』 제43-3호, 한국언론학회, 1999, p.413.

아닌 재현, 허구적으로 조작·과장시켜 연출된 상황이라는 것을 믿으면서도 그 허구적 장치에 배면에 감추어진 현실에 대해 기대를 가지고 있는 것이다. 때문에 간간이 삽입되어 상황을 극적으로 과장하는 이벤트적 상황이나 스타가 아닌 배우들의 어색하고 부자연스러운 연기, 화법에 대해서 크게 신경을 쓰지 않는다. 이는 현실지각에 있어서 의도적으로 인식론적 혼란을 야기해 현실의 대역으로 재연 프로그램을 구성하는 대표적 원리라 하겠다.

2. 리얼리티 프로그램과 가상공간의 확대

매체의 다변화와 방송환경이 다양해지면서 채널간의 경쟁이 심해지고 있다. 이러한 경쟁체제를 극복하기 위해 새로운 유형의 볼거리로서 장르간의 상호 교섭, 탈장르화 현상이 눈에 띄게 증가하고 있다. 뉴스에 버라이어티 쇼를 차용한 프로그램이나 음악프로그램과 토크쇼의 형시으로 구성된 프로그램, 다큐멘터리에 오락적인 요소가 가미된 프로그램 등 복합적인 장르가 나타나고 있다. 근래에 가장 주목되고 있는 '리얼리티'를 표방한 다수의 프로그램들 역시 이러한 맥락에서 이해할 수 있다. 이에 본 장에서는 리얼리티 프로그램을 통해 영상매체에서 나타나고 있는 탈근대적 현상으로서의 구경거리를 향유하는 방식을 살펴보기로 하겠다. 먼저, 이재현은 킬본47)의 연구에 근거해 리얼리티 프로그램에 대해서 다음과 같이 정의내리고 있다.

---

47) 이재현, 앞의 글, p.26.

"① 개인이나 집단이 일상생활에서 겪은 실제 사건을 ② ENG나 홈비디오 카메라를 이용, ③ 극화하여 재구성하되, ④ 리얼리티 효과나 오락적 가치를 높이기 위해 다양한 요소를 가미한 것"

위의 정의에 따르면 리얼리티 프로그램은 먼저 '일상생활에서 겪은 실제 사건'을 '극화하여 재구성'한다. 이 과정에 '리얼리티 효과나 오락적 가치를 높이기'위한 '다양한 요소'들이 사용된다. 캠코더 등의 소형카메라를 활용하여 연출에 의하지 않은 순간적인 장면을 포착하여 프로그램이 제작되고 있는 것이다. 이러한 관점에서 우리 사회에서 현재(2008년 12월 28일 현재) 리얼리티를 표방하고 있는 프로그램을 논의의 편의에 맞게 다음과 같이 선정해 보았다.

<무한도전>(MBC), <1박2일>(KBS), <패밀리가 떴다>(SBS), <일요일 일요일밤에>의 하위코너 <우리 결혼했어요>(MBC), <절친노트>(SBS), <골드미스 다이어리>(SBS).[48]

앞서 논의한 것처럼 요즘 TV 방송에서 주요한 현상으로 떠오르는 것 중 하나는 리얼리티를 표방하고 있는 프로그램들이 강세를 보이고 있다는 점이다.[49] MBC의 <무한도전>이 리얼버라이어티쇼

---

48) 이외에도 재연을 기반으로 한 리얼리티 프로그램이 다수 방영되고 있지만 아직 리얼리티 프로그램에 대한 장르적 정의가 명확하지 않은 상황에서 '구경거리'에 대한 탈근대적 시각체험에 대한 논의의 편의를 위해 그 대상을 위와 같이 한정했다.

49) 『미디어오늘』, 「재연 '지고' 리얼 '뜬다'」, 이선민 기자, 2006년 7월 5일. − http://www.mediatoday.co.kr/news/articleView.html?idxno=48025 노컷뉴스, 「'베바' '리얼리티쇼' 히트상품에 선정된 이유?」, 오미정 기자, 2008년 12월 18일.

를 표방하며 몇 개의 장르가 혼합된 형태로 구성되어 성공을 거둔 이후로, KBS2의 <1박2일>, MBC <일요일 일요일밤에>의 하위 프로그램인 <우리 결혼했어요>, 최근 시작된 SBS의 <골드 미스 다이어리>, <패밀리가 떴다>, <절친노트> 등 '리얼리티'는 해당 프로그램들이 공통적으로 내세우는 키워드가 되었다.

이러한 프로그램들은 선정성이 강화되는 측면에서 구경거리가 일상성에서 탈피하는 양상과 동일한 경향을 보인다. 이때 선정적인 상황을 연출하기 위한 가장 효과적인 소재로 앞서 언급한 일반인들이 아닌 유명 스타들의 사생활이 사용되고 있다는 점이다. 특히 캠코더 등의 소형카메라를 사용하여, 연출된 동선 밖에서 일어나는 순간적인 사건들을 놓치지 않고 잡아내 HD 화질로 송출한다. 또한 합숙소에 CCTV 형식으로 관찰카메라를 설치하여, 시청자들의 관음 욕구를 이용하는 경우도 주류를 이룬다. 특히 이때 <우리 결혼했어요>나 <골드미스다이어리>에서와 같이 일상에서 가장 은밀하다고 할 수 있는 침실에 관찰카메라를 설치하거나, <패밀리가 떴다>와 <1박2일>에서처럼 스타들의 취침 상황이나 분장을 하지 않은 맨얼굴(일명 '생얼')을 그대로 방송하기도 한다. 특히 <패밀리가 떴다>의 경우, 남녀스타들이 한 공간에서 수면을 취하는 등의 모습은 시청자게시판을 통해 지적되기도 했다.

위에서 예로 언급한 프로그램들과 같이 리얼리티를 표방하는 대부분의 프로그램들은 전체를 일관하는 커다란 주제에 의해 정확하게 짜여진 연출에 의해 제작되지는 않는다. 그보다는 하나의 기획 의도 아래 출연하고 있는 캐릭터들의 특성에 의존해 흐름을 진행하

─ http://www.cbs.co.kr/Nocut/Show.asp?IDX=1015275

는 경우가 다양하다. <무한도전>이 정형돈이 가지고 있는 캐릭터의 '어색함'과 박명수가 가지고 있는 '뻔뻔함', 노홍철의 '돌출성', 정준하의 '바보연기', 이들을 조절하는 유재석의 캐릭터가 우연적으로 충돌할 때 파생되는 미션 및 그 해결로 구성된다는 점이 대표적인 예라 할 수 있다. 때문에 구성이 튼튼한 대본이나 카메라의 앵글 등 계산된 동선에 의한 연출된다기보다는 연예인들이 사적인 공간에서 놀고 있는 듯한 양상을 보이는 경우가 많다. 이때 브라운관을 통해 방송되는 상황들이 매우 우연적으로 연출되고 해당 프로그램이 '사실적'임을 애써 강조한다. 그리고 이러한 특성으로 인해 리얼리티 프로그램이 사실은 '리얼'하지 않으며, 시청자들은 '이미' 그것을 알고 있다는 혼란에 빠지게 된다.[50]

또한 이러한 프로그램들은 시청자 혹은 제작자들 간의 상호 작용을 통해서 프로그램의 진행이 조정되는 특징을 지닌다. <무한도전>, <1박2일>은 먼저 제작진과의 1차적 대결구도를 형성하는데, 이는 제작진과 출연진과의 대화를 자막을 통해서 해결한다. 더 나아가 <우리 결혼했어요>와 같이 홈페이지를 통해 미션을 제공받거나, <무한도전>과 같이 프로그램 중에 제작된 캘린더를 온라인을 통해 접수 받아 배포하는 일, 홈페이지 게시판을 통해 연말 콘서트에 초청하고 그 내용을 바탕으로 프로그램을 구성하는 방식으로 출연자들과 시청자들 사이의 경계를 무화시키고 있다. 이때 시청자들은 구경거리로서의 프로그램에 직접 참여하여 구경의 대상이 되는 경험을 한다.

---

50) 최철웅, 「누가 '리얼 버라이어티쇼'를 두려워하는가?」, 『문화과학』, 2008, 봄호, p.379.

이러한 관점에서 다양한 캐릭터로서의 출연자들이 매주 하나의 미션을 수행해가는 일은 게임이 진행되는 방식과 매우 유사하다. 각각의 캐릭터들은 전체적인 알고리즘하에서 데이터들을 조합해 미션을 해결해가는 게임의 진행방식으로 프로그램을 전개해 나간다. 게임에서 퀘스트를 해결하는 방법이 무궁무진하게 잠재되어 있는 것과 마찬가지로, 프로그램 내에서 각각의 출연자들이 미션을 수행하는 방식은 변화무쌍하다. 때문에 근대초기의 구경거리가 호기심 충족으로 끝나버리는 식의 1회성을 그 기본 특징으로 한다면 영상매체를 통해 재연된 구경거리는 끊임없이 새로운 상황 설정이 가능해진다. 이것은 하나의 알고리즘하에서 어떠한 데이터를 조합하느냐에 따라 다양한 결과를 보여주는 게임과 비슷한 구조라 할 수 있다. 특히 게임제작 회사에서 미리 프로그래밍한 퀘스트를 해결하는 방식에서 UCQ(User Created Quest) 방식으로 전환[51]되면서, 게임을 진행하는 과정에서 퀘스트 및 보상을 제작, 다른 게이머에게 제공하는 방식의 MMORPG 게임의 양상과 매우 유사하다 할 수 있다.

Ⅳ. 탈근대적 이행으로서의 게임

오늘날 우리가 향유하고 있는 여행은 언제부터 시작되었을까? 본고는 이 질문에 대한 포괄적인 해답을 얻기 위해 시작되었다. 이를 위해 한국사회의 근대성이 형성되는 식민지 조선에서 여행이 제도

---

51) 『게임동아』, 「게이머-게임회사 대동단결(大同團結), 게임으로 뭉친다」, 최호경 기자, 2008.11.27.

적으로 정착되는 양상을 살피는 일은 우선적으로 해결해야 할 과제라 할 수 있다. 그런데 제1세계로 분류되는 서구의 경우 제국의 세력 확장에 대한 욕망의 표출로서 여행이 기능하였다면, 식민지를 경험한 제3세계의 국가들은 제국을 경유하거나 제국에 의해 강제된 형태로 전해진 것이 일반적이다. 때문에 제국의 경우 구경거리에 대한 시각체험으로서의 여행이 발달된 문명의 산물로서 '신문물'에 대한 적극적인 수용으로 나타난 반면, 식민지의 경우에는 적극적인 호기심의 충족이라기보다는 거대한 타자를 마주하고 느끼는 공포심을 내면화하는 양상을 보였다. 이러한 맥락에서 식민지 조선에서 두드러진 관광의 유형을 살펴보면 극히 제한적인 형태의 개인적인 여행을 제외하고, 박람회 관람을 위해 강제 동원되는 형태, 일본 시찰을 목적으로 조직된 형태, 각 학교에서 교육적인 목적으로 조직된 수학여행 관광단의 형태로 나누어 살펴볼 수 있다.

이때 앞의 두 가지 형태는 그것이 비록 구경거리에 대한 시각적 체험으로서 여행주체들의 호기심을 충족시킨다고 하더라도 식민지 공간이라는 특수한 상황에서 왜곡된 형태로 표출될 수밖에 없었다. 특히 시각체계가 사회적·역사적 맥락에서 매개된다는 사실은 우선적으로 고려되어야 했다. 때문에 제국의 입장과 식민지의 입장에 따라 주체의 '시점(point of view)'을 나누어 갖는 방식을 고려할 때, 근대형성기의 여행이 한국사회의 정체성 형성에 제대로 기능하지 못했음은 분명해 보였다. 한편 식민지 공간에서 보편화된 여행의 유형 중 하나인 수학여행은 교육적인 측면에서 그 필요성이 요청됨에도 불구하고 전세계적 경기침체의 여파와 운영상에서 나타나는 불미스러운 사건들로 그 기능에 대한 의심과 문제제기가 끊이지 않았다. 이에 주요섭은 수학여행의 교육적 목적은 살리되 폐단을 줄이는 차원에서 수학여행을 '활동사진'으로 대체할 것을 제기하기도 했다.

오늘날 관광 사회학에서 근대적 관광의 대안으로 영상매체를 활용한 대리체험, 가상체험을 제시하고 있다는 점을 감안할 때, 1930년대에 제기된 주요섭의 의견은 시사하는 바가 크다 할 것이다. 실제로 탈근대로 이행하는 과정에서 구경거리에 대한 호기심은 영상매체로 집중되고 있다고 해도 과언이 아니다. 특히 오늘날 유행하고 있는 재연 프로그램과 리얼리티를 표방하고 있는 '리얼버라이어티쇼'의 일상의 선정적 재현은 이미 19세기 초 파리의 모르그와 그레벵 박물관에서 관객을 유인하는데 적극 활용된 요소이며, 파노라마와 디오라마의 스펙터클과도 밀접한 연관을 가지고 있다.

또한 '이미' TV를 통해 재현되고 있는 상황이 '가상'임을 알고 있다는 전제하에서, 각 캐릭터들이 우연에 의해 충돌하고 문제를 해결하는 리얼리티 프로그램은 게임이 진행되는 방식과 유사한 양상으로 나타나고 있었다. 이것은 장소성이 탈각되면서 가상공간으로 영역을 넓혀가고 있는 본격적인 의미의 탈근대적 여행의 예비단계라 할 수도 있을 것이다.

더 나아가 게임이 보여주는 스펙터클과 이를 통한 게이머의 몰입은 가상공간에서의 현실감을 만들어 내는데, 그곳에 직접 '몸'으로 참여하는 방식으로서의 새로운 게임의 출현도(Nintendo사의 wii) 시각체험으로서 여행의 연장선상에서 살펴볼 수 있을 것이다.

참고문헌

1. 자료

『황성신문』, 「관광외인 증가」, 1909.11.16.

『동아일보』, 「조선인교원 일본시찰」, 1920.5.21.

_____, 「근래유행의 일본관광」, 1921.5.20.

_____, 「관광단정책, 득불보실」, 1922.5.12.

_____, 「詛呪하라! 平和博覽會」, 1922.5.4.

『개벽』, 「여쭐 말슴잇습니다」, 1921.6.1.

별건곤, 「수학려행 문제 론의」, 제20호, 1929.4.1.

_____, 「수학여행시비, 과연 소득이 잇느냐 업느냐」, 주요섭, 제45호, 1931.11.1.

『조선일보』, 「여행은 어려우나 지출키 어려운 비용」, 1930.5.4.

_____, 「수학여행중 양교생 난투」, 1926.5.21.

_____, 「사설:수학여행」, 1932.5.12.

_____, 「길잃은 수학여행 아동」, 1926.3.7.

_____, 「수학여행중 참사」, 1937.10.22.

『미디어오늘』, 「재연 '지고' 리얼 '뜬다'」, 이선민 기자, 2006.7.5.

『노컷뉴스』, 「'베바' '리얼리티쇼' 히트상품에 선정된 이유?」, 오미정 기자, 2008.12.18.

『게임동아』, 「게이머─게임회사 대동단결(大同團結), 게임으로 뭉친다」, 최호경 기자, 2008.11.27.

2. 논저

주은우, 『시각과 현대성』, 한나래, 2003.

박천홍, 「매혹의 질주, 근대의 횡단─철도로 돌아본 근대의 풍경」, 산처럼,

2003.

최유찬, 『문학과 게임의 상상력』, 서정시학, 2008.

성기옥 외, 『한국시의 미학적 패러다임과 시학적 전통』, 소명출판사, 2004.

강영심 외, 『일제 시기 근대적 일상과 식민지 문화』, 이화여자대학교출판부, 2008.

김백영, 「식민지 도시계획을 둘러싼 식민 권력의 균열과 갈등」, 『사회와역사』 제67권, 한국사회사학회, 2005.

_____, 「제국의 스펙터클 효과와 식민지 대중의 도시경험」, 『사회와역사』, 한국사회사학회, 2007.

우신정, 「視角場의 변화와 근대적 心象 空間—근대 초기 기행문을 중심으로」, 『어문연구』, 제32권 제4호, 2004.

문경연, 「한국 근대초기 공연문화의 취미(趣味)담론 연구」, 경희대 박사학위 논문, 2008.

우미영, 「근대 여행의 의미 변이와 식민지/제국의 자기 구성논리」, 『동방학지』, 2004.

남기웅, 「1929년 조선박람회와 '식민지 근대성'」, 『한국학논집』제43호, 2008.

신주백, 「박람회—과시·선전·계몽·소비의 체험공간」, 『역사비평』제67호, 역사비평사, 2004, 여름호.

하세봉, 「식민지 이미지의 형성과 멘탈리티」, 『역사학보』제186집, 2005.

이상현, 「일제강점기 '무대화된 민속'의 등장 배경과 특징」, 『비교민속학』, 제35집, 2007.

김영희, 「조선박람회와 식민지 근대」, 『동방학지』, 2003.

이재봉, 「문명의 욕망과 왜곡된 근대」, 『지역과 역사』제20호, 2007.

최석영, 「조선박람회와 일제의 문화적 지배」, 『역사와 역사교육』 3·4호, 웅진 사학회, 1999.

정순영·정창원, 「근대기 한국 박람회의 건축 및 도시적 성격에 관한 고찰」,

『대한건축학회 창립60주년 학술발표대회논문집』, 대한건축학회, 2005.

김사헌, 「현대관광의 새로운 조류:탈근대 관광, 신관광, 반관광의 시대의 도래
인가?」, 『관광학연구』제30권 제1호, 2006.

김희영·김사헌, 「탈근대성 시대의 고유성과 존재론적 고유성-관광현상과의
관계를 중심으로」, 『관광학연구』제30권 제1호, 2006.

김영훈, 「체험을 통한 타자의 재생산-<도전지구탐험대>연구」, 『한국문화인류
학』, 한국문화인류학회, 2004.

이재현, 「리얼리티 프로그램의 현황과 쟁점, 『언론과 정보』제2권, 부산대학교
언론정보연구소, 1996.

홍석경, 「텔레비전 장치와 재연의 재현양식」, 『한국언론학보』제43-3호, 한국
언론학회, 1999.

최철웅, 「누가 '리얼 버라이어티쇼'를 두려워하는가?」, 『문화과학』, 2008, 봄호.

바네사 R. 슈와르츠, 노명우·박성일 역, 『구경꾼의 탄생』, 마티, 2006.

볼프강 쉬벨부시, 박진희 역, 『철도의 역사-철도는 시공간을 어떻게 변화시켰
는가?』, 궁리, 1999.

요시미 순야, 이태문 역, 『박람회-근대의 시선』, 논형, 2004.

여성

신여성의 육아 담론과 알파맘 · 베타맘 담론

▌박사문

한 · 중 근대초기 여성 여행기에 나타난
근대성 비교 연구

▌陳曉慧(Chen xiao hui)

토털 스노브 Total Snob

여성

■ ■ ■ ■ ■ ■ ■ ■ ■ ■ ■ ■ ■
■ ■ ■ ■ ■ ■ ■ ■ ■ ■ ■ ■ ■
■ ■ ■ ■ ■ ■ ■ ■ ■ ■ ■ ■ ■

신여성의 육아 담론과 알파맘 · 베타맘 담론

박 사 문

I. 지배적 담론의 틈새를 찾아서

2000년 이후 본격화되기 시작한 식민지 경성에 대한 문화연구는 식민지 시대를 바라보는 우리의 단선적 시각을 교정함에서 더 나아가 역사연구의 자율성과 다양성을 확보할 수 있는 계기가 되었다. 그리고 그 학문적 분위기는 최근 식민지 경성을 배경으로 하는 결코 무겁지 않은 분위기의 영화들이 개봉, 가시화됨으로써 문화예술의 영역에까지 그 영향력을 확장해 나가고 있다.

20세기의 시각으로 보자면 우리의 근대 형성기라 일컬어지는 1920~30년대는 대개 민족 구성원 공통의 무의식에 '암울함'이라는 단 하나의 이미지로 그동안 각인되어 왔을 것이다. 그도 그럴 것이 이 시기 문학사의 한편을 장식하는 소설들은 대개가 식민지 조선의 부조리하고도 억압적이었던 면을 부각시키는 리얼리즘 계열이 주류를 이루었으며, 소설 속의 연애 관계는 기이하게도 제국과 식민지에 대한 은유로 해석되는 것이 정설이다.

문단권력에서 살아남은 몇몇의 작품들만으로 근대 식민지기를 통찰할 수 있을 것이라 기대했던 편협함과 오만함은 이제 폭넓은 문화사연구와 함께 극복되는 양상을 띠고 있다. 신문·잡지 등의 근대적 매체가 세상 돌아가는 이치를 실어 나르기 시작한 지는 100년을 훌쩍 넘어서지만 우리 국문학이 근대적 매체와의 관계망 속에서 문학을 연구하기 시작한 지는 기껏해야 10년 안팎이다. 그만큼 문학은 오랜 기간 독보적 지위를 누려왔고, 그 지위와 식민지 체험에서 비롯되는 민족적 콤플렉스로 인해 우리는 어쩌면 역사의 한편을 스스로 외면한 채 살아온 것인지도 모르겠다.

한국의 근대성은 분명 서구의 근대성을 추종해온 궤적을 보이지만 그럼에도 동양적 특수성, 식민지 체험 등으로 인해 분명 다른 지점이 형성되어 왔다. 그리고 이 한국의 근대성 역시 민족 구성원의 계급과 성 등의 차이를 고려할 때 단 하나의 의미로 수렴하기는 불가능하다고 할 수 있다. 서구의 경우 신 중심의 중세적 질서에 대한 반동으로 근대성이 형성되기 시작한 데에 비해, 우리의 경우 조선의 정치적 전근대성에 대한 반동이 형성될 무렵 서구 열강과 일본 제국주의의 위협이 시작되었기 때문에 내부의 적은 투명하게 드러나지 못한 감이 있다.

이러한 역사적 배경 아래 서구의 근대적 주체가 순수한 의미로 관계에서 해방된 자율적 주체를 지향한 데 반해 우리의 경우 근대적 주체는 시작부터 민족 구성원으로 강력하게 호명되었다. 아동은 민족의 새 미래를 창조해낼 일꾼으로서, 여성 역시 민족의 일꾼을 양성할 어머니로 호명되게 마련이었다. 그리고 이러한 호명을 거부하고, 독립적이고 자율적인 주체를 지향했던 여성들은 식민 지배가 심화됨에 따라 섹슈얼리티의 장에서 헤게모니를 완전히 상실하고 만다.[1] 식민지 극복이라는 지상의 과제 앞에서 조선을 지탱해온 가부장제라는 전근대성은 '현모양처' 담론을 통해 근대성과의 절묘한 조합을 꾀하며 권력을 장악해 가기에 이른다. 그리고 이러한 파행적 근대성의 자장 안에서 우리는 지금도 자유롭지 못한 듯하다. 가령 '전형적 어머니상'을 떠올려 보라. 묘한 향수를 자극하고, 숙연한 감정을 불러일으키는, 우리가 지금도 줄기차게 희구하는 이 어머니는 사실 우리가 극복해야 할 전근대적 어머니이자 전통적 어머니인 것이다.

전근대성과 근대성, 탈근대성이 중층적으로 결합되어 있는 지금 한국의 현실 속에서, 근대성 연구는 탈근대적이라고 이름붙일 수밖에 없는 징후와 현상들이 눈에 띄게 증가하기 시작하면서 그것의 기원을 탐색하고 성찰한다. 1990년대 중반 이후 시작된 우리 학계의 근대성 연구는 당대를 문제화 하려는 의식을 그 배경으로 하고 있다. '지금의 우리'와 '우리 아님'이 교차하는 경계지점, 즉 근대 공간을 살피는 작업은 이중의 이점을 가져다 줄 수 있다. "하나는 우리의 현재가 만들어지기 시작하는 시점의 관점에서 거리를 두고 '지금의 우리'를 총체적으로 볼 수 있다는 것이다. 다른 하나는 '지

---

1) 근대 식민지 체제하에서 이중의 타자성을 지닌 신여성이 근대적 주체로서의 자의식을 내세울 때 어떤 혹독한 대가를 치르게 되는지는 나혜석, 김원주, 김명순의 몰락에서 명징하게 드러난다. 최혜실, 『신여성들은 무엇을 꿈꾸었는가』, 생각의나무, 2000, pp.213~379.

금의 우리'의 시각에 함몰되어 그 관점에서 과거와 미래를 정리하는 대신, 지금과는 전혀 다른 방식의 미래를 생각해 볼 수 있게 된다는 점이다. 현재의 연장선으로서의 미래가 아니라, 편제(編制) 자체를 달리하는 미래를 생각해 볼 수 있게 된다는 점이다."[2] 정리하자면, 탈근대 시대를 살고 있는 우리의 모습을 객관적으로 들여다보고 성찰하려는 시도, 그리고 더 나은 미래를 상상하고 추동하려는 의지가 근대를 살피는 작업으로 이어지고 있는 것이다.

지금 우리의 모습은 어떠한가. '당신처럼 살지는 않겠어요.'와 '당신처럼 살고 싶어요.'의 경계 지점에서 저항과 타협을 수행해 온 이들 중 다수는 어느 순간 '당신처럼 살 수밖에 없군요.'를 되뇌며, 찬양과 멸시를 동시에 받는 모순된 사적 영역 속에 안주하고 있는 자신을 발견하게 된다. 온갖 균열의 징후에도 불구하고, 탈근대라 명명되는 지금 시대까지 면면이 이어지는 이 공식에서 '당신'은 물론 어머니이며, '다수'는 딸 혹은 여성이다. 그녀들은 지배권력과 결탁한 생물학적 지식체계에 의해 근대 이후 오랫동안 가정 안에 유폐될 것을 강권받아 왔다.

근대의 합리성은 사적·공적 영역으로서의 가정과 사회를 분리시켰고, 이 둘은 각각 따뜻함과 냉혹함의 가치를 구현함과 동시에, 열등함과 우월함의 자리에 배치당한다.[3] 그리고 이 자리의 주인은 각

---

2) 장석만, 「서론: 우리에게 근대성 공부는 무엇인가」, 장석만, 권보드래 외, 『한국 근대성 연구의 길을 묻다』, 돌베개, 2006, p.29.

3) 19세기에는 사적 자아와 공적 자아의 경계가 갈수록 견고해졌으며, 그 결과 성별 차이가 명백하게 자연적이고 변경 불가능한 특성으로 굳어졌다. 분투하고 경쟁하는 남성성과 양육하는 가정적인 여성성 간의 구별은 소수 중산층 가정만의 그럴 듯한 이상에 지나지 않았지만, 그래도 그것은 문화의 다양한 국면들이 포섭되는 지도적인 전례가 되었다. 리

각 여성과 남성으로 선명하게 분리되었다. 이 완고한 경계선에 도
전하는 탈근대 정신과 페미니즘은 전근대성과 근대성, 그리고 탈근
대성이 뒤범벅되어 있는 우리 사회에 과연 어떤 변화와 어느 정도
의 효과를 산출해 내었을까. 인터넷이라는 새로운 매체의 등장과
세력의 확장은 우리 사회의 곳곳에 탈근대적 징후, 혹은 전형을 가
시화하고 있다. 대표적인 이데올로기적 국가장치이자 숭고함의 대
명사로 찬미되는 모성에 의해 유지되는 가정이라는 그 공간에도 탈
근대성이라고 부를 만한 기표는 발견될 수 있을까. 발견된다면 그
양상은 어떠하고, 우리는 그 양상에 대해 어떤 평가를 하고, 어떤
전망을 내세울 수 있을까. 이 글은 이러한 문제의식을 특히 교육담
론을 통해 풀어보고자 한다.

　언젠가부터 인터넷 육아관련 사이트 및 쇼핑몰 등에서 '알파맘'
이란 용어가 눈에 띄기 시작하더니, 최근 방송 · 신문 · 잡지를 중심
으로 '알파맘 VS 베타맘 논쟁'이 사회적으로 담론화되고 있는 양상
이다. 본고는 미국과 한국의 경계를 가뿐히 가로지르는 알파맘 · 베
타맘 담론에서 감지되는 불편함과 희망을 정치적으로 사유하고자
하는 의지에서 출발한다. '맑스주의 언어학인 담론이론에서 갈등과
투쟁으로 점철되어 있는 사회는 지배적으로 구조화되어 있는 담론
을 생산하게 마련이다. 그리고 담론은 그런 사회의 갈등과 투쟁을
반영하고 또 다시 사회에 영향을 끼치기도 한다.'4) 담론 연구는 궁
극적으로 현실에 대한 탐구로 귀결된다. 본고는 알파맘 · 베타맘 담

　타 펠스키, 김영찬 · 심진경 역, 『근대성과 페미니즘』, 거름, 1999, pp.
　45~46.
　4) 다니안 맥도넬, 임상훈 역, 『담론이란 무엇인가』, 한울, 2008, p.4.

론에서 감지되는 불편함의 기원을 이루는 권력의 실체를 드러내고, 지배적 이데올로기를 넘어섬으로써 더 나은 삶을 추동했던 실종된 담론 구성체를 '배제'의 체계로부터 구제하고자 한다.5) 이러한 의지 는 지금 학계에서 풍성하게 이루어지고 있는 근대성 연구와 접합함 으로써 그 해결 방안을 모색할 수 있으리라고 본다.

위와 같은 맥락에서 1920·30년대의 육아 담론을 살펴보는 작업 은 현재 '맘'이라는 경쾌한 이름으로 호명되는 여성 삶의 현실을 투 명하게, 그리고 낯설게 보여줄 수 있는 효과를 유발한다. 또한 근대 와 탈근대의 육아 담론 비교를 통해 우리는 담론이 우리의 삶에 행 사하는 권력의 실체를 직시할 수 있으며, '이데올로기적 종속의 직 접적인 도구'6)가 될 수 있는 담론과 권력에 의해 구성되는 여성주 체의 형상을 그려볼 수 있다.7) 하지만 이 글은 주체의 변화 양상을

---

5) 담론은 선택과 배제의 힘을 발휘한다. 담론은 말할 수 있는 것과 없는 것, 특정 주제에 관해 말할 수 있는 사람과 없는 사람, 진리와 허위 등 을 구분하는 규칙의 체계이므로 담론을 통해서 권력이 작동한다. 그러 나 이러한 권력의지를 은폐하고 항상 진리성을 표방하는 것이 담론의 특징이라고 할 수 있다. 전경갑, 『욕망의 통제와 탈주』, 한길사, 1999. p.199.

6) 다니얀 맥도넬, 앞의 책, p.153.

7) 정체성에 관한 다양한 이론에서 가장 첨예한 갈등의 상당 부분은, 행위 자로서의 개인에 대한 주장과 사회적·담론적인 구조의 힘에 관한 주 장이 서로 충돌하는 인과론적인 설명으로 간주될 때 야기된다. 선택하 는 주체에 관한 설명과, 주체를 결정하는 세력에 관한 설명이 평화롭게 공존할 수 있을 가능성은 희미한 것처럼 보인다. 결국 이론을 조종하는 것은 어떤 생각이나 주장이 얼마만큼 효과가 있을 수 있는지를 알아보 려는 욕망이며, 대안적인 설명과 그것의 전제에 대해 질문하려는 욕망 이다. 주체의 행위자라는 관념을 추구하는 것은, 가능한 한 그것을 밀고 나가서 그것을 제한하거나 그것에 역행하는 위치를 찾아내고 그 위치 에 도전하는 것이다. 조너던 컬러, 이은경·임옥희 역, 『문학이론』, 동문

고찰하는 데에서 멈추지 않는다. 지배적 담론의 틈새에서 발견되는 척도를 위반하는 여성성을 드러냄으로써 여성들 간의 갈등적 차이를 부각시키고, 그 차이를 매개로 하여 접속의 기회를 모색해 보고자 한다. 모든 새로운 생성은 접속에서 기원하는 법이다. 접속을 통해 새롭게 생성되는 여성 주체의 형상은 분명 근대성을 극복한, 혹은 미완의 과제로 남아 있는 근대의 완성으로서의 탈근대적 주체일 것이다.[8]

Ⅱ 근대 이후 육아 담론 비교

1. 신여성 담론: 민족주의 담론에 의해 호명되는 어린이와 여성

진통 실화에서 아이는 시아버지의 목숨을 실리려는 어머니의 손에 의해 호랑이에게 던져지거나, 시어머니의 건강을 염려하는 어머니와 아버지의 손에 의해 땅 속에 파묻히는 존재였다. 아이는 또 낳으면 되지만 부모는 한 분밖에 없다는 게 자녀 유기의 근거가 되었다. 또한 아버지를 위해 바다로 투신하는 심청 이야기나 마을의 평

선, 1999, pp.188~190.
8) 펠스키는『근대성과 페미니즘』에서 근대의 기획이 과연 유효성이 상실했는가에 문제를 제기하면서, 근대의 완성은 미완의 과제로 남아 있다고 말한다. 펠스키가 복원해낸 근대적 여성주체는 자기혁신의 가능성을 안고 완성을 향해 나아가는 과정에 있는 근대성과 매우 유사하다. 조현순, 「여성의 주체적 욕망과 근대성」, 『여성과 사회』, 창작과 비평사, 1999, 제10호, p.272.

화와 안녕을 위해 지네에게 바치는 어린 처녀들의 이야기 등을 통해 볼 때 근대 이전의 어린이는 지금처럼 가정의 중심이 아니었으며, 모성 역시 근대 이전에는 효성을 위해 절제되어야 할 그 무엇쯤이었다. 모성은 절제될 수 있다는 점에서 결코 여성의 본능으로 여겨지지는 않았던 것이다.

"웨 소아의 인격을 무시해요? …… 웨 짜리고 욕합닛가 …… 웨 음식 먹을 째에 아이들은 쎄어노하요? …… 웨 아이들이 죽으면 섬거적에 싸서 무더요?"라는 항변을 통해 "아희들의 인격을 인정하고 존경하야 그네 대하기를 어른갓치 함이외다."[9]를 역설하는 글이 1918년까지 등장하는 것을 볼 때 어린이는 우리 역사에서 꽤 오랫동안 하찮은 존재의 자리를 지켜왔음이 틀림없다.

그렇다면 근대 형성기 여성의 지위는 어떠했을까? 19세기 말 조선은 개항과 외세의 침투에 의해 국가적 민족적 정체성이 송두리째 흔들렸다. 국가의 존립이 자신의 기득권 유지와 불가분의 관계에 있던 사람들은 조선의 국민을 구국의 이름으로 호명하는데 이때 여성도 국민의 일원으로 호명된다. 즉, 여성의 억압에 대한 저항으로 여성에 대한 해방이 주장된 것이 아니라, 국권회복을 위해 여성의 참여가 필요하였고, 이를 위해 봉건적 굴레로부터의 해방에 대한 일련의 조치가 발생한 것이다.[10]

이러한 상황에서 교육은 유교적 의미에서 자기수양의 의미는 몰

---

9) 孤舟, 「소아를 엇지 대접할가」, 『여자계』제3호, 1918.9, pp.25~28, (이화형, 허동현 외, 『한국근대여성의 일상문화』6 자녀교육, 국학자료원, 2004.에서 재인용)

10) 전경옥, 변신원 외, 『한국 여성문화사』, 숙명여자대학교 아시아여성연구소, 2004, p.39.

각된 채 구국강병을 위한 유일한 수단으로 간주되기에 이른다. 국민적 역량강화를 위한 교육의 중요성이 강조되면서 여성교육의 필요성이 대두되고, 나아가 어린아이 역시 교육을 받아야 할 국민으로 호명되는 것이다. 여기에 한국 근대성의 특징이 있다. 즉 서구의 경우 자유와 평등을 기반으로 한 인권의식의 신장이 여성의 지위를 상승시킨 데 비해 한국은 국가적 필요에 의해 우선 여성이 호명되고, 이후 국가 장래를 짊어져야 할 어린이의 교육을 책임져야 하는 존재로서 여성교육의 당위성이 인정받을 수 있었다. 어린이 교육의 수단으로서의 여성교육에 대한 강조는 결혼한 여성의 정체성을 아이의 어머니, 즉 '나'라는 주체는 생략된 '현모'로 한정 짓게 되는 한계를 노정할 수밖에 없었다.

> 세계의 문명혼 나라는 다 남녀 교육을 일반으로 힘써 녀ᄌ가 남ᄌ와 동등학문이 잇슴으로 그 나라이 날마다 더 진보ᄒ거늘 지금 우리나라에는 녀ᄌ를 압졔ᄒ야 교육지 안이홈으로 녀ᄌ의 지식이 몽미ᄒ야 부인의 직척과 가ᄉ 다ᄉ리는 법을 아지 못ᄒ야 가도가 문란ᄒ고 ᄌ식을 나아도 어린 ᄋ히에게 위싱을 주의ᄒ지 못ᄒ야 잘 기르지 못ᄒ는 이도 잇고 ᄌ식이 기러나도 오른 도리로 갈아치지 못ᄒ야 패약혼 ᄌ식이 되게 ᄒ나니 녀ᄌ 사회가 이갓치 어둡고 나라이 엇지 문명ᄒ리오. …… 엇지ᄒ야 남ᄌ만 교육ᄒ고 녀ᄌ는 교육지 안이ᄒ야 집을 망케ᄒ고 나라를 약ᄒ게 ᄒᄂ뇨.[11]

하지만 여성교육은 결과적으로 여성의 의식개혁과 사회활동에

---

11) 산운, 『녀ᄌ지남』제1권 제1호, 1908.5, pp.15~16.(『한국근대여성의 일상문화』6 앞의 책.)

커다란 영향을 미침으로써 이후 각종 여성단체는 여권신장을 위한 다양한 운동을 펼칠 수 있는 계기가 되었다는 점에서 여성의 보편적 근대인으로서의 주체성, 즉 '관계에서 자유로운 독립적 주체'로 형성될 수 있는 가능성을 제공할 수 있었다. 후에 다시 논의하겠지만 이 가능성은 식민지 조선 근대성의 한계로 말미암아 말 그대로 가능성에 그치게 된다.

1920년대 이들 신여성을 주축으로 쓰인 육아 담론은 대체로 아들과 딸의 차별에 대한 비판과 여자 아이에 대한 교육의 필요성 제기, 국가의 기본단위로서 가족의 역할 강조, 부모가 어린이를 꾸짖을 때 주의할 점 등 소소한 양육방법이 주를 이루고 있다.

1930년대에 이르면 '가정생활의 행복을 언제 어느 기회에 제일 만히 늣기십닛까'에서 보듯 사적 가정생활이 공적 담론의 화제가 됨으로써 가족의 중요성이 더욱 강조되고 있으며, 가정 행복의 척도, 여자의 사명으로서의 모성을 예찬하는 글이 양산되는 경향이 있다. 또한 어린 아기의 영양과 수면, 체중, 체온, 간식 등 건강 및 위생 상식을 가르쳐주는 글, 장난감의 필요성을 강조하는 글 등과 더불어 특히 '유치원'에 대한 찬반 논쟁[12]이 눈에 띈다. 유치원 찬반 논쟁은 한국 근대성의 성격을 추적할 수 있는 근거를 제공한다는 점에서 중요하게 취급될 필요가 있다.

"현대문명생활을 하게 되었으므로 유치원이 필요하다.", "유치원은 온 세계 여러 나라에 다 있는 것이다. 따라서 유치원 교육에 찬성한다." 등의 발언에서 근대적 의식의 성숙이 제도를 만들어 낸 것

---

12) 「유치원 가불론」, 『新家庭』, 1935.3, pp.32~45. (『한국근대여성의 일상문화』6, 앞의 책.)

이 아니라, 근대적 문물과 제도를 이용함으로써 근대인이 되고자 했던 당대 지식인의 의식을 엿볼 수 있다. "근본적으로 쇠약한 민족에 근본적 치료는 다음 국민의 양성이다. 그러므로 아동보육의 전문지식과 모성애를 가진 보모의 양성기관인 보육학교와 유치원이 많이 있어야 한다."라는 발언 역시 어린이가 국민의 일원으로서 우선 호명되었음을 증명한다. 자료에 의하면 1933년 조선의 유치원수는 222개소에 아동수는 남아가 5,671명, 여아가 4,597명으로 전체 10,268명이다.[13] 즉 우리의 근대는 근대적 인프라가 매우 미비한 상태에서 서구 및 일본에서 수입된 이론을 받아들인 상층계급의 일부, 근대 지식인이 담론을 주도하면서 추진되었다고 할 수 있다. 이들은 근대문물을 이용함으로써 근대인이 될 것을 욕망하였다. 다시 말해 우리의 근대 동력은 위로부터 아래로 진행되었으며, 근대문물이 근대정신을 주도하는 형국이었다.

실로 모친은 부친보다도 가정 교육에 깊은 관계를 가진 사람으로서 가정을 학교라고 생각하면 어머님은 선생이며 감독이며 가정학교의 교장이라고 하여도 결코 과언이 아니리만침 중요한 지위에 서는 것이올시다.
학교가 지능을 계발 식히기 위하여서의 기관이라고 하면 가정은 아동의 성격건설을 위한 기관이라고 할 것입니다. …… 어린자녀의 장래를 결정하는 성격을 가르치며 여쥬는 어머님의 책임은 실로 중하고 어려운 것입니다. …… **자녀의 장래를 결정할 수 잇는 어머님들이 가정 교육에 대한 책임이 얼마나 무겁다는 것은 다시 말할 필요도 없습니다.** …… 가정교육의 목적이 독립자주의 인간을 만드는

---

13) 앞의 글.

데 잇다고 할진댄 아동자신에게 될수록 **많은 사물을 관찰케하고 될 수록 가능한 범위와 한도 안에서 많은 일을 경험하게 하여서 그 관찰하고 경험한 가운데서 아동자신이 지식과 사축을 발견하고 따라서 진리를 배우도록 힘써 준다는 것**은 설혹 자녀의 자유를 다소 꺽는 점이 잇다고 하겠으나 이는 즉 어머님의 떳떳한 사랑일 것입니다. …… 어머님된 사람은 자녀에게 **안전과 성공만을 경험케 할려고 노력할 뿐만 아니라 때로서는 자녀로 하여곰 모험과 참혹한 실패를 면하게 하는 것도 의미 없는 일은 결코 아닐 것이외다.** 어려서부터 자녀들에게 이같은 지식과 리해를 가진 어머님의 참따운 산사랑이 주의 깊은 모친의 수완으로 말매암아 자녀에게 베푸러질 때 비로소 자녀를 행복된 산사람으로 만드러 낼 수 있으며 따라서 행복된 산 어머님이 될 수 있는 것입니다.[14]

위 글에서 어머니는 지적교육보다는 아이의 좋은 성격을 건설하기 위한 교육을 수행함으로써 자녀의 성공적 장래를 책임져야 하는 존재로 그려지고 있다. 그리고 여전히 어머니의 교육은 오로지 자녀교육이라는 지고한 목표를 수행하기 위한 수단에 불과한 것으로 더욱 단단히 자리매김되어 간다.

한 거름 더 나가서 산술 자연과학 사회현상 모든 일에 관해서 어머니가 무식한 것은 자손과 민족문화상에 무서운 악영향을 주는 중대한 문제라고 아니할 수 업습니다. 우리는 무식은 무식을 낫는다는 것을 명심하여 가지고 **우리 자신은 물론 우리의 자손과 조선문화를 위하야 글을 읽도록 하라고 고조하지 안흐면 안되겠습니다.**[15]

14) 전애록, 「모성애와 가정교육」, 『여성』, 제2권 제4호, 1937.4, pp.70~73 쪽.(『한국근대여성의 일상문화』6, 앞의 책.)
15) 『가정の우』제14호, 1938.9, pp.40~43.(『한국근대여성의 일상문화』6, 앞

위 글은 식민정치가 심화되어가는 1938년, 자녀교육의 중요성을 강조하면서도 예외적으로 공부가 자신을 위해서도 필요함을 역설하는 데서 자료적 가치를 찾을 수 있겠다. 정리하자면 1930년대의 육아 담론은 20년대 여성으로서의 자의식을 드러내는 급진적이고 파격적이었던 신여성 담론을 뒤로한 채 점점 개화기 무렵과 마찬가지로 조선의 장래를 책임질 자녀를 육성하기 위한 어머니의 교육의 중요성를 강조하고 있다고 하겠다. 이후 일제 말기에 이르면 전시 체제의 영향으로 황국신민을 건전하게 길러내야 하는 어머니의 의무는 더욱 강조되는 경향이다.

요컨대 근대 형성기 어머니의 정체성은 무엇에 대한 수단, 즉 개화기 구국에의 필요성과 식민지 시기 황국신민 양성이라는 의무로서 발명되었으며, 이 무렵부터 어머니는 '자녀교육의 전담자'라는 신성하고도 억압적인 지위를 부여받게 된다.

2. 알파맘 · 베타맘 담론

(1) 알파맘 담론
  : 억압적 '주변인'에서 윤리의 지점을 발견할 것.

2007년 7월 한 육아잡지[16]를 통해 본격적으로 알파맘 대 베타맘의 비교가 이루어지더니 어느새 인터넷의 각종 어린이 교육(육아) 사이트 및 쇼핑몰 등에서 '알파맘'이란 용어를 어렵지 않게 찾아볼 수 있게 되었다. 그리고 최근 <주간조선>이 '심층리포트'[17]를 통해

의 책.)
16) 「알파맘과 베타맘의 이유 있는 소신」, 『Babee』, 2007.7, pp.166~167.
17) 『주간조선』, 2008.8.18. 2018호.

알파맘, 베타맘의 다양한 군상을 소개하였으며, 곧 이어 SBS의 다큐멘터리 <SBS스페셜>, '알파맘 VS 베타맘 당신의 선택은?'[18])의 방영은 신문 매체 및 개인 블로그 등을 통한 담론 형성에 물꼬를 트는 계기가 되었다.

▌다큐멘터리 <SBS스페셜>[19])

　그리고 이제 알파맘은 서울대 생활과학연구소가 제시한 '트렌드 코리아 2009'의 10개 키워드 중 하나가 되었다.[20]) 특히 텔레비전 매체로서의 다큐멘터리 <SBS스페셜>은 그간의 담론 현상을 압축적으로 정리하고, 이후 풍부한 담론구성체를 이끌어 냈다는 점에서 알파맘·베타맘 논쟁의 핵심에 위치해 있다. 이 글이 제기하는 문제의식과 전망 역시 <SBS스페셜>에서 발단이 되었음을 밝혀 둔다.

　알파맘은 '매니저와 서포터', '경영자와 조력가'라는 대립구도 속에서 '아이 교육을 향한 열정에 정보력과 효율성을 갖춘 엄마'[21]), '자녀 교육과 가정생활에 기업 경영적 요소를 가미해 최대한 효율성을 추구하는 엄마'[22]) 등으로 정의되고 있다. 가장 최근의 정의에

---

18) SBS 프로그램, <SBS스페셜>, 2008.10.19, 141회, 11시 10분 방영분.
19) 이미지 출처 : http://search.sbs.co.kr/srchTotal.jsp?q=%BE%CB%C6%C4%B8%BE&QU=%BE%CB%C6%C4%B8%BE&keyword=%BE%CB%C6%C4%B8%BE&DIV=
20)『주간조선』, 2008.12.22. 2035호, [2009전망 1] 내년 한국의 10대 소비 트렌드 BIG CASH COW－서울대학교 생활과학연구소의 '트렌드 코리아 2009'.
21)『퀸』, 특별기획「알파맘 vs 베타맘－극과 극의 자녀 교육법, 무엇이 최선일까」, 2008.10, pp.531~542.
22)『Babee』, 앞의 책.

따르자면 알파맘은 '자녀교육 · 재테크 · 정보수집 등 가정생활에서 일어나는 각종 문제해결에 주도적 역할을 하는 적극적인 엄마다. 이들은 학원 · 사교육 선택에서 세세한 하루 스케줄까지 자녀의 모든 일상을 관리하려는 통제형 · 리더형 엄마이자, 살림에도 기업 경영적 요소를 가미해 최대한 효율성을 추구하며 적극적으로 재테크에 나서는 가정의 CEO다.'[23]

알파맘 · 베타맘 담론은 2007년 5월쯤의 형성 이후[24], 활성화되고 있는 현재 2008년 12월까지 담론진행과정의 정형적 행로를 보여 주고 있다. 즉 담론진행과정에서 어떤 정보는 선택되어 과잉확장되고, 어떤 정보는 누락되어 겨우 명맥을 유지하며, 어떤 정보들은 자의적으로 해석, 혹은 오독되고 있음에도 불구하고 우리가 공유하는 집단 무의식에 의해 이러한 오류가 매우 자연스럽게 받아들여지고 있다. 그리고 이 모든 현상을 관장하는 것은 우리 사회를 지배하고 있는 '권력'이라 말할 수 있다. 눈앞에서 사라져 버림으로써 더욱 세련되고 강력하게 힘을 발휘하고 있는 권력의 실체를 공개하고, 그것의 억압적 속성을 밝혀낼 수 있다면, 그 지점에서 우리는 변화를 모색할 수 있다고 생각한다.

알파맘 담론의 시류는 미국사회[25]이지만 한국 사회가 당면하고 있는 저출산과 세계 최고의 교육열, 점점 열악해지는 환경문제에서

---

23) 『주간조선』, 2035호, 앞의 책.
24) 『동아일보』, 생활/문화 · 세계면, "알아서 키워 주마" vs "알아서 크는 거야", 2007.5.15에서 알파맘 · 베타맘 담론의 시초를 발견할 수 있다.
25) 미국에서는 1970년대 전업주부와 직장을 다니는 엄마들 사이에 붙었던 논쟁을 '엄마전쟁'이라고 불렀던 것에 빗대 '제2의 엄마전쟁'이라고까지 한다. 인터넷 홈페이지 SBS > 시사, 교양 > SBS 스페셜 141회 다시보기 기획 의도편 참조.

비롯되는 아이 건강에 대한 관심, 그리고 디지털 시대의 높은 정보
활용력을 갖춘 '맘'들의 존재는 알파맘 담론의 확장에 적절한 토대
로 기능함으로써 미국과는 다른 한국적 담론을 활성화시키고 있다.
그렇다면 우선 담론 확장의 기폭제가 되었던 다큐멘터리 <SBS스페
셜>을 통해 미국식 알파맘의 형상을 추적해보도록 하자.

우선 미국의 두 알파맘은 화려한 이력이 돋보인다. 현재 두 아이
의 엄마이자 전업주부인 콜린은 MBA 취득 후, 유명 대기업의 마케
팅 매니저로 활동했었으며, 알파맘 TV[26]를 창설한 이사벨 역시 전
직 월스트릿 금융전문가로 10년간 활동한 경력이 있다. <SBS스페
셜>은 콜린이 유방암 4기 여성을 위한 자선파티를 열고, 참석자들
로 하여금 기부등록을 도와주는 장면에서부터 출발한다. 그녀는 자
신이 운영하는 육아 블로그를 통해 알게 된 맘들과 오프라인에서도
관계를 맺으며 의미 있는 교류를 지속해 간다. 콜린은 아이들이 커
가는 모습과 함께 육아제품 후기를 1,000여 개 이상 블로그에 올림
으로써 육아정보를 찾는 평범한 맘들에게 커다란 영향력을 행사하
고 있으며, 이에 따라 대기업 마케팅부의 주요한 관심대상이 되고
있다. 기업은 소비시장을 움직이는 맘들의 거대한 힘을 이미 파악
했으며, 따라서 알파맘들은 직·간접적으로 그들의 윤리적·합리적
요구를 기업에 관철시킬 수 있게 되었다. 이 외에도 콜린은 두 자녀
의 명문대 입학을 희망했으며, 음악, 스포츠, 미술 등에서도 우수하

---

26) 『동아일보』, 알파맘들의 가장 큰 관심사는 교육과 기사 관련 정보 공
유. 2005년 24시간 케이블 채널 알파맘 TV까지 탄생했다. 방송은 개국
2년만에 100만 명 이상의 열성 시청자를 확보했다. 2007.5.15. 앞의 글.

고 다재다능한 인간으로 자녀를 키우고 싶어했다.

한편 이사벨은 <SBS스페셜>에서 알파맘 TV의 창설 계기가 되었던 육아에 대한 막막함과 어려움을 토로하였으며, 유명 장난감 회사의 기차에서 납성분이 검출되었음을 1,100만 명의 맘들에게 알린 사례는 특히 알파맘으로서의 보람과 자부심이 되었음을 이야기하였다. 요컨대, 미국의 두 알파맘의 사례로 볼 때, 알파맘은 아이의 미래를 설계하고 열성적으로 교육시키는 맘이라는 특징 이외에도 육아에 대한 지식을 공유하고, 각종 육아용품과 관련하여 기업 및 사회에 의미있는 영향력을 행사하고 있다는 데에서 찾을 수 있겠다.

한편 <SBS스페셜>은 총 5명의 한국의 대표 알파맘을 소개하고 있다. 우선 네이버 파워 블로거로 선정된 1)젤리맘 손금란 씨와 2)마리안 김성미 씨는 육아용품 사용 후기, 요리, 손뜨개, 아이 옷 만들기, 영화·공연·맛집 소개 등을 통해 어린 아이를 키우는 엄마들에게 유용한 정보를 제공하고 있다. 6살 서준이를 키우며, 카페 운영을 통해 3)엄마표 영어 학습으로 유명해진 이남수 씨는 아이의 영어교육을 위해 일상생활에서 영어를 구사하며, 현재 교회에서 엄마와 아이가 함께 하는 영어교실을 운영하고 있다. 4)범수(4학년) 어머니 김수진 씨는 스스로 학습 매니저가 되어 아이와 함께 공부하며, 학습 전 과정을 책임지고 있다. 5)국제중 1차에 합격한 유진 엄마 임정민 씨는 딸의 아이비리그쪽 학교 입학을 목표로 철저한 계획 아래 아이에게 악기, 스포츠, 봉사 활동 등 다양한 경험을 제공해 주고 있으며, 유진이는 현재 4개 국어를 구사하고 있다.

❙ 아이와 함께 공부하는 한국의 알파맘[27]

종합해 볼 때, 1)과 2)는 미국의 사례와 마찬가지로 블로그나 카
페를 통해 자신을 드러내고, 유익한 정보를 제공·공유하고 있는
맘의 유형으로 분류될 수 있다. 4)와 5)는 학습 매니저로서의 맘, 3)
은 정보제공자 및 학습매니저로서의 복합 유형으로 분류될 수 있겠
다. 특히 4) 5) 6)은 아이에 대한 직접적인 교육 담당자로서의 맘으
로 미국의 알파맘과 가장 변별되는 지점의 맘이라 할 수 있겠다.

<SBS스페셜>에서 드러난 미국과 한국의 알파맘 이미지는 '억척
어멈'으로 상징되는, 자식을 위해 헌신하던 어머니에게서 느껴지던
누추함과 연민의 감정과는 거리가 멀게 느껴지며, 자식을 향한 이
기적 헌신으로 치맛바람을 일으키던 어머니에게서 느껴지던 부정적
감정과도 아슬아슬한 적정 거리를 유지하고 있다. 전업주부가 대부
분인 그들의 이미지는 유쾌함 혹은 열정과 강박의 이미지 사이에서

---

27) 이미지 출처 : http://search.sbs.co.kr/srchMore.jsp?QU=%BE%CB%C6%C
4%B8%BE&RQ=dkfvkaka&SH=2&DD=0&FD=0&PG=0&DT1=&DT2=&
LC=10&DIV=IMAGE

겨우 균형을 잡고 있는 듯하다.

그런데 한국에서 진행된 1년 남짓한 담론의 진행과정은 특히 <SBS스페셜> 방영 이후 순서에 따른 배열, 분류, 비교, 즉 기준에 따른 다양한 결합과 분리에 따라 점차 논리적 단순함과 명징성을 가시화하고 있는 추세이다. 이러한 논리적 안정성은 사실상 '권력에 근거하는 특정한 담론의 배제와 정상화'를 통해 이루어진다[28]는 푸코의 명제는 알파맘 담론에서 확연하게 증명될 수 있다. <SBS스페셜> 이후 알파맘 이미지는 우리 한국사회에서 어떻게 유통되고 있는지 살펴보도록 하겠다. 미리 말하자면 우리 사회에서 알파맘은 매우 투명하게 위의 4)와 5)의 유형, 즉 학습매니저로서의 이미지가 절대적이다. 아래의 예시글은 네이버상에서 알파맘 검색을 통해 찾아낸 정보들이다.

① '내가 아이의 앞날을 막는 건 아닐까.' **빚을 내서라도 아이의 뒷바라지를 하는 게 부모 도리** 아닐까.' '나중에 아이가 원망하면 어쩌나.' 두려움이 밀려왔다. 불확실한 미래에 대한 불안은 누구에게나 있지만 자식의 미래에 대한 걱정과 불안은 자기 것보다 더 강하고 크게 느껴졌다. **자식의 미래를 위해 아낌없이 지원해 주고 싶은 게 부모 마음**이다. 하지만 현실이 그렇지 않으니 어떻게 하는 게 바람직한 부모 역할인지 고민스러웠다. …… 아이에게 뭘 더 해줄까 고민하기보다 정신적으로, 경제적으로 앞길을 개척할 수 있도록 힘을 실어주는 게 낫지 않을까.[29]

---

28) 푸코, 「담론의 질서 상」, 『세계의 문학』, 1982년 봄, pp.97~125.
29) 『중앙일보』 사회, [솔빛 엄마의 사춘기 자녀 키우기] 알파맘 · 베타맘보다 든든한 '친구'가 되어 주세요 2008.11.12.

② 여력이 되는 한 좋은 교육을 받게 해주고 싶고 어렸을 때 적어도 영어는 시작해야 할 것 같다는 생각에 집 근처 **학원을 기웃거린다.** …… 오히려 알파맘보다 더 많이 고민하고 공부한다. 베타맘과 알파맘은 동전의 양면처럼 하나의 몸을 가지고 있다. **양쪽 모두 아이를 철저히 공부하고 방법을 찾아내기 위해 끝없이 정보를 탐색하고 아이를 위해 최선의 선택을 하기 위해 자신을 희생하는 전형적인 한국의 열성 엄마다.** …… 비록 아이에게 **아이비리그의 학교를 제공하지는 못하겠지만** 적어도 일생에 티격태격하는 친구 한 명을 제공하기로 마음을 먹는 것이다.[30)]

③ "인터넷이나 학원 방문 등을 통해 얻은 정보로 아이의 **사교육 범위와 종류**를 결정했지만 항상 '더 좋은 학원이나 과외강사가 있지 않을까?' 하는 걱정을 한다"고 말했다(초등학교 4학년 딸을 둔 주부 이지인). …… "중1인 아이를 특목고에 보내려고 각종 **전문학원**을 알아보고 학부모들에게 소위 '잘 나간다'는 **과외 강사**도 물어봤는데 제대로 된 사교육 정보를 얻기 어려웠다."(최경순, 43·여) …… "부지런하게 교육정보를 챙겨 아이들에게 알려주고 초등학교 저학년 때부터 아이가 가야 할 **학원이나 선행학습단계 등을 꿰뚫고 있는 알파맘들을 보면 솔직히 부럽다.**"(중2 아들을 둔 유민선) …… 마이너스 통장을 활용하며 수년 동안 아이의 **사교육에 공을 들였다.** 하지만 박씨(박인순)는 "아이가 과학고에 진학한다고 하더라도 졸업 후 아이의 직업이나 진로 선택에 대한 고민이 많다."고 말했다.[31)]

④ **이 학원이 뜬다더라, 저 선생님이 최고라더라 하는 정보들,** 따지고 보면 나와 다름없는 이웃 학부모 중의 한 사람 입에서 비롯된

---

30) 『조선일보』 사회, [장세희의 행복한 육아] 알파맘·베타맘보다 '친구'가 되어주세요, 2008.11.10.
31) 『부산일보』 사회, [토요기획], 자녀교육 스트레스, 2008.11.08.

것이 아닌가. 그런 정보들이 과연 내 아이를 맡길 만큼 신뢰도가 있
고 충분히 검증된 것일까. 별로 그렇지는 않을 것이다.[32]

위 글 중 1), 2), 4)는 신문에 고정적으로 글을 올리는 전문 기고
가의 글이며, 3)은 알파맘이 되려는 맘, 혹은 전형적 알파맘을 선정
하여 그들의 자녀교육의 고단함을 보여주는 글이다. 각기 다른 필
자임에도 불구하고 위 글에서 그려지는 알파맘의 형상은 대단히 일
관된 논리에 의해 뚜렷하게 드러난다. 즉, 알파맘의 전형은 '자식의
성공적 미래(아이비리그로 대표되는 학벌 취득)를 위해 사교육과 관련된
각종 정보를 입수하여, 경제적 부담을 불사하고 투자에 최선을 다
하는 맘'인 것이다. 그래서 그들은 모두 자녀와의 관계에서 기쁨과
보람을 얘기하기보다는 불안과 걱정을 간신히 덮어둔 채 자기위안
을 위해 안간힘을 이끌어내고 있는 형국이다. 즉 담론상에서 드러
나는 2000년대의 한국의 맘들은 근심과 걱정에 사로잡힌 채 죄의식
과 자기위안의 위태로운 기로에 서있는 듯하다.

이러한 현상은 세계 최고의 사교육 천국인 대한민국의 현실을 투
명하게 반영하고 있다.[33] 그리고 이 현실을 지탱하고 있는 기반은

---

32) 『조선일보』 사회, [차윤경의 육아리포트] 내 아이에게 필요한 건 알파
맘? 베타맘?, 2008.11.03.

33) 사교육을 지지하는 권력은 늘어선 학원간판에서뿐 아니라 우리가 매일
읽는 신문에서도 쉽게 찾아볼 수 있다. 한국의 각 일간지는 대개 일주
일에 한 번 교육과 관련된 기사와 콘텐츠로만 꾸며진 별도의 섹션을 운
영하고 있는데 기자들이 의뢰하는 전문가들은 한결같이 사교육 현장에
서 근무하는 연구원이나 강사 일색이다. TV 역시 전국민적 관심 속에
서 치르는 수능 이후 입시경향분석을 사교육에 의뢰하고 있으며, 이는
매우 오래된 전통이다. 지배적 매체와 직 · 간접적으로 사교육을 지지하
는 권력이 만나 더욱 강력한 입시 위주의 경쟁적 교육을 암묵적으로 부

가부장적 이데올로기라 할 수 있다. 식민 현실 속에서 남성 지배계층은 조선의 가부장제를 민족의 전통으로 부활시키기 위해 신여성과 헤게모니 투쟁을 벌였으며, 식민지배가 심화됨에 따라 이 투쟁에서 보수적 남성 지배계층은 승리를 거머쥘 수 있게 되었다. 이때 형성된 현모양처 개념은 탈근대라 명명되는 지금까지도 자녀교육을 여성 고유의 책임으로 느껴지게끔 하는 효과를 지속시키고 있다. 요컨대 <스페셜>에 등장한 다양한 알파맘의 사례를 중심에 놓고 살펴볼 때, 한국의 가부장이데올로기에 기반한 과잉된 교육열기 속에서 '교육에 헌신적인 맘'만이 담론과정 중 살아남았으며, 그 이외의 맘들은 모두 배제되어 버렸다고 할 수 있다.

　보이지 않는 권력은 이와 같이 정보에 대한 가지치기를 통해 논리를 단순화시키기도 하지만 정보를 덧붙임으로써 자신의 권력을 더욱 확장해 나아가려는 성질을 지니고 있다. 위에서 살펴보았듯 <주간 조선> 2035호에서 알파맘이 '학원·사교육 선택에서 세세한 하루 스케줄까지 자녀의 모든 일상을 관리하려는 통제형·리더형 엄마이자, 살림에도 기업 경영적 요소를 가미해 최대한 효율성을 추구하며 적극적으로 재테크에 나서는 가정의 CEO'로 정의되고 있는 것은 매우 의미심장하다고 할 수 있다. 지금까지 자녀교육 방식과 관련되어 정의되던 알파맘이 '재테크'의 영역에서도 역량을 발휘하는 맘으로 정의되고 있는 것이다. 이는 21세기에 부활된 근대 형성기 현모양처의 다른 이름이라 할 수 있다. 사실 앞서 살펴본 2007년 7월 <Babee>에서도 알파맘이 '자녀 교육과 가정생활에 기업경영적 요소를 가미해 최대한 효율성을 추구하는 엄마'로 정의되

추기고 있는 형국이다.

고 있지만 이 경우 가정생활에서의 효율성은 재테크와는 아무런 상관이 없음을 알 수 있다. 사례로 소개된 박은주 씨가 말하는 효율적 가정생활은 "집 안을 치우고, 영양가 있는 식사를 준비하고, 시간이 허락한다면 봉사활동까지, 엄마의 본분을 지킬 때 아이도 자신의 할 일을 할 수 있다."에서 보듯 그저 오래된 주부의 역할을 말했을 뿐이다.

신자유주의의 전면적 도래 앞에서 비정규직은 더욱 양산되고 있으며[34], 비정규직의 다수를 여성이 차지하고 있는 현실 속에서 지배세력은 여성의 설 자리와 갈 길을 알파맘으로 강요하고 있는 건 아닐까. 조선일보의 한 기사에 의하면 1980년대의 수퍼우먼은 직장에서 10시간을 꼬박 일하고는 집에 가서 저녁식사 준비를 하는 반면, 2000년대의 알파맘은 재택 근무나 파트타임 일자리를 활용, 자녀들과 훨씬 더 많은 시간을 보내는 것이 특징이라고 한다. 그리고 알파맘이 크게 증가한 것은 탄력근무제이 도입과 IT이 발전 더분이라고 분석했다.[35] 하지만 탄력근무제의 도입과 IT의 발전은 여성뿐 아니라 남성도 똑같이 직면한 노동환경이다. 이러한 노동환경이 남성의 육아시간 연장이라는 결과를 가져다주었는지는 의문이다. 또

---

34) 노동사회연구소 김유선 소장의 연구결과에 따르면, 경제협력개발기구 (OECD) 가입국의 비정규직 비율은 30% 선이지만 우리나라의 비정규직 비율은 53~54%다. 두 배에 가깝다. 질적인 면의 차이는 더욱 크다. 선진국의 비정규직은 성격이 우리와 다르다. 정규직으로 가는 '징검다리' 기능을 하는 비정규직, 정규직과 동일한 처우를 보장받는 비정규직, 고용불안이 덜한 비정규직이 상당수이기 때문이다. 경향신문, 기획부문 2008.8.26, [비정규직 800만 시대] 선진국의 비정규직, 정규직 취업의 '징검다리'

35) 『조선일보』, 국제면, "수퍼우먼…사커맘…이젠 '알파맘' 시대", 2007.8.28.(미 노동통계청에 따르면, 미성년 자녀를 둔 직장 여성 중 탄력근무제를 활용하는 비율이 1991년 14%에서 26%로 늘었다.)

한 파트타임 일자리는 여성주체의 자발적 선택이었을까. 알파맘으로서의 길을 추동하는 다른 세력이 있다면, 그것은 필요할 때마다 여성의 본업을 강조하는 가부장적 이데올로기일 것이다.

　지배세력의 저의를 간파한 자들은 전략적으로 알파맘의 개념을 느슨하게 만들 필요가 있다. 온라인상의 의미 있는 커뮤니티를 오프라인에서 유지하고 있는 콜린의 사례(유방암 말기 환자를 위한 기금마련)에서 보듯 그들의 만남을 더욱 윤리적인 토대에서 세워갈 기획들을 만들어가는 건 어떨까? 그들의 커뮤니티가 단순히 학습과 관련된 이기적인 정보들을 교류하는 것에서 더 나아가 먹거리와 관련된 최근의 촛불시위에서 보듯 우리 사회의 다양한 모순에 대해 민감하게 반응하고 대응할 수 있는 힘을 축적해 갈 수 있다면, 그들의 힘이 어떤 권력에 영향력을 발휘할 수 있다면, 우리는 분명 열정적인 알파맘의 형상에서 희망을 찾을 수 있을 것이다. 그들은 자식을 위해 어렵고 낯선 일들을 용감하게 선택하곤 한다. 태교를 위해 무거운 몸을 이끌고 영화를 보러 다니거나 여행을 가는 건 기본이며[36], 아이를 위해 엄마들이 모여 스스로 각본을 짜고, 소품을 만들고, 대본을 연습해서 연극을 올리기도 한다.[37] 열성적인 이들의 실천이 단순히 아이를 위한 것이라는 명목에서 해방되어 스스로 행복해지는 방법으로서 수행되고, 이것이 행복한 느림과 나눔의 삶을 추동할 수 있다면 이것은 알파맘의 잠재된 힘이자 윤리적 지점이 될 수 있을 것이다.

　요컨대 우리가 그들에게서 찾을 수 있는 윤리의 지점은 다음과

---

36) 『퀸』, 앞의 책, p.532.
37) 『문화저널21』, "베타맘은 또 다른 알파맘일 뿐이야!" - 내 아이 위해 백설공주와 일곱난장이 공연한 강남 엄마들의 수다방, 2008.12.16.

같다. 그들의 아이에 대한 사랑과 정보력이 자본의 맹목적 질주에 제동을 걸 수 있을 때, 인터넷 매체를 바탕으로 정보의 창출과 교환을 시도하고 이것을 바탕으로 오프라인상에서도 의미있는 만남을 가질 수 있을 때, 아이를 위한다는 명목에서 해방되어 함께 즐김으로써 행복한 느림과 나눔을 실천할 수 있을 때 우리는 알파맘에게서 윤리적 희망을 발견할 수 있을 것이다.

'내 아이 미래는 엄마인 나에게 달렸다'[38]라고 당당하게 말하는 알파맘 주체는 의아스럽게도 그것을 하나의 억압으로 느끼기보다는 증상으로서 즐기고 있는 듯하다.[39] 다만 주체가 그 논리를 모르는 한에서만 말이다. 이러한 알파맘은 이데올로기적인 것의 실체를 가시화한다.[40] 탈근대기의 한국사회에서 위 언설은 이렇게 바뀌어야

---

38) 『퀸』, 앞의 책, part 1의 제목임. p.532.

39) 장윤정, 『알파맘 베타맘』, 노마드북스, 2008.12. 이 책은 SBS<스페셜>의 '알파맘 VS 베타맘'의 작가가 프로그램에서 누락된 부분의 정보를 보충하고 자신의 의견을 덧붙이는 식으로 구성되어 있다. 다음은 저자의 약력소개란 중 일부이다. '출산 10일 전까지도 피 말리는 대본집필을 하다가 첫딸 지후를 출산했다. 지후가 4개월 되었을 때 다시 방송현장으로 복귀한 뒤, 모유수유를 계속 고집해 휴대용 유축기를 갖고 다니며 틈틈이 짜낸 모유를 냉동저장해 집으로 나르는 알파맘스러운 면모를 과시하기도 했다. 딸의 두 돌을 며칠 앞둔 그녀는 현재 <스페셜> 집필 작업과 동시에 새벽 3시마다 이유식을 끓이는 바쁜 워킹맘의 나날을 보내고 있다.'

40) 이데올로기적인 것은 그 본질에 대한 참여자들의 무지를 통해서만 존재할 수 있는 사회적인 현실이다. 즉 이데올로기의 사회적인 효과와 재생산 자체는 개인들이 '자기들이 무엇을 하고 있는지 알지 못하는 것'을 함축하고 있다. "이데올로기적인 것은 사회적 존재의 허위의식이 아니라 존재가 허위의식에 의해 유지되는 한에서의 그 존재 자체이다. 증상에 대한 가능한 정의 중 하나는 '그것의 일관성 자체가 주체의 무지를 함축하고 있는 형성물'이라는 것이다. 주체는 그 논리를 모르는 한에서만 자신의 증상을 즐길 수 있다. 슬라보예 지젝, 『이데올로기라는

하지 않을까. '내 아이의 미래는 우리 모두의 책임이기도 하다.' 알파맘은 우리 사회의 약자이되 지배이데올로기에 자발적으로 자신을 동일시한다는 점에서 진정한 '소수자'가 아닌 '주변인'이라 명명할 수 있다. 그리고 그들의 개인적 실천이 지니는 사회적 의미를 생각해 볼 때, 알파맘의 존재가 대개의 여성들에게 억압적으로 작용할 여지는 충분하다. 최고의 완벽한 엄마를 욕망하는 주변인으로서의 알파맘에게서 윤리의 지점을 찾아낼 것! 탈근대의 진정한 맘은 여기서 발견될 수 있을 것이다.

(2) 베타맘 담론
: 척도를 위반하는 '소수자'의 형상 구출하기

한 담론은 이데올로기적 입장과 관련하여 의미를 가지게 된다. 즉 그 의미는 투쟁 속에서 어느 쪽의 무기로 사용되느냐에 따라 고정된다.[41] 베타맘의 어떤 부분은 알파맘과 마찬가지로 우리가 기획할 수 있는 탈근대적 여성주체 수립에 전략적 활용이 가능하므로 현재 유통되고 있는 베타맘의 의미 범주를 전략적으로 재조종할 필요가 있다.

베타맘 역시 담론의 진행과정에서 개념의 축소 현상으로 인해 논리적 단순화의 길을 걷고 있는 양상이다. 우선 다큐멘터리 <스페셜>에서 드러난 미국과 한국의 베타맘의 사례를 통해 베타맘의 범주를 추적해 보기로 하자. 미국의 대표 베타맘으로 소개된 트레이시는 현재 딸 시드니를 1개 유치원에 보내고 있으며, 나머지 시간은 주로 학습보다는 놀이 위주로 딸과 함께하는 시간을 보내고 있다.

숭고한 대상』, 인간사랑, 2002. p.48.
41) 다니안 맥도넬, 앞의 책, p.153.

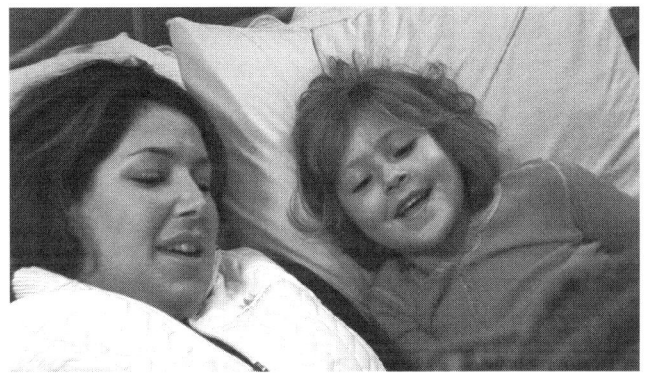

▎아이와 함께 공부하는 미국의 베타맘

　트레이시는 아이가 원하는 걸 스스로 찾아서 할 수 있는 자립심을 길러주는 것이 엄마의 역할이라 생각하고 있으며, 그래서 무엇이든 딸과 함께 의논하여 결정하는 것을 생활화하고 있다. 가령 식단을 짤 때도 딸의 의견을 존중하는 것이다 그녀는 시ㄷ니가 대학에 안 가겠다고 해도, 돈벌이가 안 되는 직업을 선택한다 하더라도 진정 하고 싶은 일을 선택했다면 딸의 선택을 존중하겠다고 말한다. 스스로 선택하는 삶을 살았을 때 딸은 인생이 살 만한 가치가 있다고 느낄 것이며, 자기 삶에 만족할 것이라고 말한다.

　한편 한국의 베타맘은 총 4명이 소개되었다. 1)자녀교육 지침서를 여러 권 출간한 이력이 있고, 현재 행복한 엄마가 되는 법을 알려주는 '엄마학교'를 운영하고 있기도 한 서형숙 씨는 아이의 행복을 최고로 우선시하라고 말한다. 아이를 키우는 것만큼 재미있는 일도 없다는 그녀는 렛잇비, 냅둬를 강조했다.[42] 2)또한 예훈 엄마 박미경 씨는 아이가 다방면에서 잘해야 할 것 같아 무리하게 학습지를 시키고 학원에 보냈는데, '엄마학교'를 경험한 후 아이에게 좀 더 여유를 주고, 인내를 갖고 기다리자 공부를 더 잘하게 되었다고 한다. 3)한국과학영재학교에 딸 송이를 입학시킨 길항춘 씨는 사교육의 도움을 받은 적이 없으며, 딸과 함께 도서관을 이용하며 배움의 즐거움을 심어주었다고 한다. 4)끝으로 아들 선홍이를 완주군 양화분교로 유학 보낸 한지원 씨는 교육에 매달리는 대신 자신의 일을 찾아 나섰다. 그녀는 아들의 미래를 세우는 데 인생을 모두 쏟아붓기보다는 자신의 삶을 사랑하는 방법을 보여주고 싶다고 한다. 스스로 텃밭을 가꾸고 흙에서 뛰어노는 가운데 웃음을 찾아가는 선홍이를 보며 지원 씨는 엄마로서 더 이상의 욕심은 없다고 한다.

요컨대 <스페셜>에서 보여 준 베타맘은 트레이시처럼 딸의 성공이 아닌 행복을 우선시하되 딸을 위해 충분한 시간을 할애하는 맘, 1), 2)처럼 아이에게 여유와 자율을 줌으로써 오히려 우수한 성적으로 아이를 키울 수 있었던 맘, 3)처럼 시간을 투자해 아이와 함께 공부함으로써 명문학교에 아이를 입학시킬 수 있었던 아빠, 마지막으로 4)처럼 아이의 행복을 우선시하고 더불어 자신의 삶을 찾아 나선 엄마로 분류할 수 있다. 그리고 이는 '아이와의 관계에서 독립된 자신을 드러냈느냐'를 기준으로 삼는다면 4)와 그 나머지로 분류될 수 있으며, '통념적 의미에서의 성공이 아닌 아이 스스로의 행복을 강하게 드러냈느냐'를 기준으로 삼는다면 트레이시, 1), 4)와 2), 3)으로 분류될 수 있다.

---

42) 서형숙 씨는 다른 지면에서 과외 한 번 받지 않고 서울의 명문 대학교를 들어간 큰 딸 태경이와 작은 아들 홍원이 덕분에 가정교육 강사가 될 수 있었다고 말한 바 있다. <소년 한국일보>, '[자녀 교육 필독서] 엄마 학교', 2008.11.3.

그렇다면 이렇듯 다소 넓게 형성되어 있는 베타맘의 범주는 <스페셜> 방영 이후 어떤 변화과정을 거쳤을까. 결론적으로 말하자면 '관계에서 독립된 자신을 드러내는 맘'과 '공인된 성공의 척도보다 아이 스스로가 만들어낸 행복을 우선시하는 맘'의 존재가 담론에서 점점 삭제되어 가고 있는 형국이다. 하지만 이들이야말로 우리가 베타맘에서 되살려내야 할 소수자로서의 역량을 기대할 수 있는 존재라 할 수 있다. 권력으로 회수되지 않는 형상으로 새로운 세계를 열망하는, 다수자를 향해 인정투쟁을 벌이기보다는 세계에 없는 것을 얻고자 하는 이들이야말로 우리가 되살려 내야 할 '소수자'43)라 할 수 있을 것이다.

사실 베타맘은 2007년 7월 비슷한 시기의 잡지와 신문기사44)에서는 독립된 자아를 강조하는 맘으로서 개념이 형성되었다. 두 글에서 베타맘은 '아이는 알아서 크도록 하고 본인의 수양에 더 많은 관심을 갖는 엄마를 말한다. 베타맘의 주무기는 느긋한 마음과 자유로움', '자녀교육에 애면글면하지 않고 자신의 심신을 가꾸는 데 더 관심을 갖는 엄마들이다'로 규정되는 것이다. 이러한 개념은 현재 우수한 성적을 유지하고 있는 자녀를 두었거나 자녀를 명문학교에 입학시킨 이후 자신의 교육관을 피력하는 위의 1), 2), 3)들의 존재45)로 인해 '알파맘과 베타맘은 언뜻 정반대 스타일 같지만 알고

---

43) 질 들뢰즈, 펠릭스 가타리, 김재인 역, 『천개의 고원』, 새물결, 2003. pp. 897~904.

44) 『Babee』, 동아일보, 정성희 논설위원, '강남엄마 따라잡아? 말아?', 2007.7.18. 앞의 책.

45) 『주간조선』, 2018호 앞의 글에는 베타맘의 몇 가지 양상이 소개되는데 가령 제목은 다음과 같다. '영·수 대신 상추 따고 음악 들으며 체험·감성 교육－학원 안 보내고 공부 타령 안 하니 오히려 우등생 돼', '두

보면 방식에 차이가 있을 뿐 아이가 좋아하고 잘하는 걸 찾아 성공으로 이끈다는 의도나 목표는 같다'(주간조선, 2018호 2008.8/ 퀸 2008.10)라는 언설이 참인 것처럼 느껴지게 하는 효과를 유발한다.

알파맘과 베타맘의 교육방법이 의도나 목표 면에서 같다고 전제하는 담론구성체는 <스페셜>이후에 더욱 확산되는 경향이 있다. "저는 굳이 말하자면 '쿨'한 맘이에요. 베타맘식으로 키우더라도 내가 어떻게 키우면 우리 애가 더 훌륭해질 것이라는 기대를 하지 않는 거죠. 내가 아이를 키우면서 내가 행복하면 됐고, 내가 좋았으면 그걸로 끝내자는 생각이에요"46)라는 이남수 씨의 인터뷰 내용은 자녀의 행복을 척도로 삼는 베타맘의 존재를 삭제시키고 있다. 또한 "베타맘이 되기에도 알파맘이 되기에도 너무 바쁘고, 아이와 내 인생 사이에 공간을 만들어 놓고 싶은 보통 엄마인 필자로서는 아이에게 최고의 선생님인 알파맘, 베타맘보다 지금처럼 허점투성이 친구인 엄마를 택하기로 결심했다."47)라는 솔직한 고백은 자신의 삶을 추구하는 베타맘의 존재를 놓쳐 버리고 만다. '베타맘이 되기에 너무 바쁘다'라는 것은 아이와 많은 시간을 함께하는 맘만을 베타맘으로 규정해 버린 결과인 것이다. 다음은 강남엄마들의 모임을 밀착 취재한 기사이다.48)

자녀 서울대 보낸 베타맘 박봉임씨-아이들 선택 믿고 지켜봐 준 것이 성공 비결'
46) 『경향신문』, '사교육 걱정없는 세상(7)-학원 안다녀도 영어 잘하기', 2008.11.17.
47) 『조선일보』, 2008.11.10, 앞의 글.
48) 『문화저널21』, "베타맘은 또 다른 알파맘일 뿐이야!" 앞의 글.

소희맘 : 알파맘은 완전히 자기애를 아이비리그에 보내기 위해 0세부터 계획적인 교육에 들어가는 엄마. 그게 싫어서 서울애가 지방으로 시골로 유학을 가고 거기서 보다 많은 걸 획득해서, 사실은 약간 모는 방법이 틀려서 그렇지 **도착하고자 하는 목적지는 같아.**

예지맘 : 어려서부터 최고의 과정을 거쳐서 최고의 단계를 밟아 목적지에 도착하도록 하는 게 알파맘이고, **베타맘은 느긋한 과정에서도 마지막에 도달할 수 있는 곳은 최고의 자리에 올라가도록 한다는 것. 지향점은 똑같은데,** 나쁜 환경에 접하지 말고 좋은 환경에서 니가 스스로 터득해서 최고점에 오르라는 것이잖아.

이 모임에서도 역시 알파맘과 베타맘의 목적지는 '최고의 자리'로서 동일하게 취급되고 있다. 하지만 베타맘 담론에는 지금 이 세계의 모순을 직시하고, 현실 너머의 다른 외부를 꿈꾸는 소수자로서의 베타맘이 담론진행 과정에서 완전히 사라져 버린 것은 아니다. 알파맘이든 베타맘이든 자녀에 대해 소신 있게, 또 한결같을 때 성공이 따라온다고 말한 맘은 성공이란 "명문대를 나오고 남들이 인정해 주는 직업을 가지는 것이 아니라, 자신이 원하는 일을 하고 자신의 생활에 만족하는 것"이라고 말한다.[49] "제 아이는 학교 성적이 뛰어나지 않지만 자신이 원하는 미술공부를 마음껏 할 수 있어서 행복하다고 말해요. 아이가 행복하다고, 감사하다고 말하는 것을 들어 본 엄마들이 한국에 과연 몇이나 있을까요"[50]라고 말하는 맘의 존재 역시 대다수의 평범한 엄마들을 주눅들게 하는 자녀를 명

---

49) 『매일신문』, 사회면, '소신 있는 엄마가 되자', 2008.11.25.
50) 『중앙일보』, 사회면, '엄마가 흔들리면 아이도 흔들려요.', 2008.11.18.

문대에 입학시킨 성공한 베타맘의 형상과는 거리가 멀다. 이들은 적어도 한국적 현실51)에서는 분명 소수자라 할 수 있을 것이다.

베타맘이 되어 아이의 행복을 위하는 길이 반드시 아이와 함께 하는 시간을 충분히 확보하는 것에만 있지는 않을 것이다. 우리가 기대하는 사회가 가족 안에서만 행복을 느낄 수 있는 사회는 아니기 때문이다. 가족주의라는 틀 안에 단단히 매여 있는 한국의 현실에서는 아이가 가족 이외의 더 많은 다양한 관계에서 행복을 느낄 수 있도록 만들어 주는 것이 우리가 지향해야 할 탈근대기의 맘들의 모습이 아닐까 한다. 이런 점에서 한국의 대표 베타맘으로 주목받고 있는 서형숙 씨의 인터뷰 내용은 씁쓸한 느낌을 자아낸다. 그녀는 대학원 3학기 때 결혼을 했는데, 그러면서 '내 것은 다 접었고, 누군가 잠시 희생을 해야 한다면 제가 그러는 것이 더 낫다고 생각했다'고 말한다.52) 가고 싶은 길을 포기함으로써 아이의 행복을 추구하는 여성이 근대의 여성주체라면 우리가 기획함으로써 앞으로 도래할 탈근대의 여성주체는 가고 싶은 길을 포기하지 않으면서 본인과 아이의 행복을 모색하고 실천해 나가는 형상을 띠고 있을 것이다.

---

51) 한국의 사교육은 타의 추종을 불허한다. 통계청에 따르면 2007년 기준으로 초중고생의 사교육 참여율은 77%, 특히 초등학생의 사교육 참여율은 88.8%에 달한다. 사교육 시장 규모는 GDP의 3.6% 수준인 20조 4000억 원으로 집계됐다. 대학 진학률도 미국 등 선진국이 50% 안팎인데 비해 1990년 33.2%였던 것이 2007년 82.8에 달했다. 데이터 뉴스, [weekly] 엄마의 선택, 알파 or 베타?<2>, 2008.11.27.

52) 『오마이뉴스』 사회, "저는 알파맘도 베타맘도 아닌 그냥 엄마예요." 2008.11.18.

Ⅲ. 육아담론을 통한 여성주체 형성의 쟁점과 전망 : '차이'를 드러내고 '접속'을 시도할 것

현재 우리 사회의 어머니들은 여성 인권에 대한 의식의 향상 및 여성주체 스스로의 자각에 의해 높은 수준의 교육적 배경을 가지고 있으나 높은 교육 수준이 결코 그녀들의 사회적 지위를 보장하는 것은 아니다. 여성교육의 목표는 근대 초기부터 식민 지배와 오래된 가부장적 관습의 공모로 인해 한계를 내포할 수밖에 없었다. 제국주의에 대한 반작용과 함께 시작된 근대는 특히 여성을 개인이 아닌 국민의 일원으로 호명하였으며, 이에 따라 당시의 모성담론은 여성의 국민으로서의 역할을, 조선을 다시 부흥시킬 자식을 생산하고 양육하는 것으로 한정시켰던 것이다. 이 시기 근대의 자율적 주체로 스스로를 자각한 여성늘은 가혹해지는 식민지배와 민속의 전통으로 여겨진 가부장제의 억압 속에서 대안 없는 회의와 분열을 경험했으며, 근대의 모순을 극복하기 위해 수행한 그녀들의 고백은 사회 속에서 철저히 부정당할 수밖에 없었다.[53]

알파맘 담론을 통해 보았을 때, 이러한 근대 초기의 모순은 탈근대성을 드러내는 현재의 한국사회에서 아직도 극복되지 못하고 있는 형국이다. 결혼과 출산 이후 여성은 제도적 한계와 관습적 억압 앞에서 좌절하거나 가부장적 지배 이데올로기를 자발적으로 내재화함으로써 가정이라는 사적 공간에 안주하게 되는 경향이 있다. 하

---

53) 최혜실,『신여성들은 무엇을 꿈꾸었는가』, 위의 책, pp.262~264.

지만 이미 교육을 통해 근대적 자의식을 갖추게 된 여성들은 가사
노동이 불러일으키는 특유의 소외감과 절망감, 전업주부에 대한 부
정적 인식 등을 어떤 식으로든 극복해야 했으며, 이는 여성이 인정
받을 수 있는 최고이자 유일한 통로인 자녀교육을 통해 안전하게
발산될 수밖에 없었다. 직업을 가진 여성 역시 여성의 본분이 암묵
적으로 규정되어 있는 사회 안에서는 오히려 자녀교육에 대한 불안
감과 책임감을 더욱 강하게 느낄 수밖에 없다.

　알파맘 담론에서 보이는 담론 구성체들의 고백을 통해 볼 때, 현
재 우리 사회의 여성주체들은 육아의 즐거움보다는 어머니 노릇에
대한 죄의식과 고단함을 더 강하게 느끼고 있음을 알 수 있었다. 자
녀가 명문 대학에 입학하고, 선호되는 일군의 직업을 취득하는 것
이 자녀와 엄마 모두의 성공과 행복의 척도라는 한국적 에피스테메
는 담론형성과 확장에 있어 알파맘의 다양한 윤리적 가능성을 삭제
시켜 버리는 결과를 유발했다. 콜린의 사례에서 보듯 온라인상의
육아 정보교환을 계기로 오프라인에서도 의미있는 만남을 지속하
며, 그 만남에 유방암 말기 환자를 돕는 기금을 마련하는 등의 윤리
성을 부여하는 것은 '자매애' 형성의 발판을 마련할 수 있는 계기가
될 수 있다. 또한 내 아이에 대한 관심과 사랑이 윤리적 소비 및 정
치적 실천으로 이어질 때 자본주의 사회의 성장을 향한 맹목적 질
서를 내파할 수 있는 힘을 발휘할 수 있다. 이러한 미국의 윤리적
알파맘의 형상이 한국적 현실에서는 담론 진행 과정 중에 온데간데
없이 사라지고 말았다. 또한 이 담론에서 육아의 대상인 어린이, 혹
은 청소년의 발언이 완전히 삭제되어 있다는 것은 이들이 아직도
그들의 주체성을 인정받지 못하고 있음을 증명한다.

한국의 알파맘 담론이 치열한 이데올로기 투쟁의 장이 되지 못한 채 어머니된 자들의 열등감과 불안감을 자극하거나 약간의 위로로밖에 기능하지 못하는 것은 어머니 노릇을 한정짓고, 아이를 민족의 일꾼으로 규정하는 한국적 근대에서부터 그 뿌리를 찾을 수 있을 것이다. 언론에 의해 드러난 한국의 대표 알파맘들은 한결같이 자신의 열성적인 어머니 노릇에 대해 자부심을 느끼고 있었다. '현실적으로 어려운 완벽한 엄마 노릇은 일찌감치 포기했다'고 말하던 당당하고 솔직한 여성은 담론 속에서 희미해져 버리고, 아이랑 충분히 놀아주었더니, 혹은 사교육에 의지하지 않고 책을 같이 읽었더니 공부를 더 잘하게 되더라는, 특목고나 일류 대학에 아이를 입학시킨 엄마만 살아남았다. 그래서 지배 언론은 알파맘과 베타맘이 '자녀의 특성을 발견해 성공을 돕겠다'는 목표가 똑같다고 말한다.[54]

성공의 척도는 이미 권력에 의해 규정되어 버렸다. 다른 척도를 꿈꾸는 어머니들의 생각과 경험은 한국의 알파맘 · 베타맘 담론 속에서 철저하게 배제당한다. 베타맘들의 사회적 발언은 우선 자식을 일류 대학에 합격시키는 역할을 성공적으로 수행한 이후에야 가능하다. 또한 베타맘식 양육은 입시 전쟁이 시작되기 전이라 여겨지는 초등학교 시절에 한정되는 것이 일반적이다. 이러한 사회적 시스템 속에서의 베타맘들의 발언은 또 다른 척도를 꿈꾸는 소수자를 배태시키지 못한 채 알파맘=베타맘이라는 공식을 공고히 하는 결과로서 작동될 뿐이다.

담론을 지배하는 권력은 결코 질문하지 않는다. 우리는 궁금하다. '알파맘들은 결혼 전 무엇을 꿈꾸었을까?', 만약 그들에게 다른 꿈

---

54) 『주간조선』, 2018호. 앞의 글.

이 있었다면 왜 그 꿈을 포기하게 되었는지, 아이들이 커서 독립한다면 이후의 삶의 보람은 어디서 찾을 것인지, 알파맘은 그들의 딸들이 또다시 알파맘이 되는 것을 바라는 것인지. 이러한 질문을 배제한 채 어머니들의 행복과 보람만이 전시된다면, 알파걸이 알파맘이 되어버리는 사회적 구도는 더욱 안전하고 견고하게 보전될 것이다. 탈근대 시대의 여성은 전근대 시대의 여성이 그러했던 것처럼 여전히 가정 안에 유폐될 것이다. 그들이 온라인 상에서 수행하는 교육을 중심으로 한 정보 교류는 전통적인 여성의 역할을 더욱 가중시키는 기능으로 작동할 수 있다는 점에서 명백한 한계를 노정한다. 공적인 교육의 장이 수행해야 할 역할을 이제 엄마가 수행해야 하는 더욱 억압적 환경이 도래한 것이다.

이항대립적으로 분리된 알파맘, 베타맘이라는 호명은 여성주체를 교육을 전담하는 어머니 노릇에 한정짓게 하며, 가정 교육에 있어 아버지를 배제함으로써 근대의 성별 분업을 더욱 공고히 할 수 있다는 혐의에서 자유롭지 못하다. 또한 이 호명은 '결혼은 했으되 어머니가 되지 않을 권리를 주장하는 여성', '결혼제도의 바깥에 있는 여성'을 비정상적 존재로 낙착시키고, 어머니로서의 행복이 아닌 자아의 행복 추구권을 주장하는 여성 또한 비도덕적 존재로 낙인찍힐 위험에서도 자유롭지 못하다.

알파맘 담론이 우리의 파행적이었던 근대를 극복하고 진정한 탈근대성을 담보하기 위해서는 어머니들의 자녀교육 방식에 대한 대결 구도 안에서 벗어날 필요가 있다.[55] 자녀교육에 대한 전적인 임무에

---

55) 장윤정, 앞의 책. 이 책 역시 교육방식의 차이를 중점적으로 논하고 있다. 가령 뒷표지의 머리말은 이러하다. '엄마가 직접 아이의 학습매니저

서 일탈할 권리를 주장하는 여성주체, 학교와 배우자 그리고 사회 전체에 자녀교육에 대한 책임의 분담을 역설하는 여성주체, 성공의 척도를 비웃으며 아이와 함께 소통하고 함께 커나가는 즐거움을 전시하는 여성주체들이 사회적 발언권을 얻고, 이러한 소수자들과 윤리적 알파맘이 접속할 수 있는 관계망을 확보하고 넓혀갈 수 있다면, 거기에서 우리는 극대를 극복할 논리를 발견할 수 있을 것이다.

이러한 기획은 오래된 천직을 거부하는 다양한 여성주체의 존재를 가시화할 수 있다는 점에서, 양육의 장에서 배제되었던 남성을 사적 영역으로 초대할 수 있다는 점에서 근대의 가부장적 틀을 벗어날 수 있는 계기가 될 수 있다. 또한 돈과 권력이라는 공인된 성공의 척도를 위반함으로써 근대 자본주의의 비인간성으로부터도 벗어날 수 있는 단초를 마련할 수 있을 것이다.

우리가 담론을 통해 그 사회의 에피스테메와 지배적 권력 관계를 들추어낸다는 것은, 지배 권력에 대한 저항의 지점을 명확히 할 수 있다는 데에서 그 의의를 찾을 수 있다. 다가올 시대의 여성주체는 담론에 종속되고 담론에 의해 결정되는 수동적인 주체는 분명 아닐 것이다. 침묵당한 목소리가 다시 울려 퍼질 때, 차이가 배제되지 않고 전시될 때, 현재의 알파맘 · 베타맘 담론은 치열한 정치 투쟁의 장으로 기능할 수 있을 것이다. 척도를 위반하고 탈주하는 다양한 소수자로서의 맘과 우리가 접속할 수 있다면 분명 근대의 그늘인 비인간적 자본주의와 가부장제의 중층적 억압은 스스로 제 힘을 잃어갈 것이다. 변화와 희망은 늘 그러했듯 소수자와의 접속에서 생성되는 법이다.

가 될 것인가? 아니면 아이에게 자유와 선택권을 줄 것인가?'

참고문헌

1. 자료

『동아일보』, 생활/문화・세계면, "알아서 키워 주마"vs"알아서 크는 거야", 200
　　　7.5.15.

『Babee』, 「알파맘과 베타맘의 이유 있는 소신」, 2007.7.

『동아일보』, 정성희 논설위원, '강남엄마 따라잡아? 말아?', 2007.7.18.

『조선일보』, 국제면, "수퍼우먼…사커맘…이젠 '알파맘' 시대", 2007.8.28.

『주간조선』, 2008.8.18. 2018호.

『퀸』, 특별기획 「알파맘 vs 베타맘-극과 극의 자녀 교육법, 무엇이 최선일까」,
　　　2008.10.

『주간조선』 [2009전망 1] 내년 한국의 10대 소비 트렌드 BIG CASH COW-서
　　　울대학교 생활과학연구소의 '트렌드 코리아 2009', 2008.12.22. 2035호.

『조선일보』 사회, [차윤경의 육아리포트] 내 아이에게 필요한 건 알파맘? 베타
　　　맘?, 2008.11.03.

『소년 한국일보』, '[자녀 교육 필독서] 엄마 학교', 2008.11.3.

『부산일보』 사회, [토요기획], 자녀교육 스트레스, 2008.11.08.

『조선일보』 사회, [장세희의 행복한 육아] 알파맘・베타맘보다 '친구'가 되어주
　　　세요, 2008.11.10.

『중앙일보』 사회, [솔빛 엄마의 사춘기 자녀 키우기] 알파맘・베타맘보다 든든
　　　한 '친구'가 되어 주세요, 2008.11.12.

『경향신문』, '사교육 걱정없는 세상(7)-학원 안다녀도 영어 잘하기', 2008.
　　　11.17.

『중앙일보』, 사회면, '엄마가 흔들리면 아이도 흔들려요.', 2008.11.18.

『오마이뉴스』 사회, "저는 알파맘도 베타맘도 아닌 그냥 엄마예요.", 2008.11.18.

『매일신문』, 사회면, '소신 있는 엄마가 되자', 2008.11.25.

『데이터 뉴스』, [weekly] 엄마의 선택, 알파 or 베타?<2>, 2008.11.27.

『문화저널21』, "베타맘은 또 다른 알파맘일 뿐이야!" - 내 아이 위해 백설공
　　주와 일곱난장이 공연한 강남 엄마들의 수다방, 2008.12.16.

SBS 프로그램, <SBS스페셜>, 2008년 10월 19일 141회. 11시 10분 방영분.
http://wizard2.sbs.co.kr/vobos/wizard2/resource/template/contents/

2. 논저

이화형, 허동현 외, 『한국근대여성의 일상문화』6 자녀교육, 국학자료원, 2004.

장석만, 권보드래 외, 『한국 근대성 연구의 길을 묻다』, 돌베개, 2006.

장윤정, 『알파맘 베타맘』, 노마드북스, 2008.12.

전경갑, 『욕망의 통제와 탈주』, 한길사, 1999.

전경옥, 변신원 외, 『한국 여성문화사』, 숙명여자대학교 아시아여성연구소,
　　2004.

조현순, 「여성의 주체적 욕망과 근대성」, 『여성과 사회』, 창작과 비평사, 1999,
　　제10호.

최혜실, 『신여성들은 무엇을 꿈꾸었는가』, 생각의나무, 2000.

다니안 맥도넬, 임상훈 역, 『담론이란 무엇인가』, 한울, 2008.

리타 펠스키, 김영찬 · 심진경 역, 『근대성과 페미니즘』, 거름, 1999.

슬라보예 지젝, 『이데올로기라는 숭고한 대상』, 인간사랑, 2002.

조너던 컬러, 이은경 · 임옥희 역, 『문학이론』, 동문선, 1999.

질 들뢰즈, 펠릭스 가타리, 김재인 역, 『천개의 고원』, 새물결, 2003.

푸코, 「담론의 질서 상」, 『세계의 문학』, 1982, 봄.

여성

한·중 근대초기 여성 여행기에 나타난
근대성 비교 연구
-나혜석과 선사리(單士厘)의
여성의식을 중심으로

陳 曉 慧(Chen xiao hui)

Ⅰ. 유학, 근대 여행기를 형성하다.

　여행자 문학은 19세기 말 프랑스에서 비교문학이 학문적으로 성립된 이후 비교문학 연구에서 빼놓을 수 없는 중요한 텍스트로 간주되어 지속적인 연구의 대상이 되어 왔다.[1] 여행자 문학은 서로 다른 문화의 차이를 극복할 수 있는 상호 서술적인 패러다임과 문학 영역의 확대와 전망의 가능성을 지니고 있다.[2] 여행자 문학은

---

1) 이혜순, 「여행자 문학론 시고」, 한국비교문학회, 『비교문학』 제24호, 1999, p.63.

"어느 한 나라 사람이 자기 나라의 언어적 또는 정치적 국경선을 넘은 타국에서의 일시적 유람이나 거주를 통해 갖게 된 직접 체험의 문화적 표현을 의미하고, 이러한 의미에서 여행자 문학은 이주민 문학이나 상상적 또는 간접 여행 체험에 바탕한 문학과는 확실히 구분"[3]된다.

여행기에 대한 관심을 증폭시킨 것은 사이드의 『오리엔탈리즘』이다. 이 저작에서 서양인들이 비유럽 세계에 관해 쓴 여행기는 "서양인들의 인식론과 담론의 왜곡된 형태를 적나라하게 드러내는 가장 전형적인 텍스트"로 인식되었으며, 나아가 그것은 식민주의 담론으로 읽히게 되었다고 했다. 이후 서양인들이 쓴 여행기들은 새로운 관심의 대상이 되었다. 이러한 사이드의 관점이 비판적으로 발전되면서 여행기는 주체의 자기정체성 형성과 타자 인식 사이의 역학 관계를 살펴볼 수 있는 텍스트로 주목받게 되었다.[4]

여행은 타자가 낯선 현실과 만나는 것이며 외부세계를 바라보는 것이다. 여행문학은 이러한 '바라보기'를 기록하는 것으로서 외부세계로의 이동과 만남의 경험을 기록하는 맨 목소리의 고백을 특징으로 한다. 여행기는 인간의 역사만큼이나 오래된 글쓰기 형태이다. 그러나 여행이 예외적 개인들의 유람이나 정복전쟁에 대한 기록이 아닌, 한 시대의 물질적, 정신적 에피스테메의 핵심을 형성하게 된

---

2) 여행자 문학에 관한 논저는 이혜순의 「여행자 문학론의 정립」(『비교문학의 새로운 조명』, 태학사, 2002, pp.227~244), 최숙인의 「여행자 문학의 실제: 타자의 시각으로 본 여행자 문학」(『비교문학의 새로운 조명』, 태학사, 2002, pp.245~272) 등이 있다.

3) 이혜순, 앞의 책, p.225.

4) 우미영, 「서양 체험을 통한 신여성의 자기 구성 방식 ― 나혜석·박인덕·허정숙의 서양 여행기를 중심으로」, 『여성문학연구』제12집, pp.133~4.

것은 근대에 와서의 일이라 할 수 있다. 철도와 선박 등의 교통체계, 우편 및 통신 체제 등 근대적 기계문명의 네트워크와, 그것이 낳은 이동가능성과 대중적 여가 문화의 성립 등이 이민, 이주, 유학, 관광 등 다양한 차원의 근대적 여행을 추동한 물적 조건일 것이다. 근대적 여행이 갖는 이런 일상적 제도적 차원은, 교환체제로서의 시장이 요구하는 식민지와 제국의 탄생, 그리고 이를 통한 자본주의적 세계체제의 확장과 동전의 양면을 이루고 있다.

한국과 중국 근대의 형성기는 대표적으로 부르주아 지식인의 '유학'이라는 집단적인 해외여행을 통해 형성되었다. 이 해외여행의 국면은 자본주의 문명이라는 세계체제에의 강제적 편입의 한 방식이라고 할 수도 있다.[5]

본고는 중국과 한국의 근대 초기 여성 여행기가 가지고 있는 근대적 특성을 분석·비교해 보고자 한다. 특히 그 속에서 나타난 서양 인식 및 체험 방식을 통해 서양과 남성 중심주의적 근대 담론 속에서 여성이 어떻게 자신의 정체성을 구성해 가는가에 대해 살펴볼 것이다. 이를 통해 근대 담론 속에서의 여성 및 여성 의식의 위치를 짚어보고자 한다.

중국 최초의 여성 해외여행자 선사리(單士厘), 그녀의 여행은 19세기 마지막 해부터 시작되었는데 무려 10년의 세월을 서구에서 흘려 보냈다. 한국 여성으로서 최초로 해외여행을 해 본 것이 아니지만 구미 여행기를 쓴 신여성으로서 기록되어 있는 나혜석, 그녀는 1927년부터 1년 8개월 동안 서구의 땅을 밟고 있었다. 이 두 여성이 남

---

5) 차혜영, 「지역간 문명의 위계와 시각적 대상의 창안─1920년대 해외 기행문을 중심으로」, 『현대문학의 연구』24, pp.7~8.

겨 놓은 여행기는 중국과 한국의 학계에서 새로운 연구의 대상으로
주목을 받고 있다.

Ⅱ. 선사리와 나혜석 여행기의 창작배경

선사리(1858~1945)는 20세기 초에 중국 국토를 벗어나 해외여행
을 시도하고 여행기를 남긴 최초의 여성이다. 그녀는 1899년 청(淸)
정부의 외교관인 남편 전순(錢恂, 1853~1927)을 따라 일본에 중국유
학생감독으로 4년 동안 주재했다. 1903년에 일본을 떠나 조선을 거
쳐 러시아에 80일 동안 시찰했다. 그 후에 독일·불란서·영국·이
탈리아·벨기에 등 여러 나라들을 시찰하거나 외교사절로서 주재했
다. 1903년 2월부터 4월까지 일본에서 러시아로 가는 여행 중 그녀
는 매일 일기를 써서 귀국 후 「계묘여행기(癸卯旅行記)」를 출판했다,
그 외의 서구 문명 체험은 1910년의 「귀잠기(歸潛記)」를 탄생시켰다.
선사리는 절강성 소산(浙江省 蕭山)에서 지방 벼슬자리에 있는 부유
하고 유식한 가문에서 태어났다. 1851년부터 시작한 "태평천국"의
난으로 인한 가문의 몰락과 11살 때 어머니의 죽음으로 그녀는 외
삼촌의 집에 가서 살게 되었는데 외삼촌의 가르침을 받아 그녀의
학문적인 수양이 뛰어난 수준에 이르렀다. 그녀가 문학성이 뛰어난
여행기를 쓰게 된 것은 이러한 영향 때문이라고 할 수 있다.
그녀가 세계 여행을 할 때의 중국은 1840년에 일어난 아편전쟁으
로 서양 침략자들에게 강제로 문이 열리게 된 지 60년이 된 시기였
다. 지구의 저편에서 강력한 무기와 유혹적인 상품들을 가지고 들

어온 서구 열강들에게 부패한 청 정부는 각종 불평등조약으로 가장 기름진 땅을 내어주고 엄청난 재물을 바치었으며 결국은 1900년 팔국연군(八國聯軍)[6]에게 수도 베이징을 뺏겨 서태후를 비롯한 황실이 서안으로 쫓겨나기에 이르렀다. 이런 상황에서 나라를 살리려면 서구 열강들의 문명과 선진 기술을 배워야 한다는 개량파들의 주장이 다시 채택되어[7] 여러 가지 개혁정책이 실행이 되는 가운데 신식 학교들이 설립되었으며, 미국 등 여러 나라들로 유학생을 대거 파견하기 시작했다.[8] 그러한 영향으로 20세기 초부터 여학이 시작되었다.

선사리는 여성으로서 문필활동을 하였지만 1919년 오사신문학운도(五四新文學運動)의 영향을 받지 않고 꾸준히 고체시(古體時)의 창작과 청말 여성들의 詩작품을 정리하는 작업에 힘을 썼다. 신문학의 상징인 백화문(白化文) 글쓰기를 전혀 하지 않았던 선사리에게 내리는 신여성이라는 평가는 그녀의 서구 기행문에서 나타난 계몽적인 여성의식 때문인 것이다.

선사리는 10년 동안의 세계 여행을 통해 20세기 초의 서구 선진

---

6) 영국·프랑스·독일·러시아·미국·일본·이탈리아·오스트리아 연합군을 칭함.
7) 첫 번째 혁신운동은 康有爲를 비롯한 개량파들이 光緖황제의 지지를 얻어 1889년에 추진하게 되었지만 서태후가 일으킨 정변으로 103일 만에 실패하고 유신파 여섯 사람이 살해되거나 외국으로 망명했으며 광서황제가 연금된 유명한 "戊戌變法"이다.
8) 중국 역사상 최초의 유학생 容閎은 7살 때 농민인 아버지에 의해 마카오에 있는 기독교 교회가 설립한 학교에 맡겨져서 공부하다가 1847년에 미국인 부부를 따라 미국으로 갔다. 그는 Yale 대학에서 문학학사 및 명예법학박사의 학위를 받았다. 그는 최초의 유학생이지만 나라에서 파견한 것이 아니며 중국 최초의 국가파견 유학생은 容閎가 귀국해서 미국으로 데려간 120명의 아이들이다.

국들의 정치, 경제, 문화, 종교, 교육 등 다채로운 문명을 체험했다. 그녀가 쓴 기행문은 근대 중국인들에게 서양을 알릴 기회를 만들어 주었다. 더불어 민족위기의식과 애국심, 여성해방의식을 담고 있어서 그녀는 중국 근대 역사에 중요한 인물로 남게 되었다.

나혜석(羅蕙錫, 1896~1949)은 한국 최초의 여성서양화가, 여권운동 선구자이자 작가이다. 경기도 수원의 부유한 개명 관료 나기정의 5남매 중 차녀로 태어났다. 서울 진명여자고등학교를 졸업한 뒤 1913년 일본으로 건너가 동경여자미술전문학교에 입학하였다. 1914년에 유학생 동인지 『학지광』에 「이상적 부인」을 발표하고 근대적 여권을 주장하였다. 한국 여성으로서는 최초로 일본 도쿄의 여자미술학교에서 유화를 공부한 여성 서양화가이다.

나혜석은 동경유학시절부터 여성이 각성하여 사람답게 살아야 한다는 주장과 함께 근대적인 여권신장에 관한 글을 발표했고, 1918년 『여자계』에 여러 논설들과 단편소설 「경희」를 발표했다. 또한 '폐허' 동인을 구성하여 김억, 오상순, 염상섭, 김일엽과 함께 문학 활동에도 깊이 관여하였다.

1919년 3·1운동 때는 여학생들을 만세운동에 참가시키기 위해 김활란, 박인덕, 신준려 등과 함께 이화학당에서 비밀 회합을 가진 죄로 감옥생활을 하기도 했으며, 중국 단둥에서 외교관 부인 신분을 이용해 독립운동가들을 비밀리에 지원한 민족주의자였다. 특히 나혜석은 여성도 인간이라는 주장을 글로 썼을 뿐만 아니라 그런 주장을 생활 속에서 온몸으로 실천해 나간 진보적인 여성해방의 사상가였다.

1927년 나혜석은 남편 김우영과 함께 유럽과 미국 등 세계 여행을 시작하였다. 여행 중 파리 등에서 나혜석은 서구 여성들의 생활 모습을 보게 되었고, 예술의 도시 파리에서 새로운 그림의 세계에 눈을 떴다. 그리고 그곳에서 함께 예술을 논할 수 있었던 남자 최린과 사랑에 빠졌고, 귀국 후 소문을 들은 남편에게 이혼을 당했다. 이혼을 하고 나온 후 나혜석은 제10회 선전에서 「정원」으로 특선을 수상하였고, 다음 해에 세계 일주 기행문인 「구미유기(歐米遊記)」를 『삼천리』지 등에 연재하였다. 1934년 『삼천리』에 「이혼고백장」을 발표하면서 당시 여성의 억압철폐, 여성의 자유 실현 등 기존의 인습을 강력히 비판하였다.

나혜석의 구미 여행은 남편 김우영의 구미 시찰을 계기로 부부가 동반하여 1927년 6월 22일부터 1929년 3월 12일까지 1년 8개월에 걸쳐 이루어졌다. 나혜석은 구미유기에서 색다른 문화적 체험을 바탕으로 한 자신의 견해와 주장을 매우 구체적으로 서술함으로써 1920−30년대 여성 독자들에게 간접적 체험을 하게 하여 시대정신에 상당한 영향력을 행사히였다.[9]

Ⅲ. 현모양처에서 여성해방으로

1. 선사리, 현모양처 옹호자의 '비상(飛翔)'

선사리는 『계묘여행기』에서 발을 작게 만드는 등의 여성에 대한 신체상의 억압적인 악풍습에 대한 비판과 여성 교육문제를 제기했다.

삼종사덕 · 삼강오상(三從四德, 三綱五常)의 봉건사상이 지배하는 중

---

9) 김효중, 「여행자 문학의 시각에서 본 나혜석 문학」, 세계문학비교학회, 『세계문학비교연구』16집, 2006. p.8.

국에서 여성들은 교육을 받지 못하였다. 소위 "女子無才便是德(여자는 재능이 없는 것이 덕이다)"이라는 말은 여자의 무식함을 정당화시키는 대목이다. 아편전쟁 이후 교회가 최초로 여학당(女學堂)을 설립하였다. 여성 교육의 중요성은 그때부터 인식되었다. 유신변법(維新變法)을 주장하는 양계초(梁啓超)는 다음과 같이 여성 교육의 중요성을 밝힌 바 있다.

　여성 교육이 잘 된 나라는 최강국이다, 전투를 벌이지 않아도 상대의 군대를 꺾일 수 있다. 미국이 바로 그런 나라이다. 여성 교육이 그 다음으로 잘 된 나라는 두 번째 강한 나라이다. 영국, 프랑스, 독일, 일본이 그런 나라이다. 여성 교육이 약하고 모친의 교육이 상실되며, 직업이 없는 사람이 많고, 지식을 가진 민중이 적은 나라는 존재하는 것만으로도 다행한 일이다. 인도·페르시아·터키가 바로 그런 나라이다.[10]

선사리는 1903년 일본 박람회를 관람했는데 그 중에서 특히 "교육관"에 대해 많은 관심을 가지고 있었다.

　교육의 의도는 국가를 위한 국민을 배양하는 것이지 정부를 위해 인재를 준비하는 것이 아니다. 그래서 남자와 여자는 똑같이 중요하다. 그리고 아이들은 우선 어머니에게 배운다. 그러니 교육의 근본을 논하자면 여자는 남자보다 몇 배 더 중요하다.[11]

---

10) "女學最盛者, 其國最强, 不戰而屈人之兵, 美是也。女學次盛者, 其國次强, 英, 法, 德, 日本是也。女學衰, 母教失, 無業衆, 智民少, 國之所存者幸矣, 印度, 波斯, 土耳其是也。" (梁啓超, 『飮冰室文集』제1편, 臺灣中華書局, 1960, p.43.)

선사리는 여성 교육을 무시하는 제도에 문제가 있다고 지적하면서 서양 여성과 비교할 때 중국 여성들이 지식이 부족하지만 '德'이 있다는 것을 높이 평가한다. 중국 여성들은 아쉽게도 공부를 못해서 무식하지만 부덕이 살아있다. 그래서 서양 여성들이 사교장에서 시간을 보내며 뽐내고 속이 빈 것보다 월등히 우수하다. 그러니 공부만 제대로 한다면 이 도덕이 있는 여성들은 자식을 유식하게 키울 것이며 더 나아가 나라는 최강대국이 될 것이라고 지적한다.

> 여성의 '덕'이라면 역시 중국이 제일이다, 다만 지식이 없는 것이 한이 된다. … 서양 여성은 덕행이 부족한 것이 아니지만 한가로운 사람이 너무 많다. 사교에서 말재주나, 풍모나, 그림이나 음악, 노래나 춤, 이런 것들에서 아름다운 것이 당연히 표출된다. 하지만 표면에서만 아름다운 것이지 내부는 채울 것이 없다.… 여자의 덕이라는 것은 처음에는 아무것도 관심을 안 갖고 아무 것도 모른다는 것을 의미한 것이 아니었다. … 중국에서 여성 교육이 사라졌지만 여성의 '덕'이 모든 여자에서 여전히 살아있다. 그래서 교육을 받게 하여 그들의 지혜를 깨워줌으로서 그들의 덕을 더 완벽하게 만든다면 지구상에 둘도 없는 지식인 여성의 나라가 될 것이다. 여성이 지식을 가지게 되면 자손에게 전해지며 나라는 지구상에 둘도 없는 강대국이 될 것이다.[12)

---

11) "…要之教育之意，乃是爲本國培育國民，並非爲政府儲備人材，故男女並重，且孩童無不先本母教。故論教育根本，女尤倍重于男。"(單士厘,「계묘여행기」, 鍾叔河 편『走向世界叢書』, 岳麓書社, 1985, p.687.)

12) "論婦德, 究以中國爲勝, 所恨無學耳。…… 西方婦女, 故不乏德操, 但逾閑者究多。在酬酢場中, 談論、風采、琴畫、歌舞, 亦何嘗不表出優美？然表面優美, 而內部反是,何足取乎？…… 而女德云者, 初非一物不見, 一事不知之謂。…… 中國女學雖已滅絶, 而女德尚流傳于人人性質中。舊善于教育, 開

314 토털 스노브(Total Snob)

이런 여성 의식은 그녀가 여행기를 쓰게 된 목적과 동일하다. 그녀의 창작 목적 중의 하나는 바로 여성들의 의식을 일깨우기 위해서였다. 그녀는 당시의 중국 여성들이 구속된 집에서 나와 더 큰 세계에 눈을 뜰 것을 바랐다. 이러한 선사리의 최우선적인 창작 동기는 『계묘여행기』의 서문에서 확인할 수 있다.

> 이 여행 일기는 팔십일간에 이만(리)의 길을 걸어서 네 개 국가를 거친 견문록이니 읽어보면 많이 알게 될 것이다. 책으로 엮어 『癸卯旅行記』라 명칭을 지었다. 우리 동포 여성들은 이 책을 읽어본 후 혹시 먼 길을 떠나보고 싶은 마음이 생기지 않을까? 그렇기를 바란다.[13]

선사리의 근대여성의식 속에는 봉건적인 성향이 많이 존재한다. 그녀가 여성에게 바라는 것은 제대로 교육을 받아 지식여성이 되라는 희망에 그치고 만 것이다. 선사리에게 있어 가장 훌륭한 여성상은 중국 전통적인 도덕과 풍부한 지식을 함께 어울려 가정의 현모양처가 되어 자식을 교육시켜 국가를 위해 인재를 잘 양성하는 여성인 것이다. 그 자신도 그렇게 실천하며 살았다. 그녀는 식구가 많은 전통 대가족의 며느리며 어머니로서 살았지만 숨막힌 전통 가정제도에 대해 원망하거나 탈출하려 하기는커녕 남편의 일을 적극 도

誘其智, 以完全其德, 當爲地球無二之女敎國。由女敎以衍及子孫, 卽爲地球無二之强國可也." (앞의 책, p.692, 697.)

13) "惟此一段旅行日記, 歷日八十, 行路逾二萬, 履國凡四, 頗可以廣聞見。錄付幷木, 名曰 <癸卯旅行記>。我同胞婦女, 或亦覽此而起遠征之義乎? 跋予望之。" (單士厘, 「계묘여행기」, 鍾叔河 편 『走向世界叢書』, 岳麗書社, 1985, p.684.)

와주며 아이들을 잘 키웠다. 일본에 주재하는 동안에 두 아들과 큰 며느리를 모두 데리고 일본 교육을 받게 했다. 중국 최초의 여자 유학생은 바로 선사리의 며느리였다. 그녀에게 있어서는 가족과 국가에 대한 소임을 다 하려는 의지가 분명했다. 여기서 재미있는 것은 선사리는 29세의 나이에 결혼한 것이다. 원인이 무엇인지 모르겠지만 최소한 그만큼 그녀가 성장한 가문은 비교적 진보적인 편이라고 추측할 수 있다.

자녀에게 신지식을 배우게 하면서 선사리는 여전히 구체(舊體)의 글쓰기를 좋아했다. 세계여행기를 완성한 후 그녀는 명청(明淸) 시기 규수들이 쓴 글을 정리하여 자기가 쓴 시와 더불어 책을 만드는 작업에 몰두하였다. 결국 그녀는 『수자실 시고(受玆室詩稿)』와 『국조 규수 정시집 재속집 초편(國朝閨秀正始集再續集初編)』을 엮었다.

이러한 선사리의 여성의식은 근대적 여성 교육 이념으로서의 "현모양처론"과 일치된다고 볼 수 있다. 유교사상이 절대적인 지배를 받아온 한국과 중국은 근대 초기에 서양의 침략을 받으면서 서양의 진보사상 또한 동시에 들어오게 되었다. 전통 사회질서로서의 "현모"와 "양처" 두개의 독립적인 개념은 근대의 시작과 동시에 "현모양처"론으로 환치되었다.

근대 "현모양처론"의 발원지는 일본이다. "남존여비" 제도를 엄수하던 중한일 삼개국 중에 한국과 중국에는 여성이 글을 읽어 학문을 쌓는 것이 불필요하다 못해 해롭다고까지 여겨졌지만 일본은 예부터 여성 교육을 주장한 나라였다. 명치유신부터 일본은 서양의 교육제도를 도입하기로 하여 1870년부터 초등학교에서 대학교까지의 교육체계를 설립하였다. 1872년 8월 문부성에서 모든 사람이 평등하게 교육을 받게 하는 『학제(學制)』를 발표하였는데 『학제(學制)』
의 집행 지침으로서의 "착수순서" 중에서 인재를 양성하기 위해 어
머니의 역할이 중요하다는 것을 강조하였다. 1875년 나카무라 마사
나오(中村正直)은 『명육잡지(明六雜志)』에 「선량한 모친 만들기(造就善良
的母親)」를 발표하여 "훌륭한 자녀를 키우려면 반드시 훌륭한 어머니
가 있어야 하며, 훌륭한 어머니 만들기에 여성 교육이 중요하다"14)
고 지적하였다. 1887년 문부대신 모리 아리노리(森有禮)는 한 연설에
서 "여자 교육의 핵심은 여자를 양처로, 현모로 양성하는 것이며,
가정을 관리하는 것과 자녀를 교육하는데 필요한 재능을 가르치는
것이다. 국가부강의 근본은 교육에 있으며, 교육의 근본은 여성 교
육에 있다. 여성 교육의 발전 여부는 국가안위와 직접적인 관계가
있다"15)고 하였다. 일반적으로 이 두 사람의 발언을 일본근대 새로
운 현모양처교육론의 시작으로 보고 있다. 1902년 문부대신 기쿠치
다이로쿠(菊池大麓)가 고등여자학교 교장 회의에서 "양처현모는 여자
의 천직", "고등여자학교는 이러한 천직을 실현시키기 위해 필요한
중등 이상의 여자교육기관이"16)라고 선언하였다.

근대 일본의 "현모양처론"에 이상적인 여성상은 시기에 따라서
다르지만 대체 다음과 같은 몇 가지 조건을 요구한다. 첫째, 여성은
남자의 내조자로서 가정을 관리하고 자녀교육을 담당하는 것을 본

---

14) 湯澤雍彦, 『日本婦人問題資料集成·第5卷·家族制度』, ドレス出版, 1976,
  p.348~9. (李卓, 「近代日本女性觀－良妻賢母論辯析」, 『日本學刊』, 2000
  년 제4집. 참고)
15) 大久保利謙, 『森有礼全集』第1卷, 宣文堂書店, 1972, p.611(李卓, 앞의 글
  참조)
16) 『教育時論』, 1902.5.5.(李卓, 앞의 글 참조)

분으로 해야 한다. 둘째, 자녀 교육의 책임을 수행하기 위해 여성은
교육을 받아야 한다. 셋째, 국민으로서 국가를 생각해야 하며 남편
을 내조하고 자녀 교육을 시키는 것을 국가의 운명과 관련시킬 자
각이 있어야 한다.[17] 이러한 일본의 근대적 현모양처론은 19세기
말부터 흥행하기 시작한 일본 유학의 열풍을 타고 한국과 중국으로
전파되었다.

선사리는 철저한 일본식 현모양처 교육론자의 신봉자였다. 그녀
는 일본의 근대적 현모양처주의를 중국에 보편화시키는 데에 있어
서 적극적인 역할을 한 인물이다. 이점은 그녀가 일본 유명한 여성
교육가 영강정직(永江正直)의 『여자교육론(女子敎育論)』과 下田歌子의
『가정학(家政學)』을 번역했다는 것에서부터 알 수 있다.

선사리가 번역한 영강정직(永江正直)의 『여자교육론』(1892)은 1902년
12월 상해의 『교육세계』 제40집에서 처음 연재하게 되었으며 세 번의
연재 후 1903년 상해의 교육세계사에서 단행본으로 출판되었다.

『여자교육론』의 목차[18]를 통해서 알 수 있듯이 영강정직이 주장
한 여자 교육은 여자의 체육(體育)·덕육(德育)·미육(美育)·지육(智育)
이 중심이 되는 것이다. 그는 여성 교육의 목적을 "어느 나라든, 어
느 시대든 여자는 자녀 교양의 큰 책임을 지어야 할 것이며 여자에
게 가장 중요한 것은 '교(敎)'와 '양(養)'을 충분히 담당하는 데에 있
다"고 보고 있다.[19] 또한 그는 여자의 역할을 사회의 '완화제'로 보

---

17) 李卓, 앞의 글.
18) 第一章 總論, 第二章 女子之體育, 第三章 女子之智育, 第四章 女子之德
育, 第五章 女子之美育, 第六章 結論.
19) 永江正直 저, 선사리 역, 『여자교육학』, 교육세계사, 1903. (黃湘金, 「三
部日譯 <女子敎育論>在晩淸中國」, 『하북사범대학학보』, 제9권 제4기, 200

고 "작게는 가정에서, 크게는 사회에서 일종의 완화제"[20]라고 했다. 이러한 교육 목적에 따라 그는 여자 교육의 과목을 "육아법", "가정학(家政學)", "생물학", "위생학", "교육학", "수학", "독서", "박물학(博物學)", "지리학", "역사", "이화학(理化學)" 등으로 구성하였다. 선사리는 영강정직이 주장하는 이러한 여자 교육의 목적과 교육과정 —현모양처를 길러내는—에 동의하면서 당시의 중국에 꼭 필요한 것이라고 판단하여 번역해서 적극적으로 중국에 소개를 한 것이었다.[21]

선사리는 또한 1902년 시모다 우타코(下田歌子)의 『가정학(家政學)』 (1893)을 번역하여 우타코를 근대 중국 교육계의 유명인사로 만드는 데 중요한 역할을 하였다. 시모다 우타코는 중국 유학생들과 많은 교류를 하였다. 선사리의 큰 며느리가 시모다 우타코가 설립한 실천여자학교(實踐女子學校)를 졸업하였으며 선사리가 1906년 일본을 떠날 때 우타코를 위해 시 한 수를 지어줄 정도로 선사리와 우타코가 매우 친했던 것이다. 시 「병오추유별하전가자(丙午秋留別下田歌子)」[22]에서 선사리는 먼저 우타코와 6년 동안 쌓인 깊은 정을 이야기하며 자기 가정의 행복이 우타코의 덕분이라고 하였다. 이어서 우타코가 세계의 교육을 위해 명작을 남기었는데 선사리는 자신이 이 명작을 전파하려고 번역을 하였지만 짧은 번역 실력을 아쉬워하며 국가의

7.7 참조)
20) 앞의 글.
21) 앞의 글.
22) "六載交情几溯洄，一家幸福荷栽培。　扶持世教垂名作，傳播徽音愧譯才。全國精神基女學，鄰邦風气賴君開。驪歌又唱陽關曲．海上三山首重回。" (선사리 저, 陳鴻祥 편, 『受玆室詩稿』, 長沙: 호남인민출판사, 1981, p.45.)

정신이 여학에 의존하니 이웃 나라(중국)에 새로운 풍조를 만들기에 우타코에 의존해야 하였다. 선사리가 우타코를 이토록 존경하고 칭찬하는 이유가 무엇일까?

『가정학(家政學)』의 목차23)를 살펴보면 이 책 속에 여성들이 남성의 내조로서 의식주부터 아이를 키우고 교육하며, 노인을 부양하고 간병하며, 심지어 위험이 닥칠 때 피신하는 것과 하인들을 관리하는 것까지 가정관리의 거의 모든 내용들이 들어있다. 이러한 가정관리법은 현모양처가 되기 위해서 필수적으로 익혀야 할 조건이라 할 수 있다. 총론에서 "남자가 바깥일을, 여자가 내부의 일을 하는 것은 하늘이 정한 책임(男理外, 女整內, 實天賦之責任)"이라고 하고 있다. 시모다 우타코는 여학부(女學部)를 주관하고 있는 동안에 "(여학부는) 귀족 여성을 위해 설립한 것이며 상류사회의 현모양처를 수양하는 데에 목적이 있다"24)고 밝힌 적이 있다. 철저한 근대적 현모양처론자인 시모다 우타코와 가까이 지낸 것을 통해 선사리 또한 현모양처론자가 되었다고 보아야 할 것이며, 그뿐만 아니고 선사리의 남편 전순(餞恂) 역시 아내를 위해 쓴 책의 「서언(序言)」에서 밝혔듯이 일본식 여성 교육론의 지지자가 되어 있었다.

---

23) "卷上: 第一章 總論, 第二章 家內衛生, 第三章 家事經濟, 第四章 飮食, 第五章 衣服, 第六章 住居; 卷下: 第一章 小兒教育, 第二章 家庭教育, 第三章 養老, 第四章 看病, 第五章 交際, 第六章 避難, 第七章 奴婢使役" (下田歌子 저, 선사리 역, 『家政學』, 1902. (黃湘金,「從江湖之遠到廟堂之高－下田歌子家政學在中國」,『산서사범대학학보』제34권 제5기, 2007.9, p.90. 참조)

24) 黃齣,「東遊日記」, 呂順長 편,『晩淸中國人日本考察記集成: 教育考察記 (下)』, 항주: 항주대학교출판사, 1999.(黃湘金, 앞의 글, p.89. 참조)

… 내 처 선사리는 일본어를 조금 알기에 귀나라(일본) 학자 下田歌子의 저서『家政學』을 읽고, 이 책의 쉬우면서 일상생활에 가깝다는 장점을 택하여 한문으로 번역하게 되었다. (번역의) 의도는 외국인들이 교육을 중시하기에 家政만 해도 이정도인데 다른 면에서는 얼마나 발전하겠는지를 중화민족에게 알려주려는 것이다. 혹 이것이 여자 교육의 시작이 되지 않을지 누가 알겠는가?[25]

그동안 한국 사회에서 현모양처는 ‘전통적 여성상’, ‘유교적 여성상’, ‘조선시대의 규범적 여성상’, ‘전근대적이고 낡은 여성상’ 등의 말로 정의되었다. 곧 현모양처=전통적 유교적 여성상이라는 등식이 성립되어왔다.[26]

그러나 중국과 똑같이 한국 근대 사회에 홍행했던 현모양처주의는 역시 전통시대의 여성관으로 보기 어렵고 분명 개화기에 근대적 여성 교육 이념으로 등장한 것이다. 조선 땅에서 일본의 영향력이 강해지면서 여성 교육에도 영향을 끼치기 시작했다. ‘현모양처’란 용어는 1906년 양규의숙(養閨義塾) 설립 취지문에 처음 등장한다. “학문과 여공(女工)에 정예(精藝)와 부덕순철(婦德順哲)을 교육하야 현모양처의 자질을 양성완비(養成完備)”케 한다는 것이다. 위기에 처한 나라를 구하고 국가발전을 위해서는 문명개화가 필요하다는 인식에서 여성에게 현모양처 자질을 완비시키는 것을 교육의 목표로 삼았던

---

25) “…予妻單士厘初通日本文，讀彼邦女學者下田歌子所著 ≪家政學≫，取其淺近而切于日用，遂譯爲漢文。欲以誘啓華民，律知外人重教育，卽家政一端已如此，況其進焉者乎? 抑卽此以爲女學之嚆矢，未可知也。” (下田歌子, 앞의 책.)
26) 홍양희, 「한국: 현모양처론과 식민지 ‘국민’ 만들기」, 역사비평사,『역사비평』, 2000년 가을호(통권 52호), 2000.8, p.365.

것이다.27) 여성의 역할은 가정(家政)의 책임자, 주부로 개념화되었다. 주부라는 개념은 개화지식인이나 남자 일본유학생이 시모다 우타코의『가정학』등의 가정서를 번역해 단행본으로 출판하면서 등장한다.28) 1910년 한일합방된 후 부덕함양(婦德涵養)이라는 조선총독부의 여성 교육 정책 아래서 현모양처는 젠더규범으로 더욱 정착되어갔다.

현모양처론에 대한 비판의 목소리가 1910년대 중반부터 여성 해방 의식에 눈뜬 여자 일본유학생 가운데서 높아졌다. 그들은 어머니나 아내로서의 여성의 역할을 결코 부정하지 않았으나, 성별 직분(분업)에 구속되고 인간으로서의 개체의식과 욕구가 억압받는 것에 이의를 제기했다.29) 특히 1920-30년대에 여자이기에 앞서 사람이라는 자각과 권리를 우선시하는 여성 해방 사상과 여성의 가정 내 역할을 우선시하는 현모양처주의가 충돌했다. 현모양처의 보급에 노력한 여성지식인들이 식민지 권력에 흡수되어간 반면, 나혜석과 같이 현모양처를 부정하는 듯이 부인 여성지식인은 비난을 받아 결국 사회에서 매장되어갔다.30)

---

27) 앞의 글, p.367.
28) 玄公廉,『漢文家政學』, 日韓圖書印刷株式會社, 1907; 玄公廉・朴永武 『新編家政學』, 日韓圖書印刷株式會社, 1907. (박선미,『근대여성, 제국을 거쳐 조선으로 회유하다』, 창비, 2007, p.281. 참조)
29) 박선미, 앞의 책, p.204.
30) 박선미, 앞의 책, p.95.

2. 나혜석, 여성해방 선각자의 비애(悲哀)

나혜석은 구미여행을 떠나기 전에 당시의 대부분 신여성과 똑같이 일본 유학을 경험했다. 그녀는 일본식 여자 교육을 받고 있지만 교육을 받아서 자녀를 키우는 현모양처적인 여성 해방에 만족하지 않았다. 그녀는 『학지광』1914년 12월호에 「이상적 부인」을 발표했을 때부터 살림 잘하고 아이 잘 키우는 데 주안점을 둔 현모양처 교육을 강하게 비판하고 여성 해방을 주장하였다. 이는 '최초의 근대적 인권론'으로 평가받기도 하지만, 당시 가족제도에 대한 정면 도전이나 다름없었다.[31]

일찍이 급진적인 여성 해방을 주장하던 나혜석은 결혼하고 아이를 낳고 살다가 점점 살림에 지쳐가며 그림에 발전이 없는 것에 불만이 생겼다. 이 상황에서 구미여행이 그녀에게 갖다 준 것이 무엇일까? 그것을 밝히기 위해 1년 8개월의 구미 여행을 하고 돌아온 뒤 나혜석이 발표한 여행기를 발표순서대로 정리해 보았다.

매체명	연 도	날 짜	제 목
朝鮮日報	1927	7.28	아오 秋溪에게 - 나혜석 旅中消息
東亞日報	1930	3.28~4.2	구미(歐米) 시찰긔 - 불란서 가정은 얼마나 다를가(가~바)
		4.3	구미(歐米) 시찰긔 - 안동 현에는 조선이의 학교와 금융 긔관도 잇다
		4.4	구미(歐米) 시찰긔 - 아름다운 청개와에 황금긔가 날린다
		4.5	구미(歐米) 시찰긔 - 부산서 장춘까지에 순사 복색이 가진 각색

---

31) 김경일, 『여성의 근대, 근대의 여성』, 푸른역사, 2004, p.48.

		4.6	구미(歐米) 시찰긔－사람의 머리 통만한 돌들이 쌀려 잇다
		4.9	구미(歐米) 시찰긔－참을성 만흔 독일사람 과학 냄새 도는 伯林시가
		4.10	구미(歐米) 시찰긔－열정인 서반아 부녀 갓 대신 검은 망사를 써
三千里	1932	12월	쏘비엣 露西亞行－歐米遊記 其一
	1933	2월	CCCP－歐米遊記의 其二
		3월	伯林과 巴里
		5월	꼿의 巴里行－歐米 巡遊記 續
		5월	伯林에서 倫敦까지－歐米遊記의 續
		12월	西洋 藝術과 裸體美－歐米 一週記 續
	1934	5월	情熱의 西班牙行－世界一週記 續
		7월	巴里에서 紐育으로－歐米一週記(續)
		9월	太平洋 건너서(故國으로)－歐米遊記 續
		11월	伊太利 美術觀
	1935	2월	伊太利 美術紀行(前號續)
	1936	4월	佛蘭西 家庭은 얼마나 다를가
新家庭	1933	1월	伯林의 그 새벽－異域의 新年 새벽
		5월	巴里의 어머니날
中央	1934	2월	밤거리의 祝賀式(歐)
		3월	多情하고 實質的인 佛蘭西 婦人－歐米 婦人의 敎養잇는 家庭 生活

* 위의 표는 『(원본)정월 라혜석 전집』(서정자 엮음, 국학자료원, 2001.)에 수록된 글을 기준으로 하였음.

위의 표에서 보여주듯이 『신가정(新家庭)』에 발표된 글은 새해와 어머니날을 맞이해서 각각 1933년 1월과 5월에 쓴 글로 연속성이 없으며 『중앙(中央)』에 실린 글 역시 연속성이 없으며 그녀가 여행을 갔다 온 지가 벌써 5년이나 지났다는 점을 봐서 여행기로 보기 힘들다. 제목만 보아도 알 수 있듯이 그녀가 여행 중에서 가장 관심을 가지고 유심히 관찰하던 부분은 서양의 가정생활과 예술이다. 더 구체적으로 말하자면 서양 여성의 삶과 미술이다. 나혜석의 이와 같은 여행목적은 그녀의 「쏘비엣 露西亞行-歐米遊記의 其一」(표의 발표순번⑬) 중의 "써나기 前 말"에서 구체적으로 밝혀지고 있다.

> 네게 늘 不安을 주난 네가지 問題가 잇섯다 卽 一, 사람은 엇더케 살아야 잘 사나 二, 男女間 엇더케 살아야 平和스럽게 살가 三, 女子의 地位는 엇더한 거신가 四, 그림의 要點이 무어신가 이거슨 實로 알기 어려운 問題다 어둑이 나의 見識 나의 經驗으로서는 알 길이 업다 그러면서도 突然히 憧憬되고 알고 십헛다 그리하야 伊太利나 佛蘭西 畫界를 憧憬하고 歐米 女子의 活動이 보고 십헛고 歐米人의 生活을 맛보고 십헛다.
>
> 나는 實로 마련이 만햇다 그만치 憧憬하든 곳이라 가게된 거시 無限이 깃부럿마는 내 環境은 決코 簡單한 거시 아니엿섯다 내게는 젓먹이 어린의까지 세아히가 잇섯고 오날이 엇덜지 내일이 엇덜지 모르난 七十老母가 세섯다 그러나 나는 心機一轉의 波動을 禁할 수 업섯다 내 一家族을 爲하야 내 自身을 爲하야 드듸어 써나기를 決定하엿다.

나혜석의 여행기는 일기 형태를 갖추고 있지 않기 때문에 위의 글이 비록 "떠나기 전 말"이라는 제목이 붙어 있지만 이 글이 그녀가 떠나기 전에 적어놓은 것인지 아니면 나중의 생각인지 알 수가 없다. 또한 발표 날짜는 그녀가 여행을 갔다 온지 3년이나 되는 시기이어서 그동안 닥친 이혼의 불행이 그녀에게 준 충격과 영향을 연관시켜서 생각하면 "떠나기 전 말"은 오히려 그녀가 3년 동안 자신의 구미여행을 되돌아보면서 스스로 지은 결론이라고 보는 것이 더 타당하다고 생각한다. 그러나 실제로 그녀는 일관적으로 여성의 자유와 삶에 대해 항상 고민하고 있었고, 또한 화가로서 예술의 천국인 서구로 가는 것은 충분히 이해를 받을 수 있는 이유가 된다. 어쨌든 그녀는 이러한 문제들을 안고 가게 되었는데 결국 그토록 동경하던 서양에서 해답을 찾았을까?

　불란서에 있을 때 나혜석은 파리의 한 가정에서 불란서 부부와 같이 3개월 동안 생활한 적이 있다. 파리 안에 약소국 민족을 위해 세운 "인권옹호회"가 있다. 나혜석이 머물던 집의 주인 쌀네氏는 "인권옹호회"의 부회장이며 두세 개 고등학교 철학과의 교수이자 조선과 기타 기행문을 쓴 책이 학교 교과서로 쓰일 정도로 유명한 작가이다. 그는 '일본에 두 번 갔다 온 감상 중 벚꽃과 일본 여자의 자태가 좋다'는 기억과 '조선에 한 번 갔다 온 감상 중 칼춤 추는 것을 보고 조선민족이 선량하다'고 생각한 것을 나혜석에게 들려주다. 그리고 그는 '특히 조선에 호감이 있었고 동정을 많이 가지고 있으며 1919년 사변을 잘 알고 있'는 사람이다. 부인은 '불란서 여자참정권운동회 회원으로 가정에 충실한 현모양처요 사회상 견실한 활동가'이다. 그리고 주인은 '오십여 세나 되었으나 아직도 건강'하고 부인은 '사십오륙 세 되었으나 다산한 만큼 늙었다'. 이 부부의 집은 파리에 가까운 시외 별장으로 유명한 레베지네라는 곳에서 '넓은 정원에 높은 나무가 군데군데 서 있고 푸른 잔디 위에는 백색 화초가 피어 있고 그 옆에는 채소밭이 있다'. 이렇게 살고 있는 불란서 부부의 집에서 나혜석은 무엇을 보았을까? 관련 여행기는 1930년 3~4월에 『동아일보』, 1936년 4월 『삼천리』에 각각 기재되었다. 내용은 차이가 있지만 대체로 유사한 글이다. 『동아일보』에 실린 글 끝에서 "巴里市外 쎈느강下流에서"라고 표기한 것을 보면 당시에 쓴 글로 나혜석의 여행 중 생각을 그대로 드러낸 것이다.

가정의 구성(構成)

이 집쑨아니라 여러사람의 말하는 것을 종합하며 구라파 각국의 가정으로 보면 례외도 잇겟지만 일반으로는 량친과 미성년자로 성립된다고 말할수 잇다 그리하야 보호자와 피보호자의 가정임으로 별로 의사가 충돌될 까닭이 업습니다

남녀 간에 성년이 되면 자긔의사를 당당히 주창하고 또 남자는 돈 벌 줄 알며 여자도 될 수 잇으면 자립적으로 살아가며 그러치 못하고 부모의 보호를 밧는다 하드라도 과히 간섭지 안는 것이 례입니다 이집 장녀도 이십 세된 청년인데 사교계든지 접빈하는 태도가 십팔 세된 아오와 판이하며 또 량친은 단련을 시킵니다 그러고 자긔주의 주창을 당당히 세웁니다.

─(『東亞日報』, 1930.3.29)

위의 문장은 그녀가 불란서 가정 내부 부모자식 간의 관계를 보여 준다. 여자도 될 수 있으면 돈을 벌어서 자립적으로 사는 것, 부모의 간섭을 받지 않는 것, 자기 주장을 당당히 할 수 있는 것은 조선에 있어서 하기 힘든 일이다. 그녀는 이런 가정 구성이 합리적인 것이라고 생각한다. 다음 인용문은 불란서 가정 주부의 권위 문제를 다룬 글이다.

주부의 권위

어느 나라든지 중류 상류의 점쟌은 집은 남자가 내정에 간섭지 안
는 것이 보통이 아닙니짜 이집에도 내정에 관한 일에는 절대로 주부
의 권위가 잇습니다 아이들을 어머니가 쑤지즈면 뒤에서 아버지가
말리는 것은 동서양이 갓습니다 그러나 결코 무식하게 말리는 것이
아니라 가티 아이를 쑤지저 가면서도 말리는 것입니다 이집 부인은
열렬한 녀권주창가(女權主唱家)로 쏘 잡지에 긔고하는이만치 늘 독서
를 합니다 매우 점쟌코도 다정스러운 여자입니다 날마다 하는 일은
아츰에 일어나서 가축(家畜)에게 밥주기와 편물 재봉 독서 사교입니
다 자식을 만히 나서 길르고 살림살이를 오래한이만치 역시 간혹 보
통 이상감상적인 째도 업지아니하야 잇습니다 이것은 동서양 여자
를 물론하고 사람의 진을 쌔는 살림살이를 격근 녀성에게는 면치못
할 사실일가 합니다

─(『東亞日報』, 1930.3.31)

불란서 가정주부의 내정에 관한 절대적인 권위를 설명하기 위해
나혜석은 아이를 꾸짖을 때의 예를 들고 있다. 아이의 교육은 전적
으로 어머니가 주체가 되고 아버지는 협조자로서 공동의 몫을 할
때 여성의 권위가 선다는 뜻이다. 이것은 조선에서 관습적으로 지
탱해오고 있는 가부장제적 사고에 대해 반기를 든 것이다. 그러나
이 불란서 여성이 여권주창가임에도 불구하고 역시 많은 자녀를 낳
아서 키우고 있으며 많은 가사노동에 시달리고 있다. 여전히 전통
적인 가부장제 속에서 신음하고 있는 조선 여성들을 위해 호소해
온 나혜석은 결국 동양이나 서양이나 진을 빼는 살림살이는 결코
여성들이 면치 못하는 것이라고 탄식한다.

부부생활

…부부생활에는 삼시긔(三時期)가 잇답니다 청년긔에는 정으로 살고 중년긔에는 례로 살고 로년긔에는 의로 산다고 합니다 이 부부는 벌서 의로 지낼 시긔 엇마는 정으로 삽니다 남편은 늘 부인의 상을 엿보아 깃브게 말해주고 걸핏하면 입마추기 단둘이 레스-도랑(식당)에 가기며 연극장에 가시 지방연설 하러가는데 동반하야 가기 초대바더 가기 일시라도 떨어져지내는 일이 업습니다 아이들은 오히려 따로 둡니다 석반 후에는 다 각각 밤인사를 맞추고 방으로 올라가고 부부 단 둘이 서재 실에서 남편은 신문을 읽어들리고 부인은 그 녀페 안저 편물을 하고 잇습니다 그리고 종일 한것과 다음날 지낼 것을 상의합니다 그리고 또 자긔 방으로 둘이 자랴 들어갑니다 우리는 여긔서 한가지 생각할 것이 잇습니다 구라파 각국인의 생활은 전혀 성적(性的)생활이라고 볼수 잇습니다 더구나 파리가튼 세계적 화려한 도시 가튼 곳은 외래의 자극과 유혹이 만흡니다 이런 사람들의 리면을 보면 별별 비밀이 다-잇겟지만 하여간 일부일부주의 더구나 부부란 서로 사랑하고 앗긴다는 의미가 확실히 나타납니다 아모래도 자유스러운 곳에 참사랑이 잇는 듯 십습니다 이들인들 간혹 언쟁하는 것쯤은 업스릿가마는 하여간 전체로 보아 얼마나 자미잇는지 몰르겠습니다

—(『東亞日報』, 1930.3.31)

위의 글은 일부일처제와 자유연애에 의한 결혼과 부부간의 참사랑이 실현되고 있는 이상적인 불란서 가정 이미지를 보여준다. 부부간의 평등과 변하지 않는 사랑은 나혜석이 오랫동안 꿈꾸어 온 여자의 인간다운 삶인 것이다. 그리고 그녀는 거침없이 구라파 각국 사람들의 "성적(性的)" 생활을 거론한다. 자유만이 진정한 사랑을 만들 수 있다고 생각한 나혜석은 파리의 자유로운 공기 속에서 조

선의 현실을 잠시 잊고, 참사랑의 실천을 위해 모험의 무대 위에 자신을 과감하게 올려놓았다. 그녀가 말한 일가족과 자신을 위한 구미 여행은 결국 그녀의 혼외 연애로 인하여 가정 파괴에 이어 그녀의 비참한 죽음으로 끝을 보게 되고 말았다.

나혜석은 구미의 가정생활에만 관심을 가진 것이 아니었다. 그녀는 여권운동회 회원들과의 만남을 통해 서양의 여권운동을 직접 체험한다.

> 내가 론돈 滯留할 동안 英語를 배호기 爲하야 女先生 하나를 定햇다. 方今 六十 餘歲된 處女로 어느 小學校 敎師요 獨身生活을 해가는 가장 元氣잇는 조흔 할머니엇다. 팡크허스트 女子 參政權 運動者 聯盟會 會員이오 當時 示威運動째 幹部이엿섯다. 只今도 女子의 權力 主唱만 내노면 熱心이다. 그는 이러한 말을 한다. 「여자는 조흔 衣服을 입고 맛잇는 飮食을 먹는 것을 節調하야 銀行에 貯金을 하라 이는 女子의 權利를 찾는 第一條目이 된다」나는 이 말이 늘 이치지 아니하고 英國 女子들의 先覺에 尊敬아닐 수 업다,
> ─(「伯林에서 倫敦까지─歐米遊記의 續」, 『三千里』, 1933.5)

불란서 여권운동자의 집에서 같이 살았고, 영국 여권운동자를 영어선생으로 삼았으니 나혜석은 그녀들과 여성 해방 운동에 대해 많은 토론을 했다.[32] 특히 영국 여권운동자는 돈을 가지고 있는 것이 여자의 권리를 찾는 데에 있어서 가장 중요한 조건이라고 나혜석에게 가르쳤으며 나혜석은 이 말을 잊지 않기로 했다. 귀국 후 이혼할 때 나혜석이 이우영에게 재산분할을 요구한 것은 이와 관련이 있지

---

32) 나혜석, 「英美 婦人 參政權 運動者 會見記」, 『三千里』, 1936.1.

않을까 생각한다. 1930년 5월 三千里와의 인터뷰에서 나혜석은 "장차 조흔 時機 잇스면 女性運動에 나서려 합니다"라고 밝혔다. 그러나 조선의 현실은 냉정했다. 세속의 비난 속에서 이혼한 나혜석은 아무 재산도 받지 못하고 맨손으로 쫓겨나게 되어서 생계의 어려움이 코앞에 닥치는데 여성 운동에 나설 여유가 어디 있겠는가? 그래도 열심히 살려고 마음먹고 글과 그림 활동을 지속적으로 해온 1세대 신여성 나혜석은 결국 여성 해방의 급진주의자로서 자신의 꿈을 접어야만 했다.

　구미여행을 갔다 온 나혜석은 더 강력하게 남녀평등과 자유연애를 주장했으며 여성들의 자각을 일깨우려 했다.[33] 그녀는 결혼의 목적은 여자라면 남편을 얻는 데, 남자라면 아내를 얻는 데 있는 것이며 자녀는 부산물일 수도 있다고 주장한다.[34] 그녀는 어디에 근거하여 이런 주장을 펼치는 것일까? 그 근원은 여러 자료에서 유치하다 싶을 만큼 노골적으로 드러나는데, 그것은 그녀가 여행하고 체류하였던 유럽이었다.[35]

---

33) 나혜석, 「歐米 女性을 보고 半島 女性에게－조선 녀성의게」, 『三千里』, 1935.6. 등의 글이 있다.
34) 나혜석, 「우애결혼, 시험결혼」, 『三千里』, 1930.5.
35) 최혜실, 『신여성들은 무엇을 꿈꾸었는가』, 생각의나무, 2000, p.230.

Ⅳ. 동아시아 여성의 비약을 위하여

선사리와 나혜석은 분명 같은 시대의 여성이 아니다. 선사리가 40대 초반의 나이에 처음으로 일본으로 건너갔을 때 나혜석은 4살배기의 아이였다. 그러나 그녀들은 선각적인 여성 의식을 가지고 중국과 한국의 근대 여성사에서 각각 자신이 살았던 시대를 이끌었다.

선사리는 계몽기의 여성으로서 견고한 봉건유교사회의 벽을 뚫고 신선한 공기를 마시며 넓은 세계로 발을 내딛었다. 그녀가 바깥 세계를 돌아보고 있을 때의 중국은 일본을 포함한 거의 모든 강대국들에게서 침략을 받아 반식민지로 몰락되어 있었지만 그녀는 외롭거나 무력감을 가지지 않았다. 그녀 배후에 나라의 주체가 살아 있었고 그녀 마음속에 여전히 중화민족이 강해질 수 있다는 의지가 강하게 작용하고 있었다. 또한 그녀는 외교관 부인의 신분으로 해외여행에 나서서 외국을 보고 배우는 것으로 나라를 강하게 만들 수 있는 방법을 찾고자 하는 욕망이 매우 절실했다. 그 방법이 교육에 있다고 선사리는 일본을 보고 깨달았다. 그녀는 여성으로서 여성 교육의 문제를 제기한 것이다. 『계묘여행기』의 곳곳에서 풍기는 그녀의 강한 애국심으로 봐서 그녀가 나라를 살리는 방도를 여성이 교육을 받아서 현모양처가 되는 데에 있다고 주장한 것은 근대 민족주의와 여성주의의 만남으로 이뤄진 것이라고 할 수 있다.

한 가지 풀리지 않은 의문점이 있다면 그것은 선사리가 불란서를 비롯한 서구 나라들을 시찰한 후에 쓴 여행기 『귀잠기』에서 오로지 그 나라들의 건축·종교·문학 등을 소개하는 내용만 담았으며 그 나라들의 정치와 교육 및 여성의 삶에 대해 전혀 언급하지 않은 이유가 무엇인지에 대한 의문이다. 그녀는 과연 어떤 시선으로 서구를 바라보았을까?

선사리가 할머니가 되어가고 현모양처로서 후손들의 성장을 열심히 돌봐주는 것에 만족하고 있을 때 조선 땅에서 나혜석이라는 신여성은 18살의 나이로 일본에 건너가서 현모양처론에 맞서 자유주의 여성 해방론의 선각자로 분주하게 활동하였다. 나혜석은 미술을 직업으로 삼은 예술가로서 자유분방한 성격과 자유에 향한 갈망을 가지고 있었다. 그녀는 신민지 여성으로서 여성도 사람이라는 자각, 그 자각을 실천해야 될 책임과 의무감을 가지고 많은 소설·시·수필 등을 통해, 그 실천에 뒤따를 모험과 실패에 대한 각오를 다치며 힘찬 목소리로 외치고 있었다. 현모양처의 교육이 여성에게만 강요되고 있는 것은 여성을 남성의 노예화하기 위한 눈가림에 지나지 않는다는 것을 예리하게 비판했다. 그러면서 남녀평등, 자유연애 등의 구체적인 여성 해방의 요구를 제기했다. 특히 나혜석은 구미 여행의 체험을 통해 가지고 있던 여성 해방의식에 새로운 의미를 불어넣어 여성 참정권을 둘러싼 서양 여권주의자들의 운동과 서양여성들 삶의 실상을 여행기를 통해 조선여성에게 소개했다. 그러나 여행 중에 생긴 혼외 연애사건의 노출로 인해 이혼을 당하고 나서 그녀가 『이혼고백장』 등의 글들을 통해 솔직한 고백과 동시에 여자의 정당한 권리를 주장하는 것마저 세속의 이해를 받지 못하고 오히려 그녀를 더욱 비참하게 만들었다. 시대를 너무나 앞서 가는 나혜석은 식민지 조선 여성으로서의 자기 정체성을 잠시 잊고 화려함과 자유로움을 내뿜는 구미의 현란 속에서 방향을 잃고 조선의 현실과 충돌한 것이다.

　20세기 전반기의 동아시아 민족·국가들에서 신여성의 출현과 그 사회적 반향은 놀랄 정도로 유사하며, 동시에 각 사회가 지닌 특수성에 따라 차이를 보인다.36) 선사리가 대표하는 세대의 여성은 중국 여성만이 아니며, 나혜석이 대표하는 세대의 여성은 한국 여성만이 아닌 것이다. 그녀들은 삼강오륜의 억압을 받으며 살아가야만 했던 조상들의 길을 더 이상 걷지 않겠다며, 나약한 나라의 현실을 직면하고 식민지 여성으로서 더 이상 살아가지 않겠다며 자각하고 몸을 던져 싸웠다. 그리고 그녀들은 후세에게 미완의 과제를 남겼다.

　1세기에 가까운 세월이 흘러 국제화의 시대가 온 오늘날 페미니즘과 포스트모더니즘, 대중 소비 사회의 도래를 배경으로 동아시아 여성들은 정치·경제·사회 등 여러 방면에서 여성의 권리 확대, 여성의 활발한 사회 진출의 증대 등이 자리하고 있다면, 다른 한편으로는 지구촌의 경기 침체와 환경파괴, 빈부격차의 심화와 실업문제 등을 배경으로 하는 여성실업, 이혼율의 증대, 저출산 등이 심각한 사회문제로 나타나고 있다.

　20세기 초에 소수자로서의 신여성들은 주로 남성을 상대로 다양한 문제점을 제기해서 시대의 진보 과정에 큰 역할을 한 것이 사실이다. 이와 대조적으로 지금의 여성들은 소수가 아니며 고립되어 있지도 않다. 그럼에도 불구하고 남성과 여성 간에 평등하지 못한 것과 상호존중에 있어서 부정적인 현상들이 여전히 남아 있다. 그것을 해결하기 위해 문제가 제기되었던 근대초기로 거슬러 올라가 그 시기를 재검토할 필요가 있다. 국제화 시대의 동아시아 여성들은 페미니즘의 비약을 위해 어떤 도전을 해야 할지 고민할 때이다.

---

36) 김경일, 앞의 책, p.7.

참고문헌

1. 자료

鍾叔河, 『從東方到西方(走向世界叢書叙論集)』, 長沙: 岳麗書社, 2002.

서정자, 『정월 라혜석 전집』, 국학자료원, 2001.

2. 논저

劉少虎, 「近代中國海外遊記研究綜述」, 『湖南商學院學報』, 제14권 제5기, 2007.10.

黃湘金, 「三部日譯 <女子教育論>在晚淸中國」, 『河北師範大學學報』, 제9권 제4
　　　기, 2007.7.

_____, 「從江湖之遠到廟堂之高－下田歌子家政學在中國」 『山西師範大學學報』,
　　　제34권 제5기, 2007.9.

李喜所, 『五千年中外文化交流史』, 北京: 世界知識出版社, 2002.

鍾叔河, 『走向世界: 近代中國知識分子考察西方的歷史』, 北京: 中華書局, 2000.

李　卓, 「近代日本女性觀－良妻賢母論辯析」, 『日本學刊』, 2000년 제4집.

彭小平, 『中國走向世界的歷史軌迹－中國海外旅行与文化交流』, 長沙: 湖南人民
　　　出版社, 1999.

李可亭, 「單士厘和她的癸卯旅行記」, 『商丘師範學院院報』, 1999.1.

何茂春 등, 『中國歷代外交家』, 北京: 中國經濟出版社, 1993.

周一良, 『中外文化交流史』, 鄭州: 河南人民出版社, 1987.

單士厘, 陳鴻祥 편, 『受茲室詩稿』, 長沙: 湖南人民出版社, 1981.

김경일, 『여성의 근대, 근대의 여성』, 푸른역사, 2004.

김효중, 「여행자 문학의 시각에서 본 나혜석 문학－그의 구미시찰기를 중심으
　　　로」, 세계문학비교학회, 『세계문학비교연구』, 16집, 2006.

박선미, 『근대 여성－제국을 거쳐 조선으로 회유하다』, 창비, 2007.

유홍준, 「나혜석을 다시 생각하다」, 나혜석기념사업회, 『나혜석 학술대회논문집』, 2002.

이상경, 『인간으로 살고 싶다−영원한 나혜석』, 한길사, 2000.

이혜순, 「여행자 문학론의 정립」, 『비교문학의 새로운 조명』, 태학사, 2002.

_____, 「여행자 문학론 시고−비교문학적 관점에서」, 한국비교문학회, 『비교문학』 24집, 1999.

정영자, 「나혜석 연구−그의 문학적 성과를 중심으로」, 『나혜석 학술대회 논문집2』, 2000.

차혜영, 「지역간 문명의 위계와 시각적 대상의 창안−1920년대 해외 기행문을 중심으로」, 『현대문학의 연구』 제24호, 2004.

최숙인, 「여행자 문학의 실제: 타자의 시각으로 본 여행자 문학」, 『비교문학의 새로운 조명』, 태학사, 2002.

최혜실, 『신여성은 무엇을 꿈꾸었는가』, 생각의나무, 2000.

_____, 「신여성의 사랑과 고백」, 전통과 현대사, 『전통과 현대』, 통권13호, 2000.

_____, 「신여성의 '고백'과 근대성」, 제2회 한국여성문학학회, 『한국여성문학과 여성담론』, 1999.

홍양희, 「한국: 현모양처론과 식민지 '국민' 만들기」, 역사비평사, 『역사비평』, 2000년 가을호(통권 52호), 2000.8.

과학기술

한국의 근대와 탈근대 과학담론

김우필

토털 스노브 Total Snob

과학기술

한국의 근대와 탈근대 과학담론
─식민지 조선의 과학기술 대중화와
21세기 황우석 사건

김 우 필

Ⅰ. 근대와 탈근대의 과학기술 담론 양상

식민지 조선의 과학·기술에 대한 연구는 주로 역사학계나 과학교육계의 몫이었다.[1] 특히 식민지 조선인들에 대한 일제의 기술 교육 정책의 식민지 전략을 밝힌 일련의 연구들은 식민지 경험을 지닌 채 강제적으로 근대화 된 제 3세계 국가들의 근대성을 해명하는 탈식민주의 연구 경향의 성과로 평가된다. 그런데 제국주의에 의한

---

[1] 박성진, 『사회진화론과 식민지 사회사상』, 선인, 2003.
　　김영식·김근배, 『근현대 한국사회의 과학』, 창작과비평사, 1998.
　　국사편찬위원회, 『근현대 과학기술과 삶의 변화』, 두산동아, 2005.

강제적 근대화가 지니는 도덕적, 역사적 가치평가를 하기 전에 그러한 강제적 근대화 과정에서 식민지 원주민들의 근대성에 대한 자각과 인식 과정을 해명하는 것이 더 우선적으로 선행되어야 한다. 그런 점에서 최근 십 년간 역사학계나 사회학계가 아닌 국문학계에서 식민지 시대 조선의 근대성에 대한 고찰로 문학텍스트는 물론 취미[2], 방송[3], 영화[4], 기담[5] 등 다양한 텍스트들을 통해 연구를 시도한 사실은 주목할 일이다.

사회언어학적 관점에서 <텍스트란 하나의 세계관, 즉 하나의 가치체계를 표현하는 다양한 집단언어가 가공된 상태>[6]이므로, 텍스트는 사회, 역사 그 자체이며 텍스트 생산자는 한 개인이 아닌, 텍스트가 생산된 사회의 집단적 주체이자 이데올로그(Ideologue) 이다. 따라서 신문기사나 논설의 형태를 빌려 작성된 텍스트의 담론과 그 성격을 분석하는 것은 해당 텍스트가 생산된 사회의 가치체계와 인식틀, 나아가 이데올로기 양상을 해명하는 열쇠가 된다. 그런 점에서 식민지 시대 조선의 근대성을 고찰하기 위한 노력의 일환으로 당시 신문기사나 논설, 비평적 에세이 등을 분석하는 것은 식민지 조선인들의 근대성에 대한 자각과 인식 과정을 이해하는 데 중요한 의미를 지닌다.

---

2) 문경연, 「근대 ‘趣味’ 개념의 형성과 전유 양상 고찰」, 『어문연구』 Vol.35, 2007.
3) 서재길, 「일제 말기 방송문예와 대일 협력」, 『민족문학사연구』 No.32, 2006.
4) 김려실, 「일제강점기 아동영화와 내선일체 이데올로기」, 『현대문학의연구』 Vol.30, 2006
5) 김승호, 「姑婦기담의 研究」, 『어문연구』 Vol.35, 2007.
6) P. V. 지마, 허창운 역, 『텍스트 사회학』, 민음사, 1991, p.94.

　근대성(Modernity)은 근대화(Modernization)의 목표이자 결과이다. 그런데 '공업화, 과학화, 서구화'라는 명칭의 근대화의 개념 정립에 비해 근대성은 개념적 측면에서 복잡한 논의를 내포한다.7) 근대성을 발전 과정의 측면에서 볼 경우, 합리적·대안적·성찰적 근대성8)이 존재하며, 이념 양상의 측면에서 볼 경우, 자본주의·민주주의·사회주의 근대성 등이 존재한다. 이렇게 근대성은 다양한 얼굴을 지니고 있으나, 근대화의 목표이자 결과로서 근대성이 지향하는 가치가 '합리성'이라는 점은 다양한 근대성의 양상들이 지니고 있는 공통분모이다.

　근대의 합리성은 종교가 지배하였던 중세 시대의 주술성에 대한 반발로 등장하였다. 따라서 근대의 합리성은 '탈종교화, 탈신비화, 탈마법화'를 추구하였고, 이러한 근대성은 과학·기술 분야와 문화·예술 분야에서 각각 등장하였다. <16세기 인문주의자들이 문화와

---

7) 본 연구에서는 '근대성'이라는 용어를 19세기 중반 프랑스에서 사용한 미적 개념으로 사용하지 않고, 19세기 유럽 전반에 걸쳐 나타난 서구의 문명화 개념으로 본다. <M. 칼리니스쿠, 이영욱 외 공역, 『모더니티의 다섯 얼굴』, 시각과 언어, 1998, pp.53~54. 참조>

8) 근대성의 발전과정에 따른 이 세 가지 형태의 근대성의 구체적 개념은 다음과 같다. 봉건질서에 대항하는 시민계급의 등장과 정치·경제적 자유를 획득하고자 하는 근대적 '시민'의 출현을 가능하게 만든 '합리적 근대성', 자유민주주의를 목표로 형성된 합리적 근대성이 국가와 중앙 권력기관을 중심으로 작동하면서 빈부격차, 독점자본, 문화종속과 같은 근대성의 지배이데올로기 고착화에 따른 계급적 모순과 사회적 부정이 발생하면서 그것에 대한 반발로 나타난 '대안적 근대성', 대안적 근대성을 통해 근대성의 한계와 문제점을 발견하였을 때, 근대성을 '폐기'하는 것이 아니라, 합리적 근대성의 문제를 극복하고 환경, 인권, 성(性), 문화 등 근대적 사회질서의 다양한 문제들을 해결하기 위해 등장한 '성찰적 근대성'. <A. Giddens, *The Consequences of Modernity*, Stanford Univ Press, 1990. pp.12~18. 참조>

예술 분야에서 먼저 근대성을 보여주었고, 17세기 자연철학자들이 과학과 기술 분야에서 수학과 물리학을 중심으로 중세 시대와는 확연히 구별되는 새로운 세계관으로서 근대성을 보여주었다.>9) 그런데 여기서 주목할 사실은 <약 반세기 간격으로 각각 등장한 인문학과 자연과학의 근대적 합리성 가운데 서양은 17세기에 등장한 자연철학자들이 중심이 되어 공론화시킨 '과학적 합리성(Rationality)'을 근대의 기원이자 근대의 가치로 보고 있다는 점이다.>10) 그 결과 18세기, 19세기 서구의 근대화 과정은 인문주의적 합리성(Reasonableness)보다는 과학적 합리성에 천착하게 되면서 '과학주의'가 근대성을 대표하였다. 그러나 자연을 대상화 한 이러한 데카르트적 과학적 합리성은 인간의 물질적 이익을 극대화하려는 자본주의적 가치체계에 편입되면서 비판적 기능은 약화되고 도구적 기능 중심으로 변모하게 되었다.

소위 과학계몽주의로 일컫는 18~19세기 서구 사회의 탈마법화는

---

9) Stephen Toulmin, *Cosmopolis: The Hidden Agenda of Modernity.* Univ of Chicago Press, 1990. pp.76~80. 참조

10) 1590년 몽테뉴는 『Les Essais』에서 확실하게 인식가능한 일반적 진리는 결코 있을 수 없다는 회의주의를 보여주었고, 이러한 몽테뉴의 견해에 대한 대응으로 데카르트는 『Discours de la méthode』에서 인간의 유한성을 구성하는 온갖 회의적 한계들에도 불구하고 자신의 존재만큼은 확실하게 인식할 수 있다(cogito)는 이성주의를 주장한다. 데카르트의 이러한 cogito에 입각한 이성주의는 몽테뉴의 회의주의보다 50년 늦은 1640년에 발표되었다. 그런데 이 두 근대의 합리성은 한동안 경쟁관계였으나 뉴튼, 라이프니츠와 같은 근대의 자연과학자들이 데카르트의 이성주의를 과학철학 방법론으로 수용하면서 몽테뉴의 인문주의적 합리성은 약화되고 데카르트의 이성주의를 기반으로 한 과학주의적 합리성이 근대성을 지배하게 되었다. <Stephen Toulmin, 앞의 책, pp.288~290. 참조>

이러한 도구적 과학주의를 시작으로 근대화 과정을 겪게 된다. 그러다가 1 · 2차 세계대전을 통해서 서구의 도구적 과학주의를 중심으로 한 근대화 프로젝트의 한계가 여실히 드러나자 근대화 프로젝트의 한계에 대한 서구 사회의 자기비판과 성찰이 등장한다. 프랑스 지성계를 중심으로 하는 해체주의, 탈구조주의, 독일 프랑크푸르트학파를 중심으로 하는 자본주의 문화산업과 계몽주의에 대한 비판이 대표적인 예이다. 근대화에 대한 이러한 서구 사회의 자기비판과 성찰은 스티븐 툴민이 앞서 지적하였듯이 과학적 합리성에 대한 인문주의적 합리성의 비판이라 할 수 있다. 도구적 기능중심의 과학주의에 대한 합리적 인문주의의 비판으로 요약되는 서구 사회의 자기비판과 성찰을 탈근대성(Post-Modernity)로 볼 것인지, 성찰적 근대성(Reflectional Modernity)로 볼 것인지는 논란의 여지가 남아있으므로 쉽게 단정할 수 없으나, 한 가지 분명한 사실은 이러한 서구 사회익 자기비판과 성찰이 근대화의 목표이자 결과인 근대성을 획득하고, 나아가 근대성 이후 Post에 대한 전망과 대안에 대한 지적 실천인 것만은 확실하다.

　서구의 근대화를 19세기 중반부터 도입하여 20세기 초에 완성한 일본에 의해서 식민지 근대화를 겪은 한국의 경우, 서양이 그러했듯 데카르트적 과학적 합리성이 서구화로 대변되는 근대화의 중심 담론을 형성하였다. 그러나 '식민지 근대화'라는 한국의 기형적 근대화는 광복 이후, 1950년 한국전쟁 발발과 함께 하드웨어적인 근대화의 산물마저 상실하게 되면서, 서구 사회의 근대화 비판을 수용할 기회조차 얻지 못했고, 1970년대부터 1990년대까지 산업화 논리 속에 근대화 프로젝트를 내면화, 정착화 하는 일련의 역사적 과정을 겪게 되었다.[11] 1910년 한일병합을 기점으로 본격적인 근대화를 경험한 한국이 1990년대에 와서야 비로소 근대화의 정점을 이루게 된 것이다. 본 연구자는 1910년 한일병합부터 1997년 IMF 사태에 이르는 약 90년 동안을 '한국의 근대화'로 보고 있으며, 1997년 IMF 사태 이후 근대화, 다시 말해 데카르트적 과학적 합리성과 자본주의가 결탁한 서구식 근대화에 대한 자기비판과 성찰이 1·2차 세계대전 이후 서구 사회에서 등장하였듯이 비로소 한국에서도 등장하게 되었다고 본다. 그러한 서구식 근대화 프로젝트에 대한 회의가 경제적으로 표출된 것이 1997년 IMF 사태이며, 정치적으로 표출된 것이 2002년 노무현 정권의 등장, 과학적으로 표출된 것이 2005년 황우석 사태이다. 과학기술에 대한 맹신을 낳은 데카르트적 과학적 합리성으로 대변되는 도구적 과학주의는 2005년 8월 MBC <PD수첩>의 황우석 관련 방송보도가 나가면서 발생한 황우석 사태를 기점으로 비로소 한국 사회에서도 비판의 대상이 된 것이다. 공교롭게도 1930년대 과학대중화운동과 2000년대 황우석 신드롬과 그 일련의 논문조작 사건에 따른 사회적 갈등은 둘 다 과학을 중심으로 한 민족주의 담론의 표출이자 민족주의 담론의 해체 과정이라

---

11) 본 연구자는 1970년 4월, 박정희 정권의 농촌재건사업인 <새마을 운동>을 시작으로 1998년 김대중 정권의 등장 이전까지를 한국 사회의 근대화로 본다. 김대중 정권의 등장과 함께 산업자본주의의 발달을 위한 하드웨어 중심의 문명화 과정이 일단락되고, 인권, 환경, 문화 등과 같은 시민사회의 다양한 의식적 요구가 성숙하게 되면서 소프트웨어 중심의 근대성이 한국 사회에서 비로소 등장하게 되었다고 본다. 다만, 약 90년에 걸친 근대화와 이후 비로소 획득하게 된 근대성은 급속한 과학기술적 환경의 변화에 따라 등장한 탈근대성, 성찰적 근대성과 함께 혼재 된 양상을 보이고 있다.

할 수 있다.

　인문주의적 합리성이 아닌 서구의 과학적 합리성을 수용한 일본의 근대 지식인들과 제국주의 정부는 식민지 조선의 근대화 과정에서 이러한 과학적 합리성에 기반 한 과학기술을 식민지 원주민이었던 당시 조선의 식자층과 젊은 계층에게 학교 교육을 통해서 주입시켰다. 이 과정에서 이광수처럼 내선일체를 주장한 지식인은 스스로 조선의 비과학성을 반성하고 과학기술의 습득을 통한 '新生活'[12]을 주장하면서 서구의 과학적 합리성을 수용하는 것이 우리 민족이 발전하는 유일한 길임을 주장하기도 했다. 이처럼 이광수의 근대화 인식이 대표하듯 지난 90년 간 한국에서의 과학기술은 민족의 이익을 위한 도구적 과학주의의 지배를 받아왔다. 그래서 본 연구는 데카르트적 과학적 합리성을 기반으로 하는 도구적 과학주의가 한국 사회의 근대화 프로젝트의 중심이 되었음을 1930년대 과학기술 대중화 운동에 앞장섰던 잡지 『科學朝鮮』의 언술 행위 속 담론을 통해서 살펴볼 것이다. 그리고 더 나아가 2000년대 황우석 사태를 기점으로 과학기술 민주화에 대한 요구가 등장하게 되면서 도구적 과학주의를 비판하고 합리적 과학주의에 대한 시민사회의 요구가 표출되었음을 2000년대 이후 논의된 기사와 논문들을 중심으

---

[12] "유교가 이렇게 과학을 천히 여기므로 다만 과학이 발생, 발달치 못하였을 뿐더러, 인민의 생활 방식이 전혀 비과학적이 되고, 인민의 사상이 전혀 비과학적이 되어, 그 사회에는 과학적 조직이 없고, 그 생활과 사업에는 과학적 근거와 경륜이 없이 오직 황당한 미신과, 무계한 상상과, 일시적 생념에만 의지하게 되었습니다. <중략> 현대의 문명은 과학의 문명, 현대 교육의 진수는 과학, 따라서 현대 생활의 기초는 과학―그 중에도 자연과학이외다."<이광수, 『신생활론』, 박문서관, 1925. pp.69-70.>(일부 현대식 표기로 바꾸어 표기함)

로 살펴볼 것이다. 한편 1930년대와 2000년대의 과학기술담론에 대한 이와 같은 비교 연구는 '과학기술의 가치중립성'이라는 과학철학의 오랜 주제와도 맞물려 있으나, 이 부분에 대한 논의는 자세히 언급하지 않을 것이며, 본 연구는 한국 사회의 근대화와, 脫근대화 과정을 과학기술에 대한 인식의 변화 양상을 통해 살펴보는 데만 초점을 맞출 것이다.

Ⅱ. 『科學朝鮮』에 나타나는 도구적 과학주의

1. 1920~30년대 과학 관련 기사들의 도구적 과학주의 양상

1920년대 일본의 문화정책으로 각종 신문 잡지들이 발간되기 시작했다. 이들 신문 잡지들에서 빈번하게 다루어지던 주제 중의 하나가 조선의 과학화, 과학 지식의 보급에 관한 것이었다. 신문 사설들의 제목 －「경제적 경쟁은 과학의 경쟁」13), 「과학과 민족의 운명」14), 「신조선의 목표－일체를 과학화로」15), 「과학의 조선」16)－들에서 보이듯이 과학의 발달은 조선 민족의 장래를 결정하는 것이었고, 조선을 개화하는 길이었다. 조선의 장래는 무엇보다 과학에 달려 있었다. 관리와 선비를 중시하고 실용적인 과학 지식 보급에 역점이 두어져 있지 않았던 조선의 과거는 이제 탈피해야 할 대상

---

13) 『동아일보』 1926년 2월 13일자 1면.
14) 『동아일보』 1923년 10월 24일자 1면.
15) 『동아일보』 1927년 5월 6일자 1면.
16) 『동아일보』 1920년 4월 29일자 1면.

이었다. 과학은 조선의 장래를 결정하는 기준이 되고, 조선의 구세
주로 여겨졌다. 조선 국력의 쇠함을 과학의 미발달에서 찾고, 이로
부터 벗어나기 위해 어떻게든 과학을 발달시키는 것이 중요한 목표
가 되었다. 이런 국력으로서 과학에 대한 이해는 유학생들에게 그
대로 반영되고 있었다고 볼 수 있다.

이런 국력으로서의 과학에 대한 이해는 물질문명의 토대로서 과
학의 중요성에 대한 이해로 연결되고, 이는 또한 발명의 장려로도
이어졌다.17) 과학의 수용에 대한 이러한 인식은 1930년대 과학 운
동에서도 그대로 나타났다. 김용관18)이 중심이 되었던 과학 운동은
조선 물산 장려운동, 조선의 공업의 발전을 목표로 한 발명 장려와
발명 기술 보급에 중점을 둔 것이었다. 그리고 이는 궁극적으로 식
민지로부터의 해방을 위한 부국강병을 목적으로 하고 있었다.19) 그
런데 식민지 상황의 특성이 반영된 이런 물질적 힘으로서 과학에
대한 이해는 서구 사회에서의 과학에 대한 이해와는 다른 특징을
보여주었다.

1차 세계대전 이후 서구의 경우, 합리적인 사고나 행위 양식으로
서 과학의 이미지가 중심이 되면서, 행위나 사고의 규범으로서 과
학이 자리잡아갔다.20) 식민지 시대 발간된 평문들에서 이런 과학의

---

17) 윤재현, 「發明의 無限」, 『科學朝鮮』 창간호, 1933. 6월호, p.16. 참조.
    신홍균, 「發明은 世間의 光이오, 活路를 開拓한다」, 앞의 책, p.26. 참조.
18) 김용관(金容瓘), 월간 『科學朝鮮』발행인, 1897년 서울에서 태어나 1967
    년 사망, 1913년 관립공업전습소 도기과를 졸업, 경성공업전문학교 요
    업과 졸업, 일본 동경고등공업학교 유학, 총독부 중앙시험소 근무, 1922
    년 조선발명학회 설립멤버, 1933년 『科學朝鮮』발행 <「황무지 일구듯
    과학대중화 씨뿌려」, 『한국일보』, 1981년 9월 13일자, 참조>
19) 김용관, 「發見과 發明과의 關係」, 『科學朝鮮』1933. 7~8월호, p.36. 참조

'합리성'에 관한 언급이 없는 것은 아니지만[21], 물질적 기반으로서 과학에 대한 담론에 비해 상대적으로 낮은 비중을 보이고 있다. 그리고 이에 대한 담론 역시 물질문명의 기반으로서 과학 논의와 밀접한 연관을 맺은 채로 진행되었다. 즉, 과학을 배우는 것은 미신을 숭배하는 등의 낡은 사고방식에서 벗어나 산업 문명으로 진입하기 위한 문명화의 핵심도구로 여겨졌다.[22] 당시 신문 사설이나 잡지 기사들을 통해 볼 때, 개화기 '동도서기(東道西技)'에 반영되고 있는 '물질문명의 도구'로서 '과학'이라는 '도구적 과학주의' 논의가 그대로 이어지고 있음을 알 수 있다. 이런 '과학'에 대한 이해는 초창기 일본과 서양으로 유학을 떠난 과학자의 다음과 같은 글에서도 그대로 나타나고 있다

> 근세에 이르러 자연과학에 있어서 모든 개념이 보편적인 구성을 갖게 되고 실험의 중요성이 인식되기 시작한 이후의 일이다. 자연과학에 있어서도 그 방법이 전형적인 물리학에 있어 그 방법을 보면 개념구성이 극도로 보편화되었고 그 실험방법이 기술적으로 정묘하고 그 이론의 통일성이 있는 점은 자연과학의 다른 부문에 비하여 고위를 점령할 것이다. 그럼으로 우리는 과학적 방법을 구체적으로 반성할 때에 물리학적 방법을 생각하는 것이 유의하다. <중략> 동시에 실증적 사실을 파악하기 위하여 기술의 연마가 필요한 것이고 분산된 실험적 사실을 종합하여 늘 통일된 인식을 가져야 한다. 동시에 새로운 사실을 흡수할 여유를 갖는 것이 과학을 연구하는 자의

---

20) 마르쿠제, 차인석 역, 『1차원적 인간』, 삼성출판사, 1997, p.153. 참조.
21) 김희명, 「文明과 自然과의 關係」, 『科學朝鮮』, 1935. 8월호, p.14. 참조.
22) 강인택, 「歷史上으로 본 科學과 迷信」, 『開闢』, 1921. 3월호, pp.39~44. 참조.

연구태도이며 동시에 과학정신일 것이다.[23]

2. 1930년대 조선 발명학회의 등장과 과학기술 대중화 운동

1930년대 이전에도 과학대중화 운동에 대한 지식인들의 요구는 꾸준히 있어왔다.[24] 우리나라의 과학대중화사업은 1920년 조선일보와 동아일보·시사신문이 창간되면서 새로운 전환기를 맞았다. 1920~30년대에 걸쳐 이들 신문은 과학지식 보급은 물론 과학논평을 통해 일반인들의 의식개혁운동에 앞장섰다. 물론 당시 신문이 과학보도에 힘쓴 배경은 과학기술에 대한 우리 국민의 실력을 배양해서 궁극적으로 나라를 되찾고자 하는 애국심의 발로이기도 했다.

과학대중화운동은 1934~35년 '과학데이' 행사로 절정을 이루었다. '과학데이' 행사는 발명학회가 중심이 되어 이뤄졌다. 발명학회는 나라의 독립을 생각하던 윤치호(尹致昊), 김활란(金活蘭), 현상윤(玄相允), 송진우(宋鎭禹), 방응모(方應謀), 김성수(金性洙), 최규동(崔奎東), 유광열(柳光烈) 등 당시 문인과 언론인, 법조인, 교육자 등 많은 사회 저명인사가 참가해서 만들어졌다.

---

23) 한인석, 「自然科學의 方法과 科學的 精神」, 『삼천리』 13권 12호, 1941. 12월, p.107.
(한인석은 연희전문에 재학 중 1932년 독일 괴팅겐 대학 물리학과에 유학을 다녀 온 후 연희전문 이과대학 교수로 재직, 광복 직후 월북하여 북한에서 물리학자로 활동함. <自然科學修學코저 韓仁錫君獨逸留學, 『동아일보』, 1932년 3월 20일자, 7면 참조>)

24) "於是에 吾人은 仁者는 無敵이라 함은 半만치 陳腐한 古談이요 現世에는 知自然科學者는 無敵이라 함이 眞理임을 알리로다. 아아 靑春아 살고 십흐냐 살되 잘 살고 십흐냐 自然科學을 배호라 自然科學을 硏究하는 자는 福잇는 자니 世界가 그네의 것이로다." <서훈, 「科學知識普及運動에서 前提」, 『청춘』, 1918. 4월호, p.172.>

<1934년 '과학데이'를 기념한 과학의 노래 악보>

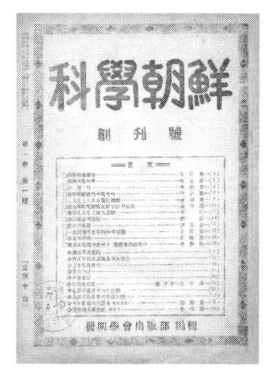

<『科學朝鮮』
창간호 표지>

당시 과학대중화운동은 발명학회가 1933
년 월간 과학잡지 『科學朝鮮』을 창간하면서
본격화됐다. 발명학회는 1934년 2월 제1회
'과학데이' 실행위원회를 구성하고, 진화론
의 주창자인 찰스 다윈의 기일인 4월 19일
을 '과학데이'로 정했다. 그리고 이날을 전
후한 1주간을 '과학주간'으로 정하고 성대
한 행사를 치렀다. 한편 제 1회 '과학데이'
행사를 계기로 발명학회가 중심이 된 '과학
지식보급회'(科學知識普及會)가 조직되었고, 이후 과학지식보급회는
『科學朝鮮』의 발행기관이 된다.

1934년 '과학데이' 행사가 성공적으로 개최될 수 있었던 것은 김
용관이 『科學朝鮮』창간호부터 지속적으로 강조한 '발명담론'과 '과

학대중화담론'에 힘입은 바가 크다.25) 식민 권력이 고등 교육에서 조선인을 차별하는 현실에서 과학이나 기술로 조선이 일본을 따라 잡는 일은 힘든 일이었으므로 관찰력과 창의력만 있으면 얼마든지 좋은 기기를 개발할 수 있는 실용적인 발명은 과학대중화에 가장 매력적인 주제였다.26)

사물의 이치를 알아야 한다고 <중략> 그것을 다 알 필요는 없고, 다만 그들 사물의 원칙이나 원리를 알고 있으면 조타, 가령 에네르기의 불변이란 것을 알고 잇스면 적은 힘으로써 큰 힘을 일으키려고 하는 등의 생각은 불가능임을 아는 것과 가티 사물의 원칙을 알고서 냉정히 생각하는 때는 불가능성을 발견하기도 그다지 어려웁지 않을 것이다.27)

이 잡지를 전문잡지로 한다면 취재의 방면이 너무 광범하야 갈피를 잡기 어렵고 또 이것을 상식양성의 통속잡지로 한다면 너무 연구적으로 되야 상당한 예비지식을 요구하게 된다. 그러므로 너무 전문적으로도 편치 말고, 통속적으로도 흐르지 말고 전문학과를 통속화하고자 하는 것이 본지의 본령이라고 우리는 생각하야 취재에 힘쓰고자하는 바이다. 전문과학으로 어듸까지든지 파고 드러가는 것은

25) 국사편찬위원회, 앞의 책, pp.84~85. 참조.
26) 당시 '과학데이' 행사 표어 중에는 '한 개의 시험관은 세계를 뒤집는다', '과학의 승리자는 모든 것의 승리자다', '과학의 황무지인 조선을 개척하자', '과학의 대중화운동을 촉진하자', '과학은 힘이다. 배우고 응용하자' 와 같은 문구가 사용되었다. 이러한 문구에서 드러나는 담론 양상을 통해 볼 때, '과학데이' 행사가 발명과 대중화를 통해 궁극적으로 민족의 역량을 강화해야 한다는 민족주의 의식의 발로였음을 알 수 있다. <『科學朝鮮』, 1934. 3~4월호, 참조>
27) 김용관, 『科學朝鮮』, 1935. 3월호, p.25.

물론 필요는 하겠지마는 다만 깊이 파고 드러가기만 하야서는 주안
점을 이저 버리어 기준물을 세상에 유효하게 할 수가 없을 것이며
또 전문과학이 전문가에게만 한하고, 일반민중과 준교사이 된다면
기사회의 문화는 순화되지도 않고 향상되지도 아니한다. <중략> 민
중에게 전문과학 지식을 보급치 못하는 것도 실지실험을 목격하는
기회가 적은 까닭이다. <중략> 우리 조선과학계도 명전문대가가 통
속 저술에 힘쓰고 通俗究硏會를 개최하는 동시에 통속적 과학잡지
가 있어야 기전서가 점차 발전 보급 될 것은 물론이다. 본지는 미력
이나마 이 점에 유의하야 과학을 통속적으로 민중화하기에 진수하
고자고 한다.28)

구한말의 대중과학화운동이 신문과 잡지 등을 통한 것이었다면
1930년대의 과학대중화운동은 각계각층이 망라된 가히 파퓰리즘
(Populism) 이라 할 만한 대중운동이었다. 그러나 1937년 중일 전쟁
이 발발하자 일제의 군국주의가 강화되면서 정치적 자유가 축소됨
에 따라 '과학데이' 행사의 옥외 집회가 금지되어졌고, 발명학회와
과학지식보급회 역시 차츰 어용단체로 변하게 되었다. 『科學朝鮮』
발행인이자 과학지식보급회의 주축이었던 김용관 역시 1937년 이
후부터는 『科學朝鮮』 발행인 자리를 사임하고, 애독자들의 과학질
문에 답변기사나 써주는 소극적인 입장으로 변하게 되었다.
과학대중화사업은 광복 이후 정치와 사회적인 소용돌이 속에 힘
을 잃었다. 과학대중화운동이 광복이후 점차 약화된 이유에 대해서
는 다양한 견해가 존재한다.29) 가장 지배적인 견해는 일제 말 식민

---

28) 김용관, 『科學朝鮮』, 1933. 9월호, p.67.
29) 박종석 외 2인, 「대한제국 후기부터 일제 식민지 초기(1906~1915)까지

지 정책에 따라 민족주의 운동이 약화되면서 민족주의 운동의 일환
으로 강조된 과학기술과 일반 대중과의 거리감이 점차 깊어졌고,
광복 직후 급속한 산업화에 따라 대중들이 과학기술을 수용하기 힘
든 학문적 발달이 이루어지면서 과학기술과 대중 간의 괴리감이 점
차 확대되었다고 보는 견해가 가장 일반적이다.[30] 그러나 과학대중
화운동이 식민지 현실이라는 특수한 상황 속에서 민족주의와 결탁
하여 1930년대 중반 한국 사회를 뜨겁게 달구었듯이 1970년대 박정
희 정권의 '새마을 운동' 역시 민족주의와 결탁하여 독재정권에 대
한 국민적 동의를 얻어낼 수 있었다. 바로 1970년대 '새마을 운동'
은 1930년대 과학대중화운동과 내용과 형식면에서 모두 동일한 프로
파간다(Propaganda)라 할 수 있다.

사용되었던 과학교과용 도서의 조사 분석」, 『한국과학교육학회지』Vol.1
8 No.1, 1998, pp.93~108. 참조.
유용식, 「일제하 교육진흥론의 논리와 성격」, 『한국비교교육학회』Vol.1
6.No.1, 2006, pp.109~127. 참조.
김근배, 「20세기 식민지 조선의 과학과 기술」, 『역사비평』No.3, 2001,
pp.297~313. 참조.
30) 이러한 견해와는 좀 달리 과학기술과 대중 간의 괴리감을 한국 사회의
뿌리 깊은 유교적 전통에서 찾고자 하는 다음과 같은 견해도 있다.
"우리의 과학대중화운동이 오랜 역사를 지니고 있으면서도 불을 붙이
지 못한 데는 이유가 있다. 우리의 문화 속에 뿌리박고 있는 유교적 전
통 때문이다. 우리는 유교적 전통 덕분으로 유달리 학문을 숭상했지만
우리가 존중한 것은 인문과 사회학이었지 자연과학이 아니었다. 그래서
학문을 하는 것은 과거시험에 합격함으로써 지배계급이 되겠다는 데서
출발하고 있었다. 전통적인 '사농공상'(士農工商) 사상도 이에서 뿌리를
찾아볼 수 있다. 뿐만 아니라 우리 사회는 100년 전이나 똑같이 과학기
술을 잘살게 하는 도구로만 생각해왔다."
<이광영, 「과학기술 어제와 오늘 과학 대중화, 언론에 달렸다.」『관훈저
널』 2000년 겨울호, p.211. 참조>

3. 일제 말 군국주의와 결탁한 도구적 과학기술주의

앞서 기술하였듯이 1937년 중일전쟁 이후『科學朝鮮』의 민족주의 운동의 일환으로서 과학대중화운동은 식민당국으로부터 억압과 제약을 받게 된다. 이러한 사회현실의 변화에 따라『科學朝鮮』는 민족주의 색채를 버리고 중립적 과학기술관에 근거한 논설들만을 게재한다. 대표적인 논객으로 이백규(李栢圭)와 김희명(金熹明)을 들 수 있다.

먼저 이백규는「산업과 공학」31)이라는 글에서 공학이 인류 문명에 어떻게 기여했으며, 국가의 발전에 어떠한 중요성을 갖는지를 설명하면서 당시 지배국가인 일제에 대한 열린 태도를 보여주었다. 이백규의 중립적 과학기술관은 정치적 상황의 변화와는 무관한 과학자의 가치중립적 태도처럼 포장되었다. 김희명 역시「국방과 발명」32)이라는 글에서 발명이 없이는 국방도 없고, 우리 생활에도 문화적 향상을 볼 수가 없다는 취지의 내용을 쓰면서 발명에 대한 민족주의적 색채를 감추고 순수한 기술만능주의만을 주장하였다.

중립적 과학기술론과 과학대중화론은 1938년 일제 말 시기에도 유효하였다. 대신 1930년대 중반 중립적 과학기술론이 '조선민족의 과학화', 과학대중화론이 '조선민족의 실용화'라는 민족주의적 목표의식이 선명한 것에 반해 1938년 이후부터 중립적 과학기술론과 과학대중화론에서는 더 이상 민족주의적 열정을 찾아볼 수 없게 된다. 1940년 4월『科學朝鮮』에 실린 원익상의 "과학적 발달이 없이는 인생 생활도 안정되지 않는다."는 주장은 바로 이백규와 김희명의 입장을 그대로 계승하였으나, 이 글 뒤 부분에 가서 "이러한 과학은

---

31) 이백규,「産業과 工學」,『科學朝鮮』, 1939. 3월호, p.6.
32) 김희명,「國防과 發明」,『科學朝鮮』, 1940. 4월호, p.33.

국가발전을 위해 복무해야 한다."는 입장을 밝히면서 군국주의적 정치이념과 결합하는 양상을 보이기 시작한다.[33] 심지어 세브란스 의전 교수였던 최동(崔棟)은 「비상시와 가정」[34]이라는 글에서 "우리는 총후보국의 정신으로서 생활을 개선하야 합리화하며 일상생활에 그것을 실행하지 아니하면 안 된다."고 하였다. 그의 주장은 다시 말해 과학의 대중화를 통한 생활의 합리화는 일제의 발전에 복무하는 것임을 밝힌 것이다. 이처럼 중립적 과학관과 과학대중화론은 1938년부터 이후 광복직전까지 일본의 군국주의 정치 이념과 결합을 하게 된다.

조선을 대륙침략을 위한 병참기지화 하려는 일본 군국주의 정책은 상기한『科學朝鮮』의 기사뿐만이 아니라, 1930년대 후반부터 1945년 광복 직전까지 조선의 이과대학들의 커리큘럼에서도 나타난다.

<1942년도 연희전문 수학 · 물리 전공 커리큘럼>[35]

학과목	1학년	2학년	3학년
대수학 급 수론	3	2	2
해석기하학	2	2	
미분적분학	3	5	2
삼각법 급 측량화	4		
함수론대의			2
기하학		2	3

33) 원익상,「皇紀二千六百年을 迎하야」,『科學朝鮮』, 1940, 4월호, p.20.
34) 최동,「非常時와 家庭」,『科學朝鮮』, 1939, 3월호, p.4.
35) 나일성,『서양과학의 도입과 연희전문학교』, 연세대학교 출판부, 2004, p.179.

실용수학			2
수학교수법			1
일반물리학	4		
물리학/열학/음향학		6	
역학		3	3
전기자기학		3	3
전자물리학			3
광학			2
물리학실험	2	2	2
물리교수법			1
일반화학실험	3		
도학(圖學)	2		

<1942년도 연희전문 응용화학 전공 커리큘럼>[36]

학과목	1학년	2학년	3학년
제도(製圖)			
지질광물학	1	1	
연료광물 급 건류공업	1	2	
산·알카리 급 비료		2	
다루공업·색소 급 염색		2	
요업		1	
야금학		2	
전기화학		2	
기계공학		1	
사진공학		1	
전기공학			2

---

36) 나일성, 앞의 책, p.180.

			2
유지 · 도료 · 호막 급 방향유			2
섬유소공업 · 폭발물			2
제혁 급 담배공업			1
사탕 · 전문 급 양조			2
공장건축			1
공업경제			1

<1942년도 연희전문 건축공학 전공 커리큘럼>[37]

학과목	1학년	2학년	3학년
물리학실험	2		
건축재료	2		
응용역학		2	2
건축구조	3		
혼토(混土)		2	
철근		2	
건축사		2	1
건축부대설비			2
건축계획			1
건축장식법			1
시공법			1
측량학			2
자재화(自在畵)	3	3	
공업경제			1
건축법령			1
제도(製圖) 급 실습	6	16	17

---

37) 나일성, 앞의 책, p.181.

당시 자연과학, 이학 분야에서 가장 앞선 학문적 수준을 보여주었던 연희전문학교의 이학 주요 전공 커리큘럼에서도 나타나듯 과학자 양성보다는 고급 인력, 특히 기술자 양성을 목표로 하는 교육 과정이 식민지 조선 말 근대 과학 교육의 주된 양상이었다. 심지어 1944년 5월 10일 연희전문학교는 일제 식민지 당국에 의해 강제로 폐교를 당하고, '경성공업경영전문학교'라는 이름으로 명칭이 바뀌면서 순수자연과학 교육은 실종되고, 오직 전쟁대비를 위한 과학기술의 도구화, 즉 도구적 과학기술주의만이 과학 교육의 핵심 목표가 되었다.[38] 이러한 과학기술 교육 양상은 광복 이후 1960년대, 한국 사회를 지배한 발전행정 정책으로 그대로 계승되어 한국의 산업화시기를 지배하는 주된 과학기술 담론을 형성하게 된다.

1938년 이후 『科學朝鮮』을 통해 나타난 과학기술담론은 사실 그 이전의 담론 속 잠재된 이념들을 새롭게 재배치하고 변형시킨 것에 불과하다. 1938년 이전에도 분명 과학기술담론 속에 조선의 과학기술진흥론과 일제의 근대화론이 상호작용 관계 속에서 공존하고 있었다. 그러나 1938년 이후 일본 군국주의 정치 이념은 이러한 다양한 과학기술담론 속에서 민족주의적 정서와 이념은 제거하고, 일본의 대외 전쟁을 위한 군수대용품 생산을 위한 과학기술의 필요성을 강조하는 과학기술담론만을 양산하게 만들었다. 그런데 이렇듯 민족주의가 거세된 1930년대 과학대중화운동은 일제의 군국주의와 결탁하였기에 반민족적 이념으로 전락한 것처럼 보이지만, 사실 파퓰리즘을 기반으로 한 대중 추수적이고, 실용성을 강조하는 도구적 과학주의의 겉옷만이 바뀐 것에 불과하다. 과학기술이 인민과 국가의 실

---

38) 나일성, 앞의 책, pp.182~185. 참조.

리를 위해서 봉사해야 한다면 그 인민의 혈통이나, 국가의 이름은 중 요한 문제가 아니다. 과학기술이 도구적 기능주의로 나타나는 순간 과학기술은 권력과 지배이념을 강화시키는 메커니즘으로 작동하기 때문이다.

Ⅲ. 황우석 신드롬에 대한 반대급부로서 합리적 과학주의

1. 광복 이후 한국 과학기술 잡지 현황

한국의 잡지는 1896년 2월에 창간된 「친목회 회보(親睦會 會報)」를 그 효시로 보고 있으며, 초기에는 계몽적인 잡지가 주류를 이루었 으나, 일부 선각자들에 의하여 외래 문물과 사상이 유입되면서 자 연과학 계통의 잡지인 「수리학잡지(數理學雜誌)」가 1905년 12월에 창 간되면서 우리나라 자연과학 분야의 최초의 잡지가 발간되었다. 이 어 1909년 1월에 월간 「공업계(工業界)」(1920)가 창간되었고, 「공우(工 友)」(1927), 「신흥과학(新興科學)」(1929), 「과학(科學)」, 「과학조선(科學朝鮮)」 등이 발행되었으며, 여기에 의약관계 잡지 2~3종을 합해 1945년 해방 이전까지의 자연과학 계통의 잡지는 10종 미만으로 집계되고 있다. 이것은 일본이 한반도를 강점한 이후 식민정책에 의하여 생 산기지로 보다는 소비시장으로 관리했기 때문에 과학기술의 발달을 위한 정책의 부재로 파악되고 있으며, 다른 한편으로 한국인의 입 장에서는 일본에 맞서 자주독립을 위한 구국 투쟁의 수단으로 이념 잡지를 활용했으므로, 과학기술 잡지에 대해서는 절실하게 필요성을 느끼지 못한 것으로 본다.

그러다 1945년 광복과 함께 과학기술의 필요성을 인식하게 되고, 이에 따라 과학기술 잡지가 속속 등장하게 되었다. 「대중과학」(大衆科學-1946.3), 「인민과학」(人民科學-1946.10), 「현대과학」(現代科學-1946. 5), 「조선섬유」(朝鮮纖維-1946.6), 「요업지조선」(窯業之朝鮮-1946.10), 「체신문화」(遞信文化-1946.10), 「건설주보」(建設週報-1946.12), 「과학시대」(科學時代-1947.4), 「과학과발명」(科學發明-1948) 등이 잇달아 창간되어 발행하게 되었다. 이러한 과학기술 잡지에 대한 열기가 고조되는 가운데 1950년 한국전쟁의 발발과 함께 잡지시장 전체가 폐허화 되면서 1953년까지 모든 과학기술 잡지 발생이 중단되었다.

과학기술 잡지는 1953년 휴전협정과 함께 다시 발행되기 시작했다. 「어린이科學」(1957), 「발명(發明)」(1957), 「과학세계(科學世界)」(1958), 「자동차(自動車)」(1958), 「물리학회지(物理學會誌)」(1958), 「산업공예(産業工藝)」(1959), 「공연리뷰(工硏Review)」, 「신약세계(新藥世界)」(1959), 「약업계(藥業界)」(1959), 「도료계(塗料界)」(1959), 「자동차과학(自動車科學)」(1959), 「중기와공업(重幾工業)」(1959), 「전자과학(電子科學)」(1959), 「과학과생활(科學發生活)」(1960), 「공업기술(工業技術)」(1960), 「전기술(電氣技術)」(1964), 「과학교육(科學敎育)」(1964) 등이 발행되었고, 이들 잡지 가운데 현재까지 발행되고 있는 잡지는 「월간 전자과학(電子科學)」, 「월간 전기기술(電氣技術)」, 그리고 「월간 과학교육(科學敎育)」으로 이들 3종의 잡지는 1960년대 이후 한국의 과학기술 대중화와 전문화에 큰 기여를 했다고 평가를 받고 있다.[39]

---

39) 식민지 시대부터 1960년대까지 한국의 과학잡지 목록과 내용은 <박성래 외 2人, 『우리 과학 100년』, 현암사, 2001.>를 참고하여 요약, 기술하였음.

2. 과학기술 대중화에서, 과학기술 민주화로의 이행

과학이 고도화되고 발전속도가 가속화될수록, 점차 과학에 대해 대중이 접근하기란 어려워지기 마련이다. 대중의 이해와 일치하는 과학발전에 지원을 표방하던 미국의 경우 이러한 상황을 극복하기 위하여 19세기 이후로부터 과학기술 대중화 활동을 꾸준히 전개해 나갔다. 미국은 19세기 초·중반에 과학기술 대중화 운동을 이끄는 그룹이 생겼으며, 그 이외에도 다양한 경로를 통해 과학기술 대중화가 이루어져 왔다.

미국의 과학기술 대중화에서 우선 주목할 점은 가정이 과학문화 전달의 매개가 되었던 점이다. 어린이의 교육권이 전통적으로 교회라는 종교기관의 영향 하에 있었던 초창기와는 달리 19세기 이후로는 부모 개개인이 자녀 교육의 중요한 주체로 떠오르게 되었다. 가정의 응접실은 가족 성원간의 일상적인 대화와 교류의 공간일 뿐 아니라 과학표본의 전시, 과학을 주제로 한 논쟁이 이루어지는 과학교육의 최전선이 되었다. 또한 가정 바깥에서는 잡지, 신문, 도서와 같은 출판매체, 강연과 같은 대중화 모임, 박물관, 중·고등 및 대학교와 같은 공적인 문화조직체 등이 대중사이에서 과학 담론을 형성시키고 쟁점을 확산시켜 가는 기능을 수행하였다. 특히, 공교육 차원에서 체계적인 과학교육이 이루어졌음을 주목할 필요가 있다. 고등학교 교육에서 교과과정의 개혁, 교사의 독창적인 교육방식 개발 독려, 학부모 의견의 교육 프로그램에의 반영 등을 통하여 과학교육 및 대중화가 순조롭게 이루어졌다.

발표 당시 전 세계적으로 10명 내외의 전문가만이 이해 가능했던 난해한 이론이자 실용주의를 표방한 미국과학의 성격과는 무관하기까지 한 아인슈타인의 상대성이론이 20세기 초 미국의 일반 대중들에게 센세이션을 안겨주며 널리 확산된 것을 보더라도, 20세기 전반 미국대중의 과학에 대한 관심과 이해를 가늠할 수 있다. 그러나 1940년대와 50년대를 거쳐 과학의 고도화와 첨단화에 힘입어 과학은 더 이상 대중의 이해와 접근을 허용하지 않는 소수 엘리트들의 전유물이 되어갔으며, 이러한 과학과 대중의 괴리는 곧 국가정책 수행의 어려움으로 나타났다. 그런데 미국은 경험주의 과학관이라는 문화적 가치에 입각한 과학의 실용화를 통해 과학과 대중의 괴리를 극복해 나갈 수 있었다. 미국인들은 과학을 가치중립적인 것이 아니라, 다양한 가치와 맞물려 발전하는 것으로 보았다.[40]

미국과학진흥협회(AAAS)의 「지난 150년 간 미국 과학정책에 대한 미국과학진흥협회의 역할」(The Role of AAAS in U.S. Science Policy: The First 150 Years)[41] 보고서(1999년)에 따르면 과학의 민주화는 "the role of science in solving social problems and the social responsibilities of scientists."에서 알 수 있듯 사회적 문제 해결과 사회적 책임감을 일컫는 개념으로 보고 있다. 이렇듯 미국의 경우를 보면 최근 현대 사회에서 과학기술은 더 이상 가치중립적인 학문이

---

40) 미국과학진흥협회(AAAS) 홈페이지(http://archives.aaas.org/resources/index.php?type=bibliographic) 참조.

41) "At the 1937 AAAS annual meeting in Indianapolis and the 1938 meeting in Richmond, Virginia, a number of symposia were held on the role of science in solving social problems and the social responsibilities of scientists. Announcement of the formation of the American Association of Scientific Workers, an organization calling for the democratization of science, at the 1938 Richmond meeting signaled a radical effort on the part of a number of American scientists to make scientists aware of their social and economic responsibilities."(http://www.aaas.org/spp/yearbook/chap26.htm)

아니라, 사회와의 적극적인 커뮤니케이션 속에서 공적 역할과 책임
을 수행하는 주체가 되고 있다.

　과학기술의 대중화가 문명의 이기를 양적으로 확대하는 것이 최
우선인 시대의 패러다임이었다면, 과학기술의 민주화는 문명의 이
기를 효율적으로 사용하는 것이 중요한 시대의 새로운 패러다임이
라 하겠다. 그런 점에서 지난 2005년 발생한 황우석 사태는 한국 사
회에서 지금까지 성역으로 여겨져 왔던 과학기술의 신비주의가 폭
로 되면서 동시에 과학기술이 사회윤리적 책임 주체임을 모든 국민
이 인식하게 되는 중요한 계기를 마련해 주었다. 황우석 사건은 지
난 1930년대 과학기술대중화운동처럼 전문적인 과학기술에 대한
일반 대중들의 마니아적 관심을 불러일으켰다는 점에서 주목할 필
요가 있다. 그러나 1930년대 과학기술대중화운동이 과학기술의 세
속화에 따른 반대급부로 과학기술자의 신격화를 만들었다면, 2005
년의 황우석 사건은 신격화된 과학기술자를 다중[42](Multitude) 혹은
집단지성[43](Collective Intelligence)에 의해서 합리적 비판의 대상으로

---

42) 多衆은 大衆을 인식할 때, 민중, 노동자 등과 같은 차별화 된 구별을 없
　애고, 대중 속에 잠재된 다양한 복수적 주체의 의미를 강조한 개념이다.
　현대 사회의 대중들은 과거의 대중들과는 달리 다양하고 특이한 관심사
　를 지니고 있으며, 생활양식이나 지향성 역시 과거의 대중들처럼 단순히
　계층에 따라 단순화시킬 수 없다. 그러므로 오늘 날 대중은 복수주체로
　서 다중으로 일컬어진다. <안토니오 네그리, 김상운 역, 「비물질노동과 주
　체성」, 『비물질노동과 다중』, 갈무리, 2005, pp.291~298. 참조>
43) 集團知性은 가상 커뮤니티에서 거대한 규모의 협업과 토의를 통하여
　구성원들 각자의 지식과 전문성을 활용하는 능력을 의미한다. 최근 위
　키피디아(http://www.wikipedia.org)나 구글(http://www.google.com)가 대
　표적이며, 한국에서는 네이버의 '지식인 검색'도 이러한 집단지성의 사
　례라 할 수 있다. <헨리 젠킨스, 김동신 역, 『컨버전스 컬처』, 비즈앤비
　즈, 2008, p.409. 참조>

만들었다는 점에서 다르다. 흥미로운 점은 이런 다른 양상을 보였음에도 불구하고 약 70년의 시간적 격차를 두고 발생한 이 두 사회적 현상의 기저에는 민족주의 이념이 공통분모로 자리 잡고 있다는 점과 각각 당시 헤게모니를 장악한 권력집단과 그렇지 않은 집단 간의 갈등을 발생시켰다는 점이다. 1930년대 과학기술대중화운동이 민족주의를 표방한 채 고양되다가 식민당국에 의해서 군국주의적 성격으로 변질되었다면, 2005년 황우석으로 대표되는 민족주의를 표방한 도구적 과학기술주의는 비판적, 합리적 과학기술주의와 충돌한 후 몰락하게 되었다.

물론 황우석 사건 이후에도 한국 사회에는 민족주의적 성향을 지닌 도구적 과학기술주의가 여전히 그 영향력을 발휘하고 있다. 삼성, 현대, SK와 같은 거대자본이 최첨단 과학기술을 이용하여 해외에 상품수출을 통한 막대한 외화벌이를 할 때마다 매스컴이 일제히 주요 기사로 보도를 하고, 현 이명박 정부가 실용주의 노선을 내세우며 과학기술을 다른 사회 영역보다 우선적 가치로 상정하는 정책을 내세우는 것만 보아도 도구적인 과학기술주의 담론이 21세기 한국 사회의 이념적 헤게모니를 아직까지 장악하고 있는 것은 사실이다. 그러나 황우석 사건을 시작으로 과학기술의 사회적 공리성과 과학자의 사회적 책임이 담보되지 않는 과학기술에 대해서는 무한한 지지만을 보내지 않고 감시와 견제, 그리고 비판을 행사하는 합리적 과학주의가 도래한 것만은 명백한 사실이다.[44]

---

44) 최근 2008년 최대 이슈 중 하나였던 '한반도 대운하'만 하더라도 환경 문제를 떠나서 대운하가 투자 대비 수익성이 있는지 여부를 분석하고 비판하는 목소리가 네티즌들을 중심으로 제기되었는데, 대운하를 반대한 이들 네티즌들은 합리적 과학주의로 무장한 정보화 사회의 다중, 집단지성의 사례라 할 수 있다.

여기서 한 가지 흥미로운 사실은 황우석 사태를 발생시킨 조선일
보와 MBC의 대립, 그리고 그 외 기타 다양한 신문방송 매체들 간
의 황색저널리즘의 난립[45]이 역설적이게도 기존의 도구적 과학주
의의 폐해에 대한 국민적 자각과 저항을 불러일으킨 계기를 마련해
주었다는 점이다. 특히 신문방송 매체들의 황우석 신격화는 거꾸로
비이성적인 황색저널리즘과 그로인해 선정적인 애국주의에 도취된
대중 대 전문적 지식과 이성적 사고로 무장한 多衆의 합리적 세계
관이 서로 충돌하게끔 만들었다. 그 결과 대중을 과학기술로부터
소외시키고, 과학기술자들을 '만능해결사'로 여기게 만든 과학기술
절대주의에 대한 반발로 과학기술 민주주의가 등장하는 계기를 마
련하였다.

3. 황우석 사태로 등장한 합리적 과학주의

황우석 신드롬이 정체는 황우석익 연속되는 거짓말과 언론 플레
이, 거기에 동원되는 미디어와 국가권력, 기꺼이 속아주는 군중의
복합체이다.[46] 조선일보가 황우석을 국민적 영웅으로 떠받들고 그

---

45) 조선일보의 대표적인 칼럼리스트 김대중은 조선일보 12월 6일자 <'보
   통 사람들'에 대한 마녀사냥>이란 칼럼에서 反황우석 그룹을 친북좌파
   세력으로 몰아가는 이념적 선동의 극치를 보여주었다. 그의 글에서는
   과학에 대한 이성적이고 합리적인 판단은 찾을 수 없으며, 오직 과학은
   국가경쟁력을 위한 절대적인 재산이므로 그러한 과학을 의심하는 것은
   국가전복 세력이거나, 반국가단체의 선전선동에 불과하다는 식의 극단
   적 흑백논리만이 가득하였다. 그는 "우리나라의 대표적 좌파 매체와 좌
   파 성향의 인사들은 한결같이 MBC PD수첩의 보도를 옹호하거나 더
   나아가 '황우석 깎아내리기'에 동조"한 것이라는 발언을 일삼았다.
46) 김동민, 「조선일보 황우석 관련보도를 검증한다」, 민주언론시민운동연
   합, 2005. 12월, 토론회 발제문 참조.

의 언론 플레이에 동원되며, 그 과정에서 거짓말을 반복하고, PD수
첩 죽이기에 앞장서다 결국 모든 거짓말이 폭로되어 함께 망신을
당하는 과정은 마치 한 편의 드라마처럼 전개되었다. 황우석 사태
는 황우석 팀의 제보에 의해 사실을 확인하고 있던 MBC PD수첩의
관련 제보에 따른 공중파 방송으로 처음 시작되었다. 오랜 취재 끝
에 방영이 결정되자 황우석 복제연구의 공동연구자이자 지지자였던
미국인 새튼 교수가 결별을 선언했고, 미즈메디 병원의 노성일 이
사장은 PD수첩 방영 하루 전인 2005년 11월 21일에 기자회견을 하
면서 사건은 절정에 달하게 되었다.

<그림3. 황우석 - 과학기술 지상주의 신화의 몰락>[47]

---

47) 이미지 출처 : 뉴시스, 연합뉴스.

황우석 교수팀이 사용한 난자가 보상금이 지급된 매매에 의한 것
이었다는 사실을 밝힌 것이다. 조선일보는 이 사실을 2005년 11월
22일자 1면 톱으로 다루면서 '법적으로 문제없던 2003년 20여 명한
테' 보상금을 준 것이라는 데 강조점을 둔 제목을 달았다. 노성일
이사장이 언급한 '黃교수 전혀 몰라'도 제목으로 선발되었다. 적어
도 제목에서는 '윤리 문제'를 피했으며, 황우석을 보호하고자 한 의
도가 여실히 드러났다. 같은 날 조선일보는 3면에다 '난자 윤리' 논
란 기사들은 '난자 매매 당시엔 어떤 법규·규정도 없었다. – 병원
이사장' 이라는 제목을 달고, 그 밑에다 '난자 기증 민간재단 설립'
이라는 단체의 창립 발기인대회 사진을 장식하여 자발적인 난자 기
증을 사회적으로 부추기는 해프닝을 벌였다.

황 교수가 기자회견을 한 24일자 조선일보 1면에는 '黃교수 일부
공직 물러날듯'이라는 제목을 달고 이어 3면에는 '黃교수 "연구실
가기도 싫다"지만 시민격려는 쇄도'라는 제목으로 국민적 동정심을
자극하는 기사를 게재하였다.

조선일보 25일자 1면 하단은 황 교수의 기자회견 사실을 알리는
'백·의·종·군'이란 제목을 장식하였다. 같은 날 지면 2~3면은 황
교수의 변명을 대변하는 내용으로 채워졌고, 9면은 '부활하라, 황우
석! 국민들 응원 물결'이 톱으로 장식되었다. 중간제목도 '각계 매
도 말고 좌절 말고… 전폭 지원을', '인터넷 여론조사 소장 사퇴 반
대 90%', '네티즌들 MBC 사죄 안하면 촛불시위', '난자 기증 신청
하루만에 200명 넘어서' 등 선동적 제목의 기사들로 채워졌다. 같은
날 조선일보 사설에는 '한국 생명공학, 시련 딛고 더 높게 도약해
야' 한다는 내용의 감상적이고, 선동적인 논설까지 실렸다.

마르쿠제는 <과학적 사유가 한편으로 순수하고 자기 완결적 형식주의를, 또 한편으로는 철저한 경험주의를 전제로 하는데 이 중 경험주의적 과학 사유는 현대철학에서 이데올로기적 기능을 드러낸다>[48]고 말했다. 마르쿠제의 이러한 지적은 과학이 경험주의적 사실만을 지적 가치의 대상으로 여길 때 실증적으로 증명할 수 없는 것은 모두 부정해버리는 지배논리로 작동할 수 있음을 지적한 것이다. 황우석 사태는 바로 이러한 마르쿠제의 지적을 돌이켜 보게 만든 사건이다.

앞서 조선일보와 MBC의 보도 갈등을 중심으로 황우석 사태의 주요 사건을 정리한 부분에서 주목할 사실은 과학기술이 특정한 한 개인 과학자의 능력에 모든 것이 달려있는 것처럼 과장되게 포장되어 있다는 점이다. 특히 조선일보의 보도 방식에서 발견되듯 한국의 생명복제 기술은 모두 황우석 한 개인의 손에 달려있듯이 묘사된다. 황우석이 연구하지 않으면 한국의 생명복제 기술은 없는 것처럼 보일 정도였다. 한 나라의 운명을 좌우할 만큼 대단한 한 명의 과학자를 가지는 것은 결코 불행한 일은 아니다. 그러나 그 한 명의 과학자가 한 나라의 운명을 결정짓는다면 그것은 매우 불행한 일일 것이다. 왜냐하면 과학자는 신이 아니므로 그 한 명의 과학자의 판단을 전적으로 신뢰할 수 없기 때문이다. 과학기술이 특정한 한 과학기술자의 손에 집중된다면 그 과학기술은 더 이상 시민들의 이익과 사회적 공익을 위해 사용될 것이라는 보증수표가 될 수 없다.

과학기술을 마르쿠제가 말하듯 실증적 증명을 포괄하는 경험주의적 사실로만 국한할 때, 오히려 사실 자체에 대한 진리 여부를 경

---

48) 마르쿠제, 앞의 책, p.162.

험의 주체가 독단적으로 결정해버려서 과학기술이 독재이념처럼 작
동하는 것을 막을 수 없게 된다.[49] 그러므로 모든 과학기술은 사회
적 소통 공간 속에서 검증되고, 교감되고, 확인되어져야만 한다. 그
런 점에서 과학기술에 대한 인문주의적 성찰과 합리적 비판은 반드
시 이루어져야 하며, 그러한 성찰과 비판의 대상은 단지 특정 과학
기술이나 과학자에게만 국한되어져서도 안 된다. 황우석을 비판한
MBC 역시 그런 점에서 특정 개인의 학문적 오류와 거짓말에만 초
점을 맞춘 보도방식에 대한 비판으로부터 자유로울 수 없다. 만약
MBC가 황우석 사건을 한 명의 비도덕적인 과학자를 폭로하는 일
에만 그치지 않고, 한국 과학계의 잘못된 연구 시스템을 지적하고,
더 나아가 한국의 과학기술 정책과 담론의 편향과 문제점을 거시적
시각에서 다루었다면, 황우석 사태에 있어서 국민적 동의와 합의를
더 빠르고 정확히 얻어낼 수 있었을 것이다. 실제로 지난 1960~80
년대까지 우리는 압축적 근대화를 겪으면서 자유로운 비평정신과
민주적 휴머니즘을 과학기술지상주의로 대변되는 성장제일주의 때
문에 거의 포기할 뻔한 경험을 가지고 있다.[50]

　　과학의 신격화, 그것은 과학적 근대성이 폭주하였을 때 그것을 제
어하는 인문주의적 근대성을 배척한 결과이다. 인문주의는 앞서 언
급한 스티븐 툴민이 지적하듯 <절대성에 대한 회의와 비판정신으로
자연과 인간 사회를 바라보는 인식틀로서 관점(Perspectivism)을 제

---

49) "과학이 자연의 신화를 파괴하고 난 후 과학 스스로가 물상화(Reification)
　　된 자연 위에서 자연을 지배하는 새로운 신화를 만들어 버린 것이다."
　　<마르쿠제, 앞의 책, p.153. 참조>
50) 홍성태, 「근대화에서 근대성으로」, 『문화과학』 31호, 2002 가을호,
　　pp.59~65. 참조.

시한다. 그런데 과학주의는 그러한 가치 기준을 지닌 관점을 주관주의로 치부하고 무관점의 실증주의적 태도만이 과학적 근대성에 부합하는 근대인의 자세로 규정한다.>[51] 황우석 사태는 바로 그러한 무관점의 실증주의적 과학주의, 더 나아가 과학기술 자체를 민족주의 이념 고취를 위한 수단으로 여기는 도구적 과학주의, 문명의 진화를 천부적인 한 과학자의 손에 달려 있는 것으로 여기는 경험주의적 과학주의에 대한 종합적인 비판과 성찰의 계기가 된 사건인 것이다.

---

51) Stephen Toulmin, 앞의 책, pp.182~190. 참조.

참고문헌

1. 자료

『科學朝鮮』

『開闢』

『三千里』

『청춘』

『동아일보』 1920년 4월 29일자

_____ 1923년 10월 24일자

_____ 1926년 2월 13일자

_____ 1927년 5월 6일자

_____ 1932년 3월 20일자

『조선일보』 2005년 11월 22일~25일자

_____ 2005년 12월 6일자

2. 논저

국사편찬위원회, 『근현대 과학기술과 삶의 변화』, 두산동아, 2005.

김근배, 「20세기 식민지 조선의 과학과 기술」, 『역사비평』No.3, 2001.

김근배 · 김영근, 『근현대 한국사회의 과학』, 창작과비평사, 1998.

김동민, 「조선일보 황우석 관련보도를 검증한다」, 민주언론시민운동연합,
        2005년 12월 토론회 발제문.

김려실, 「일제강점기 아동영화와 내선일체 이데올로기」, 『현대문학의 연구』Vol.
        30, 2006.

김승호, 「姑婦기담의 研究」, 『어문연구』Vol.35, 2007.

나일성, 『서양과학의 도입과 연희전문학교』, 연세대학교 출판부, 2004.

문경연, 「근대 '趣味' 개념의 형성과 전유 양상 고찰」, 『어문연구』Vol.35,

2007.

박성래 외 2人, 『우리 과학 100년』, 현암사, 2001.

박성진, 『사회진화론과 식민지 사회사상』, 선인, 2003.

박종석 외 2인, 「대한제국 후기부터 일제 식민지 초기(1906~1915)까지 사용되
　　　　었던 과학교과용 도서의 조사 분석」, 『한국과학교육학회지』Vol.18 No.1,
　　　　1998.

서재길, 「일제 말기 방송문예와 대일 협력」, 『민족문학사연구』 No.32, 2006.

이광수, 『신생활론』, 박문서관, 1925.

이광영, 「과학기술 어제와 오늘 과학 대중화, 언론에 달렸다.」 『관훈저널』2000년
　　　　겨울호.

유용식, 「일제하 교육진흥론의 논리와 성격」, 『한국비교교육학회』Vol.16.No.1,
　　　　2006.

홍성태, 「근대화에서 근대성으로」, 『문화과학』 31호, 2002 가을 호.

A. Giddens, The Consequences of Modernity (Stanford Univ Press, 1990)

Stephen Toulmin, Cosmopolis: The Hidden Agenda of Modernity (Univ of
　　　　Chicago Press, 1990)

P. V. 지마, 허창운 역, 『텍스트 사회학』, 민음사, 1991.

M. 칼리니스쿠, 이영욱 외 공역, 『모더니티의 다섯 얼굴』, 시각과 언어, 1998.

마르쿠제, 차인석 역, 『1차원적 인간』, 삼성출판사, 1997.

미국과학진흥협회(AAAS) 홈페이지.

안토니오 네그리, 김상운 역, 「비물질노동과 주체성」, 『비물질노동과 다중』,
　　　　갈무리, 2005.

헨리 젠킨스, 김동신 역, 『컨버전스 컬처』, 비즈앤비즈, 2008.

찾아보기 ●●●

(ㄱ)

가상 …………………………… 77
가상 이미지 ……………………… 216
가상공간 ……………………… 19, 73
가상화 …………………………… 77
가짜상품 ………………………… 21
가치중립적 ……………………… 362
개조 ……………………………… 38
경부철도가 ……………………… 53
경성 공간 ………………………… 23
경성스캔들 ……………………… 100
경성풍경 ………………………… 99
계급 ……………………………… 190
계몽 …………………… 49, 55, 198
계몽주의 ………………………… 130
고상한 취미 ………………… 52, 62
과대망상 ………………………… 91
과학기술 대중화 활동 ………… 361
과학기술담론 …………… 346, 358
과학기술대중화운동 …… 363, 364
과학대중화 ……………………… 349
과학대중화론 …………………… 354
과학대중화사업 ………………… 349
과학대중화운동 ………… 344, 352

과학데이 …………… 349, 350, 352
과학적 근대성 ………………… 369
과학적 합리성 ………… 342, 343
과학주의 ………………………… 342
科學朝鮮 ……… 345, 350, 354, 358
과학지식보급회 ………………… 350
관광 ……………………………… 233
광고 ……………………… 191, 198
교양 ……………………………… 38
교환 매체 ………………………… 15
구경 ……………………………… 245
구경거리 · 241, 245, 250, 253, 256
구미 여행 ……………………… 332
구여성 …………………………… 107
국민 ……………………………… 38
규율권력 ………………………… 240
근골기운 ………………………… 61
근대 경성 공간 ………………… 100
근대 국민국가 ………………… 48
근대 도시인 …………………… 196
근대문명 ………………………… 53
근대사회 ………………………… 193
근대성 ……………… 37, 340, 341

근대아 ································· 102

근대의 일상 ·························· 101

근대적 노동개념 ···················· 51

근대적 취미 ························· 48

근대지식 ····························· 53

근대처녀 ····························· 102

근대화 ··············· 341, 343, 344

기생 ································· 113

기호흥학회월보 ······················ 41

김용관 ························· 347, 352

김희명 ······························ 354

까칠남 ······························ 105

(ㄴ)

나르시스트 ·························· 74

나르시시즘 ·························· 72

나혜석 307, 310, 311, 321, 322,
       324, 325, 326, 327, 328, 329,
       330, 331, 332, 333

남성성 ······························ 106

노동 ································· 51

노무현 ······························ 344

놀이성 ······························· 24

놀이인간 ···························· 19

뉴런 ································· 73

(ㄷ)

다중(多衆) ···················· 363, 365

대도시 ························· 23, 192

대동학회월보 ·················· 40, 41

대량생산 ···························· 193

대조선독립협회보 ·············· 40, 41

대중매체 ···························· 99

대중문화 ······················ 42, 101

대중자본주의 ······················ 16

대한매일신보 ······················ 40

대한자강회월보 ···················· 40

대한협회회보 ······················ 40

덕원상점 ···························· 202

도구적 과학기술주의 ·············· 358

도시 공간 ·························· 195

도연명 ······························ 44

독립신문 ······················ 40, 41

동아백화점 ························· 203

동아부인상회 ······················ 210

동영상 ······························ 87

된장녀 ······························ 26

디지털 매체 ························· 15

디지털 혁명 ························· 216

DI(Digital Intermediate) ·········· 176

(ㄹ)

레지스 드브레 ······················ 216

르시클라주 ························· 120

리얼리티 ···························· 253

리얼리티 프로그램 ················· 252

리얼버라이어티쇼 ·········· 254, 259

(ㅁ)

마네킹 ··················· 209
마르쿠제 ················ 368
마르크스 ················ 189
마르크시즘 ·············· 219
막스 베버 ··············· 219
만국박람회 ·············· 197
매음생활녀 ·············· 113
매체 광고 ··············· 206
매체 환경 ··········· 191, 215
매체의 발달 ············· 215
명품 ···················· 24
모던걸 ·········· 102, 158, 213
모더보이 ·········· 102, 158
모방물 ··················· 21
몰입 ···················· 73
무직자-미쓰 ············ 108
무한복제 ················ 24
물리적 시·공간 ·········· 217
물화(物化)된 근대성 ········ 208
미국과학진흥협회 ········· 362
미쓰코시 백화점 ·········· 201
미인대회 ················ 214

(ㅂ)

박람회 ········ 235, 236, 240, 258

박영희 ·················· 11
발터 벤야민 ············· 198
백화점 ················· 190
베르그송 ················ 85
베타맘 269, 277, 278, 279, 284,
    290, 291, 292, 293, 294, 295,
    296, 299, 300, 301
별건곤 ············· 102, 247
보수적 여성층 ··········· 108
보이스 오버(voice-over) ····· 176
부르주아화 ··············· 11
부자되기 ················ 17

(ㅅ)

사농공상 ················ 48
사회운동자-부인운동자 ····· 108
사회적 닫힘 ············· 219
산업사회 ················ 193
산업혁명 ················ 189
산책로 ·················· 23
산책자 ·················· 13
상상의 공동체 ··········· 232
생산 ··················· 189
생산 주체 ··············· 190
생활에서의 소외 ·········· 13
생활인 ·················· 13
서북학회월보 ············· 40
서우 ··················· 40

선사리(單士厘) 307, 308, 309, 311, 312, 314, 315, 317, 318, 319, 320, 331, 332

성색취미 …………………………… 61

성찰적 …………………………… 341

세계일주가 ……………………… 53

소년 ……………………………… 41

소비 …………………………… 189

소비 주체 ………………… 190, 191

소비문화 ……………………… 240

소설가 구보씨의 일일 ………… 23

소유 …………………………… 219

속물 …………………………… 10

속물주의 ……………………… 22

수전노 ………………………… 15

순 소비 계급 ………………… 217

슈미 …………………………… 60

스토리텔링 …………………… 74

스티븐 툴민 ………………… 369

스펙터클 ……… 231, 235, 252, 259

시각체험 ……………………… 245

시민계급 ……………………… 219

시민혁명 ……………………… 189

시장의 대중매체화 …………… 16

신가정 부인 ………………… 108

신문물 …………… 232, 236, 258

신여성 27, 214, 274, 277, 286, 307, 309, 322, 330, 333

신파영화 …………………… 136

실업 ………………………… 38

10억 만들기 ………………… 17

(ㅇ)

아나테이너 ………………… 118

알파맘 269, 277, 278, 279, 280, 281, 282, 283, 284, 285, 286, 287, 288, 289, 290, 293, 294, 295, 297, 298, 299, 300, 301

양처현모 …………………… 316

언론매체 …………………… 246

에고 ………………………… 72

여가문화 …………………… 229

여성 공황시대 …………… 108

여성 교육 311, 312, 313, 315, 316, 317, 320, 321, 331

여성 교육 이념 …………… 315

여성 여행기 ……………… 307

여성 주체 ………………… 271

여성해방 310, 321, 322, 329, 330, 332

여성교육 ……………… 273, 297

여성의식 ……… 307, 314, 315, 331

여성주체 270, 288, 290, 296, 297, 298, 301

여자 교육 …… 316, 317, 318, 322

여학생 …………………… 108

여행기 ····· 306, 308, 315, 325, 332

여행자 문학 ···················· 305, 306

연희전문학교 ························· 358

영상매체 ········· 248, 249, 250, 259

영상성 ······························· 233

영웅신화 ···························· 30

예술가 소설 ······················· 13

오락 ································· 39

요죠오한 ··························· 61

우미주의 ··························· 52

윌리엄 제임스 ····················· 85

유녀 ······························ 113

육아 담론 ············· 270, 274, 277

육아 담론 비교 ··················· 270

이광수 ···························· 345

이백규 ···························· 354

이야기 원형 ······················ 164

이효석 ···························· 206

익명성 ···························· 73

인문주의적 근대성 ················ 369

인문주의적 합리성 ········· 342, 343

인쇄매체 ·························· 248

인터넷 ····················· 73, 217

인텔렉추얼 ························· 9

일상의 미학화 ······················ 22

UCC ······························ 74

(ㅈ)

자기과시 ··························· 27

자미 ······························ 59

자본 ····························· 192

자연과학 ·························· 342

장소성 ···························· 259

장소이탈성 ························ 249

장응진 ···························· 47

장지화 ···························· 44

재미 ······························ 59

전근대 ···························· 88

전문 기예인 ······················ 116

전세계인의 자본가화 ··············· 16

전위적 여성층 ···················· 108

전자공간 ··························· 17

전파혁명 ·························· 216

전향 소설 ························· 13

절충된 근대 ······················ 101

조선박람회 ························ 240

조지야 백화점 ···················· 201

주술 ······························ 71

주요섭 ······················ 248, 250

지금 여기 ························· 102

지배담론 ·························· 238

지속성 ···························· 50

지식인 ···························· 9

지식인 소설 ······················ 13

직업부인 ·························· 108

진시황 ································· 78

진시황릉 ······························ 78

진정성 ································· 21

(ㅊ)

최남선 ································· 53

최동(崔棟) ···························· 355

최진원 ································· 11

취미 ······················ 38, 56, 60

취미교육론 ···························· 52

취미심장 ······························ 46

취향 ································· 38

취향문화 ····························· 145

치(致) ································· 63

(ㅋ)

카타르시스 ··························· 144

카페 여급 ···························· 113

키치 ································· 20

키치 인간 ···························· 24

키치성 ································ 23

(ㅌ)

타자화 ······························· 243

탈근대 ···················· 24, 87, 250

탈근대기 ····························· 191

탈근대성 ····························· 343

탈식민주의 ····················· 233, 339

태극학보 ····························· 41

테마파크 ····························· 234

텔레비전 ····························· 216

텔레비전 드라마 ······················ 101

taste ································ 39

(ㅍ)

파워우먼 ····························· 110

파퓰리즘 ····························· 352

팜므파탈 ····························· 172

패러디물 ······························ 75

패스트 의류 ··························· 26

표상된 근대 ··························· 101

풍류 ································· 44

프랑크 파킨 ··························· 219

프로슈밍 ····························· 146

프로영화운동 ························· 125

프로이트 ······························ 85

피터 드러커 ··························· 192

(ㅎ)

하버마스 ······························ 87

하이퍼텍스트 ·························· 73

합리성 ·························· 341, 348

해조신문 ······························ 57

허위의식 ······························ 21

현모양처 267, 286, 314, 315, 316,

317, 318, 319, 320, 321, 322,

325, 331, 332

현모양처론 ···················· 315, 319

현실공간 ······················ 33, 73, 77

호남학보 ······························ 41

화신백화점 ························· 203

화신상회 ···························· 210

화폐 ································· 15

활자혁명 ···························· 216

황성신문 ···························· 40

황우석 344, 345, 363, 364, 365, 369

회상 ································ 85

후설 ································ 85

휴양 ································ 51

흉내내기 ···························· 76

興 ································· 63

흥미 ································ 39

흥취 ································ 54

hobby ······························ 41

┃ 저자약력 ┃

최혜실
서울대 국어교육과를 졸업하고 서울대 대학원 국문과에서 석사, 박사 학위를 받았다.
KAIST 인문사회과학부 및 문화기술 학제 전공 교수를 거쳐 현재 경희대 국어국문학
과 교수로 있다. 『문학사상』으로 문단에 데뷔했고 2002년 김환태평론문학상을 수상했다.
하버드대학 방문교수를 역임했고 인문콘텐츠학회 부회장으로 있다. 문화콘텐츠기술
학회 부회장, 과학문화재단 자문위원, 한국문화관광정책연구원 이사, 문화콘텐츠진흥원
CC&T포럼 위원장, 간행물윤리위원회 심의위원을 역임하고, 기업도시위원회 위원 등으
로 활동하고 있으며 <문학사상>, <문학수첩>, <사회비평>의 편집위원을 역임하였다.
지은 책으로 『디지털 시대의 문화예술』(편), 『사이버 문학의 이해』(편), 『문화산업과
스토리텔링』(편), 『모든 견고한 것들은 하이퍼텍스트 속으로 사라진다』, 『신여성들은 무
엇을 꿈꾸었는가』, 『디지털 시대의 문화읽기』, 『디지털 시대의 영상문화』, 『문학과 대중
문화』, 『가상놀이인간의 탄생』, 『문화콘텐츠 스토리텔링을 만나다』, 『문자문학에서 전자
문화로』, 『문화산업과 스토리텔링』, 『한류드라마의 스토리텔링』, 『방송통신 융합시대의
문화콘텐츠』, 『테마파크의 스토리텔링』, 『서사의 운명』 외 다수의 책들이 있다.

문경연
경희대학교 대학원에서 박사학위를 받고 현재 경희대학교에서 강의를 하고 있다.
지은 책으로는 『신여성-매체로 본 근대 여성 풍속사』(편), 『인물연극사 한국현대연극
100년』(편) 외 다수의 책들이 있다. 논문으로는 「1910년대 근대적 "취미(趣味)" 개념과
연극담론의 상관성 고찰」, 「한국 근대 대중연극계의 기억과 침묵 읽기」 외 다수의 논문
들이 있다.
2005년도에는 한국연극학회 신진우수논문상을 수상한 바 있다.

김윤희
경희대학교 대학원에서 박사과정을 수료하고 경희대와 한서대학교에서 강의를 하고
있다.
논문으로는 「박태원 소설의 희곡적·연극적 변용·가능성에 관한 일고찰」 등이 있다.

맹재범
경희대학교 대학원에서 박사과정을 수료했다.

안숭범

경희대학교 대학원에서 박사과정을 수료하고 현재 경희대 국어국문학과 객원교수이다. 또한 문화체육관광부에서 운영하는 블로그에 대중문화 칼럼을 쓰고 있다.

2005년『문학수첩』을 통해 시 부문에 등단했으며 2009년에는 한국영화평론가협회에서 주최한 제1회 '영평 신인평론상 공모전'에 최우수상으로 당선되었다.

논문으로는 「시와 영화의 수사론적 비교 연구 : 시집『지하인간』과 영화 <강원도의 힘>을 중심으로」 등이 있다.

차민기

경희대학교 대학원에서 박사과정을 수료하고 경남대학교에서 강사로 일했다.

지은 책으로는『性, 읽는 문화 보는 문화』(편) 등이 있으며 논문으로는 「거제도 포로수용소의 문학적 형상화」(2000), 「영화 <빠삐용>과 <쇼생크 탈출>에 나타난 무한좌표로의 탈주 욕망」 등이 있다.

정은기

경희대학교 대학원에서 박사과정을 수료했다.

2008년 한국일보 신춘문예를 통해 시 부문에 등단하였다.

박사문

경희대학교 대학원에서 박사과정을 수료하고 경희대학교와 인하대학교에서 강사로 일했다.

논문으로는 「영화 <왕의 남자>의 서사구조와 전략연구」 등이 있다.

陳曉慧(Chen xiao hui)

경희대학교 국어국문학과 박사과정에 재학 중이다.

김우필

경희대학교 국어국문학과 박사과정을 수료했다.

지은 책으로는『스토리뱅크운영방안』(편) 등이 있으며 논문으로는 「디지털 테크놀로지의 문화예술 혁명」 등이 있다.

토털 스노브(Total Snob)

초판인쇄 2010년 1월 05일
초판발행 2010년 1월 15일

저자 최혜실 외

발 행 인 윤석원
발 행 처 도서출판 박문사
책임편집 김진화
등록번호 제2009-11호

우편주소 서울시 도봉구 창동 624-1 현대홈시티 102-1206
대표전화 (02) 992 / 3253
팩시밀리 (02) 991 / 1285
전자우편 bakmunsa@hanmail.net

ISBN 978-89-94024-17-2 93810   정가 23,000원